REPRODUIT DE LA '' REVUE CANADIENNE.''

—

JACQUES ET MARIE

SOUVENIR D'UN PEUPLE DISPERSÉ

PAR

NAPOLÉON BOURASSA.

—

Un grand bruit a été entendu dans Rama : *on y a entendu* des plaintes et des cris lamentables : Rachel pleurant ses enfants et ne voulant point recevoir de consolations, parce qu'ils ne sont plus......

ST. MATHIEU.

Nous nous sommes assis sur le bord des fleuves de Babylone : et là nous avons pleuré en nous souvenant de Sion......

Psaume CXXXVI.

MONTRÉAL
EUSÈBE SENÉCAL, IMPRIMEUR–ÉDITEUR
Rue Saint-Vincent, Nos. 6, 8 et 10.

1866.

JACQUES ET MARIE

SOUVENIR D'UN PEUPLE DISPERSÉ.

RÉPRODUIT DE LA "REVUE CANADIENNE."

JACQUES ET MARIE

SOUVENIR D'UN PEUPLE DISPERSÉ

PAR

NAPOLEON BOURASSA.

11,354.

Un grand bruit a été entendu dans Rama ; *on y a entendu* des plaintes et des cris lamentables ; Rachel pleurant ses enfants et ne voulant point recevoir de consolations, parce qu'ils ne sont plus......

St. Mathieu.

Nous nous sommes assis sur le bord des fleuves de Babylone : et là nous avons pleuré en nous souvenant de Sion......

Psaume CXXXVI.

MONTRÉAL
EUSÈBE SENÉCAL, IMPRIMEUR–ÉDITEUR
Rue Saint-Vincent, Nos. 6, 8 et 10.

1866.

PROLOGUE[1]

On dit que les Troyens exilés donnaient des noms aimés aux lieux inconnus où ils étaient venus chercher une nouvelle patrie.

Au temps de la conquête, on vit arriver quelques familles démembrées, ralliées par le même malheur, chassées de leurs foyers comme les enfants d'Illion. Ces infortunés s'arrêtèrent sur les bords de la *Petite Rivière de Montréal*, à cet endroit où elle semble prendre plaisir à revenir sur son cours, comme pour mieux arroser les plaines fertiles qu'elle sillonne et rafraîchir ses ondes sous les ombrages des ormes géants qui les abritent. Après avoir entamé la forêt et asséché le sol par des travaux herculéens, ils y fixèrent leurs demeures.

Pour eux, la terre qui allait boire leurs sueurs et leurs larmes, recueillir leurs dernières espérances, donner des fleurs à leur vieillesse et garder leurs cendres bénies, ne pouvait pas s'appeler autrement que celle où ils avaient appris à connaître tout ce que la vie donne de délices dans les joies pures du foyer, durant ces beaux jours d'illusions et de mystères qui charment toute jeunesse ici-bas : ils firent comme ces autres pélerins de l'Ausonie, ils nommèrent le coin de terre qu'ils venaient d'adopter la *Petite-Cadie*, du nom de la patrie perdue.

Tous les proscrits sont frères, qu'ils soient victimes des Grecs ou des Anglais, et le génie de l'infortune a partout la même poésie de langage.

Ces familles étaient venues là, les unes après les autres, comme viennent les débris d'un naufrage sur la même falaise, quand, après bien des vents contraires, une brise continue se met à souffler vers la terre. Des pères qui avaient eu des familles nombreuses arrivèrent avec quelques-uns de leurs enfants, ou avec ceux de leurs

1 Fait pour la *Revue Canadienne*.

voisins seulement ; des jeunes filles, parties avec leurs vieux parents, se rendirent avec les parents des autres ; un homme qui comptait plusieurs frères parvint au terme de la route avec deux ou trois neveux : il n'entendit jamais parler de ceux qui étaient restés en arrière ; quelques amis, quelques alliés réussirent à se rejoindre à différents intervalles, mais cela fut rare. Un jeune homme qui s'était fait marin parvint à recueillir plusieurs des siens dispersés sur différents rivages.

Dans le cours de leurs pérégrinations, il y en a qui franchirent des espaces incroyables, à pied, à travers les forêts, le long des fleuves, sur les rivages arides de la mer. Tantôt ils furent arrêtés par la maladie et la misère, d'autres fois ils s'égarèrent longtemps. On offrit aux uns le travail des esclaves, aux autres, de s'enfermer dans les mines de la Pensylvanie ; mais ils préférèrent continuer leur chemin. Ils cherchaient un ciel ami qui leur rappelât celui qu'ils ne devaient plus revoir, ou ils mouraient en le cherchant.....

N'ont-ils pas bien gagné ce pied de terre où ils ont enfin pu s'asseoir pour rompre en famille le pain de l'exil, et raconter leurs tristes récits à des cœurs capables de les comprendre et de pleurer avec eux, sans remords ? Sans doute, ils aperçurent des larmes dans les yeux des étrangers qui les voyaient passer, mais à ceux-là ils ne pouvaient faire entendre leur langage, et ils portaient à leurs yeux la marque d'un crime national.

C'est au milieu de cette petite colonie d'humbles mais héroïques infortunés ; c'est dans leurs champs, près de leurs chaumes déjà prospères, que naquit et grandit mon père, et c'est aussi là, dans cette *Petite-Cadie*, qu'il m'est arrivé de voir le jour.

Fondateurs de la paroisse, les premiers dans l'aisance, les Acadiens se sont liés avec toutes les familles qui s'étaient fixées autour de leurs établissements : la mienne tient à leur sang par toutes ses générations ; et j'en suis fier, car ces braves gens n'ont apporté sous le toit qui les a reçus que les traditions de l'honneur le plus vigoureux et des vertus les plus robustes.

Je n'ai pu connaître ceux qui vinrent déjà grands dans le pays, malgré l'âge avancé qu'ils ont atteint ; je me rappelle seulement avoir vu les enfants de l'exil, ceux qui naquirent après le départ, sur des vaisseaux, ou dans les ports, et que leurs mères portèrent sur leur sein tout le long de la route. Je me souviens surtout d'avoir entendu raconter souvent, quand j'étais petit, l'histoire douloureuse de toutes ces familles, et ces tristes anecdotes ont exercé mon cœur à la pitié.

Je ne sache pas qu'aucune ait été notée. Il serait difficile aujourd'hui de les recueillir dans leur exactitude primitive : malgré que la source en soit peu éloignée, il s'y est évidemment introduit beaucoup de versions étrangères et invraisemblables ; elles ne peuvent donc trouver place que dans le recueil des légendes de mon village. Mais prises dans leur ensemble, elles pourront toujours servir à témoigner d'un fait cruel de l'histoire, comme ces débris de la nature morte, disséminés dans les diverses stratifications du globe, annoncent les cataclysmes qui l'ont bouleversé.

Le récit que je vais offrir aux lecteurs de la *Revue* résume les impressions vagues qui me sont restées de tous ceux que j'ai entendus dans mon enfance sur les Acadiens, et il rappellera le plus fidèlement possible l'existence éphémère d'un peuple que la Providence semblait destiner à une vie nationale plus longue et plus heureuse, tant elle avait mis en lui de foi, d'amour et d'énergie.

Cette longue narration aura les proportions d'un livre ; le lecteur jugera lui-même si elle renferme les qualités qui font les bons livres. Je ne puis rien promettre de plus que des efforts consciencieux pour arriver à ce but. Je n'aurais jamais eu l'idée d'écrire tant de pages, si on ne m'eut pas demandé de le faire. La confiance que mes amis et confrère de la *Revue* m'ont témoignée a fait à peu près toute la mienne.

N'ayant jamais fait le plus petit volume, ni jamais entretenu l'idée d'en faire un, j'ai entrepris cet écrit sans forme préméditée, sans modèle adopté. Il va donc voir le jour comme un enfant conçu dans les hasards de la vie, et je fais des vœux pour qu'il ne naisse pas difforme. S'il l'était, eh bien ! tant pis, le plus fâché sera toujours le père ; car quelque dénaturé que l'on soit, on tient à ce que ses œuvres viennent au monde sans défaut.

J'ai pris pour sujet de mon livre un événement lugubre, conséquence d'un acte bien mauvais de la politique anglaise ; mais ce n'est pas pour soulever des haines tardives et inutiles dans le cœur de mes lecteurs : à quoi bon ? tous les peuples ne conservent-ils pas dans leurs annales des souvenirs qui rappellent des crimes affreux qu'ils ont expiés, ou dont ils porteront la tache durant les siècles ? C'est au souverain Juge de les peser aujourd'hui et de dire lesquels impriment le plus de honte à leurs auteurs, et leur imposent le plus de responsabilité. Quant à moi, je suis trop de ma race pour entreprendre ce grand procès ; je mettrais peut-être mon cœur et ma main dans la balance, qui ne doit porter que la mesure de l'iniquité et les poids de la justice.

D'ailleurs, la Providence, qui a laissé les Acadiens disparaître, nous a conservés au milieu de circonstances analogues ; elle a eu ses intentions secrètes. La situation qu'elle nous a faite nous impose des devoirs que nous devons accomplir avec intelligence et dignité, comme elle en prescrit à ceux qui nous entourent. Si elle a voulu que nous vivions, il n'est pas laissé à notre volonté de nous suicider ou de consentir à être retranchés du nombre des peuples ; si elle a créé des liens et des intérêts communs entre nous et les nationalités qui nous environnent, ce n'est pas pour que nous les changions en instruments de guerre. Il ne convient pas plus à notre pensée qu'à nos mains de fabriquer des machines de discorde. Je ne tourmenterai donc pas l'histoire pour servir l'intérêt de mon livre et la cause de mes héros ; je ne dirai rien de plus que ce qui a été dit par Haliburton et les écrivains de la Nouvelle-Angleterre.

Si, dans l'expression des sentiments de quelques-uns de mes personnages, on trouve parfois de la violence, il ne faudra pas oublier dans quels moments ils s'exprimaient : ils étaient dépouillés, chassés, dispersés sur les côtes de la moitié de notre continent ; et pourquoi ?......

Non, aucune arrière-pensée, aucun but indirect, sournoisement caché, n'a guidé ma plume ; je proteste d'avance contre toute imputation de ce genre.

M'étant engagé à faire une œuvre d'imagination, j'ai cherché au milieu de mes souvenirs, dans les sphères du monde que j'ai le plus connu et le plus aimé, un thème qui pût me fournir beaucoup de vertus à imiter, beaucoup de courage et de persévérance à admirer, beaucoup de péripéties et de combats à raconter, et je l'ai trouvé au berceau de ceux qui vinrent fonder les humbles hameaux où j'ai vu le jour.

J'ai dit, il n'y a qu'un instant, que je n'avais pas pris soin de trouver un modèle à suivre dans mon travail ; mais je m'aperçois qu'il s'en présente un dès mon début, et ce n'est pas le plus mauvais. Virgile a chanté dans l'Enéide les origines merveilleuses de Rome ; moi, je vais narrer celles de mon village. Il peut très-bien se faire que les deux Cités comme les deux chantres aient des destinées différentes ; mais le poète d'Auguste n'a rien trouvé dans le berceau de la ville éternelle de plus héroïque, de plus pur, de plus digne d'estime et de pitié que le conteur de la *Petite-Cadie* n'en a vu dans les commencements de celle-ci.

Il peut se faire, aussi, que mon livre n'ait pas la fortune de l'Enéide. Dans ce doute légitime, je ne commencerai pas par le dédier aux Césars modernes : je me contenterai d'en faire l'hommage aux petits-enfants des proscrits acadiens, à ceux qui ont conservé l'héritage précieux que leurs pères leur avaient laissé dans ce pays ; ces maisonnettes blanches, aux alentours propres et soignés, ces champs qu'ils avaient dépouillés de la forêt et rendus fertiles, mais surtout ces habitudes de travail et d'économie qui leur assuraient, partout où ils fixaient leurs foyers, l'indépendance, la richesse et les bénédictions du ciel ; et je dois dire que les héritiers de ces biens sont encore nombreux. Souverains que personne ne peut dépouiller, si vous ne pouvez pas donner des provinces et distribuer des décorations à ceux qui vous louent, il en est peu au-dessus de vous qui méritent plus d'estime à cause de leur origine ! Triompher du malheur en gardant une âme pure, c'est conquérir des titres de noblesse qui en valent bien d'autres, et vos pères l'ont tous fait.

Ces pages, que j'ai consacrées à leur mémoire et que je vous offre, sont probablement peu de choses ; mais si elle peuvent faire verser quelques larmes nouvelles sur les souffrances oubliées de vos parents ; si elles servent à retremper vos cœurs dans leur foi et leurs vertus de toutes sortes et vous engagent à imiter leur exemple dans toutes les circonstances difficiles qui sont encore réservées à votre existence nationale, alors je n'aurai pas entrepris une tâche inconsidérée, et je serai plus satisfait encore de l'avoir accomplie pour vous ; on me pardonnera peut-être ensuite les fautes de forme et de détail.

N. BOURASSA.

JACQUES ET MARIE

SOUVENIR D'UN PEUPLE DISPERSÉ.

I

En 1710, Port-Royal fut pris par les Anglais, qui le nommèrent Annapolis. C'était le centre de l'établissement le plus considérable des Français en Amérique, l'un des appuis importants de leur puissance et le point qui avait toujours le plus menacé les colonies britanniques.

En 1711, toute la presqu'île acadienne subit le sort de Port Royal : la France l'abandonna par le traité d'Utrecht.

Ce traité laissait une latitude de deux ans aux anciens habitants pour disposer de leurs biens et rentrer dans les domaines de leur patrie ; il ne spécifiait rien pour ceux qui voudraient rester sous le sceptre des nouveaux maîtres.

En 1714, Nicholson, gouverneur d'Annapolis, invita les Acadiens à prêter le serment d'allégeance ou à quitter le pays dans l'espace d'un an. Beaucoup de ces pauvres gens croyaient que ce serment était d'une nature indissoluble, et qu'il y avait crime à le prêter à un souverain après l'avoir formulé pour un autre ; ils étaient unanimes, d'ailleurs, à ne faire cet acte solennel qu'après avoir reçu l'assurance que leurs services ne seraient jamais requis contre la France. Ils demandèrent donc la permission de s'embarquer sur des vaisseaux de leur nation. Mais on leur répondit que, aux termes du traité, les vaisseaux français n'avaient pas le droit de mouiller dans leurs eaux. Ils se résignèrent à attendre les chances de l'avenir ; pour le moment, ils n'osèrent pas confier leur sort à des navires anglais : un vague pressentiment leur faisait déjà redouter quelque perfidie.

En 1719, pendant une absence du colonel Philips, qui avait succédé à Nicholson, son lieutenant trouva le moyen, soit par violence,
soit par ruse, de faire prêter le serment à un assez grand nombre
des habitants de la ville et du voisinage. Le gouverneur étant de
retour, ils allèrent se plaindre amèrement à lui de l'acte de son
subalterne. Philips les calma et leur assura que s'ils prêtaient le serment, on ne les obligerait jamais à porter les armes contre la France.
Sur cette promesse, 880 hommes, qui devaient former la portion la
plus influente de la population de la péninsule, jurèrent fidélité au
roi George Ier.

Depuis lors jusqu'en 1744, les Acadiens, retirés dans leurs foyers,
s'occupèrent sans inquiétude de la culture de leurs terres, s'habi-
tuant à un état de neutralité que tous, Anglais et Français, semblaient leur confirmer. On les nommait *neutrals* (les neutres).

En 1744, la politique européenne ayant entraîné de nouveau
l'Angleterre et la France sur les champs de batailles, l'Acadie
devint un des principaux théâtres de la guerre en Amérique. Les
flottes des deux nations vinrent se heurter sur ses côtes. Le siége
de Louisbourg par les Anglais, celui d'Annapolis par les Français,
occasionnèrent, au milieu des populations acadiennes, des rencontres fréquentes de corps armés qui ne manquèrent pas d'y jeter la
perturbation. Un des plus brillants faits d'armes de cette guerre
de quatre ans eut lieu à Grand-Pré même, sur le Bassin des Mines,
le bourg le plus considérable et le plus tranquille des *neutres*.

C'était une singulière situation pour ces habitants que celle de
voir, du seuil de leurs chaumières, des Français et des Anglais
répandre leur sang dans ces combats acharnés. Pendant le désordre
de la mêlée, quand ils entendaient la voix de leurs anciens compatriotes les appeler dans l'agonie ou les narguer dans le triomphe,
quelle lutte terrible devaient se livrer en eux le sentiment de la
nature et celui de la foi jurée !

Comme ils étaient les seuls dans cette partie du continent qui
eussent des greniers bien remplis et des troupeaux abondants, les
vainqueurs et les vaincus, les citoyens de jadis et les nouveaux
maîtres, vinrent s'approvisionner chez eux. L'escadre du duc d'An-
ville, jetée par des contretemps dans la rade de Chebouctou, était
ravagée par la peste : des commissaires vinrent demander des aliments frais pour les équipages décimés, aux Mines, à Cobequid et
à Chignectou. On leur en donna ; c'était pour des Français expirants qu'on leur tendait la main, et rien dans leurs nouveaux liens
politiques ne leur défendait cet acte d'humanité.

Pendant ces événements, il est naturel de croire que les sollicitations de la part des soldats et des agents de la France, pour persuader aux Acadiens de se soustraire à l'autorité des conquérants, furent fréquentes et vives. Mais aucun fait sérieux n'a prouvé qu'elles aient réussi à faire commettre un acte de trahison à ces âmes loyales, pour qui la parole d'honneur valait un serment. Au contraire, les propos malveillants que les Canadiens leur jetaient en toute occasion, les provisions que leur arrachait de force le corps expéditionnaire de M. de Villiers et la captivité de plusieurs habitants de Grand-Pré, entre autres du vieux notaire LeBlanc, qui fut retenu pendant quatre ans à Louisbourg, comme citoyen anglais, prouve leur fidélité à la Grande-Bretagne. D'un autre côté, il est évident que les Anglais leur reconnaissaient bien le caractère de neutres, puisqu'ils ne leur demandèrent aucuns services militaires durant toute cette guerre.

En 1748 fut signée la paix d'Aix-la-Chapelle. En Amérique, les belligérants rentrèrent dans leurs anciennes possessions ; mais comme ces possessions avaient des limites fort incertaines, une des stipulations du traité de paix laissait à une Commission le soin de les définir : nouveau nœud gordien resté entre les deux peuples, pour amuser, pendant quelque temps, la fine diplomatie, mais qu'il fallut bien trancher.

Le peu de connaissance que l'on avait de ces contrées, lors des traités antérieurs, avait laissé tant de vague dans les termes de ces pièces publiques, que chaque nation prétendait bien, en fin de compte, posséder la moitié de ce que l'autre réclamait. Le Conseil des arbitres n'était pas encore nommé que déjà les gouverneurs s'empressaient d'occuper tout ce qui paraissait leur convenir, et de fonder des établissements solides là où ils n'avaient fait que passer.

En Acadie, aussitôt la paix signée, un des premiers soins de Mascaren fut de forcer les habitants voisins du golfe St. Laurent à jurer foi et hommage à son souverain, dans les termes communs à tous les sujets anglais. Puis il chassa le curé de Grand-Pré, qu'il accusait d'exciter le peuple à la désertion et à la révolte.

Dans le même temps, les gouverneurs du Canada renouvelèrent leurs sollicitations auprès des Acadiens pour les décider à venir se fixer sur les côtes septentrionales de la Baie de Fundy, qu'ils prétendaient posséder, ainsi que toute la rive sud du Golfe St. Laurent, jusqu'à l'île du Cap-Breton. On offrait de mettre à leur disposition les subsides nécessaires à ce déplacement, d'autres terres, des provisions et la protection du drapeau de la France. Plusieurs familles se laissèrent, dès lors, entraîner par l'attrait de ces propositions ; devant la nouvelle attitude du gouvernement britannique, on conçoit que de pareilles offres devaient être bien puissantes sur des cœurs restés aussi sincèrement français, malgré leurs nouveaux liens politiques. Il était évident, aux yeux du plus grand nombre, que les Anglais n'entendaient plus leur laisser leurs droit et privilèges de neutres en face de la France menaçante et armée. Cet état anormal devenait de jour en jour plus insupportable pour les Anglais comme pour les Acadiens, surtout pour les habitants voisins du Canada et du Cap-Breton.

Le parlement de la métropole venait de voter des sommes considérables pour favoriser la colonisation du pays par ses émigrants ; et en 1749, Cornwallis débarqua dans le havre de Chebouctou, à la tête de 3760 hommes, à peu près tous mauvais sujets de Sa Majesté. Car pour hâter cette colonisation, le gouvernement ne tint guère à n'y implanter que des germes de vertu et d'honneur. On y déversa le trop plein des prisons. C'était un charmant voisinage à procurer aux honnêtes Acadiens que ces troupes de bandits ! Ils ne leur firent pas, pourtant, mauvais accueil. A peine avaient-ils appris leur arrivée, qu'ils s'empressèrent auprès d'eux, offrant des provisions de toutes espèces, l'aide de leur travail et de leur expérience.

Quelque temps après, ce même Cornwallis lança une proclamation qui enjoignait à tous les habitants indistinctement de venir faire acte de soumission au roi dans la formule ordinaire. On accordait une période de trois mois pour remplir cette obligation. A tous ceux qui obéiraient à l'ordonnance, on assurait la paisible possession de leurs terres et le libre exercice de leur religion et de leurs droits de citoyens anglais ; les autres étaient menacés de confiscation et d'exil.

La même protestation unanime s'éleva contre cette nouvelle injonction. Les habitants rappelèrent la promesse de Philips, la réserve qu'on leur avait toujours accordée dans les termes de leur serment, leur fidélité constante ; la cruauté qu'il y aurait de les jeter, main armée, contre des poitrines et des cœurs français, etc.... On leur répondit que Philips avait été censuré par le roi pour ses promesses indiscrètes. Ils n'avaient jamais entendu dire un mot de cette censure jusque là : pendant plus de trente ans, confiants dans la parole du représentant de leur souverain, et fidèles à celle qu'ils lui avaient donnée, en retour, ils avaient cultivé en paix leurs champs, défriché des terres considérables, accompli des travaux publics gigantesques, accru les ressources du pays. Mais la raison politique fait découvrir bien des choses !

A l'époque des garanties de Philips, le gouvernement colonial était peu de chose ; il n'aurait pas pu imposer des serments cruels à une population déjà nombreuse, placée à quelques pas de ses anciens drapeaux ; il n'aurait pu empêcher ces populations de se soustraire à son autorité et d'aller grossir sensiblement les rangs de ses ennemis ; on fut bon et généreux. Mais au temps des Cornwallis, Philips et son roi étaient morts depuis longtemps, bah !..... Annapolis était plus fort, appuyé par les établissements de la Nouvelle-Angleterre ; Halifax venait d'être fondé ; on avait mis des garnisons à Passiquid et à Grand-Pré, et une guerre terrible, une guerre de géants, un combat suprême allait s'engager entre deux puissances rivales en Europe, rivales en Asie, rivales en Amérique, rivales partout. Il fallait bien soumettre, à tout prix, ces quelques milliers de cœurs français que l'on avait laissé battre au sein d'un pays anglais.

Il y avait eu duplicité politique à les garder là malgré eux, et ce premier crime, comme tous ceux de ce genre, ne devait avoir pour conséquences qu'une plus grande duplicité et qu'un crime national plus hideux !

Les Acadiens demandèrent si, dans le cas où ils voudraient laisser le pays, on leur permettrait de disposer de leurs propriétés.

On leur répondit que le traité d'Utrecht leur avait accordé deux années pour faire ces dispositions, et que ces deux années étaient depuis longtemps écoulées ; qu'ils ne pouvaient, par conséquent, ni vendre leurs biens, ni partir.

Ils retournèrent alors dans leurs foyers, les uns disposés à confier leur sort au désespoir, les autres à attendre. Pas un n'alla mettre la main sur la Bible pour jurer à l'Angleterre qu'ils lèveraient cette main armée contre la France !

II

Deux familles de Grand-Pré se séparèrent durant ces temps agités ; l'une partit, emportant sa haine pour les persécuteurs ; l'autre resta en gardant toujours fidélité, attendant encore des jours de clémence et de justice, des jours de bonheur et de tranquillité !

Ces séparations étaient devenues fréquentes depuis quelque temps ; mais aucune peut-être n'avait été plus pénible que celle-ci. Les deux familles étaient nombreuses, voisines, également à l'aise, et liées depuis longtemps, non seulement par le nœud de la plus douce amitié, mais par des alliances à divers degrés ; il s'en préparait même une nouvelle, qui aurait encore ajouté son charme à cette heureuse union. Le départ la fit remettre à d'autres temps.

Ce fut vers l'automne de 1749 que le père Hébert dit adieu à son vieux voisin et quitta Grand-Pré pour aller s'établir sur les bords de la Missaguash, au fond de la Baie de Beau-Bassin. Après le sacrifice de ses biens-fonds et l'abandon de ses amis, ce qui l'affectait le plus, c'était de partir la nuit, presque à la sourdine, comme un malfaiteur. Mais il fallait bien subir cette pénible nécessité. Si les autorités avaient connu son départ, on l'aurait fait arrêter comme un traître. Ses propriétés se trouvaient déjà confisquées par le fait seul de sa fuite. Il n'avait pas même cherché des acquéreurs, il les aurait exposés à l'expropriation et à d'autres châtiments. Il n'avait pu disposer que de ses meubles, des produits de sa récolte et de ses animaux, qui étaient nombreux et beaux. Comme il avait fait ses ventes de gré à gré, en secret, et comme les acheteurs étaient tous ses amis, il avait réalisé une somme bien suffisante pour commencer un nouvel établissement. D'ailleurs, il avait quatorze enfants, dont les huit aînés étaient des garçons, forts et laborieux ; et puis les Acadiens ne craignaient pas les travaux héroïques.

Quatre de ses garçons étaient déjà fixés, avec leurs petites familles, sur la Baie de Beau-Bassin : leurs sollicitations continuelles, activées sans doute par la présence de M. de LaCorne, qui venait d'arriver dans les environs avec un corps nombreux de Canadiens ; le plaisir de rassembler sous un même toit tous les membres d'une famille aimante et unie ; les entraves croissantes que le gouvernement jetait entre eux, pour gêner leurs relations ; l'espérance de se retrouver encore Français : tous ces motifs, surtout le dernier, parurent suffisants au père Hébert pour le décider à s'expatrier, malgré son âge déjà avancé et toutes ces habitudes de vieille date que l'aisance et des relations toujours bienveillantes lui avaient rendues plus douces. Il partit donc.

Il pouvait être dix heures du soir quand le vieillard, se levant de dessus la dernière chaise restée dans la maison, jeta un regard autour de lui, sur les murs vides, sur l'âtre éteint, sur quelques groupes de femmes qui pleuraient avec ses filles, et dit d'une voix encore sonore :

— Mes enfants, c'est l'heure, il faut partir ; nous devons aller coucher plus loin ce soir......

Alors, il s'ouvrit une voie devant lui, au milieu des enfants, des intimes et des petits-enfants, et il sortit le premier, tenant son vieil ami par le bras. La conversation avait été peu animée dans la maison, les voix étaient altérées, les phrases entrecoupées ; elle cessa tout-à-fait sur le seuil de la porte.

A la suite du chef se rangèrent les fils et les brus, la mère, les filles et les nombreux représentants d'une troisième génération. Tous portaient quelques fardeaux, objets d'utilité journalière. Cette procession se dirigea ainsi silencieuse au milieu des ténèbres, vers l'embouchure de la Gaspéreau, où l'attendaient les embarcations nécessaires au voyage.

Peu de personnes accompagnaient les pauvres émigrants ; ils s'en allaient comme ces cercueils ignorés qu'accompagnent les seuls parents en pleurs. On avait craint d'éveiller l'attention de l'autorité, qui commençait à tenir l'oreille ouverte, même à Grand-Pré. Arrivés sur la grève, il se fit un peu plus de bruit ; l'installation de tout ce monde et de tout le menu ménage, au milieu des ténèbres et de l'aveuglement que donnent les larmes, entraîna quelque désordre ; on s'appelait à demi voix, on préparait la manœuvre, on dégageait les amarres. Mais bientôt le bruit cessa peu à peu, on entendit encore quelques voix qui se disaient adieu sur divers tons de la gamme des douleurs ; on entendit aussi des cris d'enfants troublés dans leur sommeil.

Pauvres petits !...... Une brise froide et humide passait sur leur visage ; ils sentaient bien que ce n'était pas là le souffle caressant de leur mère : un vigoureux balottement commençait à se faire sentir sous l'effort des rameurs ; ce n'était plus pour eux le doux balancement du berceau ! Ils pleuraient ; et leur voix, errant au caprice des vents, fut la dernière chose que l'oreille put saisir dans les solitudes de la mer.

III

Deux personnes se tenaient encore debout sur le rivage : c'était le vieux voisin Landry et sa fille Marie.

Quand ils ne virent plus rien sur la silhouette incertaine des flots, quand les ondes soulevées par les rames eurent cessé d'apporter à la plage l'adieu lointain et suprême des voyageurs, le vieillard se retourna vers l'enfant qui s'appuyait à son côté, et il lui dit avec effort et d'une voix incertaine :

— Ne pleure pas, petite ; tu sais bien qu'il reviendra, ton
Jacques, au printemps ; " puis il passa sa main autour de son cou
pour lui caresser la joue et le bout de sa jolie petite oreille, et ils
s'acheminèrent lentement du côté de leur demeure.

Marie marcha quelque temps sans rien dire, se contentant de
soulever souvent jusqu'à ses yeux le coin de son tablier blanc ;
après, elle dit à son père :

— L'année dernière, au mois de mai, un petit ménage de rossignols
était venu s'établir dans une belle touffe de trefle rouge et de
millet sauvage ; une grande feuille de plantain se penchait sur le
nid, lui servant de toit, et le tallis de pruniers lui jetait toute son
ombre. Aussitôt que je vis le couple assidu au logis, je me mis à
chasser tous les chats du voisinage ; je mis même Minou prisonnier
dans la cave : le perfide m'avait grippé un poulet, autrefois. Tous
les jours, quand la mère allait dîner (et elle n'allait pas loin, car
je lui portais toute la mie de mon pain sur cette grosse pierre plate,
de l'autre côté du taillis), moi, je courais bien doucement, comme
aurait fait Minou, puis écartant les grandes herbes, je regardais si
les quatre petits ne mettaient pas le nez à la fenêtre de leur maisonnette. Quand ils en furent sortis, je leur portai bien autant de
vers que si j'eusse été leur maman ; et je remarquais en passant
le progrès de leurs plumes.

Un jour, je trouvai toute la famille perchée au bord du nid ;
un d'eux même avait grimpé au plus haut faîte de la feuille de
plantain ; et tous ensemble ils regardaient le ciel et la prairie, où
jouaient les grands oiseaux, leurs aînés. Je jugeai qu'il était temps
de laisser un souvenir à mes petits ambitieux, et je leur attachai à
chacun un fil de soie rouge à la patte droite. Le lendemain, à l'aurore, ils étaient déjà en plein pré, trottinant et soulevant l'aile à
chaque brise qui passait. J'essayai de les attirer avec mon pain,
en imitant le cri de leur mère, mais elle les appelait plus loin dans
le feuillage, et ces enfants du ciel ne voulaient plus que l'espace et
de l'air ; ils firent tant qu'à la fin une rafale vint les saisir, et ils
allèrent en tourbillonnant se perdre, les uns dans les futaies, les
autres dans les charmilles. J'en ai vu tomber un dans la rivière ; il
a surnagé longtemps, suivant le cours de l'eau, et je ne l'ai pas vu
revenir......... Les autres s'appelèrent encore jusqu'à la nuit ; mais
le jour suivant je ne les ai plus entendus : eux aussi, ils s'étaient dit
adieu !...

Ce printemps, au premier chant du rossignol, je suis allée vite,
vite, voir si le nid était en ordre, si les écureuils ne l'avaient pas
pillé, pour faire leur lit d'hiver ; il y était encore, aussi mollet,

aussi caché ; et j'attendis l'heure de la couvée, croyant que l'un de mes petits ne manquerait pas de venir confier ses enfants où il avait lui-même trouvé tant de soins et de bonheur...... Aucun n'est revenu !... et le nid est encore vide !

J'ai eu bien du chagrin !

J'ai pensé qu'ils étaient peut-être tous morts... Un méchant hibou aurait bien pu les croquer pendant leur sommeil... Ils ont peut-être été gelés dans leur maison d'hiver... Ils sont peut-être tombés dans la mer, en voulant la traverser pendant la grosse tempête du mois de juillet... Les oiseaux, mon cher papa, est-ce que ça se souvient de quelque chose ?—Puis, sans attendre la réponse, qui tardait un peu, Marie reprit :—Depuis ce temps-là, mon cher papa, j'ai pensé que le départ c'était toujours une chose bien triste ! C'était le premier que je voyais !... et ce soir.......... Et la jeune fille reprit le coin de son tablier blanc.

— Oui, mon enfant, ce soir, c'est un départ bien pénible ; mais au moins Jacques n'a pas fait comme tes oiseaux, il t'a promis, en partant, qu'il reviendrait ; il reviendra.

Je ne suis pas bien sûr si les rossignols se souviennent de quelque chose ; comme les tiens ne sont pas de retour, c'est le meilleur signe qu'ils ne se rappellent de rien. Mais les garçons, Marie, ça se souvient toujours !......

Il paraît que ceci était déjà une vérité bien connue au temps du père Landry, car autrement il ne l'aurait pas affirmé : on sait jusqu'à quel point les Acadiens abhorraient le mensonge.

Dans tous les cas, Jacques avait bien décidé de revenir à Grand-Pré, au printemps. Comme il était le seul des Hébert non marié, il devait suivre son vieux père pour l'aider dans son nouvel établissement ; mais il était convenu, en famille, qu'on ne le retiendrait pas après les premières semailles.

IV

Cependant, quoiqu'il emportât l'espoir d'un prochain retour, le départ n'en avait pas été moins pénible pour lui. Il n'avait pas, sans doute, comme ses parents, à rompre avec de vieilles habitudes : il n'avait que dix-huit ans ; cependant, celle toute petite qu'il avait contractée depuis quelque temps lui parut bien aussi difficile à briser que les plus antiques et les plus solennelles. On comprend qu'il ne s'agit ici ni de cartes, ni de pipe, ni de course au clocher, mais bien d'une fille d'Eve. Il y en avait beaucoup à Grand-Pré, et elles n'attendaient pas d'avoir vingt ans pour charger leurs frères d'aller dire à leurs amis qu'elles étaient bonnes à marier ; et quand elles étaient jolies et douces comme Marie, elles pouvaient facilement se dispenser de confier aux frères cette mission délicate, qu'ils remplissaient d'ailleurs toujours assez mal. Dans ces heureux temps, les épouseurs se présentaient presqu'aussitôt après la démolition de la dernière poupée. Ainsi, Marie avait à peine treize ans au départ de Jacques, et les fiançailles étaient déjà une affaire convenue entre eux et leurs familles.

Raconter minutieusement les origines et les phases de cette liaison serait chose futile ; qu'il me suffise de dire que ces origines ne remontaient pas à la nuit des temps, et que les phases les plus saillantes n'étaient pas extraordinaires. Un petit tableau de l'état des coutumes des colonies acadiennes fera deviner en partie au lecteur ces simples et suaves mystères dont chacun a plus ou moins dans son cœur la secrète intuition.

L'isolement où se trouvaient ces colonies ; le nombre encore peu considérable des habitants ; leur vie sédentaire, surtout à Grand-Pré ; leur industrie, leur économie, la surabondance des produits agricoles, le grand nombre des enfants, la pureté et la simplicité des mœurs, tout cela rendait les rapports sociaux faciles et agréables, et préparait des mariages précoces. Tout le monde se voyait, se visitait, s'aimait de ce sentiment que donnent l'honnêteté et la charité réciproque. Les enfants trouvaient facile de se lier entre eux dans cette atmosphère de bienveillance où vivaient leurs pères : toujours mêlés ensemble autour de l'église, de la chaumière, des banquets de familles, ils rencontraient bientôt l'objet sympathique et l'occasion de marcher sur les traces de leurs généreux parents. Les entraves ne surgissaient pas plus après qu'avant ces liaisons. Il n'y avait pas d'inégalité de conditions ; à part le curé et le notaire, tous les autres avaient la même aisance, à peu près la même éducation et la même noblesse : toutes choses qu'ils acquéraient facilement avec leur intelligence, leurs cœurs honnêtes et les lumières de la foi.

Or, le curé ne pouvant pas se marier, personne n'avait donc à se disputer sa main ; lui, de son côté, tenait beaucoup à faire des mariages. Quant au notaire, comme il était ordinairement seul dans le canton, on ne pouvait toujours le ravir qu'une fois, ou deux tout au plus, dans le cas d'un veuvage, ce qui le rendait déjà moins ravissant.

Cet énorme parti, ce suprême personnage une fois fixé, les grandes ambitions du village n'avaient plus de but, car il n'y avait pas d'avocat—ô le beau temps ! Comme son curé, le notaire n'avait pas de plus grand intérêt que de conjoindre les autres. Ainsi, tout contribuait à faire les voies larges et fleuries à ce sacrement des cœurs tendres. Donc pas de longs pourparlers ; pas de ces mystérieuses intrigues ; pas de ces dramatiques alternatives de rires et de larmes qui précèdent et gâtent si souvent les unions de nos jours, et qui fournissent de nombreuses pages aux fictions romanesques ; pas de ces interminables répétitions d'un mot, qui s'affadit à force d'être redit ; pas de ces intarissables protestations de constance éternelle, de passion héroïque ; ce que l'on gaspille, ce qu'on laisse évaporer de ces beaux sentiments ailleurs, avant le mariage, on l'apportait là, en plus, dans la vie d'époux et de mère.

Oh ! nos saintes mères ! combien nous devons admirer et bénir leur héroïque existence ; combien nous devons dépenser avec sagesse et générosité le sang et les forces qu'elles nous ont prodigués avec tant d'amour et de dévouement ! Si jamais rôle de femme a été complètement accompli, c'est le leur ; si jamais quelqu'un a su se donner aux autres, avec joie, abandon et sincérité, dans le silence et l'obscurité du foyer, celles-là l'ont fait plus que toute autre. A peine les fleurs de leurs printemps étaient-elles écloses, qu'elles s'empressaient de les effeuiller sur la tête de leurs enfants. Elle n'avaient qu'une saison, l'automne ; la jeunesse ne leur semblait pas donnée pour jouir et alimenter leurs plaisirs, mais pour la faire couler à flots purs dans la vie d'une nombreuse famille et pour fonder une génération forte.

Mariées à quatorze ans, elles étaient mères à quinze, puis elles l'étaient de nouveau tous les dix-huit mois, jusqu'à l'âge de quarante-cinq ans ! Comptez............ je ne mentionne pas les jumeaux. Vous pouvez noter facilement, sans doute, le chiffre des rejetons ; mais vous ne trouverez jamais le nombre des pensées d'amour, des heures sans sommeil, des soins coquets donnés à tous les marmots ; vous n'additionnerez jamais les points d'aiguille, les tours de quenouille, les allées et venues de la navette ; puis les fromages, puis les conserves, puis les produits du jardin, puis les milliers d'autres travaux d'économie domestique, accomplis avec joie pour vêtir et nourrir, pour fêter même cette postérité d'Abraham ! Vous ne compterez jamais, non plus, les services rendus aux voisines, aux filles et aux brus, dans les temps de maladie, ou pour leur faciliter le rude apprentissage du ménage. Ah ! vous, leurs filles, qui, après avoir laissé courir longtemps vos doigts sur des claviers ingrats et vos pieds sur des tapis brûlants, durant les jours et les

nuits de votre jeunesse, ôsez vous écrier, dans l'énervement de
vos forces, quand vos enfants pleurent, quand vos domestiques ne
peuvent pas assez vous servir : — Que la vie est difficile ! — jugez,
devant le souvenir de vos fortes mères, quelles femmes vous êtes !

Jacques et Marie ont donc commencé à filer la trame de leur
bonheur, absolument comme leur père, leur mère et tous leurs
devanciers de Grand-Pré le firent autrefois. Ils vivaient à côté l'un
de l'autre, leurs familles étaient intimes, leurs relations journaliè-
res. Jacques avait à peine quatre ans de plus que sa petite voisine,
et, comme il est proverbial que les garçons ont l'esprit beaucoup
moins précoce que les filles, que leur mémoire ou leur tête est
beaucoup plus dure — dans l'enfance, bien entendu — Jacques et
Marie se trouvaient au même degré de développement moral.

Ils suivirent ensemble les instructions religieuses du bon curé,
qui leur enseignait, en même temps, à lire, à écrire et à compter.
Pendant plusieurs saisons ils tracèrent, de compagnie, le petit
sentier qui conduisait à l'église, le long du grand chemin. Tantôt
Marie trottinait devant, tantôt Jacques, pour lui battre la neige,
quand c'était l'hiver, ou lui faciliter le passage des mares boueuses,
si communes en automne ; bien entendu qu'à tous les mauvais pas,
le sexe fort aidait au sexe faible. Quelquefois, pour être plus agiles,
les deux enfants eurent l'idée friponne d'enlever leurs chaussures.
Alors, Jacques attachait les deux paires par les bouts des cordons
et se les passant au cou, ils couraient tous deux, joyeux de l'aventure. Jacques ne faisait, d'ailleurs, nullement attention aux petits
pieds de Marie, qui laissaient, en touchant l'argile fraîche, tant de
jolies empreintes !

C'était une de leurs habitudes de prendre, avec eux, leur collation
de midi, qu'ils dégustaient d'ordinaire en commun, sur le gazon,
à l'ombre de l'église. Jacques aimait, entre autres choses, le lait-
pris, et Marie avait une petite dent aiguisée tout exprès pour grignotter la galette au beurre qui lui faisait éprouver des jouissances
toujours nouvelles. Or, il arrivait souvent que Marie avait, dans
son panier, du lait-pris, et Jacques, dans son sac, de quoi satisfaire
la petite dent de Marie. L'on partageait, cela se devine.

J'ai oublié de dire que les deux amis avaient un fidèle compagnon, qui ne les quittait jamais d'un pas. Cette dernière circonstance me le rappelle ; car il aimait également la galette et le lait-
pris, et il faisait grand honneur aux deux ; il aimait aussi, à un
égal degré, sa sœur Marie et son voisin Jacques. Il se nommait
André.

Les délices de la collation et tous ces agréables petits rapports de

bon voisinage n'en firent pas aller plus mal le catéchisme. Le jour
de la première communion venu, les deux enfants allèrent ensemble à la sainte table, et quand il revinrent à la maison, au milieu
des parents en fête, il s'échappait un rayon de grâce de leurs fronts
purs et candides. Marie était charmante sous son petit bonnet
blanc, et dans sa toilette chaste et simple comme son âme. Un
séraphin n'aurait pas pu mieux se travestir pour visiter notre pauvre terre, incognito.

Il est probable que ce bon Jacques ne constata pas encore le fait,
tout occupé qu'il était à regarder une grande enluminure que lui
avait donnée monsieur le curé, où l'on voyait un groupe d'anges
débraillés et retors, comme on en faisait sous Louis XV.

V

Depuis lors, Jacques se remit aux travaux des champs avec ses
frères, et Marie aux occupations nombreuses d'une ferme aisée.
Ils avaient pris à l'autel de leurs pères cette énergie morale qui
caractérise les colons de ce temps ; ils allaient maintenant se former,
dans leurs familles, à cette vie forte, active et régulière, à ces habitudes de travail et d'économie, de bienveillance et de probité qui
furent tout le secret de la richesse et du bonheur des Acadiens.

Le fait seul que l'on retrouve ces deux enfants fiancés, quatre
ans après leur première communion, prouve qu'ils n'en restèrent
pas, l'un et l'autre, à leurs goûts pour le lait-pris et le gâteau populaire de leur pays. Jacques ne revit plus, sans doute, le petit pied
blanc de Marie, car depuis que l'on avait dit à la fillette qu'elle
était maintenant une grand'fille, elle aurait rougi jusque sous la
plante de ce même petit pied si elle l'eût aperçu nud, en public.
Mais elle n'avait pas que le pied de mignon. Son minois..... qu'elle
ne cachait jamais, parce que jamais le chagrin, la honte ou le
repentir n'eurent l'occasion de l'effleurer d'un nuage ; son minois
était aussi trop gracieux, trop attrayant pour que Jacques ne finît
pas par s'en apercevoir.

En grandissant, ils ne perdirent pas complètement l'habitude de
faire route ensemble pour aller à l'église ou ailleurs. Les bois et
les prairies des deux familles se touchaient; on avait souvent l'occasion d'y cheminer durant la fenaison ou les récoltes, et, comme
tous les hommes des champs aiment à échanger quelques mots

avec le voisin, sur les choses de la terre, les Landry et les Hébert suivaient souvent le fossé mitoyen. Les enfants ne faisaient pas autrement que leurs parents ; seulement, Jacques franchissait quelquefois sa levée.

Un jour du mois de juillet, qu'ils s'en allaient ainsi tous ensemble visiter les foins en fleurs, pendant que les papas discouraient sur quelques singulières influences de la lune et sur l'avenir des pommes de terre, Marie avait aperçu, à travers les herbes, de belles grosses fraises qui lui arrachèrent un de ces cris de joie comme en font seul commettre, à pareil âge, ces agaçantes primeurs. Jacques, en garçon bien élevé, lui cueillit aussitôt les plus belles ; et, pendant qu'il jouissait du plaisir avec lequel Marie dévorait ces fruits nés des rosées, de parfums et des couleurs de l'aurore, il constata que les fruits, en s'approchant des lèvres de sa compagne, ne les faisaient pas paraître plus pâles.

Première découverte.

Dans ces terres alluviales, les maringouins sont toujours très-abondants ; il arriva donc que plusieurs de ces traîtres insectes osèrent aller butiner sur la fraîche épiderme de Marie, pendant qu'elle moissonnait ainsi tout le produit du matin ; avec une vivacité qui lui était naturelle, sans songer aux fraises qu'elle tenait sous le pouce, elle appliquait à la partie blessée un preste soufflet qui, tout en tuant le sanguinaire moucheron, écrasait sur place le fruit inoffensif. Plusieurs maringouins vinrent ainsi puiser au sang de la petite fermière, et tous en furent punis, mais non sans le sacrifice de quelques-unes des offrandes de Jacques.

Quand les promeneurs furent près d'arriver au village, un ruisseau se présentant, Marie, tout naturellement, demanda à Jacques de lui indiquer les endroits barbouillés de son visage, afin de faire toilette. Celui-ci trouva facilement les taches du jus merveil sur le front, aux tempes, dans la fossette du cou, à cet endroit où s'arrondissait la gracieuse oreille que le père Landry aimait tant à caresser ; c'est là où les maringouins font ordinairement le plus de ravage. Mais, quand il fallut explorer les joues et la partie la plus arrondie du menton, Jacques déclara, après un long examen, qu'il lui était impossible de constater l'impression du fruit délicat. Il aurait été bien plus simple de dire de suite à Marie de laver le tout ; ce n'était pas l'eau qui manquait..... Mais décidément ces enfants commençaient à devenir minutieux. Ce qui est le plus probable, c'est que le grand Jacques avait trouvé, dans ses recherches, sur la figure de son amie, bien d'autres jolis problèmes à résoudre.

La vie laborieuse et libre des champs, le soleil abondant, l'air vif de la mer, les émanations embaumées des bois, les rosées matinales dans lesquelles Marie avait si souvent trempé son pied, en compagnie des narcisses et des violettes ; enfin, le contact continuel et l'aliment d'une nature vierge et féconde avaient donné à toute sa personne cette maturité précoce, commune à toutes les filles du pays. C'était l'union, sur une même tige, de l'éclat de la fleur qui féconde à la saveur du fruit mûrissant.

Un contour ferme marquait toutes les ondulations gracieuses de la figure que l'ardeur de l'âge et la gaité que donnent le bonheur et l'innocence animaient sans cesse, comme ces bruyères légères, sous l'haleine d'une brise continuelle. Son teint, abandonné négligemment aux caresses du soleil, avait revêtu sur ses lys et ses roses une légère nuance de bistre qui ajoutait encore à l'apparence de force et de nubilité hâtive de la jeune fille. Avec cela, les traits, que l'âge n'avaient pas encore bien caractérisés, avaient une finesse peu commune chez les villageoises ; la beauté de l'âme y rayonnait vaguement comme la lumière d'une étoile à travers un nuage léger ; et dans leurs lignes indécises, on y lisait déjà une grande sensibilité de cœur unie à beaucoup de force, de volonté et de vivacité d'esprit. Une certaine élégance native jetait sur toute cette petite personne un vernis de distinction naturelle qui ne s'alliait pas mal au bonnet normand, au mantelet de serge bleue du pays, au jupon de droguet écourté.

Voilà la seconde découverte que fit Jacques. Après celle-ci il n'en eut plus guères d'autres à faire que dans son propre cœur, et ces dernières ne l'obligèrent pas à de longues recherches ; elles se révélèrent elles-mêmes à sa conscience : car de ce jour, la petite voisine fut une incarnation complète dans sa pensée, dans son cœur et dans ses sens : il avait rencontré cet être unique, cet femme choisie après sa mère pour féconder dans son cœur cette seconde efflorescence qu'on appelle toujours l'amour, et qui contient comme en essence, toutes les joies, toutes les émotions futures, toutes les espérances, toutes les destinées de notre vie de la terre ; il avait connu pour la première fois et pour toujours, cette attraction mystérieuse de deux êtres, ce contact de deux âmes destinées à perpétuer sur la terre l'amour par leur amour, la vie par leur vie ; il avait goûté toutes ces pures délices que le créateur a semées autour du berceau de la famille, pour nous entraîner par le plaisir vers l'accomplissement des grands devoirs que nous prescrivent la Providence et la société ; il avait senti se graver dans sa mémoire le plus gracieux et le plus éternel de ses souvenirs, celui qui perce

sous tous les autres, qui apparaît à toutes les phases de la carrière,
jeune, chaste, riant, consolateur, malgré les douleurs, les défail-
lances et les égarements de l'existence. Enfin la nature, les circonstances, une heureuse destinée avait fait fleurir un mariage de
plus sur le sentier de la vie ; les parents, le prêtre et le bon Dieu
n'avaient plus qu'à le bénir.

Il y a des choses qui n'ont pas besoin d'être dites, surtout d'être
répétées pour être comprises : et quand on s'aime, pas en amateur,
mais pour se marier, pour se marier à treize et quatorze ans, on ne
prend pas la peine d'aller chanter les notes de ses sentiments à
tous les échos, et aussi souvent que son *Ave Maria*. Mais enfin,
quelque sobre de paroles que l'on puisse être, il faut toujours bien
finir par prononcer le mot de la chose, puisque c'est la seule transition possible pour arriver au sacrement. Ce fut Marie qui le dit
la première, mais elle le dit d'abord à sa mère ; voici dans quelle
circonstance.

On dansait quelquefois sur l'herbe menue, devant la maison des
Landry, après les offices du dimanche. C'étaient des cotillons animés, ou des rondes exécutées sur un chant naïf. Dans une figure,
je ne sais plus laquelle, Jacques fut obligé de jeter son foulard
autour du cou de Marie ; celle-ci s'enfuit ; le foulard était en nœud-
coulant ; pour ne pas étrangler sa voisine, Jacques lâcha prise, et
Marie se sauva vers la maison avec son entrave, qu'elle serra soigneusement avec ses bonnets blancs, dans son tiroir parfumé de
propreté et d'herbes odoriférantes. J'ignore si, le soir, elle le mit
sous l'oreiller de son lit, ou si elle le noua autour de son cou, pour
qu'il lui inspirât de doux rêves durant son sommeil ; mais il est
certain que le foulard gardé fut toute une déclaration et devint le
premier lien indissoluble contracté entre les deux amants.

Le dimanche suivant, Marie s'en coiffa pour aller à l'église, ce
qui procura un bonheur infini à Jacques, et ne pût échapper à
l'observation de la bonne mère Landry, qui jetait toujours un œil
à la toilette de sa fille, sur la route de l'église, surtout quand il
passait de jolis garçons, des partis...... De retour à la maison, dans
un moment où les deux femmes étaient seules, la mère dit à la
fille :

— Eh bien, si Jacques te demandait en mariage, que dirais-tu ?

— Qui, moi ?........ fit Marie avec un grand étonnement qui
tournait peu à peu au sourire ; puis elle rougit jusqu'aux yeux ;
puis elle embrassa deux ou trois fois sa maman, riant enfin décidément, et elle continua : — Eh bien, ma chère petite mère, je
dirais.....................oui !

—Tu dirais bien, mon enfant, et tu nous ferais beaucoup de plaisir, à tous ; tu n'aimes Jacques que tout juste...... un peu plus que nous...... et la brave femme embrassa sa fille à son tour, qui se tenait le visage caché dans le cou de sa maman, et se taisait.

Après le grand effort qu'il lui avait fallu faire pour jeter ce premier secret de son cœur à deux oreilles humaines, en face du soleil qui éclaire tout le monde...... et entre les quatre grands murs de la maison, qui ont la réputation de tout entendre et de tout répéter, Marie avait besoin de vingt minutes de silence au moins. Quand elles furent passées, la mère Landry reprit :

—As-tu songé à l'époque du mariage ?

—Non, maman, est-ce que je puis me marier à présent ? Suis-je assez grande pour avoir un mari à moi ? Quel âge aviez-vous, mère, quand vous avez pris papa ?......

—Quatorze ans moins...... moins quatre mois.

—C'est-à-dire un peu plus que treize, n'est-ce pas, maman ? Eh bien ! j'ai treize ans faits, moi, maintenant ; je pourrai donc, bien vite, dans six ou huit mois, faire comme vous...... Ah ! que je suis heureuse ! je ne veux jamais être autrement que vous, maman ; cela fera que je serai une bonne petite mère aussi ! Est-ce que j'aurai dix-huit enfants, moi ?

—Peut-être davantage ; cela dépendra des bénédictions du ciel.

—Alors, vous prierez bien pour moi, maman. Et Marie continua, pendant deux heures, ce chapelet de phrases détachées. Quand le père Landry vint l'interrompre, elle avait déjà fait toutes ses invitations pour le mariage, préparé le dîner de noces, disposé sa toilette, monté et démonté sa maison plusieurs fois, fait dix pièces de toile, autant de flanelle, élevé cinquante douzaines de poules, battu mille livres de beurre, fait baptiser ses deux aînés, un garçon et une fille qui s'appelaient Jacques et Marie ; Marie ressemblait à sa grand'maman... etc.,... etc.,... etc.............................

Quelques jours après cette scène, les parents s'entendirent entre eux sur les dispositions du mariage, qui fut fixé à six mois. Les deux familles, durant cette période, devaient faire les premiers défrichements d'une terre que l'on destinait à Jacques. Quant à la maison, on ne s'en inquiéta pas pour le moment. Après leur mariage, les deux enfants devaient rester dans celle des Hébert. Quoiqu'il y eut déjà quatre ménages dans la maison, on ne craignait pas la gêne : des cœurs qui s'aiment peuvent se loger dans un bien petit espace. D'ailleurs, la ruche devenant trop pleine, il y avait toujours la ressource de faire une allonge à la demeure commune ;

on comptait beaucoup de maisons à Grand-Pré que l'on avait allon
gées cinq fois.

C'est pendant la période des six mois de fiançailles que la famille
Hébert résolut de quitter le village.

Les passions, à l'âge et dans les conditions de vie où se trouvaien
Marie, peuvent être vives, et se faire jour par des formes et de
expressions bruyantes, mais elles ne peuvent avoir une grand
profondeur. D'ailleurs, les espérances sont encore infinies et la
vie semble n'avoir pas de limites. Le départ de Jacques laissa don
la jeune fille bien triste pendant trois ou quatre jours, durant les
quels le tablier blanc ne cessa pas d'être humide. Mais comme le
fiancé devait revenir, elle finit par l'attendre : six mois sont bientô
passés ....

Ils passèrent, en effet, les six mois, mais personne ne vit reveni
le plus jeune des Hébert. Les événements politiques jetèrent entre
lui et Marie des obstacles insurmontables.

                              VI

Vers cette époque, tout semblait compliquer les relations de la
France et de l'Angleterre ; les deux pays étaient entraînés invinci
blement l'un contre l'autre. La lenteur des communications faisai
qu'en Amérique les difficultés s'aggravaient avant qu'on pût
mettre ordre en Europe ; l'impossibilité d'avoir des rapports bien
exacts à de si grandes distances ; l'avarice jalouse de toutes ce
compagnies de traiteurs anglais et français qui se disputaient le
richesses des forêts et l'amitié des sauvages ; la haine et l'envie qu
animaient les colonies encore plus que les métropoles: tout engen
drait la discorde ; la guerre naissait partout et à chaque instant. Ce
deux peuples, qu'une mer avait éternellement séparés dans leu
vieux monde, semblaient ne pouvoir pas fouler la même terre
notre continent était déjà trop petit pour leur double ambition
leur antipathie se recherchait à travers les solitudes immenses du
monde nouveau pour se heurter ; if fallait bien que l'un d'eu
disparût.

On se rappelle que le chevalier de LaCorne avait été envoyé pa
M. de la Jonquière pour occuper l'isthme acadien ; c'est sur la
rive occidentale de la Missaguash, presqu'en face de Beau-Bassin
que cet officier vint planter le drapeau de la France. Il voulai

affirmer publiquement les droits de son gouvernement à la possession de ces terres, avant que la question des frontières fût discutée par la commission désignée pour cet objet. Les émigrés de Grand-Pré étaient arrivés dans ces environs quelques semaines seulement après lui ; et, en attendant la saison favorable pour se construire une demeure, ils avaient accepté l'hospitalité de leurs parents. Ceux-ci habitaient la côte opposée à celle où stationnaient les Français.

Le gouverneur Cornwallis ne fut pas longtemps à s'apercevoir que les intentions de LaCorne étaient de se fortifier dans les positions qu'il venait d'occuper ; il envoya donc, dès le printemps suivant, le major Lawrence à la tête d'un petit corps d'armée pour le déloger.

Quelques détachements de ces troupes traversèrent le district des Mines, et l'on apprit bientôt chez les Landry quelle était leur destination ; et quoique l'on s'efforçât, autour de Marie, de lui cacher la tristesse que cet évènement causait dans la famille, la jeune fille, avec cet instinct clairvoyant que possède tout cœur aimant, n'en fut pas moins saisie d'une pénible inquiétude. Et l'époque du retour de Jacques n'était pas encore passée, qu'elle sentait naître dans son cœur les plus sombres appréhensions. Le vague pressentiment qu'elle exprimait à son père au départ de la famille Hébert, renaissait dans son âme avec l'impression d'un malheur réellement accompli.

D'ailleurs, elle avait raison de tout craindre : l'irritation était grande chez les Anglais. Depuis l'arrivée du commandant français dans la Baie de Beau-Bassin, les populations acadiennes abandonnaient en plus grand nombre leurs foyers et elles se précipitaient vers le Canada et l'île St. Jean. Cette désertion générale faisait la rage de Cornwallis ; il désirait bien déjà se délivrer de ces sujets détestés, mais il n'aurait pas voulu les voir aller grossir les rangs de l'ennemi.

Tout le monde augurait donc de tristes choses de l'expédition de Lawrence, et l'on tint l'oreille ouverte à toutes les rumeurs qui vinrent de ce côté-là.

Le père Landry, tout en essayant de rassurer sa fille, ne s'abusait guère sur la situation de la famille de son vieil ami. Quoiqu'il le sût établi sur un territoire appartenant incontestablement aux Anglais, il était persuadé que l'autorité ne lui pardonnerait pas de s'être rapproché de la frontière, dans ces circonstances, et qu'on allait le traiter en vil transfuge, malgré qu'on fût encore en pleine paix.

Les bruits sinistres ne se firent pas longtemps attendre : il circula de terribles histoires, et comme aucunes n'étaient apportées par une voie directe et qu'elles passaient à travers des esprits terrifiés, elles revêtaient partout mille couleurs plus sombres les unes que les autres. On racontait des combats sanglants, des proscriptions en masse, l'incendie de tous les établissements de Beau-Bassin, la fuite des habitants dans les bois, et leur massacre par les sauvages. De nouvelles troupes passèrent à Grand-Pré, allant toujours vers la Missaguash : autres conjectures lugubres. Enfin l'on apprit vaguement que tout l'isthme était occupé par des soldats, que Français et Anglais y avaient élevé des fortifications, et l'on prédit en même temps que la guerre allait commencer partout ; mais personne ne parla des anciens voisins.

Malheureusement, beaucoup de ces narrations étaient exactes ; on ne fut donc pas étonné de ne pas voir revenir Jacques.

Cependant, on ne désespéra pas tout-à-fait de son sort et de son retour, quoique nul ne vint pour les rassurer : ils firent la réflexion que les massacres devaient avoir été bien exagérés : pourquoi les sauvages auraient-ils tué des hommes avec lesquels ils avaient toujours été alliés ? De tous les indigènes, les Micmacs étaient ceux qui gardaient pour les Français l'attachement le plus inviolable et, dans ces derniers temps, leur acharnement contre les Anglais s'était manifesté plus que jamais. Jacques ne pouvait avoir péri par leurs mains, et s'il vivait, comme la cause première de son absence n'existait plus, il ne manquerait pas de faire tous ses efforts pour revenir ; et si quelqu'un pouvait déjouer l'habileté des patrouilles qui gardaient les frontières et triompher de grands obstacles, c'était bien lui.

On ne manquait pas de faire valoir ces dernières raisons près de Marie pour la rassurer, en lui cachant les trois-quarts des fables qui avaient été racontées sur les malheureux émigrés et la moitié, au moins, de ce qui semblait être vrai. Elle, de son côté, n'était pas disposée à croire à l'éternité de son malheur. Ce n'est pas à l'âge qu'elle avait qu'on laisse tomber à terre, au premier obstacle, ses plus douces espérances. Les grands revers n'avaient pas encore appris à son âme à douter de la réalisation de ses beaux désirs. Elle touchait à peine à ses quinze ans ; son imagination était vive et ingénue ; elle était habituée à voir tous ceux qui l'entouraient complaire à tous ses modestes souhaits ; elle croyait en un Dieu bon, et elle était bien persuadée qu'il suffisait de regarder le ciel avec confiance, en formant dans une âme pure un rêve de bonheur, pour qu'il se réalisât un jour ou un autre.

A quinze ans, il s'élève souvent des montagnes entre notre cœur et le but où s'élance notre ambition ou nos amours : il s'ouvre des mers immenses, il se fait des vides terribles, il se creuse des abîmes, il s'écroule des *Châteaux-en-Espagne ;* cependant, on regarde toujours devant soi, l'œil souriant, la lèvre avide et l'on attend que les montagnes s'abaissent, que les rivages se rapprochent, que les vides et les abîmes se remplissent, que d'autres châteaux s'élèvent et s'embellissent ; on croit sincèrement que tout cela va se faire pour nous laisser toucher au pinacle.....Que ne reste-t-on longtemps à l'âge de quinze ans !

Ainsi, malgré ses sombres inquiétudes, Marie ne perdit pas l'espérance, cette vertu de son âge, ce baume des cieux, cette grâce du christianisme, cette suprême force du malheur. Il lui arrivait toujours, de temps à autres, quelques mauvaises nouvelles, quelques révélations inconsidérées, et son courage en était un instant ébranlé ; quelquefois, dans les jours sombres, son âme, lassée du vague et de l'incertain, et son cœur, fatigué de cette solitude sans limites où il cherchait en vain le plus doux élément de sa vie, s'affaissaient dans la douleur ; alors, elle appelait l'amour de Dieu, elle priait : elle priait pour Jacques ! Sa tendre invocation, en s'élevant vers le ciel, détachait peu à peu sa pensée de la terre : son sentiment épuisé se retrempait dans les ondes de l'amour immortel et infini pour revenir vers son pauvre exilé : il lui semblait que des hauteurs étoilées, avec l'œil clairvoyant du Maître souverain, elle allait atteindre et diriger ses pas... et elle pouvait attendre encore.

Le travail aussi, ce soutien des âmes fortes, le travail assidu, sanctifié par l'amour du devoir, dirigé et régularisé par une pensée fixe, par un but toujours présent dans son cœur, lui aidait à passer les heures tristes.

On se rappelle que pendant les six mois qui devaient précéder le mariage des jeunes voisins, leurs parents étaient convenus de leur préparer un établissement qui pût les mettre de suite en état de bien vivre ; le départ des Hébert avait changé cette disposition. Cependant le père Landry ne voulut pas que sa Marie fût dé héritée de cette promesse, et il prit sur lui seul de la remplir, et de préparer, de concert avec elle, une douce surprise à l'épouseur. Une occasion lui permit d'acheter une jolie ferme tout-à-fait de son choix, et comme il sentait que la petite avait besoin de distractions, il mit de suite la propriété sous sa direction, lui offrant d'ailleurs de lui prêter main forte pour tous les travaux un peu rudes. La jolie fermière prit pour locataire une pauvre veuve restée avec deux gars de douze à quatorze ans ; et, en faisant du bien à cette brave femme, elle associa à ses intérêts une aide dévouée.

Aussitôt que tout fut prêt pour l'exploitation régulière de la terre, Marie se mit à l'œuvre avec l'activité de son âge, de son caractère et de ses désirs de bien faire : elle demandait conseil à toutes les vieilles têtes et secours à tous les jeunes bras de la parenté. Tous se prêtaient à ses désirs. Il y avait quelque chose de si touchant dans le culte que la jeune fille donnait au souvenir de son fiancé et dans l'ardeur qu'elle mettait à lui préparer des joies, pour un retour qui n'aurait peut-être jamais lieu, que chacun s'empressait de contribuer à ses douces illusions, sans autre espoir que celui de voir Jacques cueillir un jour les peines de leur travail.

Tout allait à merveille, et pendant quelque temps, la pauvre enfant jouit pleinement du bonheur de penser que tous ses pas, toutes les ressources de sa main et de son esprit, toutes ses ingénieuses industries concouraient à l'édification de sa petite fortune, au charme de son futur intérieur ; elle allait pouvoir dire à l'arrivée du cher exilé :—Vois tout ce que j'ai fait en pensant à toi ! comme tu as occupé toutes les heures de mes journées ! comme ton souvenir a fécondé tous mes efforts !...

VII

Les mois passèrent rapidement au milieu de toutes ces occupations et de ces perplexités. Comme tout attachement vrai, celui de Marie ne faisait que grandir et se consolider avec l'âge et la séparation. Les dangers que courait son fiancé, les chagrins continus, les pleurs secrètes que lui causait son malheureux sort, faisaient rayonner constamment vers lui toute les puissances de son cœur. Dieu a mis des trésors mystérieux dans l'amour de la femme, cette gracieuse providence de la famille : les douleurs, les inquiétudes, les larmes ont la vertu d'alimenter et de grandir son affection, et souvent l'être qui leur en a demandé davantage est encore celui qui est le plus aimé.

Marie, pour chasser les tristes images que lui traçaient ses frayeurs, dans le présent et dans l'avenir, recherchait les lieux qui lui rappelaient les scènes de son enfance. Tous ses petits souvenirs étaient éparpillés comme une moisson de fleurs, autour du champ de son père ; elle pouvait facilement en faire la récolte ; cette floraison de sa vie de treize ans, si tôt fauchée par le temps, conservait encore toute sa fraîcheur, tout son éclat ; aucuns calices n'avaient été flétris......

Partout elle retrouvait les moindres incidents de sa liaison avec le petit voisin, et ressentait comme la repercussion des plaisirs qui les avaient accompagnés : les bois reverdissants, les émanations des foins fraîchement fannés, les fraises rougissantes, la première javelle dorée tombée sous la faucille, la dernière gerbe de la ferme couronnée dans la grange : tout cela lui parlait tour à tour de cette saison mystérieuse de sa vie où toutes les choses de la terre s'étaient révélées à ses sens, avec un charme jusqu'alors incompris.

Quelquefois, sans qu'on la vit, elle s'acheminait dans le sentier des enfants du catéchisme. Ce n'était pas pour aller faire ses dévotions, car il n'y avait plus de curé à Grand-Pré ; un missionnaire y passait, seulement, de temps à autre ; le gouvernement ne lui donnait pas la permission d'y séjourner. Le commandant de la place habitait le presbytère, et depuis quelques jours l'église même avait été changée en arsenal.

Le sentier était donc devenu solitaire et voilé ; Marie seule retraçait ses sinuosités dans les foins. Quand elle passait émue, se hâtant, à cause du soir, il lui arrivait de s'arrêter tout à coup, pour se retourner : elle croyait entendre les pas rapides de quelqu'un qui accourait derrière elle comme pour lui saisir clandestinement la main, ou lui secouer dans le cou des touffes de trèfles pleins de rosée...... mais elle ne voyait rien que les grandes herbes, qui, courbées un instant sous ses jupons, se relevaient après son passage en se frôlant ensemble.

Elle évitait bien d'aller jusqu'au bout du chemin, à cause des soldats effrontés qu'elle y voyait toujours ; elle se contentait de regarder de loin le petit temple de bois où elle ne pouvait plus aller prier : les portes étaient fermées, la lampe ne brillait plus au milieu du chœur, la cloche n'appelait plus personne, une sentinelle passait machinalement devant le portail... Que cette vue lui faisait mal ! L'église de sa première communion... où Jacques, un jour déjà passé, aurait dû la conduire par la main, joyeuse et couronnée de fleurs blanches !... ces portes lui semblaient fermées comme un tombeau sur le bonheur de sa vie.

Que tout était changé à Grand-Pré, maintenant ! On aurait dit qu'on avait arraché le cœur de cette population en lui enlevant son église et son prêtre ; il n'y avait plus de centre de ralliement et de vie ; les joies saintes de la religion étaient enfuies ; on ne chantait plus, on ne jouait plus, le dimanche soir, près du presbytère, sous le regard souriant du curé ; la naissance était triste et la mort sans consolation ; l'autel était profané. On ne voyait plus, aux heures de l'instruction, les petits enfants, ces amis du Christ, se presser tout grouillants sur les degrés du perron, comme les hirondelles sous le clocher, pour prendre la curée frugale.

Souvent, la petite Landry dirigeait ses pas du côté de la Gaspereau : là, chaque buisson de noisetiers lui rappelait une fête ; c'est elle qui rapportait autrefois, dans les plis de son tablier, la récolte friande cueillie par ses frères aidés de l'ami Jacques.

En suivant toujours la côte, elle trouvait les anses qui servaient jadis de port aux petites barques des pêcheurs.

Durant la morte-saison, les jeunes gens avaient l'habitude de quitter le pays, pour aller faire la provision de poisson nécessaire pour les longs jours d'abstinence, qu'on observait si rigoureusement alors. Ils prenaient avec eux quelques produits de leurs fermes qu'ils échangeaient contre des objets de commerce, dans les comptoirs européens établis à l'entrée du golfe St. Laurent. Et comme la pêche était tellement abondante qu'ils pouvaient en quelques jours prendre et saler la quantité de morue et de hareng suffisante à la consommation de la famille, il leur était encore facile de vendre plusieurs cargaisons aux marchands étrangers.

Ces expéditions étaient donc toujours très-fructueuses ; la recette entière appartenait à la jeunesse. Le retour était une réjouissance publique. C'était le vent de la fortune, le souffle du bonheur qui gonflait toutes ces petites voiles : il y avait peu de ces garçons qui ne rapportaient pas quelques beaux présents pour leurs mères, leurs sœurs, ou pour les bonnes filles du village ; des présents venus de France ! En outre, la petite caisse d'économie renfermait amplement pour payer la noce de ceux qui devaient se marier, et même quelque chose de plus pour commencer le ménage. Bien de cœurs soupiraient après l'arrivée de la flotte fortunée. A peine la voyait-on poindre à l'entrée de la Baie de Fundy que tout le monde était au rivage. Pendant qu'on chantait en chœur sur les embarcations les chapeaux et les fichus s'agitaient aux ports, et bien des heureuses, de l'âge de Marie, se pressaient vivement du coude et se montraient en rougissant des heureux qui les regardaient aussi !

Tout cela était encore disparu... Il avait été strictement défendu aux Acadiens de posséder la moindre embarcation et d'exporter leurs produits. Les bords de la mer étaient devenus silencieux.

En errant ainsi, la fiancée de Jacques arrivait toujours à l'endroit où s'était embarquée la famille Hébert ; et c'était peut-être la raison pour laquelle elle allait faire un si long circuit, ne voulant pas laisser soupçonner le but de sa course. C'est là qu'elle avait vu pour la dernière fois des barques se balancer sur l'eau.

Assise sur une roche perdue, en attendant la venue du crépuscule, elle laissait errer son regard sur cette surface nue ; son œil s'attachait à chaque flot qui allait ou venait, et il le suivait jusqu'à ce qu'il se brisât sur la plage ou qu'il disparût au loin. Soit que la vague expirât doucement, soit qu'elle vint, comme une montagne croulante, ébranler la falaise, elle n'avait toujours pour elle qu'une voix, qu'un mot : ce mot d'adieu qu'elle avait entendu à ce triste soir d'automne... passé déjà depuis trois ans. Parfois il lui semblait l'entendre auprès, au loin, partout, et comme répété par un chœur immense ; cependant, elle retrouvait toujours la mer vide !

Alors, elle regagnait la maison.

VIII

Le capitaine Butler, qui habitait le presbytère de Grand-Pré, n'était pas la douceur même ; et le gouvernement, qui lui avait donné le commandement de cette partie du pays, n'avait pas, évidemment, l'intention de laisser prendre aux populations des habitudes déloyales. Il alliait à une expression bourrue des manières impertinentes de son choix ; son type tenait du renard et de l'hyène ; c'était la cruauté unie à la fourberie : il avait le ton rogue, souvent sa démarche et son teint accusaient le rogomme, et ses colères fréquentes faisaient transsuder sur sa figure les liqueurs subtiles ; on n'aimait pas plus son voisinage que sa société. Contre l'habitude de cette époque, il s'était laissé croître une moustache énorme de crins fauves et grisonnants qui lui battaient les oreilles à la moindre brise de l'avant, ajoutant beaucoup à sa physionomie de carnivore. C'était un vil instrument ; la nature l'avait fait naître bourreau.

Le capitaine Murray, son collègue de Passequid, était son digne comparse ; mais comment le lieutenant George Gordon, joyeux et beau garçon, se trouvait-il en si mauvaise compagnie ? C'est un de ces mystères que nous ne sommes pas en état de dévoiler.

Il n'était arrivé que depuis peu, et comme il devait remplacer Butler au poste de Grand-Pré quand celui-ci s'absentait, et que, d'ailleurs, il y avait en lui quelque chose de distingué et d'avenant, on parla beaucoup sur son sujet. Il fut rumeur qu'il avait commis quelques grosses fredaines de jeunesse, comme cela arrive à quelques fils de bonnes familles, en Angleterre, et que ses parents l'avaient obligé de prendre du service en Amérique. Il fallait nécessairement s'être rendu coupable d'un gros péché pour se trouver au milieu de tant d'ours mal léchés : c'est ainsi que pensaient les gens. Ce qu'on savait de plus certain, c'est qu'il avait de la fortune et de la noblesse, et qu'il était venu avec un de ses frères qui occupait un grade dans le corps de Lawrence.

Si Monsieur George, comme on le nommait, avait fait des fredaines, pourquoi son frère, qui n'en avait pas faites, aurait-il été puni comme lui ? Enfin, malgré tout ce que l'on en dit, sa présence au Mines fit un sensible plaisir aux habitants : le contraste était si frappant entre lui et son chef !

Le jeune lieutenant avait les manières obligeantes et polies d'un homme de bonne éducation ; c'était un joyeux compagnon, bon, vivant à ses dépens et pour le plaisir des autres autant que pour le sien ; aimant à s'amuser partout et un peu trop de tout, il ne prétendait pas endosser la figure obligée d'un fonctionnaire désagréable ; et s'il désirait quelquefois voir son capitaine s'éloigner, ce n'était certainement pas pour abuser de son pouvoir, mais, en premier lieu, pour se voir délivré d'un supérieur si déplaisant, ensuite pour laisser flotter à loisir les rênes du gouvernement. Celui-ci au moins était né bon prince. Malheureusement, on ne lui donnait pas souvent l'occasion de l'être.

Étant enfant, il avait fait un assez long séjour dans les colléges de Paris ; il parlait donc le français comme sa propre langue, et il ne s'en gênait pas, quand il en avait l'occasion ; Butler avait beau s'en fâcher, lui qui n'avait appris que nos jurons.—" En voilà un, se disaient les Acadiens, qui ne répond pas toujours, quand on s'adresse à lui :— G... d... m ! parle anglais, va à l'diable ! — Au contraire, M. George, qui a l'air du fils du roi, il ne dit rien fièrement, lui ; il nous donne la main, il parle d'autre chose que des ordonnances de Son Excellence, il s'informe de nos familles, de nos biens, et quand il nous rencontre, il ôte son chapeau ; oui, il ôte son chapeau, même à nos gars !... On croyait, à voir les autres, que les Anglais, ça naissait et ça mourait le chapeau sur la tête."—Ils n'en revenaient pas, les bonnes gens, et ils ajoutaient souvent :—" Ah ! pour celui-là, s'il a jamais fait le gros péché qu'on dit, ça ne peut être par méchanceté, toujours ! "

En effet, le fond du caractère du jeune officier se composait de bienveillance et de bonhomie : malgré les dissipations d'une jeu-

nesse laissée sans frein, et l'égoïsme que donne ordinairement
l'amour des plaisirs et les jouissances d'une grande richesse, il
n'avait pas perdu ces bonnes dispositions de son naturel. A vingt-
cinq ans, il est impossible qu'un cœur aussi bien doué que l'était le
sien ait épuisé tous ses trésors. Il faut avouer, cependant, qu'il
ne les avait pas ménagés.

Douze mois de séjour au presbytère de Grand-Pré n'étaient pas
nécessaires au lieutenant George pour découvrir qu'il allait faire
garnison en lieu peu séduisant, et que son nouveau capitaine était
une espèce d'ogre avec lequel il faudrait s'abrutir où se quereller.
En quittant l'Angleterre, il avait compté sur une vie aventureuse,
des expéditions gigantesques, des découvertes merveilleuses, pour
occuper l'activité de ses passions et lui faire oublier les frivolités
de sa vie passée, qu'il lui avait laissé d'ailleurs un peu de satiété ;
il espérait aussi garder la compagnie de son frère, qu'il aimait.
Mais quand il se vit lié, par une discipline brutale, dans ce petit
village, au milieu de populations qui avaient toutes les raisons du
monde de le détester d'avance ; à côté d'un être antipathique dont
il fallait subir les ordres ; séparé de tous ses anciens plaisirs par des
forêts et des mers immenses, il eut un instant de vertige, et il
songea qu'il allait tout probablement connaître le spleen.—Ce
n'était pas la peine, pensait-il, de laisser son pays pour venir
chercher si loin un produit de son climat !

Cependant, avant de prendre des airs tristes et de pleurnicher
aux horizons, il résolut de remuer ciel et terre pour trouver un
passe-temps supportable. Durant un mois entier, il fit la chasse et
la pêche ; il poursuivit tout le gibier du pays, et jeta l'appât à tous
les habitants de la mer. On aurait dit que les pauvres créatures
se donnaient rendez-vous au bout de son fusil ou de son hameçon,
tant les prises étaient abondantes. Ce succès facile finit par le
lasser. Il n'y avait là, d'ailleurs, aucune châtelaine séduisante à
qui faire hommage de ses conquêtes, aucuns voisins joyeux et
gourmets avec qui faire bombance ; quant à réjouir le palais de
Butler des délicatesses de sa vénaison, il n'y tenait guère :—Qu'il
mange du *roast-beef*, le vil payen ! se dit-il un jour après l'avoir vu
se rassasier de filet de chevreuil à la sauce au champignon, de
queue de castor, de gorge de perdrix, de salade de homard, de
soupe aux huîtres et de saumons frais ; s'il compte sur moi pour le
repaître, il se trompe, l'animal !

Au milieu de ces violentes distractions, notre lieutenant ne négli-
geait pas d'étudier ces Acadiens dont on lui avait dit tant de mal ;
il découvrit bientôt qu'ils valaient beaucoup mieux que ses com-

patriotes du voisinage, et que leur société lui serait infiniment plus
agréable que celle qu'il était obligé de subir à la caserne. Mais
comment arriver dans leur intérieur ? ils paraissaient tous effrayés
quand ils passaient près de lui. Un soir, il était entré chez lui,
tard, avec une pointe d'ennui véritable dans le cœur.

En revenant de la chasse, il avait passé dans le village, au moment
où les réunions de familles commencent à se former : des groupes
nombreux et animés se composaient devant les portes, sous les
grands arbres ; les chefs se donnaient la main, les jeunes voisines
s'embrassaient, comme si toutes ne s'étaient pas rencontrés la veille ;
après cela les vieux avaient pris place aux tables de jeux, les garçons
s'étaient joints aux jeunes filles, autour de leurs mères, et tous
ensemble ils avaient unis joyeusement leur voix dans un concert
de paroles ; musique sans mesure et sans harmonie, mais pleine
de nuances qui fait une bien douce impression sur le cœur de
l'étranger qui ne peut s'y mêler. A quelques endroits, la jeunesse
arrivant en plus grand nombre, on avait fini par organiser la danse,
et pendant que la chanteuse du bal vocalisait sur ses airs populaire, mieux qu'un rossignol, des couples mystérieux s'en étaient
allés se promener sur le chemin, se contant, entre des éclats de
rires des secrets qui paraissaient bien charmants...... Ce n'est qu'a-
près la retraite générale que George avait regagné sa chambre
solitaire. Au seuil, ayant aperçu Butler, son cauchemar, il s'était
esquivé : son aspect lui faisait regretter davantage le tableau qu'il
venait de voir.

Après avoir jeté son harnais au hasard sur tous les meubles,
dans tous les coins, il se laissa tomber de lassitude et de dégoût
dans la vieille bergère du dernier curé, et il se prit à penser comment il tuerait son lendemain. Mais sa pensée ne pouvait s'arrêter
à rien : il entendait toujours le timbre argentin et le *tra-li-la-la* de
l'orchestre primitif de Grand-Pré ; il voyait sans cesse apparaître et
tourbillonner autour de lui, comme les nuées d'âmes de l'enfer du
Dante, les jolies Acadiennes : elles allaient et venaient les bras
entrelacés ; dans leur démarche folâtre, leurs têtes mutines se pen-
chaient les unes vers les autres ; sous leurs petits bonnets blancs,
leurs yeux se souriaient ; il devinait ce que voulaient dire le bruis-
sement de leurs lèvres discrètes, les ricanements de leurs voix
sonores...... et moins que jamais il trouvait des amusements pour
le jour suivant. Les sarcelles et les perdreaux avaient beau s'élever en volée à la suite de ses premières visions, il se prenait d'impatience. Mais on ne tue pas toute sa vie des sarcelles et des
perdreaux !

L'homme ne naît ni duc, ni lord, ni même essentiellement Anglo-Saxon ; qu'il soit conçu sous la pourpre, ou reçu dans des langes en lambeaux, cela ne met rien de différent dans son cœur : ce cœur est toujours celui d'un enfant d'Adam, fait de terre et de souffle divin ; il appelle toujours cette double substance, il a besoin de se sentir en communication avec elle, car il est autant né pour la vie sociale que pour la vie individuelle ; il a une mission de genre à remplir avant d'avoir une carrière nationale ou particulière à franchir.

Jetez un homme dans un désert, qu'il soit roi de Rome ou du Bengale, s'il en rencontre un autre, il ne lui demandera pas quelles sont ses armoiries et son drapeau, avant de se précipiter sur son sein ; il lui suffit de savoir qu'il a des pensées et des sentiments humains qui répondent à ses sentiments et à ses pensées.

George ne fit pas tout-à-fait cette réflexion ; mais ses instincts naturels et caractéristiques lui en firent sentir vivement la vérité, et il se mit à se parler confidentiellement :—Ces gens sont bons, intelligens, affables ; ils aiment la gaieté, ont des mœurs faciles : il n'y a qu'à les bien traiter pour s'en faire des amis et arriver à leur intimité. Les filles sont bien tournées, elles aiment le plaisir, n'ont pas une horreur très-marquée pour les garçons de vingt à vingt-cinq ans ; elles paraissent avoir le cœur fait exactement sur le modèle commun : un salut bien intentionné, une attention obligeante en passant, quand on connaîtra bien le papa et la maman ; puis, un petit présent de monsieur le Lieutenant, aujourd'hui ; une course dans la voiture de monsieur le Lieutenant, demain ; un cotillon dansé sur l'herbe avec monsieur le lieutenant, un autre jour, cela ne peut pas manquer d'avoir son effet !...... Mais diable ! comment pourrai-je jamais me démener aussi dru que ces gars du village ?... Bah ! j'apprendrai... cela ne doit pas être si difficile de se frotter ainsi les pieds. Et le jeune officier, revenu en humeur, se mit à exécuter, sur-le-champ, une bourrée fougueuse, capable d'ébranler la maison.

Butler, éveillé en sursaut, dans la pièce voisine, lui envoya à travers la cloison un *go to hell* qui ne fit qu'animer l'exercice. Étant à bout d'haleine il s'arrêta, presque satisfait, mais épuisé : — Il me fallait toujours voir, reprit-il, combien on peut vivre de temps en allant d'un pareil train : bravo ! monsieur le capitaine, il y a de la vertu dans vos jambes ! Ce n'est pas mal débuter ; d'ailleurs un peu de gaucherie et d'inexpérience a son mérite auprès des belles, de même qu'un brin d'extravagance a souvent des succès. N'est-ce pas ce fou de Charly qui fit deux conquêtes, rien qu'en se prome-

nant dans les rues de Perth, dans un traineau tiré par six chèvres
d'Angora, suivi d'un grand singe africain portant livrée, tricorne et
perruque poudrée ? On se le montrait, puis on disait : N'est-ce pas là
Lord C...... qui a fait deux fois le tour du monde, et possède cent
mille livres de rente ?...... Mais ici, je n'aurai pas besoin de faire
de pareilles folies ; deux beaux chevaux fringants, des harnais
éclatants, une voiture attrayante me suffiront. Je parle le français,
et s'il fallait tourner une galanterie, j'en sais quelque chose aussi.
Il est vrai que je suis protestant...... tiens, protestant, moi ?......
mais je n'y avais pas songé...... C'est que je ne suis pas bien sûr si
je suis protestant après tout ; je n'ai jamais détesté les catholiques...
Bah !... je ne crois guère qu'en mes vingt-cinq ans, et mon culte
c'est le plaisir : il s'agit pour le moment de ne pas me laisser sécher
d'ennui sur ces rivages comme les morues que j'ai vues tout-à-
l'heure étendues sur le sable... A demain donc la chasse aux belles !
fit-il en accrochant sa carabine à son clou, avec sa gibecière.

Après ce monologue, George se mit à regarder dix portraits
d'êtres adorés distribués sur le mur autour de son lit et suspendus
par des mèches de cheveux de différentes couleurs. Ce n'étaient
pas des portraits de famille. Tout en se préparant à se mettre au
lit, il clignait de l'œil à l'une de ces images, faisait un grand salut
à une seconde ; une révérence profonde à une troisième ; envoyait
un baiser de la main, puis une moue caressante, puis un soupir
entrecoupé, puis un gémissement prolongé, modulé sur une gamme
chromatique, au reste de la série. Durant ces démonstrations ex-
pressives il récitait la kyrielle suivante : — *Good night*, Ketty la
blonde ; *good night*, Eva la nocturne ; *bonsoar*, Clara la langoureuse ;
buona natte, Francesca *bella ;* bonne nuit, Laura la lutine, *et cetera*.
Il n'en oublia pas une. A la dernière, sa toilette de nuit était complète et il se jeta tout d'une pièce sur son grabat, en lançant du
pied ses deux pantoufles sur la cloison de Butler, à peu près à
l'endroit où il le savait couché. Ces pantoufles étaient dépareil-
lées : l'une était un souvenir de Ketty, l'autre de Clara ; dans ses
nombreux déménagements il avait confondu ces deux œuvres également chères.

A peine était-il tombé à la renverse qu'il lui vint une idée :—
Tiens ! mais je n'ai pas choisi la place où je pendrai mes Acadiennes :
voyons. Et la bougie se rallume, George retombe sur ses jambes
et il reprend son discours :—Voilà tout juste l'espace ; entre ma
nocturne et ma *langoureuse* ; ces petites paysannes françaises sont
fraîches et riantes comme le matin ; leurs bonnets blancs, leurs
fichus de dentelle, leurs corsets discrets, tout cela va faire un con-

traste charmant dans ma collection : jusqu'à leurs noms qui vien-
dront mettre un peu de variété dans mon catalogue : les terminaisons
en *a* commençaient à me donner sur les nerfs ; Suzette, Charlotte,
Zabelle, comptons-en trois, pour le moment ; si je passe deux ans
ici, c'est raisonnable.

Puis, avisant trois clous dans un de ses tiroirs, il se met à les
ficher à grands coups de marteau, toujours dans la cloison de
Butler. Il n'avait pas fini qu'il entendit de l'autre côté un grognement terrible, suivi du *go to hell* caractéristique. Cette fois
il crut plus prudent de se fourrer dans ses couvertures. Le
colonel était à son second somme, les vapeurs de l'eau-de-vie devaient être passées, et il était homme à mettre son lieutenant aux
arrêts pendant une semaine, pour avoir troublé son repos. Force
fut donc à celui-ci de chasser toute nouvelle inspiration qui aurait
pu lui venir et d'attendre tranquillement le sommeil. Pour le hâter
il se contenta de penser à des souvenirs détachés dans le genre de
ceux-ci : — Les cheveux blonds de Ketty, comme ils étaient soyeux !
tout le monde en voulait ; je serais curieux de savoir si elle a pu
en conserver quelques-uns... il faut avouer que je n'ai pas eu les
primeurs, et que la tresse de Richard était beaucoup plus grosse
que la mienne. A cette époque, elle était tout cœur...... et tout
cheveux.

Et Laura, quelles dents elle avait ! des perles fondues avec des
diamants dans la coupe enchantée de Cléopatre ! C'est peut-être
cela qui lui donnait tant appétit pour les pierres précieuses. La
petite fée m'a ravi bien des rubis et des opales avec ces petites
dents-là !

Clara, quelle bonne enfant ! elle aimait un peu trop le chant du
rossignol, le roucoulement des colombes, le murmure des ruisseaux ; mais en revanche elle se contentait de si peu ! Une bonbon-
nière de temps en temps suffisait à l'alimentation de ce sentiment
délicat.

Eva la nocturne avait aussi le tort d'aimer un peu trop les clairs
de lune ; mais elle aimait également les officiers ; et sa manie avait
cette singularité charmante, qu'un clair de lune sans officier, de
même qu'un officier sans clair de lune, était toujours pour elle
une jouissance incomplète ; il fallait que ces deux choses existassent
simultanément pour réaliser son idéal de bonheur : on n'avait
qu'une précaution à prendre, c'était de faire sa connaissance dans
le croissant.

L'esprit de George continua pendant quelque temps à divaguer
de la sorte au milieu de ses visions passées ; mais il vint un moment

où les apparitions successives se confondirent dans sa mémoire, sous les voiles magiques du sommeil, et il se trouva insensiblement transporté dans le domaine des songes. Son lit devint un esquif léger dans lequel il vogua doucement sur un lac d'eau de Cologne ; toutes les images du mur se changèrent en nymphes amphibies, avec des ailes de papillons et des queues d'anguilles : Clara, Ketty, Laura sillonnaient ainsi l'onde parfumée, plongées dedans jusqu'au cou, ce qui les habillait un peu plus que leur toilette de portrait ; elles étaient d'ailleurs devenues ridées et incolores, comme les fleurs d'un vieil herbier, et elles allaient à tous les vents, comme un feuillage tombé qui a fini de donner l'ombre et la fraîcheur. D'autres nymphes de la nature des Sylphides, plus gracieuses et plus séduisantes que les premières, vinrent aussi se jouer autour de ses voiles ; elles glissaient à la surface de l'eau, tourbillonnaient dans des rondes échevelées, tendaient vers lui leurs mains pleines de fleurs blanches, comme pour lui offrir des bouquets qu'elles ne laissaient jamais saisir. Après lui avoir fait éprouver un supplice de Tantale, elles s'élancèrent au loin en ricanant à la manière des jeunes filles qu'il avait vu le soir. Au bout de leur course, il sortit de la mer un grand monstre qui les avala. Cette bête hideuse ressemblait tellement à Butler que George lui lança de colère un terrible coup de poing qui vint encore ébranler la cloison du capitaine. Le lieutenant s'éveilla, c'était le matin.

A peine fut-il debout, qu'il alla donner l'ordre de lui faire venir de Boston deux beaux chevaux anglais, et de Liverpool une caisse de dentelles de Valence et de Maline pour confectionner les petits bonnets du pays.

Au déjeûner Butler s'informa, avec sa délicatesse ordinaire, si le diable avait visité cette maison de prêtres damnés, durant la nuit.

IX

En attendant les chevaux et les dentelles, George ne perdit aucune occasion de faire des connaissances à Grand-Pré, et les occasions ne lui firent pas défaut. Comme il parlait le français et qu'il était d'humeur traitable, les gens s'adressaient à lui de préférence dans leurs difficultés avec l'autorité, et à cette époque le gouvernement prenait plaisir à leur en créer de nouvelles tous les jours.

On a vu avec quelle rigueur ils avaient été privés de leur pasteur et de leur église ; quelles entraves on jetait autour d'eux pour

briser tout rapport avec leur ancienne patrie. Dans l'automne
de 1754 que nous touchons, les Acadiens ne connaissaient plus
d'autre régime administratif que celui de l'arbitraire et de l'imprévu : les mesures préventives injustes, les ordonnances péremptoires
des gouverneurs et de leurs subalternes, obligatoires le lendemain
de leur promulgation, les corvées forcées se succédaient presque
sans interruption. Les décrets les plus simples revêtaient toujours
une forme insultante, et ceux qui étaient chargés de les faire exécuter ne tenaient guère à en adoucir la portée. Tous ces fripiers
des carrefours de Londres, tous ces réhabilités par l'exil volontaire,
tous ces mercenaires émancipés qui avaient suivi Cornwallis et
qui tenaient garnison dans tous les villages des *Neutres*, étaient
heureux de prendre des airs de conquérants et de tyranniser des
hommes honnêtes et désarmés.—"Ils les détestent tellement, disait
un de leurs chefs, qu'ils les tueraient pour le moindre motif."

Les palissades du fort de Passequid avaient besoin d'être renouvelées. — "Commandez aux habitants, dit une dépêche du gouverneur au capit. Murray, datée du 5 août, de vous apporter le nombre
de pieux nécessaires, en leur désignant la dimension qu'ils doivent
avoir ; ne convenez d'aucun prix avec eux, mais envoyez-les se faire
payer à Halifax ; nous leur donnerons ce qui nous paraîtra convenable. *S'ils n'obéissent pas immédiatement, assurez-les bien que le prochain courrier vous apportera l'ordre de les passer par les armes !*"

Quelques semaines plus tard, comme le temps était venu pour
les garnisons de faire la provision de bois de chauffage, une autre
dépêche vint d'Halifax : elle ordonnait aux Acadiens de pourvoir
de suite les forts du combustible nécessaire. "Aucune excuse,
disait ce document, ne sera reçue de qui voudrait se soustraire à
cette contribution ; *et si le bois n'est pas apporté en temps convenable, les soldats prendront celui des maisons !*"

A-t-on jamais vu des soldats, en temps de paix, forcer les citoyens
paisibles à leur fournir le feu, à réparer les ouvrages militaires,
sous peine de se faire fusiller ou déloger de leurs foyers, à la veille
de l'hiver, s'ils ont des raisons pour ne pas obéir immédiatement....
et les obliger ensuite, si l'on juge à propos de leur donner un
salaire, à l'aller toucher à quinze lieues de là, à travers forêts et
savanes ?... Est-il possible d'imaginer des procédés plus déraisonnables et plus immérités ? Quelle répulsion devaient éprouver ces
pauvres victimes pour cette impertinente et brutale exigence ; et
quels traitements ne devaient-elles pas encore en attendre !...

Dans un pareil état de chose, il est aisé de deviner que les chevaux de monsieur George n'eurent qu'un succès de route public

et ne firent d'autres sensations que celles que produisent d'ordinaire les belles bêtes ; ils ne menèrent pas leur maître plus vite sur le chemin du bonheur. Quelque fût la sympathie qui entourait déjà le jeune officier, il était toujours, aux yeux de la population, un Anglais, un compatriote de ses grossiers petits tyrans ; et la personne qui eût osé monter dans sa voiture aurait été chassée du pays comme une fille de mauvais nom. Quant aux dentelles, George ne les sortit pas même de leur caisse lorsqu'elles arrivèrent ; il les fit mettre au grenier, avec cette étiquette : " *Marchandises consignées à fausse adresse.*" D'ailleurs, il connaissait déjà suffisamment sa nouvelle société pour comprendre que, même dans des circonstances meilleures, le débit de ses petits bonnets aurait été pour lui peu lucratif. Les filles de Grand-Pré n'en étaient pas encore arrivées à se coiffer chez tous les passants, au meilleur marché.

Mais ces mêmes circonstances, qui avaient entravé si fortement les triomphes des chevaux de race et fait échouer la cargaison de valenciennes, servirent autrement la bonne fortune du lieutenant.

X

Un jour qu'il revenait chez lui, il vit quelques-uns de ses soldats qui entraînaient vers le presbytère une pauvre femme toute éplorée. Deux enfants de dix à douze ans s'acharnaient autour des hommes d'armes, comme des jeunes tigres blessés ; ils sanglottaient dans leur colère, s'accrochaient aux habits des Anglais, leur sautaient au visage, les déchiraient de leurs ongles et criaient à moitié suffoqués :—Rendez notre mère ! rendez notre mère !—Et pendant que la pauvre captive essayait de les calmer, les soldats les repoussaient à grands coups de pied et de crosse de fusil.

En apercevant le lieutenant, les deux petits vinrent se jeter à ses pieds, criant toujours : — Monsieur George ! monsieur George ! pourquoi ces gens-là ont-ils pris notre mère ? Vous êtes bon, vous, vous savez bien qu'elle n'a rien fait de mal !

— Halte là ! fit monsieur George à ses gens ; qui vous a dit d'arrêter cette femme ? Pourquoi la traitez-vous si brutalement ?

— Il paraît que ces vauriens n'ont pas fourni de bois à la garnison : le sergent nous a commandé d'aller en prendre chez eux.

— Vous avait-il dit de prendre aussi la mère et les enfants de la maison pour les brûler ?...

— Non, mais comme nous n'avons trouvé au logis que cette femme et ses deux gars, et qu'avec son baringouin inintelligible la vieille n'a pu nous donner ni une bonne raison, ni nous montrer un fagot, nous avons pris le parti de briser les portes et les fenêtres pour les emporter, comme l'ordonne notre gouverneur.

— Oui, je le sais, vous avez le droit d'être lâches et vous en profitez; mais cette femme, cette femme, pourquoi la traîner et la rudoyer ainsi?

— Oh! c'est que nous n'avons pu toucher à rien, sans que la sorcière et ses deux diablotins n'aient fait un train d'enfer; ils se ruaient audevant de nous, s'attachaient à tout et il nous aurait fallu les tuer avant de pouvoir nous emparer de quelque chose; nous les conduisons au violon, cela les calmera peut-être, et après...

— Et après, on vous y conduira vous-mêmes, vils bourreaux! interrompit le lieutenant. Relâchez cette pauvre créature et retournez à la caserne; je comprends son baringouin, moi, et je sais d'avance qu'elle va me donner assez de raisons pour vous mériter cinq cents coups de fouet, à chacun!

Pendant ces paroles, les deux enfants, qui jugeaient, à la voix et à l'expression de l'officier, que leur cause était gagnée, avaient saisi sa main et ils l'embrassaient en regardant leur protecteur avec des yeux tout illuminés de bonheur. Aussitôt qu'ils virent leur mère libre, ils s'élancèrent pour enlacer son cou et l'accabler de caresses: l'un essuyait ses larmes, l'autre rajustait ses cheveux épars, ses habits déchirés; elle tressaillit d'abord sous leurs baisers, mais en fixant son regard sur eux, elle resta navrée... ses chers gars, ils faisaient pitié à voir: leurs visages lacérés étaient souillés de sang; leurs corps contusionnés se soutenaient à peine; ils parlaient étouffés; ils marchaient chancelants, haletants; ils ne se tenaient debout que pour supporter leur mère.

Le lieutenant, tout ému, détourna la tête pour laisser tomber quelques larmes; puis, ne voulant pas donner le temps et la fatigue à ces infortunés de venir lui exprimer leur reconnaissance, il s'avança vers eux en disant :—Mes hommes vous ont fait bien du mal, brave femme; je vous en demande pardon et je vais faire en sorte qu'ils n'y reviennent plus. Laissez-moi vous aider à gagner votre maison; quand nous serons rendus, vous me direz toutes vos plaintes; et si je puis quelque chose ici, on vous fera justice.

La demeure de la mère Trahan n'était pas éloignée, et grâce aux soins et aux bonnes paroles de monsieur George, la malheureuse famille y fut bientôt arrivée. L'assurance qu'elle venait de recevoir d'une puissante protection avait donné des forces à tous; mais

quand ils aperçurent le dégât fait dans leur logis, ce fut un nouveau chagrin. Des meubles étaient en pièces, la porte enfoncée,
deux châssis brisés.—Pauvre mamselle Marie ! se répétaient-ils entre eux, chère mamselle Marie, quesqu'elle va dire ?...... elle qui
aimait tant sa petite maison !... sa table que voilà éhanchée !...
sa bergère qu'ils ont éreintée !...Et les larmes leur revenaient, et
ils oubliaient la présence de leur libérateur, qui, de son côté, restait absorbé dans la contemplation de cet intérieur désolé. Cependant ce n'était pas le désordre qui le frappait autant que l'apparence
d'aisance, d'ordre, de propreté qui régnait partout et qui semblait
annoncer plus de fortune que n'en possédait évidemment ses protégés. Mais quand il s'aperçut de leur nouvelle angoisse, il se hâta
de dire que tout le dommage serait bientôt réparé, et qu'il ne leur
en coûterait rien.

—Ah ! que vous nous faites du bien, monsieur l'officier ! s'écria
la mère ; tenez, j'aurais mieux aimé me faire trépaner plutôt que
de voir un brin de tout cet avoir enlevé sous mes yeux. Ah ! si le
bien avait été le mien, pour le sûr que je n'en aurais pas soufflé
un mot à vos soldats ; et je me serais dit, en les voyant tout enlever. Que le bon Dieu soit béni ; il connaît les coupables, lui ; mais
on ne peut pas laisser prendre ce qui n'est pas à nous, quand on
en a la garde. Ce n'est pas que mamselle Marie soit incapable de
payer le dégât : son père est un richard qui ne lui refuse rien ; mais
ce qui nous chagrinait, c'était que le mal se faisait chez nous......
Notre maîtresse est si bonne ! Ah ! si vous la connaissiez ! Tenez,
si nous ne l'avions pas eue, nous serions à la merci d'un chacun ;
je sais bien qu'on ne laisse pas pâtir le pauvre monde, ici, mais
c'est bien triste de n'avoir pas de chez soi ! Mon défunt mari était
pourtant un bon et honnête homme, que les grosses gens respec-
taient comme un monsieur ; qui travaillait tant qu'il pouvait ; mais
il n'était pas chanceux,—tout le monde ne l'est pas ; souvent des
malheurs, des pertes de bétail ; surtout il n'avait pas de talent pour
les vaches ; malgré tous ses soins, il en perdait toujours quelques-
unes ; et puis, mon bon monsieur, il était battu du mal d'estomac,
ce qui fait qu'il en est trépassé, que Dieu ait pitié de son âme !......
Il m'a laissé avec six enfants, dont quatre sont morts de son mal,
et ces deux gars, deux bessons, comme ça se voit, qui se portent
bien et m'aident à faire des rentes à mamselle Marie. Elle les
aime bien aussi, la maîtresse ; et eux !...si vous les aviez vus tantôt
comme ils se battaient pour elle ! Ah ! ce n'est pas par malice s'ils
ont tant égratigné vos soldats. Je vous assure, ils n'ont jamais

frippé de la douceur à personne : vous leur pardonnerez, n'est-ce pas, monsieur George ?...

—Très-volontiers, d'autant plus que je vais en faire donner bien davantage à mes brutes.

—Ah ! quel bon Anglais vous êtes, monsieur l'officier ; mais mamselle Marie, qu'est-ce qu'elle va penser de nous quand elle apercevra sa maison ?...Et pourtant, ce n'est pas nous autres qui lui avons attiré ça ; nous ne comprenions rien à ce que nous demandaient ces hommes, et ils ne voulaient pas nous permettre d'aller chercher notre maîtresse, elle qui devine tout. Ils se sont mis de suite à faire le sabbat. Tenez, vous me croirez si vous voulez, mais je vais vous conter toute la chose, exactement comme elle s'est passée.

Vers trois heures, j'étais à filer la laine de mamselle Marie, dans ce coin, et je me dépêchais de finir une grosse tâche, que je m'étais donnée pour surprendre la petite maîtresse, ce soir : Pierriche s'occupait à ressemeler ses souliers de guéret et je lui parlais de mon défunt mari, qu'il n'a jamais connu. Je me trouvais donc à lui dire qu'il avait toute la dégaine de son pauvre père, que son nez surtout était moulé sur le sien, lui qui l'avait fait en peinture, quand j'entendis Janot, dehors, qui huchait son frère à tue-tête. Je me levai et je vis quatre soldats qui tarabustaient un peu le gars. Pierriche ne se le fit pas dire deux fois pour voler au secours de son besson.

Le lieutenant, qui vit à ce début que la veuve lui préparait toute une épopée, sans compter l'histoire de quatre générations de Trahan ; connaissant d'avance à peu près tout ce qui s'était passé à la ferme, songea de suite au moyen d'éviter le menaçant récit. Il lui dit qu'elle était épuisée, et qu'une pareille narration ne pourrait que renouveler ses douleurs ; que dans ce moment elle devait songer surtout à prendre du repos ; puis il promit de revenir le lendemain. Si cette pauvre Didon n'avait pas voulu écouter Enée davantage, il est probable qu'elle n'aurait jamais été surprise par ce gros orage qui faillit lui être si funeste.

Ce n'est pas que George craignit la pluie ; au contraire... mais dans ce moment il ne s'intéressait plus qu'à une seule chose : à savoir, mamselle Marie, *la petite maîtresse si bonne, la fille du richard, qui devinait tout.* Il n'avait déjà plus conscience de la bonne action qu'il venait de faire. Il l'avait cependant accomplie par l'impulsion sincère et spontanée de son cœur, mais, surtout, parce qu'il l'avait trouvée sur son chemin. Je crois bien qu'il n'aurait jamais reculé devant un acte de dévouement à faire ; mais soit

4

éducation, soit caractère, il ne courait pas après, et. dans ce mo-
ment-ci, ayant décidé d'infliger une bonne bastonnade à ses vauriens et de bien payer leur saccage, il n'y songeait plus, se souciant
peu de verser encore quelques larmes sur cette affaire, et il laissait
son esprit léger courir comme un follet sur les pas de mamselle
Marie.

—Mamselle Marie...... pensait-il en lui-même, mais il me semble
qu'on ne me l'a jamais montrée celle-là ; je dois pourtant avoir vu
toutes les filles du district : ça doit être quelque bonne, laide, vieille
fille, sur la soixantaine, qui se fait aimer des veuves et des orphelins avec son argent, parce qu'elle n'a jamais pu s'en attacher
d'autres autrement, et qui visite ses pauvres après soleil couché.....
Cependant elle a encore son père...... mais on vit si vieux, ici......
Pourquoi n'est-elle pas dans cette maison ?.... Est-ce qu'elle n'y
reste pas ?... Voilà une heure que je l'attends.

Puis reprenant tout haut : —Je comprends votre situation, la
mère : étant restée veuve et dans la misère, vous avez rencontré
une personne âgée et sans enfant, qui a bien voulu vous prendre
avec elle pour soigner la maison pendant qu'elle va causer chez
les voisines et faire des charités......

—Une vieille fille ! vous dites, mais il n'y en a jamais eu à
Grand-Pré ; on ne connaît pas encore ça ! Oh ! monsieur l'officier,
je vous en souhaite des vieilles filles comme celle-là ! Excusez un
peu ! Si elle n'était pas promise ; si elle ne s'entêtait pas à rester
constante pour ce pauvre Jacques Hébert, qui ne revient plus ; si
on pouvait prendre plusieurs hommes, elle aurait de quoi choisir,
car les cavaliers, ça pleut chez elle ; mais c'en est merveilleux
comme elle n'est pas marieuse ! Elle ne veut plus même danser,
pas plus avec ses cousins Leblanc qu'avec les autres ; et si elle va
chez les voisins, ce n'est pas pour s'amuser, la pauvre belle ! Elle
vient ici, le matin ou l'après-midi, fait son petit tour partout et elle
s'en retourne à la brunante, tout droit chez elle. Mais ce soir...
son heure est passée... elle a peut-être eu un pressentiment qui
l'a empêché de partir...Chère petite maîtresse ! comme ça lui aurait
creusé le cœur de voir ce saccage !

A peine la veuve avait-elle terminé cette phrase, que Marie entra
précipitamment, toute troublée, suivie de son plus jeune frère ;
elle alla se jeter dans les bras de la malheureuse mère, l'embrassa
avec pitié.—Pauvre fermière, lui dit-elle, on vient de tout me
raconter ; je ne croyais pas venir ce soir, j'étais chez l'oncle Leblanc,
qui est malade ; mais j'accours. Ils vous ont fait bien du mal,

n'est-ce pas ?...Comme vous voilà défaite !... et toi, mon Janot, dans quel état tu as la figure !... Les méchantes gens !

—Et votre maison ! votre ménage ! dirent les deux enfants, pleurant en se joignant les mains.

—Oh ! cela n'est rien, mes amis ; et c'est un peu ma faute. Cet étourdi d'Antoine avait livré l'autre jour, à la caserne, la contribution de bois imposée sur cette ferme, avec celle que notre père envoyait pour sa propre terre, et il avait oublié d'en faire la remarque au sergent. Depuis, j'ai négligé moi-même de l'informer de cet oubli, ne m'attendant pas à tant de rigueur : voilà pourquoi vous avez été tant maltraités. Mais vous ne souffrirez pas davantage ; demain, tout sera réparé ; vous serez mieux qu'avant, et personne ne viendra vous inquiéter.

—Et c'est monsieur qui se charge de tout payer, interrompit Pierriche en montrant, tout triomphant, l'officier que la jeune fille n'avait pas encore aperçu dans la pénombre de l'appartement, occupée qu'elle était à consoler son monde.

Marie ne put retenir une exclamation de surprise à la vue du militaire ; elle fit un pas en arrière, rougit et se sentit muette.

George s'était tenu immobile, absorbé tout entier par le charme que donnait à cette nouvelle scène la douce et gracieuse petite maîtresse ; et la terrible apostrophe de Pierriche, quoi qu'elle offrit un excellent à-propos pour faire la connaissance d'un propriétaire lésé, ne lui fit qu'un demi-plaisir, en le mettant en évidence. Il aurait voulu rester spectateur plus longtemps. Mais quand il vit le trouble de la jeune fille, il s'empressa de lui dire, sur le ton le plus rassurant :

—Oui, mademoiselle, c'est à nous à réparer le tort que vous a causé la brutalité de nos soldats ; je me charge de remettre tout à neuf, et de plus, Janot viendra chercher, au presbytère, certains remèdes excellents qui guérissent infailliblement les contusions que reçoivent les enfants braves et dévoués comme lui et son frère.

—Mais ce n'est pas tout, dit encore Pierriche, c'est que monsieur nous a dit qu'il ferait donner cinq cents coups de fouet à chacun de ses brigands !....

—Cinq cents coups de fouet ! exclama Marie ; ah ! mais ce serait aussi cruel !...

—Oui, répond George, cinq cents.... six cents... sept cents...—et il est probable qu'il ne se serait arrêté qu'à mille, tant il se sentait le cœur aux réparations devant les beaux yeux si compatissants de la petite maîtresse. Mais celle-ci l'interrompit :—Ah ! monsieur le capitaine, vous ne serez pas si rigoureux : il y a aussi de notre faute.

—De votre faute ?... mais ne pouvaient-ils pas attendre une explication, les pendards ?

—C'est vrai, mais il me semble que trois cents coups sont déjà beaucoup trop ; je vous demande grâce pour le reste : c'est si horrible de battre ainsi des hommes !

—Ils ont bien battu une femme et deux enfants, les scélérats !

—C'est vrai, monsieur le capitaine, mais trois cents coups de fouet comptés sur les épaules, songez donc que cela doit être bien long ! D'ailleurs, les malheureux se croyaient bien autorisés par l'ordre du gouverneur.....

—Eh bien ! pour vous, mademoiselle, j'en retranche deux cents.

—Grâce pour une autre centaine... c'est toujours bien nous qui avons plus le droit de nous plaindre.

—Il ne vous en tiendront pas compte, les sans cœurs. Enfin, puisque vous le voulez encore, soit, deux cents, mais......

—Mais, si un cent suffisait pour satisfaire à la discipline militaire...... pourquoi pas un cent, puisque vous êtes si bon ?...

—C'est bien, mais à une condition : c'est que la bouche charmante et miséricordieuse qui m'implore pour ses persécuteurs, ne s'ouvrira plus pour me demander des grâces, mais pour m'en accorder.

Marie fut complètement décontenancée par cette période galante. *Bouche charmante et miséricordieuse :* cela était beaucoup trop énergique pour une première entrevue ; et comme l'humble fille ne savait pas quelles grâces pouvaient attendre d'une petite villageoise ces superbes messieurs anglais qui n'avaient pas l'habitude d'en demander aux personnes de son village, elle crut rêver et resta muette.

Ce qui fit que les soldats reçurent au moins cent coups de fouet. Car il est probable que sans la phrase ébouriffante et malencontreuse, la *bouche miséricordieuse* aurait continué d'intercéder pour eux, et en allant comme elle était partie là, elle aurait pu certainement amener monsieur George à distribuer des bonbons à ses soldats. Aussi, Pierriche, qui faisait souvent des réflexions, se disait-il à part, à la fin de ce dialogue :—Véritablement, si cette petite maîtresse s'en mêlait, elle empêcherait le bon Dieu de faire brûler le diable. Quatre cents coups de moins sur le dos de ces assassins, c'est beaucoup trop obtenir !......

Le lieutenant, sentant qu'il n'était plus qu'un embarras dans cette

maison, assez confus lui-même, sonna la retraite et se hâta de rentrer au presbytère.

XI

Arrivé dans sa chambre, il ne put s'empêcher de jeter un coup
d'œil sur les trois clous qui restaient là, solitaires comme lui,
depuis plus de six mois. Il lui sembla qu'ils avaient poussé, tant
leur nudité lui paraissait de jour en jour plus triste, plus désespé-
rante ; et il ne put retenir un soupir, qu'il dirigea vers Clara, faute
d'une Dulcinée plus fraîche et plus nouvelle.

— Quelle singulière population ! se dit-il ; les beaux chevaux, les
petits présents n'y peuvent rien ; je m'expose à la haine des miens ;
je cours même le risque d'être assassiné par ces brigands que je
vais faire fustiger pour cette petite villageoise ; je comptais qu'elle
allait au moins tomber à mes genoux—ce que je me proposais bien
d'empêcher,—et voilà qu'elle oublie tout, au premier mot galant,
qu'elle m'arrête au premier point d'admiration ! *Bouche charmante !*...... il n'y avait pourtant rien là que de très-innocent.

Véritablement, je suis à bout de ressources, et je ne sais pas
comment je m'y prendrai demain pour ne pas m'ennuyer, après
que j'aurai fait fouetter ces quatre vauriens.... Je regrette de leur
avoir retranché les quatre cents coups, cela aurait duré toute l'avant-
midi...... Je crois bien que je me tuerai, après le dîner.

Et George alla se coucher, ce soir-là, sans adresser de souhaits
à ses images favorites. Il était d'humeur maussade. Il eut bien
volontiers repris son marteau pour enfoncer jusqu'à la tête les trois
clous qui semblaient insulter à sa mauvaise fortune, et faire sentir en même temps, par ce tapage, à son désagréable voisin, un
peu de son supplice ; mais celui-ci était absent depuis quelques
jours ; il attendit son retour.

Cette absence explique pourquoi le lieutenant se permettait d'ex-
ercer une si sévère justice dans la garnison.

XII

La nuit porte conseil : un beau soleil levant, une brillante matinée d'automne, le sourire universel de la nature, le chant matinal
des oiseaux, font retrouver l'existence attrayante, après un jour
orageux. Le lendemain, le jeune officier revit la sienne tout en

beau : il déjeûna bien, et remit son suicide à un autre jour, songeant à revoir Marie encore une fois avant de mourir. Il ne se souvenait plus que de la beauté et des grâces de son apparition de la veille ; le désappointement était oublié.

Aussitôt la besogne régulière de son office accomplie, il se hâta de se rendre à la ferme de la mère Trahan pour installer les ouvriers qui devaient faire les réparations de la maison. Il était encore matin, mais pas assez pour que la petite maîtresse ne fût pas déjà rendue sur les lieux. Dès l'aurore elle était accourue pour voir comment sa fermière avait passé la nuit, après les cruelles émotions du jour précédent. Elle reçut le capitaine sur le seuil de la porte, ce qui lui fit une surprise si agréable qu'il en rougit, comme aurait fait quelqu'un moins aguerri que lui. Le pauvre garçon se trouvait dans un monde si nouveau pour lui, qu'il se sentait redevenu novice. Mais ce qui lui fit encore plus de plaisir, c'est que la jeune fille le salua presque le sourire sur les lèvres. Malgré le trouble évident de sa démarche et les nuances pourpres qui passaient sur son visage, habituellement un peu pâle, depuis quelque temps, elle vint audevant de lui, l'invitant à entrer et à s'asseoir ; puis elle lui fit l'aimable reproche de mettre trop d'empressement dans une affaire si peu importante, le remercia ingénument de sa conduite généreuse à l'égard de sa famille adoptive, s'excusa de ne l'avoir pas fait plus tôt, à cause de son trouble et parce qu'elle n'avait connu tous les détails de son action que par le récit de la mère Trahan.

George n'en revenait pas de son étonnement : il était stupéfié ; il ne savait quelle trompette emboucher, quel langage tenir, quels sentiments exprimer. Il balbutia quelques lieux communs ; évitant, avant tout, de répéter rien qui ressemblât à *bouche charmante, regard angélique, sourire ineffable*. Enfin, cet incendiaire de cœurs, ce lion de haut parage était ébloui et confus devant une simple villageoise ; il ne savait plus faire qu'une sotte figure ; il restait devant elle comme un chanteur enthousiaste, qui, après avoir débuté fièrement dans un morceau favori, vient à s'étouffer tout à coup au plus brillant passage.

Il rayonnait tant de grâce naturelle, tant de vertu sincère et confiante, tant de dignité vraie dans toute cette petite personne ! car ce n'était plus la petite fille de l'automne de 1749, ce papillon doré qui ne se reposait que dans le mouvement, et ne vivait que du sourire et des joies qu'il faisait naître autour de lui. Elle atteignait à ses vingt ans, elle possédait tout ce qu'avait fait espérer son joli printemps. Son esprit avait acquis, dans la vie retirée et laborieuse à laquelle elle s'était condamnée depuis le départ de son fiancé, une maturité peu commune chez les filles de son âge. Pour varier un peu et distraire ses heures d'isolement, son oncle, le notaire, lui avait passé quelques-uns de ses moins gros livres, qu'elle avait lus et relus plusieurs fois avec attention ; car la bibliothèque n'était pas considérable.   Le raisonnement et l'observation continuels qu'exigent les travaux des champs, joints à ces lectures substantielles des œuvres du grand siècle, avaient donné à son esprit une trempe et une étendue plus qu'ordinaire dans la société de Grand-Pré.   Le vieux notaire, qui l'aimait beaucoup et qui, d'un autre côté, s'était toujours montré partisan et l'ami des Anglais, lui avait aussi fait apprendre un peu la langue des conquérants qu'il jugeait nécessaire aux habitants dans les conditions où se trouvait le pays.   Marie était donc devenue, à tous égards, une fille très-remarquable, qui n'aurait été déclassée nulle part, avec quelque notions de plus sur les usages du grand monde. A n'apprécier que sa valeur morale, elle était de beaucoup la supérieure du beau militaire qu'elle venait de charmer.   Et c'était sans doute cette supériorité voilée, mais réelle, qui en imposait tellement à celui-ci.

George s'était tellement fait à ce monde du convenu, à cette société où tout est masque, intérêt, image, fard, parfum ; où les paroles, le regard, la démarche sont soumis comme la musique à des règles subtiles qui permettent aux habiles d'en tirer plus ou moins d'effet ; il s'était si bien habitué à ne voir autour de lui que des acteurs de la grande comédie universelle, dont il faut se servir pour ses jouissances, en les payant tout juste pour le temps du spectacle ; sa langue s'était si peu formée à parler autre chose que ce verbiage frelaté à l'usage de la coquetterie, du libertinage mitigé et du mensonge, qu'il sentit en voyant Marie qu'il avait toute une éducation à commencer, pour avoir quelque chose de commun avec elle : l'éducation du simple vrai, du simple juste, du simple bien, celle qu'il aurait dû faire la première ou que la vie à grande volée avait promptement altérée chez lui.

Remarquez que ce ne fut qu'une impression du moment chez le jeune lieutenant, et non une réflexion ; il avait pour principe de ne pas s'amuser à faire des raisonnements abstraits ; mais le sens moral était encore si juste en lui, qu'il s'y faisait sentir en toute circonstance, s'il ne maîtrisait pas toujours la légèreté et les entraînements de son caractère.   Ainsi, nous l'avons vu tout occupé à chercher une autre Ketty, une autre Clara, un de ces jouets d'un jour, qui s'acquièrent facilement et se quittent sans regret ; une de

ces sylphides qu'enfantent les lieux de garnison, créatures légères
.et inoffensives, qui voltigent sans craintes autour des hommes
d'épée comme des insectes de nuit autour des feux de joie où ils
finissent par brûler leurs ailes ; mais en voyant Marie, il fut frappé
de ce qu'il y avait de noble et de beau dans cette créature d'élite ;
et il ne vint pas à sa pensée de l'assimiler aux fantômes éphémères
de sa folle vie passée ; et quoi qu'il restât tout épris d'elle à première vue, selon sa vieille habitude.qui ne souffrait pas le temps
perdu, il se sentit tout investi par un sentiment de respect dont il
resta subjugué.

Il n'en perdit pas plus, pour tout cela, ce qu'il y avait d'inconsé-
quence et de spontanéité irréfléchie dans ses actions ; ainsi, dans
ce moment, sentant son cœur glisser du côté de Marie, la pente lui
sembla douce, il le laissa faire sans songer comment il s'arrêterait.

XIII

C'est dans ces dispositions intimes qu'il entreprit les travaux de
restauration à la ferme de la petite maîtresse : jugez s'il y mit du
soin et surtout de la patience.

Il fit d'abord transporter tant de matériaux que la mère Trahan
crut qu'il allait bâtir une nouvelle maison pardessus l'ancienne ;
mais elle n'en souffla mot, puisque cela pouvait donner plus de
valeur au bien de mamselle Marie. Et puis, avant de commencer
l'ouvrage, le capitaine, peut-être pour en faciliter l'exécution, donna
une bourse bien ronde et bien sonnante à la veuve et à ses deux
garçons, par manière de compensation, pour les mauvais traitements qu'ils avaient soufferts dans leur personne. Pierriche trouva
que ses meurtrissures étaient beaucoup trop prisées, car il comptait bien en avoir rendu la moitié aux soldats, avec ses ongles qu'il
sentait encore tout lassés. Il trouva, de plus, que si les Anglais
savaient donner rudement les coups, ils s'entendaient à les bien
payer, et son estime pour l'officier s'accrut en raison inverse de la
haine que lui avait inspirée ses hommes.

La besogne marcha bien durant l'avant-midi ; George ne voulut
pas laisser les ouvriers d'un pas : il disait qu'il était nécessaire de
bien surveiller son monde si l'on voulait être bien servi, lui qui
d'ordinaire s'inquiétait encore moins du devoir des autres que du
sien. Il s'amusa à prendre des mesures, à crayonner des plans sur

son carnet ; enfin, il parut se donner beaucoup plus de mouvement qu'il n'en fallait en réalité pour une affaire si simple. Marie riait un peu, en secret, et se permettait même de badiner avec sa femme de ce qu'elle appelait l'inexpérience prétentieuse du beau monsieur.

Sur ces entrefaites, arriva le père Landry : nouvelle fortune pour notre militaire. Faire la connaissance du papa quand on accomplit si noblement un grand acte de justice pour la fille, cela ne peut être défavorable. Il s'empressa donc de venir au devant du vieillard, pour lui faire ses condoléances sur l'évènement pénible de la veille·

—Mais, dit celui-ci, quand un malheur est si tôt et surtout si généreusement réparé, on n'a pas le droit de s'en plaindre : les infortunes sans remèdes, les injustices sans compensation sont si communs dans ce monde ! Véritablement, s'il nous reste quelque chose en mémoire de cette triste journée, ce sera surtout le plaisir d'avoir trouvé en vous un cœur équitable et bienveillant.

Et les deux hommes continuèrent ainsi à s'échanger d'honnêtes civilités, qui eurent un effet excellent sur l'un et sur l'autre, après quoi ils parlèrent de choses variées, surtout d'agriculture ; George en ignorait le premier mot. Il se rappelait avoir entendu dire, un jour qu'il s'extasiait devant un incomparable *roastbeef*, qu'il y avait *at home*, une race de bœufs extraordinaires, appelée Durham : il s'était aussi aperçu en voyageant qu'on n'avait jamais pu lui servir de *mutton-chops* comme ceux de son pays ; il en avait demandé dans tous les restaurants de l'Europe. Il dit donc au père Landry que l'Angleterre produisait les plus beaux animaux de la terre, ce qui procura l'occasion au vieux cultivateur de proposer au jeune officier de venir voir ceux de sa petite fille et de faire ensuite une excursion sur la ferme. Celui-ci se prêta volontiers à ce désir. Pendant cette visite, le père ne manquait pas de faire remarquer l'esprit pratique, l'ordre, la propreté et le travail actif de la petite maîtresse, et M. George ne cessait pas d'en être émerveillé, et surtout de le dire.

Il passe bien des instants inaperçus pendant qu'un père enthousiaste de sa progéniture s'entretient de ses perfections avec quelqu'un qui semble y prendre plaisir. Or, comme aucun autre Josué ne s'avisa de fixer le soleil pour donner le temps au vieillard de finir la conversation, midi vint à son heure ordinaire, sans qu'on l'eût prévu. Marie se présenta juste comme sonnait le douzième coup de la vieille horloge, pour prier son père de venir dîner avec elle, ajoutant à son oreille d'inviter lui-même l'étranger.

—Capitaine, dit M. Landry, je ne sais pas comment on fait dans votre pays, mais ici, il est d'usage d'inviter à notre table tous ceux

qui se trouvent sous notre toit au moment du repas, seraient il
rois ou mendiants ; ma fille vous offre le potage, mais elle vou
laisse libre d'agir selon vos coutumes anglaises.

— Chez nous, répond l'officier, la coutume ne refuse à personn
le plaisir de partager le pain d'un honnête homme ; et comme j'a
l'avantage de n'être, ici, ni un roi ni un mendiant, mais l'ouvrier
le serviteur de Melle Marie, j'accepterai avec reconnaissance tout c
qu'elle voudra bien me donner.

— Oh ! mais c'est encore à une condition, interrompit celle-ci : c'es
que vous voudrez bien avoir l'appétit de Pierriche et ne pas vou
rappeler plus que celui-ci vos festins de duchesse.

— Voilà des conditions qui, chez vous, mademoiselle, ne m
coûteront aucun effort : je m'y engage.

Et il tint parole ; il eut oublié les mets de Vatel, un quar
d'heure après la fin tragique de cet illustre cuisinier, quand mêm
il n'y eut eu sur la table de la petite fermière qu'un de ces célèbre
ragoûts que St. Jean-Baptiste s'apprêtait dans le désert. Mais il
avait mieux que cela. La nappe de toile du pays était si blanche
si éblouissante de propreté, la vieille faïence brillait tellement
la volaille avait été si bien nourrie et si bien apprêtée, et la maî
tresse répandait sur tout cet humble banquet, avec sa main, ave
son regard, avec sa conversation moitié enjouée, moitié contrainte
un assaisonnement si délicat, que le goût et le sentiment les plu
dépravés y auraient trouvé quelqu'attrait. Pierriche, qui servai
la table pour laisser reposer sa mère de ses contusions de la veille
et qui se trouvait alors dans toute la force de cette voracité de
gars de quatorze ans, regardait l'officier avec envie ; il se croyai
volé en voyant celui-ci dévorer tout à la fois les poulets à bell
dents et sa jolie maîtresse à pleins yeux. Il était fier et jaloux er
même temps, ce qui ajoutait beaucoup à la réjouissante gaucheri
qu'il apportait dans ses fonctions provisoires, et lui donnait ce
air que prend le mâtin de la maison quand il voit un canich
étranger mieux traité que lui par son maître.

XIV

L'après-midi se passa comme la matinée, avec cette différence
considérable pour George, que Marie s'en retourna chez son père
à bonne heure, ce qui diminua beaucoup l'intérêt que le jeune
militaire avait pris tout-à-coup à surveiller ses employés ; il pro-

longea donc peu son séjour près de la veuve Trahan. Après avoir échangé quelques paroles d'intelligence avec les deux garçons de la ferme, il se retira le cœur inondé par un océan de bonheur. En partant il eut envie d'embrasser la barrière, ou, au moins, le petit chien du logis, que la maîtresse gâtait de ses caresses, quoique la fidèle bête le poursuivît longtemps de ses aboiements : depuis la scène de la veille, elle avait en horreur les habits rouges indistinctement. Mais ce que George embrassa réellement et à plusieurs reprises, ce fut un bouquet que Janot lui avait présenté au moment de son départ et qu'il avait fait faire par Marie pour témoigner, disait-il, de sa reconnaissance pour les bontés du monsieur en faveur de sa mère. George avait vu la jeune fille cueillir les fleurs et il était convaincu qu'elle était non-seulement l'auteur du bouquet, mais encore qu'elle en avait dirigé l'offrande. Il n'avait pas été frappé d'abord de cette idée, mais à mesure qu'il s'éloignait de la maison, il se disait : — C'est peut-être elle qui me l'a donné... c'est probablement elle... c'est évidemment elle... oh ! oui ! c'est bien sûrement elle qui me l'a donné !... puis il finit par se mettre à composer une stance qui commençait ainsi :

O toi, bouquet trop parfumé
Du jardin de Marie,
Je sens bien quand je *t'ai humé*
Que tu viens de ma mie !...
....etc.

Il y avait dans ce bouquet une douzaine de marguerites, deux ou trois pavots, un œillet d'inde, quelques herbages jaunes et deux humbles pensées : ce qui prouve que si Monsieur George connaissait peu la loi des *hiatus*, il possédait un sentiment poétique exubérant, dans ce moment surtout, puisqu'il pouvait trouver tant de parfum dans cette botte de plantes insipides.

Quand il fut entré chez lui, comme il manquait de rimes pour terminer sa pièce et qu'il éprouvait encore un violent besoin d'épancher son cœur trop plein, il remit la composition des dernières strophes au lendemain pour écrire une épître à son frère, en prose cette fois, mais toujours en français ; il se servait aussi facilement de cette langue que de la sienne, et dans ce moment elle lui paraissait plus douce que l'anglais. Voici cette lettre :

" Mon cher frère, je suis peiné de n'avoir pas encore pu répondre à ta douzaine de lettres, et tu dois être bien fâché, toi le meilleur des frères. J'ai eu tant d'occupations !!!! Le croiras tu ? jusqu'à ce soir, mon cœur m'était resté tout entier ; malgré tous mes efforts, je n'avais trouvé ni à le donner, ni à l'échanger, ni à le perdre.

J'ai le malheur de l'emporter toujours avec moi, de sorte qu'il me cause sans cesse de l'embarras. Mais il ne m'en avait jamais fait tant éprouver. Il était là cloué dans ma poitrine, comme Angélique sur son rocher, et j'attendais qu'un monstre vint le dévorer. Mais c'est un ange qui est venu, soudainement, comme arrivent d'ordinaire les apparitions.

" Ah ! cette fois, je crois que c'est la dernière créature terrestre qui ravit mon âme ! je sens quelque chose d'inaccoutumé et j'affirme qu'on n'aime jamais bien qu'à sa onzième flamme !!!!!!!!!

" On n'a jamais imaginé une fée pareille à celle-ci. Je l'ai vue pour la première fois, hier, et aujourd'hui elle m'a prié de dîner avec elle, ce soir elle m'a fait présenter un bouquet délicieux ; cependant elle n'a rien de ces allures provoquantes, de ces insinuations invitantes, de ces empressements si commodes qui facilitent et abrègent les petits romans de salon et permettent d'en multiplier les éditions. Je ne puis définir ce charme particulier qu'elle a ; c'est peut-être celui qui conduit au mariage...Ah ! le mariage... ce n'est pourtant pas ce que je rêve... Tout ce que je réalise bien, c'est que je l'adore et que je me sens bientôt adoré ; et j'entrevois dans l'avenir la révélation des mystères les plus délicieux. Je vais emboucher les pipaux et chanter des couplets de bergerie ; crois moi, mon cher frère, il n'y a que du temps de Tityre qu'on savait aimer ; en conséquence, je me fais pasteur. Et cette fois tu vas m'approuver, puisque cet innocent caprice ne va diminuer en rien la part de mes héritiers.

" Adieu, cher frère, le courrier te dira de bouche ce que je ne puis pas t'écrire ; je suis encore excessivement occupé."

Ton frère,

CORIDON, berger d'Acadie.

Après cet effort de plume, le jeune lieutenant retira le bouquet du gobelet où il l'avait planté provisoirement, puis en extrayant les deux chétives pensées, il les étendit en croix, entre deux pages des œuvres de l'abbé Chaulieu, qui composaient toute sa bibliothèque : c'était les pages consacrées aux *bouquets.* Une des pièces commençait ainsi :

Ce bouquet est des jardins de Cythère.
Il est cueilli par la main de l'amour, etc.,

et c'est sur cette poésie-là que les timides pensées furent collées indéfiniment ; quelle destinée !...

Après cette opération, il ferma le livre et le mit en presse

sous sa caisse d'armes, et reprenant le reste des fleurs, il les lia
avec un cordon couleur rose-tendre, faute de cheveux, et il le sus-
pendit à l'un des clous inoccupés de la cloison. — En effet, dit-il,
je n'y avais pas songé !... Quand même il serait dans l'ordre des
choses possibles que j'eusse le portrait de Marie, qui pourrait le
peindre dans ce pays, où les Giotto indigènes en sont encore à
figurer sur leurs a-b-c les chevaux et les moutons favoris de la
place ? J'ai bien des dispositions pour l'art... j'ai déjà crayonné
quelque peu... si j'essayais de me faire peintre !... N'est-ce pas un
forgeron hollandais que son amour pour la fille d'un monsieur
quelconque a transformé en artiste célèbre ? L'illustre Boucher
m'a souvent dit que je pourrais réussir. Quel grand maître que ce
Boucher ! Quel génie facile et gracieux ! c'est comme cela que je
voudrais peindre, sans études et sans retouches, tout d'un jet, tout
d'une inspiration.   Boucher a des goûts pastoraux, je m'en sens
aussi de violents ; il a représenté toutes les dames de la cour en
habit de bergère, et il n'a jamais fait un portrait de femme sans
lui mettre un nez de paysanne, nez retroussé, nez dont je raffole
si bien que ces nez sont devenus à la mode. Il a, de plus, le
talent de varier ses poses à l'infini, quoiqu'en représentant invaria-
blement, et aussi pudiquement que possible, un ou deux genoux de
ses pastourelles poudrées ; la vertu du temps et de ces dames le
veut ainsi.   C'est bien le miroir de son époque, que Boucher. Il
est très-probable qu'ici, il me suffira de faire des études de figure,
et Marie me dispensera de déployer mon talent sur ses genoux.

Allons, à demain le premier exercice de dessin.

XV

Les dommages causés à la ferme avaient été réparés durant la
journée, il ne restait plus que les meubles à raccommoder. George
les avait fait transporter dans un bâtiment inoccupé de la ferme, et
il avait ordonné aux ouvriers de faire l'ouvrage en secret.

Le lendemain il alla jeter un coup d'œil à la boutique, et comme
il fallait passer tout proche de la maison, et que la maîtresse était
à la croisée, il voulu s'assurer que tout avait été consciencieuse-
ment fait. Il vit que la porte tournait bien sur ses gonds, que les
châssis fermaient juste ; il vit aussi que Marie était aussi jolie que
la veille.

Après avoir fait un examen beaucoup plus minutieux qu'il n'était nécessaire, ne trouvant plus de prétextes suffisants pour rester à la maison, il se retira, priant la jolie fermière de prendre un peu patience, vu que la vieille chaise et l'antique table de chêne étaient très-délabrées, et qu'elles nécessiteraient une restauration générale.

Il consacra toute son après-midi à l'étude de la nature morte ; il fit un croquis d'une tête superbe de chevreuil qui ornait le chevet de son lit. Il avait réellement du talent, ce premier essai lui en donnait la preuve.

Le jour suivant, il alla demander à Marie de choisir la peinture qu'elle désirait donner aux parties de la maison qui avaient été renouvelées, et il entreprit avec elle une dissertation subtile sur les teintes vives et les nuances indécises ; d'où elle conclut qu'elle aimait beaucoup le rouge, que c'était pour le moment la couleur de ses souvenirs, et elle pria l'officier d'adopter celle-là de préférence. Il en fut charmé, puisque c'était aussi celle de sa nation et de son uniforme ; et il prit ce goût décidé pour un compliment, sans remarquer que les volets et la porte avaient été peints en rouge, autrefois.

Les meubles n'étaient pas encore prêts ; et Marie se demandait ce qu'on pouvait faire de ces humbles vieilleries.

A son retour chez lui, le jeune militaire reprit ses crayons, et passa sans plus de préliminaires à la nature vivante ; il esquissa la figure de sa chienne *Squaw*. Grands progrès !... Pour juger de la perfection qu'il avait déjà acquise, il exposa son carton sous les regards de la chatte de Butler qui se trouvait à passer ; la commère féline, en apercevant cette image, fit le dos rond, sortit ses griffes, se moucha dans l'air d'une façon terrible et bondit vers la porte voisine : les deux bêtes se détestaient à l'égal de leurs deux maîtres : l'artiste conclut qu'il serait bientôt l'égal de Xeuxis.

Le quatrième jour, George vint encore faire une halte à la ferme pour une raison quelconque ; satisfaire sa soif probablement, à la manière du messager d'Isaac au puits de Laban. Il entreprit une nouvelle dissertation, cette fois, sur les différents genres de constructions rustiques. La mère Trahan, qui n'avait jamais songé à faire une académie de son logis, ne comprenait rien à ce goût pour la discussion ; Marie s'y complaisait parce qu'elle avait l'esprit curieux. Elle n'avait jamais vu d'autres monuments que ceux de Grand-Pré, mais certains livres illustrés de l'oncle Leblanc lui avaient laissé quelques notions d'architecture. Elle aimait bien, comme beaucoup de femmes, le style capricieux et orné des successeurs des Mansard, mais le gothique avait toute sa prédilection ; elle l'admirait surtout dans les habitations rurales.

Monsieur George parut encore plus enchanté de cet autre goût de la petite maîtresse ; c'était absolument le sien. Quant aux vieux meubles, il n'en dit pas un mot, ils n'étaient pas encore prêts...

Après cette nouvelle visite, le lieutenant se remit à ses travaux artistiques. Cette fois, il voulut faire une première tentative sur la figure humaine et il demanda à Butler de poser. Le capitaine aimait mieux les chats que la peinture : cependant, pour jouir de la satisfaction de contempler une reproduction de sa moustache, il consentit à subir l'épreuve.

George procédait systématiquement ; il voulait arriver au portrait de Marie après douze essais, comme on apprend aujourd'hui en douze leçons l'équitation, l'escrime, la calligraphie et même le dessin. Il prit Butler comme type de transition entre la bête et l'homme.

La séance fut longue, le feu sacré entraînait l'artiste, le modèle commençait à jurer sur la sellette et il brûlait de voir l'ébauche de ses nobles traits. Enfin, George lui fit grâce de quelques hachures, et le capitaine, certain d'être émerveillé, vint se placer devant le carton ; Mais hélas !....

Toute ébauche est un peu caricature : imaginez ce que devait être celle du visage de Butler...

George, dans l'ardeur du travail, tout occupé qu'il était à saisir les proportions générales et à jeter les premières lignes avec précision, ne s'était pas arrêté à comparer et à faire l'analyse de cette étrange physionomie ; mais quand il se fut levé et mis à la distance convenable pour bien juger de l'ensemble, il partit d'un éclat de rire inextinguible, qui, pendant dix minutes, résista à tous les efforts qu'il fit pour l'arrêter. Chaque fois que ses yeux tombaient sur le dessin, son hilarité recommençait. Quand il put prononcer quelques paroles, il se hâta de dire :

—Excusez-moi, capitaine ; pardonnez à une main novice ; je m'aperçois qu'à mon insu, l'image de ma chienne s'est déteinte sur la vôtre ; il est resté quelque chose de ma *Squaw* dans mon crayon ; c'est le résultat d'une première étude trop bien faite ; c'est pour cela que votre portrait ressemble au sien ; il est probable que si j'eusse fait le sien après le vôtre, c'est elle qui en aurait souffert.

L'explication ne calma pas la colère que l'éclat de rire du lieutenant avait causée à Butler ; il franchit la porte tout enflammé, ne voulant plus écouter un mot de George qui s'empressait de lui démontrer qu'une seconde séance réparerait tout le mal, et qu'à force de considérer ses traits, il finirait par effacer de sa mémoire le museau de sa trop séduisante *Squaw*.

XVI

Enfin, un jour devait venir où les meubles de Marie seraient réparés, et ce jour était arrivé.

Le lieutenant, qui, le soir précédent, avait laissé des ordres très précis à ses ouvriers, se rendit chez la veuve avant l'aube. Tout son monde était sur pied et à l'œuvre ; les enfants de la fermière, les menuisiers, la femme elle-même, tous s'occupaient à transformer la maison ; l'œuvre s'achevait, tant on y avait mis d'activité. Les pièces étaient peintes, et si bien ajustées d'avance qu'il n'y avait eu qu'à les placer.

Un porche élégant s'élevait devant l'entrée, surmonté d'un timpan pointu et d'une petite flèche gracieuse ; trois légers balcons, avec des détails gothiques, ornaient les fenêtres ; d'autres aiguilles s'élevaient sur le toit, dont une surmontée d'un coq tournant ; les meubles étaient installés à l'intérieur ; la boutique n'avait plus de secrets.

Quand l'heure de l'arrivée de la petite maîtresse fut sonnée, tous les heureux complices allèrent se cacher derrière un buisson, pour jouir de l'agréable surprise que Marie ne pouvait manquer d'éprouver.

Elle ne se fit pas longtemps attendre : elle était ponctuelle comme tout bon économe. Elle venait légère, sur les herbes blanchies de rosée, que personne n'avait encore secouée ; sa marche empressée, l'air vif d'une fraîche matinée d'automne, l'espérance d'une belle journée de travail animaient sa figure ; elle brillait comme la dernière reinette du verger.

La brume était si épaisse ce matin-là que la petite fermière n'aperçut la maison qu'en arrivant dessus. Quand elle vit la modeste demeure se dessiner tout à coup avec ces flèches élégantes et toute cette toilette de fête, elle resta fixée sur la terre comme la femme de Loth, son teint se décolora, il vint deux grosses larmes dans ses yeux et elle fut obligée de s'appuyer à la clôture.

George, croyant que c'était l'effet d'un plaisir trop soudain, s'empressa d'aller auprès d'elle. Marie le regarda avec un air plus triste que surpris, attendant un premier mot d'explication.

—Mademoiselle, dit-il, tout est complété, meubles et logis ; et j'espère que le tort que nous vous avions fait est réparé à votre satisfaction.

—Ah ! monsieur le capitaine, c'est beaucoup trop... beaucoup trop...

—Mais je ne le crois pas ; car on n'avait pas seulement détérioré votre propriété, on vous avait fait aussi un grand chagrin ; vous aviez droit par conséquent à un plaisir compensatoire, j'ai imaginé celui-ci...

—Ah ! monsieur, c'est trop de délicatesse, et... mais... et Marie resta plus que jamais embarassée.

—Mais... interrompit George, peut-être n'ai-je pas réussi ?

—Oh ! oui, je vous suis très-reconnaissante.... mais j'aurais été assez indemnisée par ce que vous aviez déjà fait.

—Voyez, reprit le capitaine, qui commençait lui-même à se décontenancer : on a rempli les deux pans de côté de votre vestibule en claire-voie ; vous pourrez y faire grimper des vignes sauvages et du chèvre-feuille ; j'ai fait donner assez de profondeur aux balcons pour qu'ils puissent recevoir facilement plusieurs pots de fleurs : vous placerez là des géraniums, des héliotropes, de la mignonette, des œillets, et en ajoutant quelques pieds de pois d'odeur, tout cela composera un parfum qui ne sera peut-être pas désagréable à respirer, à vos heures matinales ?

Marie se taisait ; ce parfum réjouissant n'avait aucun effet sur elle ; il ne ramenait pas le sourire dans ses deux grands yeux nuancés de tristesse qui se promenaient sur toutes ces jolies nouveautés, elle semblait chercher la vieille demeure sous son travestissement de jeunesse.

George se rappela la fameuse *bouche charmante* et resta désolé Il accompagna pourtant la jeune fille, qui s'était mise à marcher machinalement autour de sa propriété. Quand ils furent revenus sur leurs pas, celle-ci fit un effort pour dire à son cavalier :—C'est bien joli... c'est un cottage anglais, je crois ?...

—Oui, mademoiselle ; et cela ne vous convient pas, je le vois bien.

—Monsieur George, je vous prie de me pardonner un sentiment que vous trouverez peut-être futile, mais que je ne puis pas maîtriser : cette vieille demeure était un souvenir bien cher pour moi, je l'aimais avec sa pauvre porte, ses volets rouges, avec toute sa simplicité d'autrefois. Que voulez-vous, j'aime mes souvenirs, moi, et je n'avais pas encore songé à les varier ou à les rajeunir... Tous ces beaux changements m'ont trop surprise... Si vous m'aviez parlé d'avance, je vous aurais épargné tant de soins et de temps perdus.

—Les soins et le temps perdus pour vous, mademoiselle, ne sont

5

rien, dit George en tendant sa main à Marie ; seulement, je suis désolé de vous avoir causé de la peine ; vous voyez au moins que ce n'était pas mon intention.—Il appuya sur ces derniers mots ; puis, il salua profondément. En s'éloignant il laissa des ordres à ses ouvriers, échangea quelques paroles avec la veuve Trahan ; ce qu'elle lui dit fit passer un nuage sur sa vue ; il était évidemment affecté.

Une heure après son départ, la maison avait repris ses allures d'autrefois : comme une de ces vierges folles et surannées qui se sont masquées de jeunesse durant un jour de carnaval pour causer quelques dernières mystifications, l'antique chaumière se retrouva avec ses années et ses lésardes.

Les gens de la ferme ne savaient que dire ; la tristesse était générale. On s'était promis une fête autour de Marie, et tout ceci ressemblait à un enterrement. Pierriche faisait entendre une exclamation à chaque flèche qui tombait sous la hache des menuisiers, et quand celle de la girouette s'écroula, il faillit écraser lui-même ; car il s'était bien promis d'aller faire tourner quelquefois la queue du coq contre le gré du vent. Aussi ne put-il retenir une réflexion :

— C'est-il triste de laisser détruire ainsi une espèce de château ! Notre maîtresse, vous qui êtes née pour vivre dans les châteaux : ça aurait été si joli de vous voir dans votre fenêtre, à travers les pois d'odeur, comme disait monsieur l'officier anglais ! Et moi, ça ne m'aurait pas fait paraître plus chétif, les pois d'odeur !......

— Oui, il me semble, dit sa mère à mademoiselle Marie, que vous auriez pu conserver ces améliorations... Si vous saviez comme ce pauvre monsieur George avait du chagrin : lui, le seul Anglais qui soit bon pour nous !

— J'en suis aussi chagrinée pour lui ; mais croyez-vous que Jacques eût été bien fier d'apprendre que ce bel Anglais s'était chargé de lui bâtir en partie sa maison pendant son absence. Vous savez comme il les déteste tous. Cela n'aurait pas été pour lui une agréable surprise.

— Pourquoi pas ? dit Pierriche ; un château est toujours un château ; qu'il vienne de monsieur George ou d'Adam, ça fait toujours plaisir d'en avoir un, surtout quand on prend la châtelaine avec.

XVII

Jusqu'à ce moment, le jeune officier n'avait fait aucun cas de cet absent qui s'appelait Jacques, le fiancé de Marie : c'était pour lui un être imaginaire comme l'Hippogriffe, le Sphinx ou quelqu'autre bête semblable, née du cerveau des poètes. Il ne concevait rien à une constance de cinq ans, et il s'était bien persuadé qu'il lui suffirait de se présenter avec sa belle figure, ses épaulettes, son habit rouge, ses attentions assidues, ses petits présents, pour effacer, dans l'esprit de Marie, une première illusion d'enfance, qui avait pu charmer un instant sa jeunesse, comme les histoires des follets, ou le conte de la belle au bois dormant. Mais aujourd'hui, après les quelques mots que lui avait dit la mère Trahan, Jacques lui apparut comme une sérieuse réalité. L'échec qu'il venait de recevoir à la ferme blessait son orgueil : c'était le premier qu'il subissait. Il sentit en même temps que le sentiment qu'il éprouvait pour la belle Marie avait creusé de profondes racines dans son cœur. Naguère, la multiplicité des objets aimés, et leur succession rapide, diminuait la force de ses liaisons : l'idole du présent fournissait des consolations pour celle du passé. Mais, ici, George ne pouvait trouver l'occasion d'être inconstant ; il voyait surgir les mêmes entraves de tout côté ; il lui parut inutile de jeter le regard ailleurs. S'il avait peu réussi contre un rival à l'état de mythe, quels avantages pouvait-il espérer contre ceux qui existeraient sous une forme visible et palpable ?...... Il ne tenait pas à recommencer tous ses frais de plans, toutes ses démarches matinales, toutes ses fantaisies d'architecte ; sa vocation pour la peinture avait reçu même une terrible secousse ; il en resta à son ébauche de Butler, et il ne se mit pas à la recherche d'un type de l'homme perfectionné.

Cependant, il ne voulut pas s'avouer publiquement battu : on allait parler de l'aventure de la ferme ; malgré toute la diligence et la discrétion qu'il avait apporté dans la préparation et la démolition des embellissements de la maison, deux femmes, deux enfants et trois hommes en avaient le secret... ce secret avait toutes les chances de la popularité. C'eût été un ridicule de plus de rompre les glaces et de laisser percer son dépit. George se décida donc à continuer ses relations avec la famille Landry, comme elles étaient commencées, puis à s'effacer plus tard,...... insensiblement.

Résolution éphémère, comme il en a été pris un grand nombre, depuis que les filles et les garçons ont été inventés.

XVII

Les relations ne cessèrent pas. Plusieurs mois s'écoulèrent après la chute du coq tournant de Pierriche, et George ne trouva pas l'occasion ou la force de s'effacer insensiblement : au contraire, il espérait maintenant ne s'effacer jamais.

La solitude, l'habitude forcée de se parler à lui-même, le spectacle continuel de la vie simple et honnête de cette petite population, le sentiment délicat que lui inspirait de plus en plus Marie; tout cela avait entraîné sa pensée dans une série de réflexions justes. Son âme s'épurait à la chaste flamme qui s'était allumée en lui ; il eut du repentir d'avoir dissipé vainement les forces de son âme et les trésors de son cœur En outre, un malheur sensible venait de lui arriver ; dans de pareilles circonstances, il ne pouvait être plus cruellement frappé. Son frère avait été tué dans un engagement isolé avec les indigènes ; les barbares avaient bu son sang, et levé sa chevelure ; son corps avait été brûlé.

Cette mort horrible le plongea dans une grande tristesse, son caractère en resta profondément altéré ; il n'était plus le même ; quoiqu'il n'eut pas vu son frère depuis son arrivée en Amérique, et que, par légèreté ou par négligence, il ne lui écrivît pas souvent, ni longuement, c'était pourtant l'être qu'il affectionnait le plus au monde : il le sentait près de lui, sur la même terre ; il savait que sa pensée accompagnait la sienne avec sollicitude ; il espérait bientôt le revoir. Sa mort lui fit éprouver la sensation d'une solitude affreuse, insupportable, et un besoin plus grand encore d'affection. Désormais une puissance irrésistible l'entraînait vers la fille de Landry.

Il résolut d'en finir avec les incertitudes et les ennuis de sa situation. L'inconstance est souvent la marque d'une grande puissance de passions ; les circonstances ont marqué de fixer sur un but l'activité de ces natures d'élite ; elles courent à vingt fantômes à la fois : mais si un accident de leur vie vient à rallier à temps les forces et les désirs de leur âme, pour les pousser vers un objet de leur choix, ils s'y précipitent alors, avec l'ardeur et l'aveuglement de la fatalité et du désespoir.

George avait mis la mère Trahan dans ses intérêts, et la vieille fermière et ses enfants ne tarissaient pas sur son compte. Quand leur jeune maîtresse arrivait à la ferme, ils trouvaient moyen de mêler le nom du lieutenant à l'histoire de tous les légumes et de toutes les bêtes à cornes du champ. Marie les laissait dire, souriant également aux éloges donnés au bétail et au jeune officier.

George avait aussi conquis les bonnes grâces de madame Landry. Depuis quelque temps l'excellente femme pensait que sa fille était une créature extraordinaire, née, comme disait Pierriche, pour habiter les châteaux ; elle ne voyait plus de partis convenables pour elle, parmi les habitants de Grand-Pré ; une ambition imperceptible s'était glissée dans cette âme simple. Elle ne croyait plus d'ailleurs au retour de Jacques, et souvent il lui arrivait d'exprimer son admiration pour monsieur le lieutenant : — Quel charmant homme ! disait-elle ; si peu fier ! comme il nous témoigne de l'amitié ! comme il est bon pour les Acadiens ! comme il respecte notre religion ! quel bonheur ce serait pour les habitants et quelle fortune pour une fille du pays, s'il allait se marier à Grand-Pré !... D'autres fois, la mère s'adressait plus directement à Marie :—Ma chère enfant, je ne veux pas te désespérer ni te causer du chagrin ; mais je crois qu'il est inutile d'attendre davantage ce pauvre Jacques... Nous voilà vieux ; il y a bien des dangers qui nous menacent ; tu auras besoin de protection.... La providence nous envoie quelquefois des occasions... des chances... dans les mauvais moments... il ne faut pas les mépriser.

Marie écoutait toutes ces choses, sans répondre, puis elle embrassait tendrement sa mère et s'en allait dans le secret de sa chambre prier Dieu et sa patronne.

Elle comprenait parfaitement le sens et le but de semblables discours ; mais comme sa mère restait dans les termes vagues, n'osait consulter ses dispositions ni lui proposer ouvertement des projets, elle ne se crut pas obligée de dévoiler ses sentiments et ses inclinations. Elle s'était bien aperçue de ce qu'il y avait de culte tendre dans les assiduités du jeune officier, et elle n'avait pas pu lui demander de les interrompre, quoiqu'elle subît quelques reproches à ce propos, de la part de plusieurs de ses amies. Elle éprouvait beaucoup d'estime pour monsieur George ; sa conduite envers sa pauvre fermière, dans les circonstances où il se trouvait placé au milieu de la garnison ; ses procédés bienveillants, ses relations continuelles, avouées devant tous les siens, lui annonçaient une âme généreuse, un cœur sensible, un esprit sans préjugés, une conscience droite et indépendante ; il avait acquis des droits à sa reconnaissance, cela avait suffi pour lui faire repousser les méchantes histoires venues de la garnison, et détruire en elle l'impression défavorable qu'il avait d'abord produit sur son esprit. D'ailleurs, il s'était toujours montré parfaitement délicat et réservé dans tous ses rapports avec sa famille, et elle, de son côté, ne lui avait jamais témoigné que l'amitié la plus simple et la plus sincère, ne lui cachant en rien l'attachement qu'elle gardait pour son fiancé.

Elle ne crut donc pas devoir rompre, la première, des relations qui s'étaient établies sur des motifs que légitimait sa conscience, qui plaisaient à ses parents, leur assuraient une puissante protection, sans que sa famille ou le militaire ne lui en donnassent l'occasion.

Quant au père Landry, il ne variait pas ostensiblement de langage et d'habitudes depuis l'entrée de son jeune hôte dans sa maison : il était toujours affable, également jovial avec lui ; mais quand l'occasion s'en présentait, dans l'absence de l'officier, il ne manquait pas de réciter les deux phrases suivantes qu'il tenait comme des axiomes de ses pères : " Qu'une Française n'a pas le droit d'aliéner le sang de sa race ; et, qu'une fille des champs qui songe à s'élever au-dessus de sa condition est presqu'une fille perdue."

XVIII

Un jour de la fin d'août 1755. George était rentré dans ses appartements, très-agité. Il avait assisté à une séance extraordinaire du conseil militaire, tenue au presbytère. Il marchait à grands pas, puis s'arrêtait tout-à-coup, passant fortement ses deux mains sur son front, comme pour enlever une tache hideuse qu'on y aurait imprimée. Il frappait du pied, et on l'entendait articuler avec rage des mots incohérents : — Lâcheté... fourberie... mensonge... infamie.—Il se détournait violemment vers la porte, comme pour s'y élancer, et il restait fixé sur le seuil, répétant comme un énergumène : — Mon devoir ! mon devoir ! me voilà cloué dessus comme sur une croix... ils vont prendre un infernal plaisir à me le faire remplir jusqu'au bout... — Et il détacha son épée pour la jeter avec mépris dans un coin.

Tout-à-coup, son visage bouleversé se transforma sous l'effort d'un sentiment plus doux, ses yeux enflammés se noyèrent dans ses larmes, et il vint s'affaisser sur son secrétaire, se cachant le visage dans ses deux mains. Il cherchait à se recueillir pour prendre une résolution.

Il resta longtemps ainsi ; après quoi, prenant une feuille de papier, il écrivit fermement trois pages, les ploya et mit dessus l'adresse de Marie ; puis il sortit, apportant avec lui la lettre.

XIX

Enfin, les grands évènements étaient près de s'accomplir. Pendant cette lutte secrète de deux cœurs, dans le petit bourg de Grand-Pré, il s'en était préparée une qui devait agiter durant huit ans l'univers entier : pendant que ce jeune Anglais essayait de conquérir l'affection de cette fille de la France, les deux nations s'étaient armées pour le combat suprême.

Comme on n'avait pas compté sur la *Commission des frontières* pour régler les difficultés entre les deux peuples, on n'avait pas attendu son jugement pour commencer les hostilités.

On sait ce qui eut lieu dans la première partie de l'année 1755. L'amiral Dubois de Lamothe avait laissé Brest dès le mois d'avril pour venir porter des secours à la colonie ; l'amiral Boscowen quitta Plymouth à peu près dans le même temps pour lui fermer l'entrée du St. Laurent ; mais il ne put réussir dans son dessein : deux vaisseaux seulement de la flotte française tombèrent entre ses mains. On se vengea de cette déception sur les navires marchands ; il en fut pris trois cents qui voguaient, confiants dans les lois de la paix qui n'étaient pas encore régulièrement suspendues.

Peu après, le colonel Winslow débarqua en Acadie ; il avait ordre de déloger les Français de toutes les positions qu'ils tenaient sur l'isthme de Beau-Bassin et dans les environs. Sa mission fut couronnée de succès ; tous les forts furent emportés ou détruits.

Au Canada, De Beaujeu défit Braddock près de la Monongahéla, et cet échec des Anglais exaspéra toutes leurs colonies.

Après la prise des forts Beauséjour et Gaspéreau, la campagne se trouva terminée en Acadie, et les pacifiques habitants de Grand-Pré durent se féliciter de voir les furies de la guerre s'éloigner de leurs foyers ; car ils ne gardaient qu'un bien faible espoir de rentrer sous l'empire de la France. Cependant ils ne demeurèrent pas sans inquiétude sur leur avenir. On n'avait pas requis leurs services dans ces premiers engagements, mais il restait bien des batailles à livrer... D'ailleurs, on avait appris que trois cents Acadiens avaient été pris les armes à la main sous le commandement de M. de Vergor. Il est vrai que ces malheureux avaient été forcés de s'enrôler dans le corps de ce misérable commandant, et qu'ils avaient été graciés après la capitulation ; mais le défenseur du fort Beauséjour avait exigé cette grâce, en rendant la place, et l'on devait penser que des maîtres qui menaçaient de mort pour les moindres infractions à leurs ordonnances, reviendraient plus tard sur ce pardon intéressé.

On vit bientôt arriver des renforts de troupes dans tous les petits villages du Bassin-des-Mines ; des vaisseaux de guerre vinrent jeter l'ancre en face de ces demeures agrestes qui n'abritaient que la paix et la bienveillance. Le colonel Winslow, le vainqueur de Beauséjour, vint établir sa résidence au presbytère de Grand-Pré. On remarqua un mouvement inaccoutumé de courriers entre Halifax et tous les centres de population, et l'on se demanda ce que signifiaient tous ces soldats, toutes ces patrouilles, tous ces préparatifs, toutes ces dépêches à propos de gens désarmés et qui se trouvaient, plus que jamais, privés de tous secours de leur ancienne patrie. Les natures confiantes, ceux qui avaient quelques rapports avec le gouvernement, les nouvellistes bien renseignés répondirent que les troupes venaient tout simplement prendre leurs quartiers d'hiver là où elles savaient trouver plus facilement à vivre. La chose était vraisemblable ; on ignorait les coutumes de la guerre ; on avait l'âme encore ingénue ; on crut facilement et l'on resta tranquille.

Mais voilà que, le 2 septembre, des pelotons militaires se mettent à parcourir les champs et les villages, au son du tambour ; ils distribuaient dans toutes les maisons une proclamation du colonel Winslow. Voici quelle en était la teneur :

" Aux habitants du district de Grand-Pré, des Mines, de la Rivière-aux-Canards, etc., tant vieillards que jeunes gens et adolescents.

" Son Excellence le gouverneur nous ayant fait connaître sa dernière résolution concernant les intérêts des habitants, et nous ayant ordonné de la leur communiquer en personne ; Son Excellence étant désireuse que chacun d'eux soit parfaitement instruit des intentions de Sa Majesté, qu'elle nous ordonne aussi de leur exposer telles qu'elles lui ont été confiées : en conséquence, nous ordonnons et enjoignons strictement, par ces présentes, à tous les habitants tant du district sus-nommé que de tous les autres districts, aux vieillards comme aux jeunes gens, de même qu'aux enfants au-dessus de dix ans, de se rendre dans l'église de Grand-Pré, vendredi le 5 du courant, à 3 heures de l'après-midi, afin que nous puissions leur faire part de ce que nous avons été chargés de leur communiquer; déclarant qu'aucune excuse ne sera reçue, sous aucun prétexte quelconque, et que toute désobéissance encourt la confiscation des biens, et de tous les meubles à défaut d'immeubles.

" Donné à Grand-Pré, le 2 septembre 1755, la 29ᵐᵉ année du règne de Sa Majesté. ¹

" John Winslow."

Ce document étrange, les secrets importants qu'il semblait receler, son laconisme, sa forme entortillée, impérative, et la manière extraordinaire que l'on avait adoptée pour le faire parvenir à la connaissance des Acadiens, tout cela fit grande sensation. Le soir même de sa publication, un grand nombre de ceux qui ne savaient pas lire se rendirent chez le notaire LeBlanc, pour le prier de le leur déchiffrer; et comme le vieillard était le père d'une nombreuse famille et l'oracle ordinaire de Grand-Pré, beaucoup d'autres vinrent lui demander des explications et des conseils. Les Landry se trouvèrent à cette réunion.

On parla fort et dru, pendant que le notaire relisait et méditait la pièce tout bas. Plusieurs affirmaient que c'était une perfidie voilée; qu'on ne pouvait rien attendre de bon des Anglais, dans de pareilles circonstances.—Pourquoi, disaient d'autres, sur un ton sinistre, pourquoi tant de mystères et de hâte? pourquoi rassembler nos enfants pour leur parler d'affaires si importantes?... et puis, cette réunion convoquée le vendredi.... à trois heures du soir... le jour des grands malheurs, du sacrifice du calvaire... à l'heure de la mort du Christ! Ah! il y a là quelque chose de diabolique! Il faut s'armer, résister, ou il faut fuir!...

L'agitation était indescriptible; quand le chef octogénaire se leva; le silence se fit dans toute la salle. Tout en lui commandait le respect. Il avait vingt enfants dans l'assemblée, et cent cinquante de ses petits-enfants reposaient sous la sauvegarde de l'honnêteté et de l'honneur du gouvernement: il n'avait pas intérêt à se faire illusion, ni à donner de vaines espérances aux autres. Il avait toujours été, par le choix même des habitants, leur juge suprême et unique dans tous leurs petits différents; et, depuis l'expulsion du curé, c'est autour de lui qu'on venait se ranger, le dimanche et les jours de fête, pour faire quelques prières, chanter des hymnes, entendre quelques enseignements de la sagesse chrétienne. Il

1 C'est la traduction du document historique.

avait l'extérieur et le caractère d'un patriarche, il était vénéré à l'égal d'un pasteur.

— Mes enfants, dit-il ;—et sa voix, et sa main qui tenait la proclamation, tremblèrent.—Mes enfants, je sais que vous avez toujours mis votre confiance en moi, et que vous avez toujours suivi mes conseils ; je n'ai jamais hésité à vous les donner ; les connaissances que j'avais acquises dans ma profession me faisaient une obligation de vous être utile ; je remercie le ciel, si ma longue vie vous a servi.

Mais, aujourd'hui, je sens que les circonstances sont bien graves, et qu'il faut plus que la sagesse des livres pour diriger nos actions. Je n'ose pas vous donner d'avis, et je laisse à Dieu de vous inspirer ce qu'il est bon que vous fassiez. Je vous dirai seulement ce que je pense du décret du commandant et ce que ma conscience me suggère pour ma propre conduite dans ce moment critique. D'abord, je ne devine pas plus que vous les nouvelles destinées que semble nous annoncer ce parchemin. Je n'y vois qu'une chose : c'est que l'autorité a voulu nous en faire un mystère, maintenant, pour avoir l'avantage, sans doute, de nous le révéler et nous l'expliquer plus minutieusement quand nous serons tous réunis. Vous savez que beaucoup d'entre nous manquent de l'instruction nécessaire pour bien comprendre les lois nouvellement promulguées. Le gouvernement a peut-être eu l'intention de nous épargner beaucoup d'embarras.

Il y en a qui soupçonnent des desseins perfides, qui parlent de fuir ou de résister... Je crois que rien de tout cela n'est raisonnable. D'abord, l'Angleterre est une noble nation ; elle est incapable d'un acte, d'un guet-à-pens aussi infâme, d'un subterfuge aussi lâche, pour tromper des hommes confiants et honnêtes, pour enchaîner des vaincus désarmés, qui, depuis cinquante ans, lui gardent fidélité sur leur honneur et sur leur serment; pour trahir et rejeter des sujets qui ont plus d'une fois souffert pour elle. Quelques subalternes ont pu, souvent, nous imposer leurs volontés injustes ; mais aujourd'hui, c'est au nom du roi qu'on nous commande : si l'on abusait de ce nom, nous pourrions toujours en appeler au tribunal de notre souverain ; tout citoyen anglais a le droit de se faire entendre de lui.

Quant à ceux qui veulent résister, quels moyens ont-ils de le faire ? Nous n'avons pas une arme, et personne ne peut nous en fournir ; nous sommes environnés de soldats et de forteresses, nul ne peut nous secourir, les Français ont été repoussés de nos frontières... " Mais nous pouvons fuir, au moins, disent d'autres...."

Fuir ?... comment?... où ?... Le pays est partout occupé par des corps armés ; nous ne possédons pas une embarcation ; la flotte anglaise garde toutes nos côtes, la mer nous est fermée. Et, mes chers enfants, je vous l'ai souvent dit, malgré tous les efforts que pourra faire la France, sa puissance n'en sera pas moins perdue en Amérique... Nous ne la retrouverons nulle part, sur ce continent ! Pourquoi irions-nous errer dans les bois, avec nos femmes et nos enfants, à la veille de l'hiver, pour chercher une autre patrie qui sera toujours l'Angleterre ?...

Non, je crois qu'il ne nous reste qu'une voie à suivre, celle du devoir ; qu'une chose à faire, obéir à l'ordonnance. Nous ne sommes pas libres de changer notre sort, nous pouvons peut-être l'améliorer en montrant notre soumission et notre confiance à l'autorité. Il y a toujours de la grandeur et du courage dans la confiance que l'on donne à ceux qui nous la demandent, et cela ne peut inspirer que l'estime et la clémence. Remarquez que, depuis quelque temps, notre gouvernement nous a traités avec plus d'équité que par le passé : c'est peut être le commencement d'un règne de justice ; et dans ce cas, le moment serait mal choisi de nous soulever contre le pouvoir qui nous régit. Puisque nous ne connaissons pas les intentions de l'Angleterre, nous ne pouvons pas les juger et nous serions criminels de nous insurger d'avance contre elles.

Je vous le répète, mes enfants, le devoir est notre unique ressource ; c'est la seule garantie de tranquillité que nous ayons ; tous sont soumis à cette grande loi de la vie sociale, ceux qui commandent comme ceux qui obéissent. S'il nous arrive du mal, nous n'en serons que les victimes, nous n'en serons pas coupables ; Dieu prend pitié de ceux qui souffrent, il ne punit que ceux qui font souffrir ; il sera pour nous !"

Ces paroles firent un grand effet ; elles étaient pleines de bon sens. Le silence religieux avec lequel on les avait écoutées se continua ; chacun se dirigea vers la porte, le regard abaissé, s'arrêtant, en passant, pour serrer la main du vieillard ; on était à peu près convaincu, mais on méditait encore ; personne ne répliqua ; seulement, quand on fut dehors, on entendit la voix d'un jeune homme qui disait à son voisin : — Le vieux notaire ! il est toujours coiffé de ses Anglais.

— Dame, dit l'autre, tous les Leblanc et les Landry le sont ; depuis que M. George fréquente leur petite Marie, ils se feraient tous couper le cou pour plaire à ces bourreaux de chrétiens. C'est vrai qu'il est bien poli celui-là, mais après tout, il a tout au plus l'intention de s'amuser ; car on dit qu'il en a trompé bien d'autres...

Puisque la petite Landry voulait oublier Jacques, çà ne valait pas la peine de nous faire la dédaigneuse, pour ce beau polisson protestant qui rit d'elle, en dessous...

— Et la vieille Trahan, qui dit tout haut qu'il veut la demander en mariage !

— Et la mère Landry, qui se gourme déjà à l'idée d'avoir un officier pour gendre... un Anglais.... un protestant!...

— Non, non pas, car Pierriche dit qu'il se ferait catholique !... rien moins que ça... les bêtas, à quoi ça songe-t-il ?...

— Ils ont pourtant été prévenus assez sur son compte ; je leur ai dit, moi-même, ce que j'avais appris de ma tante Piecruche, qui l'avait appris elle-même de son neveu Piecruchon, qui frotte les bottes du gros capitaine Butler : s'ils ont un jour du repentir d'avoir encouragé cette liaison, ce ne sera pas notre faute, toujours.

Et le garçon raconta à son compagnon ce qu'avait rapporté le petit Piecruchon ; mais il eut soin de baisser la voix ; quelques uns des Landry s'approchaient d'eux, et l'histoire ne leur aurait probablement pas plu. C'était un vilain récit inventé au corps de garde, que les mécontents et les envieux s'empressaient de propager.

XX

George ne s'était pas fait d'amis parmi ses compagnons d'armes ; il les méprisait trop, pour vouloir de leur affection. Dès son arrivée, sa distinction naturelle, sa politesse, ses habitudes aristocratiques avaient indisposé cet entourage incivil : le vernis de l'éducation et de la société offusquent d'ordinaire ces natures sordides, parce qu'il met en relief leur écorce grossière. Ses relations avec les Acadiens, les coups qu'il avait fait donner à ses soldats, pour leur conduite à la ferme de Marie, lui avaient attiré leur haine : ces misérables cherchaient toutes les occasions et tous les moyens de satisfaire leur vengeance.

D'un autre côté, on avait vu se former depuis quelque temps, au milieu des familles de Grand-Pré, une division assez marquée : quoique les adversaires les plus ardents des Anglais eussent déjà quitté le pays à cette époque, cependant il s'en trouvait encore beaucoup que les intérêts de famille avaient retenus, malgré eux, et que révoltait l'idée d'être pour toujours et sans réserve des citoyens anglais. D'autres au contraire, plus timides ou plus

sensés, voyant leur situation devenir de jour en jour plus désespérée, plus menaçante, en étaient venus à la conclusion que les
conquérants pouvaient exiger d'eux une soumission entière ; qu'étant
leurs souverains, ils en possédaïent toutes les prérogatives, et que
c'était folie de vouloir se regimber contre leur autorité. Les Leblanc
et les Landry partageaient ce dernier avis, et comme ils étaient les
familles les plus riches de Grand-Pré, ils avaient de l'influence.

Ces deux partis n'en étaient pas arrivés à une rupture complète ;
ils se dessinaient, seulement, l'un sur l'autre, par la nuance de
leurs opinions : chaque évènement public venait accentuer davantage cette division ; les moindres incidents, l'ombre d'un scandale
servaient d'aliment à cette petite guerre de partisans. Les relations
assidues du jeune lieutenant avec la famille Landry ne manquèrent
pas, comme on vient de le voir, de servir de thème aux jaloux, aux
prétendants déçus, d'abord, puis aux adversaires des Anglais, ensuite.

Malgré cette division de la population, le discours sensé du vénérable notaire prévint tout le trouble que pouvait faire naître au
milieu d'elle la proclamation de Winslow : les deux partis sentirent
la sagesse des paroles du vieillard, et tous se remirent pacifiquement aux travaux de la saison   Une chose leur inspirait quelque
confiance : c'est que, depuis trois ou quatre mois, les vexations semblaient avoir fait trève, comme l'avait remarqué l'oncle Leblanc.
Ils étaient aussi très-occupés à sauver la moisson ; le temps pressait, elle n'avait jamais été plus abondante ; les gerbes écrasaient
les moissonneurs sous leurs épis trop pleins ; les greniers allaient
regorger ; l'abondance s'annonçait partout et tempérait un peu,
par les joies qu'elle faisait espérer, les préoccupations politiques.
Le peuple, surtout le peuple français, quitte volontiers les sentiers
de deuil pour suivre ceux qui conduisent au plaisir.

Il ne restait plus çà et là, dans les champs, que quelques javelles ;
presque partout les grands troupeaux avaient envahi l'espace laissé
vide par la récolte. On s'était hâté plus que d'habitude, par l'espoir
que les besoins de la guerre allaient nécessiter une vente plus précoce des produits des champs. Ceux qui avaient abrité plus tôt leurs
grains assistaient les autres. Ces travaux en commun occasion-
naient encore quelques réjouissances ; la dernière gerbe, qu'on
appelait la *grosse gerbe*, fut brillamment fêtée en plusieurs endroits.

C'est peut-être à la ferme de Marie qu'on y apporta plus d'apprêts
et de coquetterie.

C'était le 4 septembre : tous les frères, tous les cousins, tous les
amis, parmi lesquels se trouvaient plus d'un aspirant à la main de
notre nouvelle Pénéloppe, prirent part à la solennité champêtre.

Quand la grange eut reçu tout le produit de l'année, les travail-leurs se réunirent autour de la plus belle charrette, qui les attendait au bout de la terre. Le vaste véhicule était transformé en char de triomphe. Les hautes échelettes avaient été enlevées ; dans celles de côté l'on avait entrelacé des branches de sapins ; de chaque coin pendaient des guirlandes de verdure que soutenaient quatre des plus beaux cousins ; tout au milieu de la voiture s'élevait la reine de la fête, faisceau énorme de six pieds de hauteur, composé des plus beaux épis que le bon Dieu avait fait mûrir, et des plus jolies fleurs qui décoraient encore les prés. Deux bœufs majestueux formaient l'attelage ; à leurs cornes étaient attachés, avec des rubans de couleurs variées, des bouquets de feuilles d'érable rougies par les premiers souffles de l'automne. Deux des plus jeunes de la bande se tenaient assis sur le dos des nobles bêtes, portant chacun un aiguillon orné d'épis ; les autres marchaient de chaque côté, chantant des couplets populaires.

Quand le cortége fut près d'arriver à la maison, Pierriche alla prévenir la petite maîtresse ainsi que le père et la mère Landry, et quelques jeunes voisines qui s'étaient rendues sur les lieux.

George, par un hasard singulier, se trouvait à passer dans ce moment ; le chant, la nouveauté du spectacle fixa d'abord son attention, et quand Pierriche accourut pour lui dire de quoi il s'agissait et l'inviter à s'arrêter, il se laissa facilement entraîner. Il n'avait pas vu Marie et ses parents depuis qu'il avait fait remet-tre sa lettre à la jeune fille. Le premier moment de leur ren-contre leur donna visiblement beaucoup d'embarras ; l'officier sem-blait inquiet, et Marie évitait sa conversation ; le père et la mère se contentaient de les observer : quant aux autres, ils attribuèrent au deuil du lieutenant la gêne qu'il paraissait éprouver ; d'ailleurs, la charrette venait de faire son entrée triomphale dans la grange, chacun s'empressa de la suivre. George, voyant tout ce monde, délibéra un instant s'il était opportun pour lui de s'y mêler ; mais, entraîné par le mouvement général, ne sachant d'ailleurs quelles excuses trouver pour se retirer, il fit comme les autres, il entra.

Quand tous furent arrivés sous le chaume, on installa la grosse gerbe au milieu de l'aire, qui avait été préalablement tapissée de feuillage frais, puis on en fit hommage à la maîtresse, avec grande pompe. Ensuite tous les assistants prirent place autour de la reine de la fête, sur des siéges improvisés avec des bottes de foin. George eut la place d'honneur, à côté de Marie : un gros feu de joie fut allumé par les enfants, en face de la grande porte, de sorte que tout l'entrain du bâtiment en fut éclairé ; puis on servit le souper. Le repas fut d'abord assez animé ; les jeunes gens y mirent tout l'entraînement qui leur était habituel en pareille circonstance. Quelques rasades de vieille eau-de-vie apportèrent encore au banquet un élément de gaité. Mais tout cela n'empêcha pas la conversation de devenir languissante : la verve folle s'envolait souvent.

Pour la retenir, on essaya de la danse ; mais les cotillons n'allèrent pas dans leur mouvement allègre ; les plus beaux danseurs traînaient derrière la note, enfin, la fête marchait tirée par les cheveux. Les enfants seuls ne participaient pas à cette langueur générale ; au contraire, leurs cris, leurs gambades, leurs culbutes dévergondées autour du bûcher, qu'ils atisaient, établissaient un contraste accablant avec les amusements forcés de l'intérieur. Marie participait, plus que tout autre, à la contrainte qui l'entourait ; elle était dominée par un sentiment pénible. Plusieurs avaient été priés de chanter quelques-unes des romances du temps ; le tour de la maîtresse vint ; le lieutenant joignit ses sollicitations à celles des convives qui s'empressaient de vaincre la répugnance que la jeune fille avait à se faire entendre, ce soir-là. Elle finit par céder. Mais, soit à cause de son embarras, soit avec intention, elle choisit un vieux chant breton composé sur le combat des Trente. Voici quelle était cette ballade :

Dans le beffroi d'un antique castel
S'assit, jadis, une haute baronne,
Pour regarder aux champs de Ploermel
Les trente preux de noblesse bretonne
Qui combattaient contre Bembro l'Anglais :
Elle suivait, dans les flots de poussière,
L'écu d'acier que Beaumanoir portait
Et les éclairs que lançait sa rapière.

Longtemps son œil vit le fier chevalier
Frapper d'estoc sur la troupe félonne,
Guider, aux flots des crins de son cimier,
Les rangs bardés de sa noble colonne.
Mais vint un temps où la dame en émoi
De Beaumanoir ne vit plus les prouesses ;
Car il fléchit, et le champ du tournoi
Resta voilé sous des ombres traîtresses.

" Seigneur, Jésus ! Messire Beaumanoir
Serait-il mort, pour son roi, pour sa dame ? "...
Et, se mettant à genoux, jusqu'au soir
Elle pria pour la paix de son âme.

En attendant le retour des féaux,
Morne, dolente, ainsi resta la belle,
Prêtant l'oreille aux clairons des hérauts,
Suppliant l'air d'apporter la nouvelle.

Au couvre-feu se fit entendre enfin
Un bruit de fer au loin dans la campagne,
Des pas pressés qui brûlaient le chemin,
Des troubadours qui chantaient la Bretagne...
" Abaissez vite, au-devant du vainqueur,
Les ponts levis, cria la châtelaine.
C'est lui ! c'est lui ! il revient, mon seigneur,
Il n'est pas mort, j'entends sa voix lointaine."

" Accourez tous, mes pages, mes valets,
Préparez-lui sa tunique de soie,
Apportez-moi les bons vins, les bons mêts,
Mon luth d'argent, je veux chanter ma joie,
Baiser son front au milieu de ses preux,
Mettre à son cou mon écharpe de reine ;
Mon Beaumanoir revient victorieux,
Bembro l'Anglais est couché sur l'arène ! "

Bientôt au seuil de l'antique manoir
Caracola la noble cavalcade.
Qu'il était beau, le sieur de Beaumanoir,
Celui que chante en tous lieux ma ballade !
Qu'il était beau, le chevalier breton,
Quand, détachant de dessus sa cavale
Du chef anglais le sanglant écusson,
Le mit aux pieds de sa dame féale !

" Salut, salut, haut et puissant seigneur !
Dit notre belle en répandant des larmes,
Dans ce grand jour votre bras est l'honneur
De la Bretagne ! et la France et nos armes
Ont fait par vous trembler encor l'Anglais.
Sire, acceptez le prix de la vaillance,
Et le baiser des champions courtois."
Et chacun dit :—" Vive le roi de France !"

" Et vous, dit-elle, écuyers et barons,
Brillante fleur de la chevalerie,
Les troubadours iront chantant vos noms
De Ploermel aux déserts d'Illyrie ;
Et notre roi mettra sur vos écus
Le lys d'argent des souverains de France,
Et l'on verra des ennemis vaincus,
S'enfuir au loin l'audacieuse engeance."

La châtelaine, après ce beau discours
Et le baiser reçu vif sur sa bouche,
S'alla vêtir de ses plus beaux atours
Et préparer le repas et la couche
De son époux. Messire Beaumanoir
Disait aux preux en regardant la dame :
" Quelqu'un de vous a-t-il jamais pu voir
De par le monde une plus noble femme ?"

ENVOI

Si vous voulez des chevaliers français
Nourrir la gloire, exciter les prouesses
Et couronner leurs travaux, leurs haut-faits,
Ecoutez-moi, filles, dames, duchesses :
Ayez amour pour les exploits guerriers,
Ayez vertu sans trop de pruderie,
Aux fronts vainqueurs déposez des lauriers
Et le plus pur de vos chastes baisers ;
Dans vos chansons célébrez la patrie,
Notre roi Jean, notre chevalerie !

Marie ne put pas arriver au bout de sa ballade ; le sentiment qui lui en avait imposé le choix fit sans doute bientôt place à un autre ; car à mesure qu'elle chantait, sa voix limpide et vibrante s'attendrit peu à peu ; au troisième couplet, elle trembla ; au quatrième, quand elle articula ces vers :

" C'est lui, c'est lui, il revient, mon seigneur ;
Il n'est pas mort, j'entends sa voix lointaine ! "

l'air expira dans ses sanglots. Fort heureusement pour M. George ; car s'il eût entendu la fin de la pièce, il en aurait été tout à fait offensé. Il méditait déjà sur le motif probable qui avait si mal inspiré la chanteuse, et il se proposait de lui demander si elle ne savait pas, par hasard, quelques chants semblables composés sur la bataille de Poitiers, autre événement fameux arrivé sous ce bon roi Jean. Mais l'émotion de Marie et le malheureux succès de la ballade calmèrent son dépit. Il avait attaché machinalement son regard sur le feu de joie, il ne le détourna pas même pour juger quelle impression avait pu saisir la jolie maîtresse.

Cet incident finit de tuer la conversation. Ceux qui auraient désiré fournir un sujet assez intéressant pour fixer l'attention générale lançaient quelques phrases détachées, mais elles passèrent sans provoquer de réponses ; elles semblaient tomber dans un abîme sans produire plus de bruit que ces cailloux qu'un enfant s'amuse à jeter dans l'océan. La mère Landry n'était pas plus habile que les autres, mais elle était femme, elle était curieuse, et ne pouvait consentir à voir expirer une conversation dans sa compagnie : elle parla justement de ce qui occupait secrètement tout le monde et de ce dont personne n'osait discourir.

— C'est demain, dit-elle, le jour de la grande assemblée ; c'est bien à 3 heures juste qu'elle a lieu, Monsieur le lieutenant ?...

George n'avait pas encore détourné ses yeux des spirales brillantes de la flamme, quand il s'entendit ainsi brusquement interpeller, sur une matière aussi délicate ; il tressaillit comme un coursier qu'on vient d'éperonner aux deux flancs : il pressentait où cette première question allait le conduire. Les convives subirent la même commotion et tous les regards tombèrent en un même instant sur l'officier. Il répondit, en se remettant tant bien que mal :

— Mais, oui, Madame, je crois que l'assemblée est bien convoquée pour trois heures ; il me semble que l'ordonnance était très-explicite là-dessus.

— Je me rappelle, maintenant, reprit la mère Landry, qu'elle était bien précise sur l'heure de la réunion et sur l'obligation de s'y trouver ; mais elle l'était si peu sur son objet que j'ai confondu. D'ailleurs, je vous avouerai que personne n'y comprend rien à cette proclamation. Nous pensons bien que le gouvernement n'a pas de mauvaises intentions à notre égard ; mais s'il nous avait éclairés davantage sur ce que le roi veut bien faire pour nous, elle aurait empêché les gens de mal parler. Je vous assure, Monsieur le lieutenant, que vous nous feriez un grand plaisir si vous pouviez nous expliquer un peu l'écrit de votre colonel.

La question était indiscrète, mais la brave femme l'avait faite avec l'intention sincère de servir également le gouvernement et ses compatriotes ; elle était persuadée qu'un conseil où était entré M. George ne pouvait décréter un acte infâme, et que quelques révélations de la part de leur ami pouvaient ramener la confiance.

Le militaire comprit tout ce qu'il y avait de bonhomie dans la curiosité de Madame Landry, et cela ne le mit pas plus à l'aise. Sa situation ne pouvait être pire ; il sentait son âme livrée à toutes les tortures ; il eut préféré se trouver en face d'une batterie de siége chargée à mitraille. Il était assailli par mille sentiments divers. Un mot inconsidéré, une confidence trop hâtée pouvait briser tout cet édifice de bonheur qu'il était peut-être sur le point de couronner.

D'un autre côté, il se croyait obligé de calmer les inquiétudes de Marie et de tous ses bons parents. S'excuser sur l'obligation de garder les secrets d'office...cela devait confirmer les gens dans leurs appréhensions. Déguiser la vérité...... elle devait être révélée le lendemain au grand jour, et connue par tous et par Marie... Sa droiture naturelle se révoltait à cette idée. Le regard pensif et brûlant de la jeune fille était d'ailleurs fixé sur lui, comme pour percer dans sa pensée. Le père Landry se tenait en face, avec sa longue chevelure blanche, et sa figure vénérable lui semblait la divinité de l'honnêteté et du vrai. Il se sentit atterré, il eut peur de ses premières paroles ; par malheur pour lui, aucune ne devait passer inaperçue : le silence était complet ; car les enfants eux-mêmes, que le chant de la petite maîtresse avait attirés, étaient restés mornes et tristes. George fit donc la réponse la plus incohérente et la plus embrouillée ; chacun des sentiments qui l'agitaient semblaient en dicter une phrase ; de sorte que le document de Winslow n'en parut que plus incompréhensible. Seulement, l'auditoire crut comprendre que le lieutenant leur disait de rester rassurés sur leur sort.

La mère Landry, qui ne se sentait pas plus instruite, allait revenir à la charge pour obtenir quelques commentaires plus lucides. Mais sa fille se hâta de la prévenir :—Ma chère mère, dit-elle, je vous en prie, n'imposez pas à monsieur un interrogatoire, auquel il ne peut être préparé ; ne le mettez pas dans la pénible situation de vous dévoiler ses secrets d'état ou de forcer sa conscience pour vous laisser les charmes d'un faux espoir.

George sentit un trait passer à travers son cœur. Il regarda sa montre, et sans avoir vu l'heure, il dit qu'il était très-tard, puis il se leva pour partir : tous les autres en firent autant.

On était venu pour se réjouir et personne ne s'était amusé Chacun se croyait un peu coupable du sentiment pénible qui avait attristé la fête, et se trouvait obligé de témoigner plus d'amitié aux autres pour se faire pardonner sa prétendue morosité. On se souhaita donc plus tendrement le bon soir, on se serra plus cordialement la main, on se promit des veillées plus agréables. George seul ne participa pas à cet épanchement suprême ; il se sentait comme un point isolé dans ce centre d'affection ; il n'osait offrir sa main aux autres ; il trembla en se présentant à Marie, quand il fut seul en face d'elle. La jeune fille ne leva pas même la sienne ;— elle la laissa pendante comme un crêpe attaché à la porte d'un mort.

Heureusement que les feux de joie s'étaient affaissés ; les ombres qui envahissaient déjà la grange cachèrent l'émotion dont le jeune officier fut saisi à ce témoignage de mépris.—Au revoir, M. George,. dit Marie, d'une voix ferme, mais sans aigreur. Je vous dois une réponse, je vous prie de venir la recevoir, après demain... Pardonnez-moi ce retard : mais il me semble que dans des moments aussi difficiles, on ne peut songer à fixer sa vie... Elle appuya sur ces derniers mots.

— Je croyais, mademoiselle, reprit le lieutenant, que votre chanson de ce soir et cette manière inusitée de me congédier... étaient votre réponse, et je n'en attendais plus d'autre... Dieu veuille que celle que vous me promettez ne vienne pas trop tard !... Je vous pardonne ce nouveau délai ; je vous pardonne aussi le sentiment qui vous a inspiré le choix de votre complainte et le traitement que vous m'infligez maintenant : vous croyez avoir des raisons légitimes pour me faire subir cette double humiliation, je ne vous les conteste pas ; peut-être apprendrez-vous un jour combien je viens de souffrir ! Quoiqu'il en soit, vous trouverez toujours en moi le protecteur le plus dévoué, le plus respectueux, le plus constant.—Il salua.

Sa voix tremblante et brisée révélait assez tout ce qu'il éprouvait. Marie se sentit touchée ; elle lui tendit la main, mais il était déjà disparu dans les ténèbres.

En regagnant leurs demeures, les conviés à la fête rencontrèrent des petites patrouilles qui parurent les épier. George trouva tout le monde debout au corps de garde ; le conseil siégeait au coin du feu, sans lumière. Il entra droit chez lui, et se jeta, tout botté, sur son lit ; il était fiévreux et harrassé, et il avait ordre d'être debout avant l'aube.—Quelle terrible jour que ce demain ! dit-il, en tombant sur le grabat comme un fardeau trop lourd. Pauvres gens !... j'ai peu d'espoir... Quand elle aura connu les terribles enchaînements de ma situation, quand elle aura compris toute la sincérité de mon cœur et de mon dévouement, elle me rendra son estime, au moins... peut-être davantage... Les événements feront le reste...

XXI

Le lendemain, vers midi, près de deux mille personnes étaient réunies dans le bourg de Grand-Pré. Beaucoup étaient venus d'une assez grande distance, avec toute leur famille. Tous étaient groupés le long de la rue principale, devant les maisons, autour de l'église ; la plupart s'occupaient à expédier un léger repas qu'ils tenaient sous le pouce. Il n'y avait pas de tumulte ; au contraire, une sorte de stupeur régnait sur toute cette foule. On s'entretenait à demi-voix, comme autour d'une guillotine, à l'heure de l'exécution, comme sur la porte d'une tombe où l'on va déposer un ami du bien public.

Quand les vieilles horloges qui avaient marqué tant de moments heureux, dans ces chaumières ignorées, commencèrent à sonner trois heures, tous sentirent leur cœur se serrer ; les groupes se mirent à s'ébranler. Au même instant, un roulement de tambour se fit entendre du côté du presbytère : c'était le signal annonçant l'ouverture de l'assemblée. Aussitôt la population toute entière se mit en marche. La plupart des membres d'une famille se tenaient réunis. On voyait çà et là quelques têtes blanchies, et autour, se pressaient les représentants de plusieurs générations, échelonnés selon leur âge : on aurait dit des patriarches s'acheminant dans les plaines de la terre promise. Quelques femmes, quelques filles, avides de connaître plus tôt le résultat de cette grande et mystérieuse affaire, s'étaient aussi mêlées à la masse des hommes.

Marie voulut suivre son vieux père ; elle l'accompagna jusqu'au perron de l'Eglise. La grande porte était ouverte à deux battants, et la population l'encombrait, en s'y précipitant, comme aux plus beaux jours de fête, lorsque Grand-Pré jouissait de son prêtre et de son culte.

La compagnie de M. George était distribuée de chaque côté du porche ; lui même se tenait tout près de l'entrée, veillant à ce qu'il n'y eut pas de désordre. Sa vue rassurait les braves gens, et tous s'empressaient de le saluer, en passant, comme d'habitude. Mais lui, en rendant la civilité, n'avait plus ce sourire naturel et bienveillant qui naît sur le visage de tout homme bien né, devant ceux qui le respectent et qui l'estiment : chacun de ces saluts lui faisait monter le rouge à la figure, et il semblait désirer se soustraire à ce témoignage de confiance et d'amitié. Mais quand il vit Marie, il pâlit ; car la jeune fille avait attaché sur lui un regard terrible comme celui de la justice. Le sien ne put y résister, il tomba vers la terre Elle était à deux pas de lui.

Au moment de se séparer de son père (car les femmes n'avaient pas la permission d'entrer), elle le retint un instant lui demandant à l'embrasser ; et comme il se penchait tendrement vers elle, elle lui dit en lui montrant le sanctuaire, et assez fort pour que le lieutenant pût l'entendre :—Voilà notre autel, notre saint autel ! Si c'est un sacrifice qu'on va faire, Dieu sera plus près des victimes et des faux prêtres....

Pour se retirer et sortir du courant de la foule, Marie dut passer si près du jeune officier que ses habits frolèrent les siens ; dans ce moment, elle l'entendit qui disait :—Miséricorde pour moi, Marie, et courage pour vous... pauvre enfant !

Elle se détourna fièrement, puis elle alla se mêler au noyau des autres femmes qui s'étaient assises sur les bancs et sur la pelouse de la place, à une petite distance de l'église.

Quand le dernier de cette longue procession d'hommes fut entré et que le petit temple fut plein de tous ceux qu'il avait vus jadis prier et chanter, on vit s'avancer Winslow, Butler et Murray, entourés d'une garde qui portait l'épée nue ; tous franchirent le seuil de l'église, et après avoir ouvert un sillon au sein de l'assemblée, ils allèrent s'arrêter sur les degrés de l'autel. La porte se referma derrière eux et un double rang de soldats fit le tour de l'église, l'enfermant dans une double ceinture de bayonnettes aiguisées.

Un silence effrayant s'établit partout, au dehors comme au dedans. Winslow, quoique homme de résolution, en paraissait accablé ; il hésita quelque temps à le rompre ; il semblait faire des efforts pour ramener sa voix dans son gosier devenu tout à coup aride et tendu ; sa main tournait et retournait le fatal parchemin, sans pouvoir le déployer ; elle était agitée de spasmes nerveux comme celle d'un assassin novice. Murray et Butler se sentaient déjà de la pitié pour tant de faiblesse, quand le colonel, prenant énergiquement sur lui, put enfin formuler ces quelques phrases :—
" Messieurs, j'ai reçu de son excellence le Gouverneur Lawrence la dépêche du roi que voici. Vous avez été réunis pour connaître la dernière résolution de Sa Majesté concernant les habitants français de la Nouvelle Écosse, province qui a reçu plus de bienfaits, depuis un demi-siècle, qu'aucune autre partie de l'empire...

" Vous ignorez moins que personne comment vous avez su le reconnaître...

" Le devoir qui me reste à remplir maintenant est pour moi une dure nécessité ; il répugne à mon caractère, et il va vous paraître bien cruel ... vous avez, comme moi, le pouvoir de sentir.

" Mais je n'ai pas à censurer, je dois obéir aux ordres que je reçois. Ainsi donc, sans plus hésiter, je vous annonce la volonté de Sa Majesté, à savoir : *que toutes vos terres, vos meubles et immeubles, vos animaux de toute espèce, tout ce que vous possédez, enfin, sauf votre linge et votre argent, soit déclaré, par les présentes, biens de la couronne ; et que vous mêmes soyez expulsés de cette province.*

" Vous le voyez, c'est la volonté définitive de Sa Majesté que toute la population française de ces districts soit chassée.

" Je suis chargé, par la bienveillance de notre souverain, de vous laisser prendre votre argent et autant d'effets de ménage que vous pourrez en emporter, sans encombrer trop les navires qui doivent vous recevoir. Je ferai tout ce qui est en mon pouvoir pour vous assurer la possession de ces choses et empêcher que personne ne soit molesté en les transportant.

" Je veillerai à ce que les familles soient embarquées sur les mêmes vaisseaux, et à ce que ce déplacement s'opère avec autant d'ordre que le permettra le service de Sa Majesté.

" J'espère que, dans quelque partie du monde que vous soyez jetés, vous serez des sujets fidèles, paisibles et heureux.

" Je dois maintenant vous informer que c'est le plaisir de Sa Majesté que vous restiez en sûreté, sous la garde et la direction des troupes que j'ai l'honneur de commander. En conséquence, je vous déclare tous prisonniers du Roi." [1]

Ces derniers mots produisirent une commotion générale, comme le premier effort d'un volcan qui entre soudainement en éruption ; il s'échappa de toutes ces poitrines tendues une exclamation déchirante pleine d'angoisse et de sanglots ; c'était le cri de mille cœurs broyés, de mille victimes atteintes du même coup. Tous ces malheureux, subitement frappés, se sentirent instinctivement portés vers celui d'où partait le coup, comme ces naufragés sous les pieds desquels vient de s'ouvrir l'abîme, s'élancent avec l'instinct de la vie vers le rocher qui les a perdus. Tous les bras s'élevèrent simultanément vers Winslow, implorant... implorant sans paroles, avec des cris étouffés, avec un désespoir déchirant... Mais la sentence était portée, le sacrifice était accompli ; Winslow, Murray, Butler descendirent les marches de l'autel ; les épées de leur garde éloignèrent les bras implorants, les poitrines haletantes, et les trois bourreaux passèrent, mornes, froids ; ils semblaient s'efforcer de paraître impassibles, comme s'ils eussent voulu, après avoir commis cette mauvaise action, mieux cacher la honte qui devait les poursuivre devant tant de consciences honnêtes si cruellement mystifiées. Les portes s'ouvrirent pour les laisser passer ; mais elles se refermèrent derrière eux...

Cet instant fut le plus terrible ; tout espoir de clémence était évanoui, la poignante clameur des infortunés n'avait pas pu briser l'arrêt qui venait de les foudroyer, n'avait pas pu faire entrer

1 Haliburton.

la pitié dans les entrailles d'airain de leurs maîtres... Alors il se produisit un revirement violent dans cette tempête de douleur ; le désespoir aveugle prit un moment le dessus, revêtit toutes ses formes hideuses, s'abandonna à toutes ses inspirations frénétiques, surtout parmi les jeunes gens. Il est si dur d'être saisi tout à coup dans la force et l'ardeur de la vie, au centre de ses affections, au seuil de l'édifice de bonheur qu'on s'était créé, devant tous les enchantements de l'avenir, pour être lié par une main inhumaine à laquelle on ne peut résister, pour être encore arraché du sein de l'amitié et de la famille, chassé, livré à tous les supplices de la proscription !... Les uns se précipitèrent vers les ouvertures, s'attaquant aux gonds et aux serrures, essayant de broyer sous leurs poings les vieux panneaux de chêne. Le bois craquait sous ces violents efforts, mais rien ne cédait ; les assaillants se retournaient de rage, laissant le sang de leurs mains déchirées sur les rivets de fer dont on avait hérissé les portes. D'autres, ceux qui avaient prévu ces malheurs, qui en avaient averti les incrédules, criaient, vociféraient en passant devant les Landry et les Le Blanc : — Ah ! nous vous l'avions bien dit !— Autour du vieux notaire ils se pressaient comme une avalanche, dirigeant vers sa tête leurs mains dont les doigts tendus semblaient devenus des griffes de lion ; et tous lui jetaient une accusation, un sarcasme :—Voilà ce que vous avez fait ! Nous étions des fous... nous avions des terreurs imaginaires, des soupçons déraisonnables ;... eh bien ! les connaissez-vous maintenant vos Anglais ? Vous pensiez être épargné, peut-être, parce que vous les aviez si bien servis :... allez maintenant, vieux lâche !

Au milieu de cet orage, le vieillard s'était tenu au bas de l'autel, agenouillé sur le premier degré ; il avait les mains jointes et il regardait vers le ciel dans une attitude de douleur inspirée qui aurait dû en imposer à ses accusateurs, s'ils n'eussent pas été aveuglés par la passion. En entendant tomber sur ses cheveux blancs le mot insultant de lâche, il se leva comme une ombre de saint, et se tournant du côté de la foule, il articula ces quelques paroles d'une voix brisée :

— Mes amis, venez, arrachez ces cheveux blancs, écrasez-moi au pied de cet autel, vous le pouvez impunément ; il n'y a de justice à craindre ou à espérer pour personne, dans ce lieu. Tuez-moi... allez, vous n'ajouterez pas à mes maux, et j'ai fini maintenant de vous être utile ; mais vous, mes compatriotes, mes enfants, que j'ai aimés pendant quatre-vingts ans, ne m'insultez pas au milieu de tant de douleur !... A mon âge, l'insulte est plus dure que la mort ; et je croyais avoir vécu pour n'en pas mériter une aussi dure !...

Je me suis confié à la générosité d'une nation, j'ai cru à la parole d'un roi... si c'est un crime, il m'a perdu, et j'en suis suffisamment puni. Maintenant, je baise l'autel de mon Dieu, j'appuie dessus ces deux mains épuisées ; si j'ai voulu vous tromper, vous vendre, que le ciel confonde mon imposture ; qu'il dise si je suis un lâche ou un renégat !......

—Non, non, crièrent quelques voix : pardonnez-nous ! priez pour nous ! priez avec nous !......

Ces voix dominèrent et entraînèrent toutes les autres.

Le notaire était resté prosterné devant le tabernacle ; le mouvement saccadé de ses épaules laissait voir que ses larmes l'étouffaient. Il y a quelque chose de tout puissant dans les pleurs d'un vieillard, quelque chose de saint qui dompte les hommes et qui touche le ciel. Celles du père Leblanc produisirent une réaction subite dans toutes ces âmes bouleversées : le sentiment du malheur commun, de la douleur partagée, rétablit chez tous celui de la justice. On ne songea plus à s'accuser entre frères, entre victimes ; l'injustice qui pesait sur tous était à elle seule assez lourde à porter, on avait trop besoin de miséricorde et de consolation. Peu à peu, un calme contenu s'établit au milieu de tout ce monde ; le silence religieux de la résignation envahit cette enceinte ; on n'entendit plus que les sanglots des enfants pressés dans les bras de leurs pères, et ce balbutiement uniforme d'une foule en prières. La vieille église semblait avoir repris son caractère pieux d'autrefois pour faire descendre sur ses enfants les consolations célestes, un peu des béatitudes du Dieu des infortunés.

XXII

A l'extérieur, quand les femmes entendirent l'exclamation terrible de leurs parents, elles sentirent leurs entrailles tressaillir, comme à l'appel suprême d'un père ou d'un frère blessé à mort ; leurs tendres instincts les poussèrent toutes ensemble vers l'entrée de l'église et elles attendirent dans une anxiété indicible le moment où la porte s'ouvrirait. Lorsqu'elles la virent s'entrebâiller elle s'y précipitèrent ; mais c'étaient Murray, Butler et Winslow qui sortaient avec leurs sbires, ils leur signifièrent de se retirer, elles n'en firent rien ; ils les repoussèrent de la main, de leurs épées, mais elles offraient leur sein au fer, leurs têtes aux coups, pour tendre leurs bras à ceux qu'elles apercevaient par l'ouverture du porche. Elles ne reculèrent que lorsqu'elles virent Butler tourner la clef de la porte sur tout ce qu'elles avaient de plus cher ; alors elles comprirent qu'elles étaient devenues des femmes et des filles de proscrits, et elles s'en allèrent dans leur douleur affolée. Elles parcouraient les rues au hazard, se tordant les mains, et criant les unes vers les autres :—Ils les ont pris... ils les ont tous pris !...

Celles qui étaient restées chez elles, en entendant toutes ces lamentations, sortaient de leurs demeures, accouraient au-devant des autres, les embrassaient étroitement, se confondant dans leur désespoir. De proche en proche, le coup fatal fut porté sous tous les chaumes, dans tous les cœurs ; bientôt, il n'y eut plus, dans tout Grand-Pré, qu'une seule clameur ; on ne vit plus qu'une foule de femmes effarées, errant en désordre, comme des bacchantes ivres de leurs larmes. Une nuit hâtive vint heureusement répandre ses voiles sur ce spectacle.

Parmi toutes celles qui étaient revenues de l'église, la mère Landry chercha vainement sa fille. Elle alla demander aux autres ce qu'elle était devenue ; on n'en savait rien ; elle parcourut toute cette route de désolation, regardant, s'informant ; elle vint explorer les abords du presbytère, fit le tour de la place publique : Marie n'était nulle part ; elle alla jusqu'à s'adresser à M. George, qui n'avait pas encore laissé les rangs de sa compagnie : — Monsieur le lieutenant, dit-elle, où est donc Marie ?... vous savez ce qu'elle est devenue... Elle non plus, n'est pas rentrée à la maison... l'avez-vous enfermée avec les autres ?... George dit qu'il ne savait rien de son sort ; qu'il s'en occuperait.

Les ténèbres étaient venues, la pauvre mère fut forcée de rentrer chez elle comme les autres femmes.

Qui pourra jamais analyser et peser les douleurs que cette nuit a cachées dans son sein !... toutes ces familles sans chefs, toutes ces créatures faibles et défaillantes, sans soutien, toutes ces mères dépouillées dans leur joie, dans leur orgueil, dans leur amour ; toutes ces places vides au coin du feu, au grabat des jeunes gens, aux lits des époux ; toute cette douce gaieté de la veillée envolée ; tous ces souhaits d'amis et de voisins, tous ces baisers du soir, tous ces rêves de bonheur évanouis ; toutes ces horribles visions de l'avenir mêlées dans les ténèbres aux cauchemars hideux ; tous ces appels des enfants dans les frayeurs de leur insomnie ; tous ces sanglots harmonisés avec le bruit des vents dans les arbres dépouillés, avec les mugissements des troupeaux laissés, ce soir-là, sans abri et sans nourriture ?... Dieu seul a tout vu, a tout entendu ;

puisse-t-il avoir tout pardonné à ceux qui ont froidement préparé et accompli tant de maux !...

XXIII.

Pendant que ces scènes se passaient à Grand-Pré, d'autres, peut-être plus lamentables encore, se produisaient sur tous les points du territoire acadien. Soit que les conquérants n'eussent pas tenté partout la même ruse ; soit que les habitants fussent prévenus de leurs projets, une grande partie d'entre eux s'étaient déjà enfuis dans les forêts, à la date de la proclamation. Les Anglais se mirent donc à les poursuivre, à les traquer jusque dans les habitations des sauvages, où un grand nombre s'étaient réfugiés. La terreur de ces pauvres gens était si grande, que, dans leur départ précipité, ils s'étaient à peine pourvus des choses les plus nécessaires à la vie, de sorte qu'après quelques jours de souffrances extrêmes, ils revinrent se livrer à leurs maîtres. Ceux qui furent saisis en voulant s'échapper, ou qui firent quelques tentatives de résistance, furent fusillés, comme le gibier à l'affût ; partout le long des rivières, dans les sentiers sauvages, sur les routes publiques, on rencontrait des détachements de milice qui chassaient devant eux, comme des troupeaux égarés, quelques familles qu'ils avaient arrêtées au passage, ou saisies dans leurs dernières retraites : ils les conduisaient ainsi, au bout de leurs armes, vers les endroits de la côte où stationnaient les navires qui devaient les recevoir ; il y avait parmi ces captifs des femmes enceintes qui portaient d'autres enfants ; des vieillards, des filles adolescentes ; ils étaient affamés, dénudés et frileux.

XXIV.

Le cimetière de Grand-Pré avoisinait immédiatement l'église ; au milieu, s'élevait un tertre abrité par un groupe harmonieusement composé d'ormes, de cyprès et de saules pleureurs ; c'est du milieu de ce bocage que s'élevait la grande croix destinée à protéger le repos de la famille des morts ; et c'est près d'elle que, vers 9 heures du soir, vint se fixer une partie des troupes anglaises pour y déployer ses tentes et allumer les feux de bivouac. La nuit était une des plus noires de la saison : on voyait à peine se dessiner sur le fond plus gris du ciel les grands massifs d'arbres sombres qui peuplaient le champ funèbre.

Quelques soldats, en tournant autour de la croix qu'ils voulaient abattre pour faire du combustible, sentirent leurs pieds heurter un objet qui leur parut n'être ni de bois ni de pierre ; en y portant la main ils découvrirent que c'était un corps inanimé.

—Une femme ! se dirent-ils entre eux, à demi voix ; il faut s'assurer si elle est morte ou vivante,.... si elle est jeune ou vieille.... si elle est belle ou laide ;... c'est important !

—Sa main est froide... son cœur bat encore un peu... De la lumière ! allons chercher de la lumière, dirent quelques uns.

—Non, pas de lumière, murmurèrent sourdement les autres ; elle est jeune... ses cheveux sont longs et bien tressés !... pas besoin de lumière.

—Oui, oui, il faut y voir un peu, grommelèrent les premiers ; pour la faire revenir, il faut de l'eau-de-vie, et lui mouiller le front : John, va faire la garde pour éloigner les intrus et nous irons prendre toutes ces choses.

Et ces monstres s'éloignèrent, disputant entre eux avec des ricanements sinistres.

George les aperçut comme ils venaient d'allumer leur torche et se préparaient à retourner à leur proie.—Où allez-vous, leur dit-il, avec cette lumière ?

—Nous voulons jeter à terre cette grande croix, pour entretenir notre feu, répondit le plus rusé de la bande.

—Ce n'est pas la peine, reprit le lieutenant ; laissez au moins aux morts leurs consolations ; il y a du bois tout autour du presbytère, allez en chercher.

—Il nous faut bien aussi faire quelques fagots de branches sèches et il nous est impossible de nous trouver le nez, par cette nuit de tombeau.

Le lieutenant les laissa continuer. En arrivant près du corps de la femme, qui était étendu la face contre terre, ils le retournèrent et, le soulevant dans leurs bras, ils approchèrent la torche près de la figure pour en étudier les traits. — Quel beau morceau ! s'écrièrent-ils tous ensemble ; quel dommage que cela soit inanimé !... Qui a l'eau-de-vie ?......

Mais George était sur leurs talons ; il les avait suivis, soupçonnant à leur réponse qu'ils l'avaient trompé : en apercevant à une petite distance le visage de la jeune fille, il s'écria : — Dieu, c'est Marie ! et il vint tomber comme un tigre au milieu de la bande.

Ses hommes, tout abasourdis par cette brusque entrée en scène, laissèrent tomber leur fardeau, et le corps de la fille des Landry roula par terre, d'abord sur les degrés qui formaient les assises du monument rustique, puis ensuite jusqu'au bas du tertre.

Dans son premier mouvement le jeune officier tira son épée, et il lui fit décrire, à la face de ses soldats, un cercle terrible où quelques uns auraient certainement laissé leurs têtes, s'ils ne s'étaient pas hâtés de sortir du rayon menaçant ; puis, arrachant la torche des mains de celui qui la portait, il leur dit à tous :—Allez maintenant, vils poltrons ! je prends cette femme sous ma garde ; si quelqu'un ose seulement flairer de ce côté, il s'en repentira !

La bande s'empressa de disparaître.

Aussitôt que le lieutenant n'entendit plus leurs pas et leurs grognements, il alla relever le corps toujours inanimé de Marie, et après avoir étendu sa capote au pied de la croix, il déposa dessus la pauvre abandonnée, et il s'assit à une petite distance, par respect pour cette forme virginale, pour cet ange de la terre tombé près de lui, sans protection et sans témoin ; il craignait aussi qu'en revenant à elle, la jeune fille fut trop effrayée de le trouver à côté d'elle. Il aurait donné tout au monde pour pouvoir la transporter à la maison de son père ; mais il lui était strictement interdit de quitter son poste avant 6 heures du matin, et il n'aurait pu confier à personne des siens une mission aussi délicate. Il lui fallut donc accepter une situation qui avait pourtant son charme et qui pouvait changer heureusement sa mystérieuse destinée. Ayant fixé sa torche en terre, après avoir amorti un peu la lumière, il s'était accoudé sur ses genoux, fixant les yeux dans la pénombre où se dessinait à peine dans les plis de sa redingotte la figure de Marie. Sa pensée s'abandonnait tour à tour aux plus tristes réflexions et aux plus doux rêves de la vie ; des espérances extravagantes venaient encore lui apparaître au milieu de ce cimetière, après cette journée terrible, devant ce corps inanimé. La vie est de sa nature si prédisposée aux contrastes ; nos jours ont si souvent des lendemains extraordinaires que les imaginations vives et les cœurs jeunes sont instinctivement portés à ne douter de rien.

Il n'y avait que peu d'instants que George était plongé dans sa méditation, quand il vit un mouvement se manifester à l'endroit où se trouvait Marie ; puis il aperçut la redingotte qui se déployait et tombait de chaque côté de la jeune fille, pendant qu'elle se soulevait lentement, lentement comme une tige frêle qu'a pressé sans la briser le pied du moissonneur. Après bien des efforts elle se trouva assise, mais encore chancelante. George ne put s'em-

pêcher de faire quelque pas vers elle, il craignait de la voir
s'affaisser de nouveau : mais elle se raffermit, sa tête resta recour-
bée sur sa poitrine, ses yeux étaient fixés devant elle.

En entendant le bruit des pas de l'officier elle se retourna légèrement mais elle ne parut pas effrayée, quoiqu'elle eût bien aperçu
le jeune homme. Tout à coup elle étendit ses bras du côté de l'église,
et elle resta ainsi, avec une expression de désolation stupide, la
figure pâle, les mains tremblantes. La lumière restée à l'écart
éclairait vaguement ses traits ; c'était quelque chose de saisissant
de la voir ainsi sortir de l'ombre, se détacher de la terre, au pied
de cette grande croix : on aurait dit une martyre des premiers
siècles sortant de son tombeau avec le signe de sa foi. Le lieutenant fut maîtrisé par cette apparition, il tomba près d'elle, à genoux ; alors, il l'entendit qui murmurait d'une voix oppressée :

— Ils sont tous là les miens... mon père, mes frères ils sont tous
là... là !... Ils vont être chassés, dispersés comme des méchants...
Et Jacques, quand ils viendra, ne trouvera personne... plus de
parents... plus de maison... plus de troupeau... plus de Marie !...
Les traîtres ! les cruels !...ils nous mentaient au nom du roi ! même
ce monsieur George !....Que c'est une chose cruelle d'être conquis !...
Puis, après une pause, se retournant du côté de l'officier, elle
ajouta :

— Vous monsieur, l'avez vous connu le lieutenant Gordon ?... il
venait dans notre maison, il mangeait de notre pain, il riait à nos
joies, il jouissait de notre bonheur ; nous lui donnions toute notre
confiance... il disait, il y a quelques jours, qu'il voulait ma main...
Et nous trahir !... Il était donc le plus méchant, celui-là ; il men-
tait avec son amitié, avec ses bienfaits, avec son amour !... Ah !
que c'est affreux tant de malice...faire du bien, faire naître la
reconnaissance, l'amitié, l'amour... pour mieux frapper !...

George n'en put entendre davantage, tout son sang avait fait
irruption vers sa gorge : saisissant fortement les deux mains de la
jeune fille :—Ah ! Marie ! Marie ! s'écria-t-il, revenez à la raison, ne
brisez pas la mienne ; épargnez-moi ce supplice d'ignomomie !...

Cette interruption subite, la sensation violente que produisit
l'étreinte de l'officier, sur les poignets de Marie, la fit bondir :—
Ah ! un anglais !... cria-t-elle avec effroi ; éloignez-vous !... Ne me
touchez pas avec ces mains là.... il y a du sang, des larmes dessus...
les larmes de mon père et de ma mère !...Monstre ! vous m'en avez
inondé !... Et...... quoique ce sang et ces larmes soient souillés sur
vous, gardez les, gardez-les éternellement, devant Dieu et devant
les hommes !... pour qu'ils vous jugent et vous maudissent tou-

jours!... toujours!... Et la jeune fille fit un effort terrible pour s'enfuir ; mais George la retint : — Non, non, Marie, ces mains qui vous arrêtent sont celles d'un ami, d'un protecteur ; des mains qui ne voudraient trahir que pour vous sauver !— Elle n'entendit pas ces paroles, elle était tombée de nouveau sur les degrés de pierre.

Dans ce moment, la torche brûlée jusqu'au bout s'éteignit, laissant, confondus dans les mêmes ombres, l'officier, la fiancée de Jacques, le bosquet de saules pleureurs, et la croix noire. A de petites distances, on voyait encore luire les feux mourants des bivouacs ; mais leurs rayons n'arrivaient pas jusqu'au tertre solitaire. George ne pouvait s'éloigner pour chercher de la lumière ; il craignait que quelques autres soldats ne passassent par là ; d'ailleurs, il était irrésolu, accablé. Dans cet état il chercha la croix, et quand il l'eut trouvée, il l'entoura de ses bras et il s'appuya dessus ; et si quelqu'un avait pu percer les ténèbres qui l'environnaient il l'aurait vu, à genoux, les mains jointes priant comme on priait à Grand-Pré.

Dans les jours d'isolement, de dégoût de la terre ; dans les jours où l'abandon et l'oubli des hommes, où l'injustice et les chagrins cuisans vous assaillent et vous écrasent, quand le sentier où l'on marche vers un but de prédilection semble céder à chaque pas sous nos pieds, comme dans un cauchemar, quel est l'homme sensible, qu'elle est l'âme venue de Dieu qui n'a pas senti naître en elle une prière ? Il y a des moments où la vie a besoin d'être ravivée dans la source divine d'où elle découle, pour ne pas être abimée dans ses accablements. Heureux ceux qui se rappellent alors leur sublime origine et qui sentent encore ce suprême tressaillement de l'immortel amour, cet élancement du cœur qui est la prière. Quel bienfait que la prière ! elle naît en tout lieu, surtout dans les cachots, dans la cabane désolée, dans les déserts, dans la pauvreté, dans la douleur, elle a toujours une voie ouverte vers le ciel ; elle trouve Dieu partout, tout près des lèvres de celui qui souffre ; qu'elle soit un balbutiement, un soupir, un regard, une pensée, elle arrive à celui qui a dit : " Vous m'appellerez votre père."

George s'y abandonna longtemps.

XXV

Le froid de la nuit, mais surtout la forte rosée du matin qui vint ruisseler sur le front de Marie, ranimèrent peu à peu ses sens et sa raison.　L'aube commençait à poindre quand elle ouvrit les yeux. Elle n'avait la conscience de rien de ce qui lui était arrivé depuis le moment où elle était tombée évanouie sous le bosquet funèbre, après la sortie de Winslow de l'église.

En promenant son premier regard autour d'elle, elle aperçut George assis au pied de la croix : — Quoi, vous ici ! dit-elle avec un air effaré : mais où suis-je donc !... Et après un moment de réflexion pendant lequel elle essayait de recueillir ses pensées longtemps égarées et d'analyser les événements, elle ajouta, en faisant un effort pour se lever : — Oh ! mon Dieu, c'est vrai !... J'ai donc passé la nuit ici... parmi ces gens... et ma pauvre mère restée seule avec sa douleur !

George voyant qu'elle allait tomber, s'approcha pour lui offrir son bras : — Permettez-moi, dit-il, de vous soutenir et de vous accompagner jusqu'à votre maison.

— Non, dit la jeune fille, chancelante, non monsieur, laissez-moi, je ne m'appuierai jamais sur le bras d'un homme que je méprise ; je me traînerai plutôt sur cette terre, elle me souillera moins.

— Ah ! Marie, l'appui d'un honnête homme ne souille personne !

— Vous avez pris part au conseil qui a dicté la proclamation mensongère du 3, et, hier même, vous nous avez laissés sous la fausse impression que nous n'avions rien à craindre de vous autres : ce sont là deux actes déshonnêtes.

— Marie, vous êtes injuste dans votre douleur, vous m'enveloppez dans la réprobation que mérite mon gouvernemet, vous m'imputez la cruauté et la perfidie de mes supérieurs ; mais ne devais-je pas obéir ?...

— Monsieur George, le premier devoir qui commande est celui de l'honnêteté ; un homme est toujours libre de ne pas participer à un acte infâme, un soldat peut briser son épée devant le déshonneur : il vous est facile de vous passer du salaire et du pain qu'on vous donne ; et un gentilhomme n'en accepte pas de mains souillées. Ce n'est donc pas une injustice de laisser peser sur vous une honte que vous avez acceptée vous-même.　Eh ! monsieur, qui pouvait vous pousser si ardemment à demander la main d'une pauvre Acadienne, quand vous aviez signé l'arrêt de proscription de tous ses parents ? Pourquoi tant de hâte ?... Vous vouliez sans doute garder sur cette terre que vous alliez vider de ses habitants, et où vous êtes, dit-on, condamné à rester, pour des raisons peu recommandables, un objet de plaisir,... un passe-temps ;... car il paraît que vous regardez peu aux moyens de vous amuser...

—Ah ! Marie ! Marie ! vous avez le droit de torturer un Anglais, fût-il innocent, pour les cruels supplices que vous infligent sa nation ; mais, je vous en prie, n'en abusez pas : par le sens de la justice qui est en vous, par la reconnaissance que vous m'aviez gardée, veuillez m'écouter.

—Eh bien ! parlez…Mais ma mère, ma pauvre mère, qui est restée seule, durant cette longue nuit !…

—Je ne vous retarderai pas, dit George ; il est d'ailleurs nécessaire que nous quittions ce lieu ! Si Butler m'apercevait ici, avec vous, il me mettrait peut-être dans l'impossibilité de vous être utile ; mon heure de service est passée, je puis donc m'éloigner ; si vous daignez m'accorder encore un peu de confiance, prenez mon bras, je vais vous conduire jusque chez vous.

Marie hésita quelques instants ; elle regarda l'officier avec un regard où le doute se confondait encore avec la douleur ; puis elle lui dit : — Je suis votre prisonnière, je vais devant vous ; — et elle s'achemina vers un sentier détourné. Sa démarche incohérente, ses pas irréguliers peignaient assez l'effort qu'elle faisait pour soutenir son corps brisé par cette nuit de défaillance et de lutte.

Aussitôt qu'ils furent sortis du cimetière et hors de la vue des soldats, le lieutenant prit la parole :

—Voilà plus de deux ans que j'habite Grand-Pré : quand vous ai-je donné le droit de soupçonner ma conduite passée, et de croire à toutes ces calomnies que mes gens ont popularisées parmi vous ?

—Jamais, monsieur, avant ces derniers événements.

—Quand je vous aurai dévoilé tous les motifs qui ont dirigé ma conduite durant ces derniers événements, et que vous aurez jugé combien mon cœur était honnête, croirez-vous les détails que je vais vous donner sur ma vie antérieure ?

—Oui, monsieur, et cela me fera du bien ; on ne croit pas tout-à-coup à tant de mal, sans faire violence à tous les bons instincts de sa nature.

—Parlons d'abord des années passées, reprit George.

J'ai perdu mes parents bien jeune : à vingt ans, je me trouvai à la tête d'une grande fortune, avec un grade dans l'armée. Une partie de mon éducation avait été négligée. On ne m'avait bien appris qu'une chose : celle de jouir de tous les biens de la terre ; cela devait être le but de mon existence. Je me trouvai donc lancé dans cette vie de garnison, la plus agitée, la plus frivole, la plus vide où un jeune homme puisse être jeté. Pendant cinq ans, j'ai fait des visites, j'ai accepté des invitations à tous les bals, j'ai pris part à

7

toutes les parties de plaisirs, je me suis étourdi dans les valses et les menuets, j'ai torturé mon esprit pour lui faire produire des madrigaux et d'autres fadeurs moins prétentieuses mais aussi futiles, aussi mensongères. Je fut bientôt entouré de cette troupe de mères et de filles que le démon de la frivolité et des folles ambitions vient saisir dans leur heureuse médiocrité intellectuelle et sociale, pour les ronger au cœur : malheureuses créatures qui peuplent nos villes de provinces et surtout celles de nos colonies : sorties de la petite bureaucratie et des comptoirs des négociants fortunés, elles aspirent à notre société pour jouir de la vaine gloriole d'être vues en compagnie de nos épaulettes et de nos épées ; elles n'ont qu'un instant le rêve d'enchaîner notre existence ; elles se contentent de quelques petits morceaux de notre fortune. Nous les trouvons sur notre chemin, faciles et sans souci ; elles font presque toutes les démarches ; elles viennent orner nos équipages, se prêtent à nos fêtes, charment nos heures inutiles avec une aisance qui rend les mères bien coupables, même si les filles ne le deviennent pas toujours.

Je crus un moment que j'étais un être extraordinaire, en me voyant au milieu de cette triple enceinte de voix insinuantes et câlines, de cajoleries extravagantes, de relations familières. J'étais un des plus riches de mon régiment, par conséquent un des plus heureux... Pendant quelque temps, je fus absorbé dans ce milieu délétère, subissant le charme qu'il offre à l'inexpérience et à la sotte présomption de la jeunesse. Je changeai de lieu (fort heureusement pour moi), ce ne fut qu'un changement de scène et de décor ; je trouvai là les mêmes acteurs, à peu près, avec d'autre fard et d'autres oripeaux. Tout cela finit par me donner une lassitude morale que je ne sus pas m'expliquer de suite. Instinctivement, j'avais cherché dans ce tourbillon de monde le but et l'exercice d'un sentiment sain, pur et profond de mon cœur, et je n'avais trouvé que la satisfaction éphémère de caprices toujours plus nombreux, toujours plus exigeants. Les hommes n'ont qu'un engouement passager, et bien peu d'estime et de respect pour ces idoles empressées, qui s'offrent à tous les cultes et glissent sur le chemin, quand elles devraient attendre des hommages moins abondants et mieux choisis, au milieu du sanctuaire embaumé de vertu, de réserve et de grâces vierges que leur préparent des parents véritablement sages.

A la fin, il me vint le désir de changer de lieux tous les jours, afin de briser, le lendemain toutes les liaisons contractées la veille : le départ de mon pauvre frère pour l'Amérique me surprit dans cette idée extravagante ; je voulus le suivre ; il en fut charmé ; il était non-seulement le meilleur des frères, mais aussi le plus tendre de mes amis, toujours disposé à me donner d'aimables conseils et surtout de beaux exemples. Nous partîmes donc ensemble, lui avec une provision de sagesse à ma disposition, moi avec le regret de beaucoup de temps perdu, le dégoût des misères qu'enfantent notre vieille société et un peu de sceptiscisme à l'endroit de la sincérité et de l'élévation du caractére de la femme.

Voilà quelle a été ma vie jusqu'au moment où je suis arrivé dans votre village ; j'ai voulu ne vous en rien cacher.

Maintenant, puisque je suis devant vous pour recevoir ma sentence, et que c'est un de mes plus ardens désirs qu'elle ne soit pas injuste, je me dois un témoignage que je tairais dans toute autre occasion : c'est que cette existence fausse et cette atmosphère viciée dont j'ai si abondamment vécu, n'ont rien détourné, rien obliteré, rien détruit de ce qui était droit et juste en moi. Il y a quelque chose dans ma nature de plus fort que la volonté et que la passion ; c'est ce dégoût hâtif qui me saisit devant tout ce qui s'offre trop facilement et se prodigue à tout le monde, devant tout ce qui n'est pas l'expression spontanée et vraie de l'âme ; si, dans ces cœurs usés, sur toutes ces bouches repeintes, dans tous ces yeux aguerris, j'avais vu s'échapper un sentiment et un mot sincères, une larme pure de tout intérêt, je n'aurais jamais eu le courage de m'en faire un jouet, et j'aurais horreur de moi-même, si je l'avais fait. Je me suis donc amusé d'une plaie de notre monde, j'ai dissipé près de cinq ans de ma vie en frivolités, j'ai négligé l'exercice des facultés les plus élevées qui m'ont été données, voilà mon crime, tout mon crime : jugez-le...

Ici, vous savez ce que j'ai fait aussi bien que moi. Le hasard m'ayant conduit à Grand-Pré, j'y suis resté cloué par le devoir. Les grandes aventures que j'avais rêvées, les découvertes étonnantes que je devais faire en me distrayant, m'ont manqué ; je suis resté seul avec mon cœur vide et mon esprit impatient et lassé devant les grandeurs de votre continent et les mœurs simples, essentiellement honnêtes de vos compatriotes. Ces deux spectacles m'ont touché : mon esprit laissé sans entraves et mon cœur sans séductions ont retrouvé devant tant de beautés nouvelles de la nature et de l'âme leur voie et leur élan naturels. Et puis, Marie (laissez-moi vous le dire, puisque c'est une partie de ma confession et une nécessité de ma défense), j'ai trouvé, dans mes relations avec vous, la vertu si aimable, si belle, si entraînante, que sa vue, son contact, sa puissance féconde, ont purifié et

développé la mienne ; et un jour, j'ai pensé que ce trésor de bien·
que je sentais naître en moi, par vos soins, deviendrait peut-être·
assez grand pour mériter de vous être offert en hommage ; .... j'ai·
osé l'espérer."

George s'arrêta ; Marie tressaillit et parut touchée ; son visage·
était devenu pourpre ; ses pas se ralentirent, et semblèrent irréso-
lus, mais après quelques instants, ils se raffermirent et parurent
même se précipiter davantage. George avait suivi ses moindres·
mouvements, avec une angoisse indicible ; il tendait l'oreille pour
compter et mesurer chacun de ses soupirs oppressés ; il tremblait à·
chacune des oscillations que décrivait sa taille ; il souffrait peut-
être plus que Marie en la regardant aller ainsi, devant lui, victime·
pure, morne, chancelante, mais plus grande, plus noble, plus ado-
rable sous le poids du malheur. Quand il remarqua l'altération
momentanée qui se produisit dans sa contenance, il crut que ses·
dernières paroles avaient fait une impression favorable, et il attendit un mot, un regard ;... mais elle continua sa marche silencieuse,·
et il fut forcé de reprendre son récit.

—Le 25 août dernier, le conseil militaire s'assembla ; je dus y assister, malgré la répugnance que cela m'inspirait : j'avais le pressentiment d'une perfidie. On discuta les moyens à prendre pour accomplir votre expatriation : Murray et Butler, qui s'étaient entendus
d'avance, proposèrent le plus lâche et le plus traître, celui qui
devait vous prendre par surprise au moyen de la proclamation que·
vous connaissez. Je m'emportai d'abord contre un acte politique
aussi inhumain, et ensuite contre un guet-à-pens aussi indigne d'une
nation civilisée : on me traita de transfuge, on me menaça des
arrêts, on me fit un crime de mes relations avec vos parents, enfin,
je fus seul de mon parti, seul pour vous défendre : le projet infâme
fut arrêté devant moi, on me désigna mon rôle ; je dus me résigner à servir à l'exécution de votre sentence, à porter pendant dix
jours le secret de votre désolation. Et, si je n'ai pas brisé mon
épée, Marie, si j'ai obéi, si j'ai souffert le supplice d'infamie que
m'ont imposé mes chefs, quand toute mon indignation s'échappait
de mon âme, quand ma main allait faire tomber sur vous la foudre,
quand je savais qu'au jour de l'exécution je serais peut-être flétri
pour toujours dans votre esprit, rejeté parmi les soldats sans honneur... eh bien! savez-vous pourquoi, Marie ?... j'espérais vous·
sauver à ce prix !

Dans le premier moment de trouble, je vous écrivis cette lettre·
qui n'a pas eu de réponse, cette demande en mariage que je·
croyais bien trop précoce ; mais c'était la seule et la plus sûre voie·

qui me paraissait s'offrir à votre salut, et celle-là conduisait aussi
à mon bonheur : en acceptant, vous étiez, vous et votre famille, à
l'abri des rigueurs de l'exil. Je savais bien ne pas avoir assez mérité votre main, je n'ignorais pas, non plus, le nœud sacré qui lie
votre existence à celle d'un autre ; mais j'avais l'espoir qu'après
inq ans d'attente inutile, après les événements qui se sont passés
u côté de Beau-Bassin, au milieu de circonstances aussi précaires,
ous trouveriez peut-être dans votre raison des motifs assez forts,
t dans ma conduite auprès de vous assez de garanties de protec-
ion, de respect et d'amour, pour vous faire accueillir mes vœux...
ous ne m'avez pas répondu... Dans quelles angoisses vous m'avez
aissé !...J'étais gardé à vue ; connaissant en partie l'attachement
ui m'unissait à vous et aux vôtres, mes gens épiaient mes pas, crai-
nant une trahison. Le soir de la fête de la ferme, la veille de l'as-
emblée, je n'en pouvais plus ; le désir de vous voir et de vous
arler m'entraîna du côté de votre maison ; mais elle était pleine de
onde. Cependant j'entrai, j'espérais vous voir encore sourire avant
es jours de larmes !... Et comme j'ai souffert !... Ma langue a été
ausse, et vous m'en avez accusé ; mais que pouvais-je dire ? Si
'avais laissé apercevoir dans ma réponse le but de l'assemblée,
ela aurait sans doute produit un soulèvement désespéré au milieu
e la population, qui n'aurait eu d'autre résultat qu'un massacre
orrible ; et d'ailleurs, j'étais lié par mes serments d'office : je puis
ésobéir à mes supérieurs et désapprouver ma nation, je ne suis
as libre de les trahir.

Voilà, Marie, tout ce que je puis dire pour ma justification ;
aintenant, si je mérite encore votre mépris, il ne me reste plus
u'à jeter ces épaulettes souillées à la face de Winslow, quoiqu'il
rrive...Mais si vous me jugez encore digne de votre estime, je
este sous les armes avec le faible espoir de protéger votre sort
ujourd'hui, je ne puis ni formuler de nouveau ni retirer ma de-
ande de l'autre jour. Avant ces funestes événements, je pouvais
emander votre main, les malheurs ne pesaient pas sur votre
olonté ; mais maintenant, vous pourriez peut-être croire encore
ue je veux m'en faire un auxiliaire...... Soyez libre, Marie...
eulement, je vous déclare sur l'honneur que le jour où mon
om vous paraîtra assez réhabilité pour que vous puissiez le porter,
l vous appartiendra. Je suis déjà catholique de cœur et de foi, je
e serai publiquement le jour de mon mariage...

En entendant ces dernières paroles, Marie mit ses deux mains
ur son visage et resta un instant silencieuse. Elle éprouvait un
ombat terrible dans son âme : elle voyait tout à la fois, comme

dans un seul tableau, ses vieux parents exposés à une longue suite
de tortures qu'elle pouvait leur épargner ; Jacques, dont le retour
était désormais impossible et d'ailleurs inutile, traîné dans les fers,
élevant vers elle ses bras enchaînés ; ses compatriotes la regardant
passer avec un Anglais, rougissant d'elle dans leurs angoisses ; et sa
mère, toujours sa mère, l'accusant de faire le malheur des siens.
Enfin, fesant un effort pour chasser ces images, elle se retourna du
côté de l'officier :

— Monsieur George, dit-elle, vous êtes un cœur noble et généreux ! Pardonnez-moi les aveugles accusations que le délire m'a dic-
tées ; je vous rends toute mon estime…Quant à ma main, vous l'avez
plus que méritée par votre dévouement ; mais je ne puis pas en disposer sans le consentement de mes parents ; puisque leur sort
dépend de ma décision, j'attendrai qu'ils me la dictent.—Et Marie
tendit sa main avec confiance au lieutenant, qui, dans le premier
abandon de son bonheur, la porta jusqu'à ses lèvres ; mais la jeune
fille la lui retira violemment : sa vue venait de se fixer sur quelqu'un qui accourait devant elle, et elle s'écria toute éperdue, en
étendant les bras :—Jacques ! mon pauvre Jacques !…

FIN DE LA PREMIÈRE PARTIE.

SECONDE PARTIE.

———

I

Le 5 septembre, par conséquent le jour de l'arrestation des habitants de Grand-Pré, une légère barque de pêcheurs était entrée de grand matin dans la Baie des Français, (Fondy), par l'embouchure du fleuve St. Jean, (Nouveau-Brunswick). Penchée sous l'effort de sa petite voile latine, qu'une brise favorable venait de saisir, elle courait à la surface de l'eau comme une alouette au vol. Sa course en zigzag, qui semblait n'avoir d'autre but que le caprice, se dirigeait cependant vers Beau-Bassin. Le pilote évitait soigneusement le large, quoique la mer fût sans houle et le ciel sans nuages. Il entrait dans chaque anse autant qu'il fallait pour ne pas perdre le vent, et il longeait étroitement chaque promontoire, se tenant toujours dans l'ombre des grands rochers qui bordent toute cette côte.

Arrivée à peu près vis-à-vis du Cap Chignectou, qui forme la pointe de cette langue de terre prolongée qui divise la baie de Beau-Bassin de celle des Mines, la barque vira tout à coup de bord, et abaissant sa voile, elle se dirigea à force de rames vers un point abrupt de la côte acadienne voilé dans les demi teintes du lointain. Ce point était le Cap Fendu (Split), écueil gigantesque qui garde, comme une sentinelle immuable, l'entrée du Bassin des Mines. Cette fois, dans sa course non moins rapide, la barque suivait une ligne droite avec une précision géométrique.

Quatre hommes étaient à bord ; deux, à peu près d'égale taille et d'égale force, tenaient les rames auxquelles ils imprimaient une

action si puissante qu'elles ployaient sous leurs efforts en chassant
au loin la mer troublée de son écume.   On remarquait une notable
différence dans le caractère de la physionomie et l'accoutrement de
ces deux rameurs. L'un avait, avec ses six pieds de taille, une car-
rure bien fournie ; son teint fleuri, sans trop de délicatesse, où le
sourire avait tracé ses réjouissants sillons, annonçait une belle
santé nourrie dans l'abondance, sous les heureuses influences du
travail des champs, de la vertu et du bonheur. L'autre, quoique
moulé dans des proportions aussi héroïques, avait évidemment
senti dans son printemps le contact d'éléments mauvais. A
l'aisance avec laquelle il ébranlait la mer de sa rame, il était facile,
cependant, de juger que la vitalité et l'énergie n'avaient pas été
atteintes sous cette forte machine humaine. Au calme qui régnait
sur son front lisse et dans son œil sec, à la fermeté avec laquelle
les muscles de la bouche appuyaient ses lèvres minces l'une contre
l'autre, il n'était pas possible d'attribuer au vice ni à une consomp-
tion hâtive cette maigreur et cette maturité forcée. Sous une peau
hâlée et sans nuances se dessinaient les angles bien accusés d'une
belle charpente osseuse. Du creux des tempes jaillissait un faisceau de veines toujours gonflées, qui allaient se perdre dans l'orbite
de l'œil et vers la naissance des cheveux, annonçant que sous cet
extérieur aride et grave circulait un sang ardent et prodigue : ses
yeux un peu affaissés dans le repos, sous la projection frontale,
voilés dans l'ombre d'un sourcil épais et noir, légèrement enflammés
aux cils, laissaient soupçonner, non pas un caractère violent (le
regard était doux et triste), mais une fièvre latente, des nuits sans
sommeil, des travaux surhumains, des orages terribles. La vie
avait pesé sur cette tête de vingt-trois ans ; car on lui en aurait
donné volontiers dix de plus. Avec cela, une fée sauvage avait
présidé à la toilette de cette singulière figure. Ses cheveux noirs
et sans reflets descendaient sur ses épaules en grosses mèches
droites et mêlées, qu'une main pressée avait seule labourées depuis
plusieurs années. Tout le corps était recouvert de peau de chevreuil et de veau marin. Un large pantalon lié à la cheville du
pied couvrait le bas, et une chemise ample, portée en tunique,
revêtait le haut ; ces deux pièces d'habillement étaient unies et
serrées à la taille par une forte courroie, d'où pendait, sur le devant,
une sacoche faite dans une peau de loup-cervier dont elle gardait
la tête et les pattes : un long coutelas était passé en travers de
cette ceinture, et quoique ce fût la seule arme que l'on remarquât
dans le harnais de ce soldat des bois, l'on voyait à des signes
évidents qu'il avait dû en porter d'autres.

De prime abord, et à une petite distance, il aurait été difficile de ne pas confondre ce personnage avec les naturels du pays ; mais aussitôt après cette première impression, un œil intelligent pouvait aisément distinguer tout ce qu'il y avait de beauté et de force de caractère sous les dehors incultes et ravagés de cette jeune figure et sous la bizarrerie de son costume.

Personne, dans tous les cas, n'y aurait reconnu les traits de dix-huit ans de Jacques Hébert. C'était pourtant lui : quels changements en cinq ans !

Son compagnon de rames n'était autre qu'André, frère de Marie et fidèle confident des deux fiancés. Du même âge que Jacques, il ne s'était jamais séparé de lui plus d'un jour, avant le départ de la famille Hébert.

Le troisième voyageur était le plus jeune frère d'André ; il s'appelait Antoine. Quoiqu'il n'eût que seize ans, il était aisé de juger qu'il ne dépasserait pas cette stature dont Napoléon, Chateaubriand et M. Thiers ont assez bien usé pour qu'elle ne soit jamais considérée une cause d'incapacité. Il avait la vivacité et l'adresse ordinaires aux gens de sa taille. Assis à l'arrière, il maniait avec tant d'habileté l'aviron, que tout en aidant ses compagnons à nager, il conservait à l'embarcation cette direction précise qui la conduisait comme un trait, droit à son but. Comme cet habile pilote vivait au milieu d'hommes de grand calibre, on ne lui épargnait pas les diminutifs : on le nommait tour à tour : Toinon, Toiniche ou P'tit Toine.

Les deux frères avaient quitté leur village depuis plusieurs jours. Le père Landry, inquiet du sort réservé à l'Acadie, depuis la défaite des Français à Beau-Bassin, avait médité un projet qu'il ne voulut communiquer à personne. C'était de se réfugier au Canada. Mais avant de partir, il désirait s'assurer si la famille Hébert s'était réellement dirigée de ce côté. Son but était de la rejoindre et d'assurer ainsi le bonheur de sa fille, qu'il craignait de voir compromis par l'influence de sa mère et les assiduités du lieutenant George. C'était pour aller à la recherche des anciens voisins que Antoine et André étaient disparus tout à coup de leurs demeures sous un prétexte quelconque. Ils ignoraient, d'ailleurs, les projets de leur père.

Après avoir construit un esquif sur un endroit tout à fait isolé de la côte, ils avaient fait voile vers la rivière St. Jean. Plusieurs familles françaises étant établies sur les bords de cette rivière, dans l'intérieur du pays, ils espéraient trouver chez elles un guide sûr qui les aurait conduits, à travers les bois, jusqu'à Miramichi,

sur le golfe St. Laurent, où les Canadiens avaient des comptoires
importants ; ils étaient persuadés qu'ils trouveraient là quelques
membres de la famille Hébert ou au moins des indices certains
de leur passage ; ils avaient tout lieu de croire, par des rumeurs
vagues venues à Grand-Pré, que leurs anciens amis s'étaient acheminés vers le Canada. Ce voyage était pour eux une rude entreprise, mais ils ne pouvaient pas se servir d'une route plus directe,
la baie de Beau-Bassin étant sillonnée par des vaisseaux anglais,
et ses côtes ainsi que l'isthme acadien continuellement battus par
des corps armés. Une heureuse coïncidence, qu'ils n'auraient
jamais pu espérer, leur épargna toutes les fatigues de la route en
leur faisant retrouver Jacques juste au début.

C'est le matin même où nous avons vu la barque sortir de l'embouchure du St. Jean que les frères rencontrèrent leur ami. Ils
l'auraient certainement laissé passer outre si Jacques ne les eût
reconnus le premier : comme ils étaient les uns et les autres
infracteurs des ordonnances du gouverneur, ils se sentaient plutôt
disposés à s'éviter qu'à se rapprocher. Après les premiers mots pro-
voqués par la surprise et le bonheur de la reconnaissance, Jacques
monta, avec le compagnon qu'il avait avec lui, dans la barque
d'André, laissant là le canot qui n'aurait pas pu les contenir tous
quatre, et ils se remirent à voguer.

Ce compagnon de Jacques, que P'tit Toine regardait toujours de
toute la puissance de ses yeux, était un sauvage de la tribu des
Micmacs, à peu près du même âge que Jacques ; quoiqu'il ne comprit pas le français, il laissait voir, dans ses rapports avec celui-ci,
non pas de la familiarité (les sauvages n'en témoignent jamais),
mais une franchise et une bonne volonté qui annonçaient un commerce assez prolongé entre eux.

C'était le plus jeune chef de sa nation. La nature avait pris soin
de le désigner au choix de la tribu en ébauchant rudement sur
son front le caractère de sa sauvage royauté. Il était grand, et sa
tête, bien dégagée de ses épaules, tournait librement sur la nuque
comme celle du roi des vautours dont elle rappelait d'ailleurs l'air
dominateur. Tous les traits de son visage, énergiquement modelés,
laissaient voir, comme dans un marbre de Michel-Ange, l'action
des muscles et la nature de chaque passion qui venait agiter tour
à tour le fond de son âme. La couleur de bronze neuf qui recouvrait ses traits ajoutait quelque chose de dur à l'impression qu'ils
produisaient. Un collier de griffes d'ours ceignait trois fois son
cou et tenait suspendu, au milieu de la poitrine, une plaque de
cuivre clair sur laquelle était grossièrement gravés le signe de sa

nation et une effigie du roi de France. Ses longs cheveux noirs,
entrelacés avec des plumes rouges et groupés en gerbe désordon-
née sur le sommet de la tête, flottaient au gré des vents comme une
crinière de bison, jetant sous le soleil des reflets d'un bleu métal
lique. Il portait à sa ceinture, autour de son tomahawk, six chevelures blondes qui disaient assez que les souvenirs qu'il avait
échangés avec les Anglais n'étaient pas des témoignages d'amitié.

n grand manteau de peau de caribou, tanné en jaune-ocre, l'en-
eloppait depuis la tête jusqu'à mi-jambe, dessinant sous ses plis
pplatis sa forte charpente. Des dessins brodés en poil d'orignal
eints de différentes couleurs chamarraient tout le fond de ce vête-
ent : ils figuraient des lézards ou d'autres monstres informes.
ne frange en dards de porc-épic courait tout autour, portant à
spaces réguliers des osselets, des grelots et des ongles de hibou.
out cela produisait, en se frôlant, le bruit du serpent-à-sonnette
lissant sur le gravier. Les bras, les jambes et le haut de la poitrine
taient nuds ; les pieds portaient le mocassin national.

Depuis que la barque sillonnait la baie des Français, le sauvage
'était tenu blotti sur l'avant, l'oreille au guet et l'œil au qui-vive,
e contentant, chaque fois que l'esquif allait tourner un promon-
oire, de faire un profond signe de tête et d'envoyer en avant ses
eux bras d'où pendait son manteau, imitant assez bien la figure
'un goëlan qui va s'envoler. Cette pantomime, accompagnée d'un
ertain grognement du pays, voulait dire : " Allez ! en avant !"

Au moment de passer devant le cap Fendu et d'entrer dans la
asse étroite qui s'ouvre sur le Bassin des Mines, il éleva de nou-
eau les bras, mais cette fois ils les tint plus longtemps suspendus ;
lors, les rames restèrent immobiles et la barque suivit seule un
nstant la forte impulsion qu'on lui avait donnée : le silence se fit
ans le petit équipage ; on n'entendit que les gouttes qui tombaient
es rames et le déchirement de l'onde sur la proue tranchante de
'esquif. Les trois Acadiens sentirent leur poitrine se gonfler et
eur cœur battre convulsivement : dressés sur leurs siéges, ils
vaient fixé leurs yeux sur l'indien. Celui-ci, de son côté, s'était
enché sur la surface de l'eau, et les mains fixées en entonnoir der-
ière les oreilles, il promenait son regard d'épervier dans les espaces,
s plongeant dans toutes les profondeurs de l'horizon, essayant
e transpercer de sa prunelle de diamant ces couches d'air va-
oreux que le soleil illuminait de tous ses rayons et où se fon-
aient les rives les plus lointaines ; en même temps il cherchait à
aisir tous ces bruits qui circulent sur les ondes assoupies, surtout
soir, entre des rivages élevés ; enfin, après quelque temps de

cette observation, le Micmac fit son geste accoutumé : il avait
aperçu d'abord quelques nefs du côté de Grand-Pré, mais celles-là
étaient trop loin pour lui inspirer des craintes ; plus près, rien de
suspect ne s'était offert à sa vue ; aussitôt les rames et les avirons
retombèrent, comme des marsouins en fête, au milieu de la mer, et
les trois jeunes gens ne purent retenir, dans leurs poitrines déten-
dues, l'éclat de leur joie ; ils envoyèrent à tous les échos un accord
puissant auquel se joignit le cri guerrier du sauvage.

Après ce premier épanchement de bonheur, la barque glissa
bientôt au milieu des écueils jetés autour du cap Fendu. Toutes
les brises étaient assoupies, la mer ne gardait plus que ces longues
et lentes ondulations qui s'en vont les unes après les autres vers
l'immensité, emportant sur leurs flancs polis, d'un côté l'image du
ciel, de l'autre les ombres de l'abîme. Au pied des gigantesques
rochers, dans les entrebaillements que font leurs masses coupées
abruptes, la mer avait pris une teinte profonde d'indigo, sur
laquelle la barque laissait un long sillon d'argent comme un trait
de burin sur un métal bruni. On pouvait ainsi suivre sa course
sinueuse dans l'ombre des récifs ; car le soleil, tombé sur le couchant, n'éclairait plus que les sommets rousses et crénelés des plus
grands promontoires.

Les rameurs se hâtaient ; ils voulaient atteindre avant la brume
le Cap Porc-épic, (Blonédon) ; leur intention était d'y descendre pour
y prendre un peu de nourriture et de repos, et s'acheminer ensuite
vers Grand-Pré à la faveur des ténèbres.

Malgré cette longue journée de fatigue, leur vigueur semblait
s'accroître à mesure qu'ils approchaient du terme de leur course.
L'air aimé de la patrie, la vue des horizons connus et des rivages
tant de fois explorés dans les jours de bonheur, tout cela doublait
la vie que Jacques sentait en lui. Il ne voyait plus surgir de nouveaux obstacles devant son amour, que cet espace de quelques
milles rempli de lumière rose, d'eau placide, de souvenirs enchanteurs ; toutes ces petites colonnes de fumée qui s'élevaient là-bas
étaient bien la fumée de ses foyers ; une main chère attisait l'âtre
pétillant et vingt figures souriantes se pressaient tout autour !...
son cœur fuyait devant lui et l'espace n'avait pas assez de ce doux
air natal pour fournir à ses longues aspirations ; il étouffait d'émotion, et son bonheur, comme chez toutes ces natures violentes,
aurait voulu se faire jour par quelques unes de ces vives explosions
de paroles : les couplets dont il avait jadis ébranlé les rivages arrivaient sur ses lèvres, mais le silence auquel il était toujours condamné, surtout depuis qu'ils longeaient la côte, étreignait dans sa

poitrine ce besoin d'expansion. Il frappait l'onde avec une énergie dont il n'avait plus conscience ; ses compagnons, non moins heureux de leur prompt retour, imitaient sa manœuvre. La barque volait. Aussi vint-elle bientôt labourer de sa quille la vase de la falaise.

Le soleil n'avait pas encore détaché ses derniers rayons des plus hauts sommets.

II

Le premier soin des voyageurs, après avoir amarré solidement leur esquif au fond d'une anse obscure, fut d'escalader les plus grands rochers.

Malgré la raideur de la saillie, ils en vinrent facilement à bout ; ils n'étaient pas novices à cet exercice. En s'accrochant, tantôt aux fissures du roc, tantôt aux racines et aux branches des cèdres nains qui tapissent les plans les moins abrupts, ils parvinrent bientôt à plusieurs cents pieds de hauteur.

Le Bassin des Mines, après la passe étroite que garde le Cap Fendu, s'élargit tout à coup sur une espace d'à peu près vingt milles et se prolonge ensuite en se rétrécissant toujours jusqu'au Cobequid, formant un triangle allongé de cinquante milles de hauteur environ. Le Cap Porc-épic s'élève vers le milieu de la base de ce triangle ; c'est le point le plus élevé de toute la côte et le plus avancé dans la mer. C'est sur sa cîme que venaient de s'asseoir les quatre jeunes gens.

Jacques était là, pétrifié dans son silence, non pas à cause de la fatigue causée par sa rude ascension, il n'en sentait rien ; non par raison de prudence, il ne songeait plus à la consigne ; mais on aurait dit qu'il venait de fouler les parvis d'un sanctuaire trois fois saint : c'est qu'il contemplait en cet instant toute sa patrie !... et qui a jamais tant aimé la sienne que ces pauvres Acadiens !

Du plateau qu'il occupait, la vue peut embrasser tous les établissements riverains jusqu'à Cobequid, et suivre les cantons infiniment variés que tracent sur cette brillante surface les rivages ombragés ou abrupts de la baie ; à des endroits ils s'avancent en lagunes étroites, comme pour se rejoindre à travers le bassin, jetant une frange de grands arbres entre les nappes argentées qu'ils divisent. Vingt rivières viennent se décharger au milieu de toutes ces anses, et l'on aperçoit dans un rayon immense la trace

de leurs cours, à travers les forêts sombres et les prairies grasses.
On touchait au temps des hautes marées d'automne, qui prennent
ici des proportions prodigieuses ; ces rivières, épanchées dans les
vallons, formaient autour des hameaux et sous les arbres des
flaques d'eau et des îles enchantées où se jouaient les dernières
lueurs du soir, avec les images des chaumières blanches et des
collines bleues.

La Gaspéreau apparaissait la seconde sur leur droite ; c'est sur
ses bords immergés que les regards de Jacques errèrent avec plus
d'abandon. Il y retrouvait toute son enfance ; son petit village de
Grand-Pré semblait sortir de sous les eaux, tant il lui paraissait
blanc et embelli durant son absence. Quoique le soleil fût disparu
déjà depuis quelque temps au fond de la baie des Français, il surna-
geait dans l'air des flots de lumière ambiante qui formaient un jour
vague dont la terre resta longtemps éclairée. A la faveur de ce
brillant crépuscule, Jacques put parfaitement distinguer l'église,
les principaux groupes de maisons, les longues digues qui fermaient les anciennes terres de son père, les vieux arbres, antiques
protecteurs du toît aimé ; le point de la rive où il s'était embarqué
cinq ans avant, au milieu des larmes de sa famille et des adieux
de Marie......

Ceux qui ont revu, après une triste absence, le berceau de leur
premières années ; tous ces lieux où les beautés de la nature et
toutes les délices de l'existence se sont tour à tour révélées à leurs
sens et à leur âme novices, peuvent seuls comprendre l'émotion
de Jacques en cet instant.

Le lien qui s'établit entre le cœur et tous les témoins de nos
pensées, de nos plaisirs et de nos larmes est bien fort ! les bois, les
grèves solitaires, les quatre murs d'une chambrette, le petit coin
du ciel que l'on aperçoit du carreau borné d'une mansarde sont
souvent les seuls confidents de nos secrets ; et quels trésors de
souvenirs ils nous révèlent, quand on les revoit longtemps après !

Jacques resta dans sa silencieuse contemplation jusqu'au moment
où les brumes, communes dans cette saison et sur cette plage, commencèrent à étendre leur long voile cendré sur le tableau chéri
de la patrie ; ces brumes qui venaient de l'océan passaient comme
la nuée du désert, d'abord à la surface de l'eau, puis elles allaient
en avant, voilant les premiers plans, puis les seconds, puis tout, jusqu'à ce dernier cordon de lumière rouge resté sur la silhouette du
couchant. Alors il ne vit plus autour de lui que les crêtes arides
et sombres du Cap Porc-épic, sur lesquelles il semblait suspendu
dans un vague sans bornes ; cela lui fit éprouver quelque chose de

triste, comme un pressentiment de mort ; et il se hâta de rejoindre ses compagnons qui commençaient à opérer leur descente. Ceci était besogne peu facile, dans cette obscurité ; ils parvinrent cependant à leur embarcation, dégringolant quelques bouts, se traînant plus loin, s'écorchant un peu partout.

III

A peine étaient-ils en bas que l'aîné des Landry s'écria en se laissant choir sur le sol : — Ah ! ça, mes amis, je crois qu'il est bien temps de déjeûner, si nous voulons ne pas laisser un vide dans la liste de nos repas.

— Ma liste, reprit Jacques, est pleine de ces vides-là.

— Cela se voit sur ta figure, mon vieux, fit André ; je n'ai pas encore osé te le dire, voulant laisser à ton prochain miroir le désagrément de te faire ce mauvais compliment. Y a-t-il longtemps que tu t'es miré ?

— Pas depuis cinq ans ! En déménageant nous avions cassé notre miroir, et les événements ne nous ont pas permis de remplacer ce meuble utile. Je me rappelle seulement qu'un jour, ayant été blessé à la tête, je m'étais lavé la figure dans une fontaine, et comme je réfléchissais que le coup aurait bien pu m'envoyer dans l'autre monde, il me vint une pensée pour Marie ; alors je me penchai de nouveau au-dessus de l'eau, pour m'assurer si j'avais encore ma figure de dix-huit ans... La fontaine n'était pas limpide, mon sang l'avait troublée, mais je pus voir assez de mon visage pour juger que la vie des bois ne l'avait pas fait fleurir.

— En effet, et si Marie s'attend à cueillir un bouquet là-dessus, elle va le trouver petit, et si tu t'aventures, à l'arrivée, à lui offrir ta joue pour y mettre ses lèvres roses, elle va trouver le présent médiocre.

— Pauvre Marie ! et quand je songe que je n'ai rien autre chose à lui offrir !......

— Que ton cœur. mon Jacques !

— Oui, que mon cœur, où s'est concentrée toute ma jeunesse, toute mon énergie, et qui, si Dieu le permet saura bien faire sortir de mon dénûment, le bonheur et l'aisance de notre petit ménage futur......

— Avec d'autant plus de facilité que nous t'avons, mon père et

mes frères, préparé un peu cette jolie tâche ; et Marie a bien aussi
utilisé pour cela ses mains et surtout sa petite langue, que tu connais aussi bien que ses frères. La sœur ne désespérait pas de te
revoir, elle ; elle avait bien décidé, dans les cachettes de son cœur,
et elle nous assurait toujours que tu reviendrais (bien entendu,
quand il n'y aurait plus d'Anglais dans le monde ; au moins en
Acadie......) ; elle allait même jusqu'à penser que tu n'attendrais
peut-être pas cette grande époque. Tu vois qu'elle ne jugeait pas
trop mal...... de toi et des événements. Tiens, mon Jacques, il
faut bien nous l'avouer : il y en aura toujours des Anglais, dans ce
monde, maintenant... ils y sont trop diablement engeancés !

— Plus qu'il ne faut, je le crains, pour notre bonheur à tous.....

— Bah ! tu t'exagères le mal, je parie que les Anglais ont leur
bon côté ; tu sais bien que tout ce qui a été créé est utile à quelque chose ; c'est ainsi que monsieur le curé nous justifiait l'existence d'une multitude d'insectes malfaisants... des maringouins,
par exemple...... il faut tout simplement apprendre à les souffrir,
s'endurcir la peau...... Toi qui vis depuis quatre ans au milieu des
bois, tu dois avoir appris à supporter tous ces suceurs de sang.

— Les maringouins, les brulots et les moustiques, je les tue,
quand ils me piquent ; et les Anglais !...... les Anglais !...... Mais
pourquoi me parles-tu de ces gens là ? ça m'enrage !

Et Jacques, une main crispée dans les plis de son habit, à l'endroit du cœur, allait se lever, quand son ami reprit : — Eh bien !
donc, Marie (j'espère que ça te fait un tout autre effet), après six
mois, un an, deux ans, t'attendait toujours et elle nous babillait
sans cesse dans les oreilles : " Quand Jacques sera de retour, nous
ferons ceci, puis cela, puis beaucoup de choses...... n'est-ce pas,
mon petit papa, mes bons petits frères ? " Et elle nous embrassait
tant, tant, qu'à la fin nous avons fini par faire de suite une grande
partie des choses qu'elle nous demandait pour l'époque de ton
retour.

Te rappelles-tu ce joli vallon, si bien cultivé autrefois, en amont
des aboiteaux des Comaux, où se trouvait un bosquet d'ormes ?.....

— Comment ! si je me souviens de la terre de ma famille ?...

— Eh bien ! à peine étiez vous partis que mon père désirait déjà
l'acheter ; il lui était pénible de la voir abandonnée ; il ne tarda
pas en effet à faire cette acquisition, seulement il se contenta du
tiers de la ferme, c'est-à-dire, de la partie que baigne la rivière et
où se trouve la butte et le bosquet d'ormes. La propriété avait été
confisquée, comme tu dois l'imaginer ; mais pour bon argent
comptant le commandant de Grand-Pré se rendit facilement à nos

désirs : " Allons, dit mon père, en remettant le contrat de vente à notre sœur pour le serrer : voilà une bonne affaire, cette terre ne changera pas de main, il est légitime qu'elle retourne aux petits Hébert : je te charge de la leur remettre, ma fille." Comme ton père, ta mère et leurs quatorze enfants avaient vécu dans l'aisance avec toute la terre, Marie a pensé que Jacques et elle pourraient bien vivre avec le tiers ; elle a même ajouté que votre sort ne serait peut-être pas encore très-mauvais dans le cas où il arriverait des survenants. (Nous sommes dans un pays où il faut tout prévoir.)

Votre vieille maison était tombée en ruines ; nous avons acheté ses débris pour peu de chose ; après avoir rogné les pièces pourries, nous avons pu la reconstruire très-solidement mais plus en petit, sous le bosquet d'ormes. Je t'assure qu'elle se trouve bien du changement, elle est toute rajeunie. La porte, les fenêtres et une partie des cloisons sont les mêmes : la chambre de ton père s'y trouve toute entière. " Il me semble, disait Marie, que Jacques dormira bien dans celle-là, et qu'elle lui portera bonheur ; il y a reçu pendant dix-huit ans la bénédiction paternelle."

Tu te souviens que nous avions acheté une partie de votre ménage, à votre départ : eh bien ! la petite sœur à tout fait trans-porter dans la chambre du futur père Jacques ; le miroir y est..... tu croyais qu'il avait été cassé ; c'est elle qui l'avait acquis à la vente, sans doute, pour se mirer par-dessus ton image envolée.

Et le banc rouge ! le vieux banc rouge, qui était devant votre porte, sur lequel les anciens allaient s'asseoir quand nous dan-sions à la fête du grand papa Hébert ; imaginerais-tu que Marie l'a fait transporter chez elle ? Elle tient à ce que tu aies aussi ta fête de grand papa. Petit Toine a parié que tu avais dû t'asseoir là-dessus avec elle, un jour que les anciens n'y étaient pas...... Quoiqu'il en soit, le banc est à l'ombre, entre la maison et la rivière : le feuillage des grands arbres tombe tout autour comme les flots d'une chute abondante. Fraîcheur des bois, fraîcheur de l'eau, senteur des trèfles, vue sur la prairie, vue sur la Gaspéreau, rien n'y manque.

Après la maison, il a fallu songer aux dépendances de la ferme. Une laiterie, par conséquent une étable, puis une grange, " rien qu'une petite grange, disait Marie ; il faudra bien mettre les grains et le foin quelque part, car il y aura des vaches, des moutons, des poules et une jument : n'est-ce pas, mon papa, qu'il y aura une vieille jument, noire comme notre pauvre Dragone que j'aime tant, et qui n'est plus bonne qu'à nourrir des petits poulins ?"

Il y a maintenant près de deux ans que la ferme est au complet ;

nous y avons tous mis la main, et quand on est huit grands garçons, aiguillonés par une bonne sœur, la seule qui nous soit restée, une entreprise aussi agréable est bientôt accomplie. La laiterie, l'étable, la grange et quelques autres petites choses de ce genre là se sont élevées sans que nous nous en soyons aperçus. Puis papa a mis sa vieille Dragonne à l'écurie, bien disposée, malgré ses dix-sept ans, à élever un joli poulin, dès le printemps suivant ; Pierre a mis une vache à l'étable ; Alexis une autre ; François sa torre blanche, la plus belle de sa cour ; Ptit-Toine a peuplé le poulailler d'une douzaine de ses polonaises ; et comme il fallait un coq, j'ai prêté le mien jusqu'à la seconde génération ; j'ai conduit en même temps à la bergerie un couple de moutonnes avec la laine, ce qui, avec les dix que Marie avait déjà, fait monter son troupeau à douze têtes ; sans compter une treizième, qui est noire et qui porte des cornes, que Jean a bien voulu ajouter depuis, disant à Marie " que c'était pour lui faire un mauvais nombre."

— Comme, depuis quelques années, il nous est défendu de vendre nos animaux et nos produits hors de chez nous, il nous a été facile d'en faire une bonne part à notre chère fermière, car il nous en reste toujours plus qu'il n'est nécessaire ; ensuite, nous avons pensé que tout ça amuserait peut-être la pauvre sœur, qui, je dois l'avouer, commençait depuis quelque temps à réfléchir un peu trop et à changer aussi.

C'est le jour de sa naissance, il y aura deux ans après demain, que Marie a pris possession de son bien. Tout le village était à la fête : tu sais comme tout le monde l'aime notre sœur ; des enfants lui avaient fait une grosse gerbe de fleurs qu'ils vinrent lui présenter au milieu des feux de joie. C'est ce soir-là qu'elle a étrenné le banc rouge. Elle était assise au milieu, entre mon père et ma mère, quand les enfants apportèrent leur bouquet. Pauvre Marie ! tout le monde était dans la joie autour d'elle et pour elle, mais il me semblait que de temps en temps il y avait des larmes dans son sourire ; elle regardait son vieux banc, qui était bien rempli de parents et d'amis, mais je crois qu'elle y trouvait encore du vide !....

Comme la surveillance de tout ce bien eut été une trop forte tâche pour une fille, elle a mis la veuve Trahan dans sa maison. L'honnête femme, aidée de ses deux garçons qui commencent à être grandets, tient les bêtes en bon état, les bâtiments en ordre et nous lui aidons à faire les récoltes en saisons. Marie se contente d'aller à la ferme, tous les jours, un peu : elle compte ses œufs, fait son beurre, embrasse les agneaux blancs en leur donnant du lait, flatte la joue du dernier poulin de la vieille Dragonne, et elle revient le soir à la maison, la quenouille à la main, comptant sa richesse.

Je crois qu'elle fait avec ça de jolies recettes dont elle te réserve encore la découverte ; car elle est la seule à Grand-Pré qui vende bien tous ses produits. M. George notre lieutenant n'achète ailleurs que quand il a tout pris ce qu'elle peut livrer, et il la paie toujours en beaux louis d'or ; quant à nous, c'est à peine si l'on nous donne des *bons payables à la fin du monde.* Mais qu'importe nous, pourvu que la petite sœur ait bien fait ses affaires, pourvu surtout que tout ça l'ait, non pas rendu heureuse, mais entretenu dans l'idée qu'elle le serait bientôt.

Mais il est temps que tu arrives : nous étions parvenus au bout de nos ressources pour distraire la pauvre enfant ; elle commençait à perdre l'espérance, et je crois vraiment qu'elle allait songer à te remplacer...Tu avoueras qu'il faut une forte dose de patience pour attendre toujours un galant qui s'amuse à courir les bois avec les sauvages !

Depuis quelque temps nous avions pris l'habitude, le soir, de nous ranger autour d'elle, et chacun de nous lui faisait une question sur son jardinage, ses animaux et sur les travaux de la journée. Nous lui donnions d'abord toutes les occasions possibles de vanter sa marchandise. Il paraît qu'elle a, cet automne, les plus beaux grains qui soient jamais poussés à Grand-Pré ; le lin pourra suffire à vous fournir de draps pendant votre double vie durante ; et, s'il faut en croire toutes les prévisions de la mère Trahan, qui en a toujours d'abondantes pour sa maîtresse, Marie aurait beaucoup de caresses à distribuer, le printemps prochain, dans sa bergerie, dans l'étable et même à l'écurie.

Quand la sœur avait terminé l'énumération des qualités de ses récoltes et de son bétail, l'un commençait à dire un peu de mal de la vache brune ; l'autre, que le dernier poulin aurait peut-être un œil vert, qu'il avait certainement les jambes croches et qu'il serait fourbu ; un troisième, que les moutons ne produisaient plus que des laines rudes ; qu'elle ne devait plus battre de beurre, vu que la mère Trahan, pour faire grossir ses veaux plus que les nôtres, leur laissait prendre tout le lait de leur mère. Nous aurions bien voulu l'obliger à nous dévoiler les secrets de ses épargnes ; mais, malgré sa vivacité et son excitation, rien n'aurait pu lui arracher une indiscrétion.

C'est une tâche difficile, même pour une femme, de faire face à douze langues d'hommes ; aussi, il venait un moment où Marie n'en pouvait plus ; alors elle nous poursuivait avec sa quenouille

ou sa broche à tricot : quand nous l'avions laissé décharger le tro
plein de son petit cœur, saisissant quenouille, broches et poings
nous l'obligions de nous embrasser les uns après les autres, de l
manière la plus irréprochable ; et nous l'envoyions se coucher
La fatigue causée par son bavardage et par les travaux de l
journée faisait que la petite ne trouvait pas grand temps dans l
nuit pour rêver à toi ; je crois même qu'elle a parfois battu de l
tête sur son lit, durant cette prière où elle demande à la Ste. Vierg
de hâter ton retour et de te préserver de la dent des loups et d
tes amis les sauvages.

Voilà toujours, mon Jacques, un bout de dévotion que tu va
lui rogner demain ; sans compter qu'elle sera dispensée de dormi
sur ses genoux !... Il est vrai qu'elle est capable d'inventer u
autre chapelet pour remercier sa patronne de ton retour.

Les filles trouvent toujours cinquante raisons d'ajouter de
petits bouts à leurs prières, et c'est une habitude qu'elles déveloɩ
pent encore après le mariage ; je te conseille d'y mettre ordre d`
les premiers jours.... entends-tu, Jacques ?

Jacques entendit, mais il ne put répondre : il pleurait comme u
enfant battu. Après une vie affreuse, privée de toutes les joies, d
tous les bonheurs faits pour le cœur de l'homme, la révélation d
tant de choses embaumées, l'apparition d'une figure si aimant
l'assurance d'une vie prochaine entourée de tant d'éléments d
bonheur, tout cela avait ébranlé cet héroïque caractère. Depui
cinq ans, son âme n'avait pu se reposer un seul instant dans un d
ces sentiments simples, délicats, qui abondaient dans l'existenc
aimante des enfants de l'Acadie ; puis, voir subitement tout so
avenir, débarrassé de ses sombres images, se présenter souriant ·
paré de charmes qu'il n'aurait pas même rêvés, c'était là un
révolution trop forte. Il était tombé dans les bras d'André qu''
tenait étroitement embrassé, et il répétait dans ses sanglots : —Me
bons frères !... Marie, ma chère Marie !... est-il vrai que vous ave
pu tant m'aimer dans mon absence ?—Puis, après un moment d
silence où il sembla subir mille émotions soudaines et contraire
il ajouta :—Eh ! faut-il que tant de soins délicats, qu'un bonheur
généreusement préparé, si longtemps attendu, soit encore une vain
illusion qu'il faudra voir disparaître demain !...

— Comment cela, Jacques ?...

— Mais comprends-tu, mon pauvre André, que je puisse habite
Grand-Pré aujourd'hui ?... Les Anglais le permettront-ils, puis-j
l'espérer, après m'être autant compromis ?...

— Bah ! tu n'avais que dix-huit ans quand tu es parti ; que

Anglais te connaît ici ?... M. George peut-être... il nous a fait quelquefois parler de toi, mais il est si bon pour nous et pour Marie, celui-là ! D'ailleurs, tu n'étais pas libre de ne pas partir avec ton père ; on te pardonnera facilement une faute que tu n'as pas commise volontairement, et pour ton avantage.

— Mais il faudra toujours demander grâce, et redevenir Anglais ; et je ne me sens de dispositions ni pour l'un ni pour l'autre : je me suis trop habitué à être Français.

— D'abord, mon Jacques, je dois te dire que nous n'avons jamais joui plus librement de nos droits de *neutres* que depuis le commencement de la guerre ; ainsi, il est probable que si la France perd toutes ses colonies d'Amérique, notre sort ne sera pas encore trop mauvais ; et tu n'auras qu'à ne pas montrer trop souvent à notre gouvernement ce grand couteau que tu portes là à ta ceinture, pour jouir à peu près de toutes tes prérogatives nationales.

— Mon cher André, tu as la partie belle, dans ce moment, et tu sais en profiter : ce que tu m'as dit tout à l'heure a trop disposé mon cœur à la confiance pour que je ne m'abandonne pas un peu à la tienne. Mais, en restant à Grand-Pré, je ferai des sacrifices que votre dévouement et l'amour de Marie peuvent seuls m'arracher. Au reste, tu jugeras toi-même, tout à l'heure, quand je t'aurai raconté l'histoire de mes années passées, ce qu'il m'en coûtera pour aller habiter la jolie maison de ta sœur, sous le bosquet d'ormes, au bord de la Gaspéreau... Ah ! j'avais d'autres projets, oui... des projets qui ne devaient pas, sans doute, briser mon union avec Marie, mais peut-être l'éloigner et changer les conditions de notre bonheur...

— C'est bien, c'est bien, tu raconteras tout cela à la petite maîtresse, elle sera ta complice ; je crains seulement qu'elle ne change quelques dispositions de tes plans.

— Ce que tu viens de me dire a déjà eu un peu cet effet...

IV

Pendant cette conversation, P'tit Toine était allé à quelques pas plus loin, avec le Micmac, pour apprêter le déjeûner.

Après avoir fait quelques fagots dans les cèdres voisins, ils allumèrent un feu pétillant dans un endroit de la côte abrité par les grands rochers. Aussitôt le brasier bien ardent, P'tit Toine fit embrocher dans un jet de jeune bois, par Wagontaga (c'était le nom du sauvage,) trois canards que celui-ci avait tués le matin même, puis il l'installa près du foyer, comme tournebroche. Pour lui, il se chargea du rôle délicat de premier cuisinier. Armé d'une tige, comme celle du sauvage, il tenait suspendu au-dessus de la volaille un morceau de lard taillé dans le gras, qui avait survécu à plusieurs assauts ; et pendant que les palmipèdes décrivaient dans la flamme le mouvement diurne de la terre, le porc en se fondant faisait descendre dessus une rosée bienfaisante. P'tit Toine et le Micmac, qui ne se comprenaient bien que par leur appétit réciproque et leurs signes les plus expressifs, trouvaient inutile de faire la conversation. Tout entiers à leur œuvre, assis de chaque côté du feu, appuyés sur le sol de la main qui ne leur servait pas, ils tenaient les yeux fixés sur leur déjeûner qui commençait à poindre, avec une intensité d'attention qui témoignait de leur grand intérêt : je crois même que sous l'ardeur de ce double regard, le lard se fondait plus vite et les canards jaunissaient davantage.

Je connais des femmes qui disent que quand elles ont mis seulement le nez à leur cuisine avant le dîner, elles ne peuvent plus toucher aux fritures, même du bout des lèvres, sans éprouver un sentiment de dégoût profond. Je puis assurer qu'il n'en fut pas ainsi pour P'tit Toine et Wagontaga.

C'est un principe en gastronomie de servir le gibier un peu cru, pour mieux goûter le fumet, qui court toujours le risque de s'évaporer dans une cuisson un peu prolongée. Je ne sais pas si nos cuisiniers connaissaient cet axiome, mais ils se gardèrent bien de le mépriser dans cette circonstance. Le *juste à point* fut constaté à l'aide du couteau de poche de P'tit Toine, qui, après l'avoir plongé dans la poitrine de l'un des oiseaux, le fit glisser sur sa langue dans toute sa longueur. Il n'était pas arrivé au bout de la lame que le sauvage avait déjà compris, à l'expression de son compagnon que le rôle du tournebroche était passé et que celui du convive commençait ; il fit faire aussitôt aux oiseaux, pour les sortir du feu, un tour si rapide au bout de son bras, que P'tit Toine en éprouva une crise nerveuse : il crut, dans son effroi, que les canards reprenaient leur vol vers leur élément favori : heureusement que le Micmac n'y tenait pas plus que lui-même.

L'on sait avec quelle voracité ces indigènes se repaissent quand ils ont été quelque temps à jeun. A peine Wagontaga eut-il jeté sa brochée sur une écorce de bouleau qu'il avait là toute prête, qu'il prit un des canards par les pattes, et le saisissant à l'épaule avec son croc de sanglier, il l'écartela comme on eut fait autrefois

du plus grand criminel ; puis les morceaux commencèrent à s'engouffrer comme des maringoins dans un gosier d'Angoulevent,
puis on entendit, dans le silence du soir, le bruit des ossements
broyés : un canard était disparu ! Toinon se croyait tombé de
Charybde en Sylla ; frappé de stupeur devant cette sauvage glou-
tonnerie, il regardait son terrible compagnon, comme un roitelet
charmé par l'œil d'un serpent doit regarder la gueule béante qui
le convoite. Mais l'instinct de sa propre conservation le fit bien
sortir de sa stupeur quand il vit le Micmac allonger de nouveau
ses deux grands bras vers un second canard, avec un air de pitié
méprisante qui semblait dire : " Ces peaux blanches, ça n'est pas
complet, ça n'a pas d'estomac." P'tit Toine saisit alors vivement la
broche qui n'était pas encore déchargée de son précieux fardeau,
et s'élançant du côté de son frère et de Jacques, qui étaient toujours restés à l'écart, il fit retentir l'air de deux ou trois cris de
détresse.

Cet appel *in extremis* vint surprendre les deux amis au milieu de
leur émotion, et faire une diversion puissante dans les sentiments
de Jacques, en lui rappelant que les besoins de l'estomac ne doivent
pas être sacrifiés aux plaisirs du cœur. Comme son émotion, après
tout, n'était que le retour trop soudain des premières jouissances
du bonheur, elle n'avait fait que distraire sa faim sans la détruire ;
il vola donc aux canards, à moitié traîné par André, qui, lui,
n'avait pas éprouvé d'aussi captivantes distractions.

Ils étaient loin de soupçonner le danger qui menaçait leur
repas ; dans le lointain, ils n'avaient pas saisi l'accent de désespoir
de la voix de P'tit Toine, quand le malheureux vint leur tomber
en travers.

Sa démarche effarée se laissait assez voir à la lueur incertaine
du feu : les cheveux et le gilet au vent, il courait tenant sa brochée
tout au bout de son bras comme pour la sauver d'une troupe de
loups affamés ; et il criait :—Jacques ! Jacques ! c'est un ogre, mais
c'est un ogre ! ton sauvage ! Jacques comprit de suite le motif de
son épouvante, et riant de tout cœur, il essaya de le calmer :—Bah !
bah ! mon Toinon, tranquilise-toi ; il a un peu trop d'appétit, mais
il a un bon cœur, va !

—Bon cœur ! mais où veux-tu qu'il le loge quand il s'emplit ainsi
l'intérieur ? Il mangerait les trois canards et moi par dessus qu'il
aurait encore faim !

— Tiens, reprit Jacques, donne les moi, tes canards, je les prends
sous ma protection ; Wagontaga n'y touchera pas sans ma permis-

sion : il me nomme son chef. Et prenant la brochée précieuse des mains de P'tit Toine, ils regagnèrent tous ensemble le foyer.

Le Micmac était resté attablé absolument dans la position où son maître cuisinier l'avait laissé, moins la curée qu'il s'apprêtait à saisir ; et il regardait, impassible, dans la direction où son second service avait disparu, sans doute pour voir s'il ne reviendrait pas. La vue du canard fit passer un léger sourire sur sa figure de bronze, auquel Jacques répondit par quelques mots en langue sauvage, après quoi, s'asseyant à terre, près du feu, entre ses compagnons, il procéda au service de la table d'une manière un peu plus civile que ne l'avait fait son ami des bois.

Ayant séparé les deux gibiers par le milieu avec le couteau d'Antoine, il en donna une moitié à chacun des deux frères, puis, regardant le plus jeune qui semblait trouver que Wagontaga avait bien eu sa part, il lui dit : — Nous autres, mon Toiniche, nous déjeûnerons tous les trois en famille, demain matin, à l'aurore ; et je pense que la cuisine de Marie vaudra bien la tienne. Lui, ajouta-t-il en regardant le Micmac, auquel il jeta la troisième portion, je ne sais pas quand il déjeûnera de nouveau, seul, avec ses parents, ou avec nous : ces pauvres gens ne mangent pas quand ils veulent. Il a fait près de cent lieues pour me conduire ici ; s'il avait été pris par les Anglais, ils l'auraint tué comme un chien (tu sais qu'il ne peut pas mettre le pied en Acadie) ; demain, probablement... il va nous dire adieu, pour s'en retourner... où ? Dieu seul le sait. Depuis cinq ans il n'a vécu qu'avec moi, ne me quittant jamais d'un pas, servant fidèlement la France ; tout cela vaut bien une petite part de plus, n'est-ce pas, Toine ?......

— D'accord, mon capitaine ; mais je crains bien que ça ne le mette que tout juste en appétit ; comme il va passer une partie de la nuit avec moi, sur la même paillasse !......

— Ne crains rien, depuis que je couche à côté de lui, il lui est arrivé bien souvent de souper plus légèrement qu'il ne le fera ce soir, et tu vois qu'il ne m'a jamais entammé : pourtant, je crois bien être un aussi bon morceau que toi, hérisson !...

— Un peu sec, grand Jacquot ; tout de même, je ne me fie pas à cet ami-là, et tu coucheras entre nous deux, ce soir ; le lit est large.

Là dessus P'tit Toine, qui avait encore dans la barque quelques morceaux de pain sec, pitoyable survivance de provisions plus abondantes, se leva pour aller les chercher. Mais il se garda bien de laisser sa moitié de canard en arrière ; il avait toujours devant les yeux les deux grands bras étendus du sauvage.

En l'attendant, André attisa le brasier que son frère avait laissé pâlir. La flamme tourbillonnante éclaira vivement le groupe des trois vovageurs et projeta sa lumière jusqu'aux sommets des rochers : les vapeurs flottantes de la nuit, en arrêtant les rayons du foyer, formaient autour d'eux une atmosphère fantastique qui encadrait bien cette scène étrange. L'allure farouche du Micmac, son costume singulier, la voracité qu'il mettait à déchirer sa nouvelle proie ; la grande taille de Jacques, sa maigreur, que les lueurs du feu isolé faisaient mieux ressortir ; ce mélange de sauvagerie et d'inculte civilisation que l'on remarquait dans sa toilette et sur sa figure, puis, entre ces deux types, la face réjouie et prospère d'André : tout cela formait un tableau plein d'effet et de contrastes inattendus.

A cette époque, cependant, ces scènes devaient se présenter souvent. Les rapports que nécessitaient la politique et le commerce durant la paix comme pendant la guerre ; l'habitude des expéditions lointaines à travers les forêts et les déserts, groupaient souvent ainsi les colons et les naturels aux bords des grandes eaux, dans les profondeurs des bois séculaires, jusque dans les repaires de ces terribles mangeurs d'hommes dont ces pays étaient surtout peuplés.

P'tit Toine était à peine de retour avec sa provision de croûtes, qu'il aperçut, à la lumière ravivée du brasier, les yeux encore humides et rougies de Jacques.—Mais qu'as-tu donc, capitaine, lui dit-il.

— Tiens, dit André, je viens de lui parler de la vache brune de Marie, et il a fondu en larmes ; c'est étonnant comme ça rend le cœur tendre de courir les bois avec messieurs les peaux-rouges !

— Grand babillard ! je gage que tu as éventé tous les secrets de petite Marie, elle qui voulait jouir seule des belles surprises qu'elle allait lui causer.

— Ne te fâches pas, reprit Jacques, je serai très-surpris, malgré tout ; André a cru que ce serait bien assez pour moi de retrouver ta sœur, toujours si bonne, si aimante et si jolie ; puis mes anciens amis, puis tout ce qui m'était cher à Grand-Pré ; et il m'a fait le plaisir de m'apprendre d'avance que tu avais sacrifié tes douze belles polonaises pour distraire Marie durant ses inquiétudes. Merci, P'tit Toine ; je vais retrouver avec vous, tous, bien des bons frères, à la place de ceux que j'ai probablement perdus pour toujours.

La conversation roula sur ce ton durant tout le repas. Au commencement, elle s'interrompait souvent, et pendant ces intervalles, à part le cris des chouettes qui venaient regarder le feu et humer de plus près le festin, on n'entendait que le craquement des croûtons, sous la dent de Jacques, qui renouait bruyamment connaissance avec cet aliment élémentaire des gens civilisés. Quant au Micmac, qui ne comprenait rien à la conversation, et qui détestai surtout la gêne des convenances à table, il s'était retiré un peu à l'écart. Là, armé d'un long calumet, la tête appuyée au rocher, i chassait dans l'air d'énormes bouffés de fumée qu'il aspirait ensuite Son regard, *extatiquement* fixé vers le ciel, s'abaissait de temps en temps sur les rares vestiges qui survivaient à son repas avec un ai de profonde indifférence ; il semblait méditer cette sublime pensée qu'un fils du Grand-Esprit doit savoir se contenter de ce qu'il a.

Quand les trois amis eurent satisfait aux premières exigences de la faim, André rappela à Jacques qu'il lui avait promis, en retou de ses indiscrétions, de lui raconter l'histoire de ses cinq ans d'al sence, et il ajouta qu'il était prêt à l'écouter. Celui-ci commenç donc immédiatement son récit.

V

— Notre voyage fut triste, mais sans avaries ; le plaisir que nou témoignèrent les parents qui nous avaient précédés sur la baie d Beau-Bassin donna quelque charme à notre arrivée dans ces lieu étrangers. Les occupations que nécessitait notre nouvel établisse ment chassèrent les premiers chagrins, et remplirent les heure que j'aurais été tenté de donner à l'ennui. Mes frères nous avaier choisi un joli vallon près de l'eau, qui ressemblait assez à celui qu nous avions laissé sur les bords de la Gaspéreau ; seulement, il éta submergé à chaque marée ; il fallait des abboiteaux considérable pour le protéger contre la mer.

Après avoir fait bénir la terre par le Père de Laloutre qui dir geait alors cette mission, nous commençâmes les premières jetées le bon prêtre venait travailler avec nous, nous donnait ses conseil et soutenait notre courage. Je faisais double tâche dans l'espoir d gagner plus tôt ma feuille de route.

Les digues montèrent rapidement, et quand arrivèrent les grand froids et les fortes marées d'automne, nous avions déjà volé un bea domaine à l'océan.

Nous songeâmes aussitôt à la construction des maisons : ce fu l'occupation de tout l'hiver ; cette saison, qui s'annonça cette anné là très à bonne heure, promettait d'être longue.

Lorsque je vis toutes les rivières glacées et les champs couver de neige, vers le temps de Noël et de l'Epiphanie, il me vint souvent à l'idée, en songeant aux anciens jours de fête, de m'échapper sur mes raquettes, sous prétexte de courir le chevreuil ou l'orignal à la piste, et d'arriver jusqu'à Grand-Pré, en suivant les rivages et surtout mon cœur. Je ne pouvais me faire à la pensée d'être séparé de vous, durant ces moments heureux où il semble que tous ceux qui se sont aimés devraient être réunis. Mais j'étais lié par un saint devoir, il fallait laisser à mes vieux parents un toit pour les années que je ne devais plus passer avec eux, et je ne pouvais pas manquer la dernière bénédiction de mon père.

La veille au soir de cette nouvelle année, la table nous parut plus étroite, la famille s'embrassa plus tendrement, il nous semblait que nous avions de l'amour de trop... Nous pensions que c'était à cause des absents, mais Dieu voulait peut-être aussi nous rendre ces heures de réunion plus douces, puisqu'il devait encore nous séparer.

Et le lendemain matin !... je n'oublierai jamais le moment qui nous vit tous, à genoux, autour du lit de mon pauvre père, pour lui demander de nous bénir. Je n'avais jamais aperçu en lui le signe d'une faiblesse ; il ne nous laissait voir d'habitude que le côté énergique de son caractère, que sa prudence calme, toujours attentive à notre conduite et à nos besoins ; mais, dans cet instant, il ne pouvait maîtriser son émotion, la voix lui manquait, et j'ai vu briller des larmes dans ses yeux pour la première fois de ma vie. Quand il leva la main sur moi, il me dit : " Toi, mon Jacques, tu es le plus jeune, et tu vas retourner seul à Grand-Pré ; tu ne seras plus des nôtres ;... peut être ne nous reverrons-nous plus jamais ; je suis vieux, et les temps vont au pire... Vas, je te bénis pour toute ta vie !... Sois toujours un honnête homme, sois fidèle à ta parole. Tu vas rester avec les Anglais ; eh bien ! ne les trahis pas ; si tu ne peux supporter leurs injustices, reviens avec nous : un homme, après tout, est bien maître de sa personne, et libre de choisir son ciel ; mais n'oublies pas que tu es un enfant de la France ; le sang et la langue que Dieu donne, vois-tu, Jacques, ça ne se livre pas à la conquête, ça ne se sacrifie devant rien, ça tient au cœur ; c'est un dépôt que le Créateur veut qu'on garde dans quelque situation désespérée où l'on se trouve, pour accomplir ses desseins. S'en débarrasser au premier obstacle, c'est insulter la Providence et douter de son pouvoir. Et puis, le sang que tu as reçu est assez plein de gloire pour que tu sois orgueilleux de le garder pur, partout !..." Pauvre père, il avait le pressentiment de ce qui est arrivé ! Quoique je n'aie pu revenir à Grand-Pré, au printemps, comme il avait été convenu, cette bénédiction a été la dernière....

Le reste de l'hiver se passa sans nouvelles inquiétudes, dans un travail sans relâche. Cette activité excessive m'était douce, chaque entreprise accomplie était un pas de fait vers un bonheur. Au mois d'avril, plusieurs maisons étaient terminées et nous pûmes installer nos vieux parents dans la plus spacieuse et la plus commode.

Je commençais à rêver au retour et à m'y préparer insensiblement, quand on vint nous annoncer que les Anglais s'avançaient du côté de la Missaguash pour déloger M. de la Corne, qui occupait la rive opposée à celle où nous venions de nous fixer. Le major Lawrence avait aussi pour mission de nous faire jurer de gré ou de force à l'Angleterre. Cette nouvelle nous fut apportée, le dimanche, à l'heure des vêpres : les troupes anglaises n'avaient plus que six heures de marche pour joindre nos établissements.... Tout le monde se sentit frappé comme par une punition du ciel. Nous nous rendîmes en tumulte à l'église pour prier et pour demander les avis de notre missionnaire.

Le Père de Laloutre nous attendait sur le seuil de l'église. Après que nous fûmes tous réunis autour de lui, il nous tint à peu près ce discours : Mes enfants, le moment est venu où Dieu et la France veulent de grands sacrifices : serez-vous assez généreux pour les accomplir ?

— Oui, oui ! répondirent comme un seul homme tous les anciens.

— Eh bien ! voici les Anglais, nos éternels ennemis, nos persécuteurs acharnés ; ils viennent encore réclamer cette terre sur laquelle nous avions cru retrouver l'autorité et la protection de la France, où nous pensions établir en paix nos demeures et nos familles. Ils disent qu'elle est leur conquête, qu'elle leur appartient par les traités ; que nous devons à leur roi notre fidélité et nos hommages, quoique le traité d'Utrecht ne leur ait jamais livré que Port-Royal et son territoire. Ils viennent encore exiger de nous des serments pour un gouvernement qui fait jurer à son souverain et à ses représentants de proscrire, par tous les moyens, le catholicisme, de favoriser et de défendre la religion protestante. Pourrions-nous jamais commettre un pareil acte de lâcheté ; accepter l'opprobre des transfuges et des renégats ; renoncer au titre de Français, appeler la proscription de notre culte, faire de nos enfants des ennemis de la France ?...

— Non, non ! jamais ! s'écrièrent à la fois les hommes, les

emmes et les enfants, en élevant leurs mains vers l'église comme pour affirmer leur promesse devant Dieu.

— Alors, continua le prêtre, il ne nous reste qu'une alternative. Voyez-vous de l'autre côté de la rivière, sur les bases naissantes de ces fortifications, flotter le drapeau que nous aimons ? Les soldats qui l'ont planté là ont voulu nous dire que ce sol est celui de notre véritable patrie, et qu'ils sont prêts à le protéger. Ici, nous ne pouvons pas nous défendre ; nos demeures seront envahies, notre église sera profanée, nos toits serviront d'habitation à nos tyranniques ennemis, ils se nourriront de notre pain et de nos troupeaux, ils nous forceront à les servir comme des esclaves   Il n'y a de salut pour nous que dans la fuite ; je sais qu'il est dur pour un Français de fuir sans combattre, mais les circonstances nous en font un devoir d'honneur.   Fuyons donc ; emportons ce que nous pourrons de nos biens, brûlons et détruisons le reste, nos maisons, notre église, nos greniers, nos étables, tout, tout, jusqu'aux forêts, et l'herbe de nos prés, s'il est possible ; qu'ils n'aient aucun abri, aucun aliment, rien à ravir, rien à souiller, et soyons encore Français !...

— Oui, oui ! cria la foule, brûlons tout ! Vive la France ! Vive notre drapeau !

Alors le prêtre entra dans l'église ; nous nous y précipitâmes derrière lui ; il monta à l'autel ; après s'être revêtu de ses habits de chœur, il tira du tabernacle toutes les saintes espèces ; la foule entonna tout d'une voix un chant au Saint Sacrement, après lequel elle se prosterna pour adorer son Dieu une dernière fois sur cette terre de l'Acadie. Après la bénédiction, le prêtre abandonna l'autel, emportant avec lui la sainte Eucharistie et les vases sacrés, laissant le tabernacle et l'église vides.   Aussitôt le feu fut allumé dans le sanctuaire, dans la nef, au portail, à la sacristie, et en un instant tout ce qui avait servi au culte ne fut plus qu'un brasier.

Pendant que le Père de Laloutre s'avançait en silence vers le rivage, au milieu d'un petit groupe d'enfants de chœur, les habitants coururent à leurs maisons pour rassembler ce qu'ils pourraient de leurs bestiaux et prendre les objets qu'ils désiraient emporter. Lorsque tout fut prêt pour le départ, l'incendie général commença.

Tout ce qui pouvait servir d'habitation à un être vivant fut atteint par les flammes.   Il régnait dans la population un enthousiasme singulier. Les femmes et les enfants pleuraient, et cependant tous couraient à l'envie porter la destruction dans leurs demeures ; personne ne voulut s'éloigner avant d'avoir la certitude que rien ne resterait debout.

Mon père porta le premier la torche à sa maison ; il n'y avait pas plus d'un mois qu'il y était logé.

J'arrivais de l'église avec un brandon pétillant lorsque je le trouvai occupé de sa pénible besogne. Ma mère sortait en cet instant avec les quelques derniers objets qu'elle tenait à conserver : c'étaient des souvenirs de Grand-Pré qui prenaient le chemin d'un second exil. En quittant la porte, la pauvre mère regarda, sans rien articuler, cet intérieur déjà si blanc, si rangé, déjà si chéri, et elle se contenta de dire à mon père :

—Allons, allons, faites brûler, vite !... En m'apercevant, le vieillard impatienté me cria :—Mais, arrive donc, avec ton tisonier, ça ne prend pas, le bois est trop vert. Voilà ce que c'est que des maisons trop neuves !...

Je me mis de la partie, et la flamme commença bientôt à courir dans les cloisons et sur les planchers. Le père, qui s'était arrêté pour regarder mes succès, me dit, quand le temps de nous enfuir fut venu :

—C'est bien, mon Jacques, je vois que tu as la main sûre : viens servir ton pays. Brûler aussi vaillamment la maison de son père et ses plus douces espérances par amour pour la France, c'est bien commencer. Allons, vas maintenant soutenir ta mère.

Trois heures avaient suffi pour accomplir cette ruine complète de notre village et du reste de notre fortune, et le soir était venu quand nous commençâmes à traverser la Missaguash. Les lueurs de l'incendie éclairaient au loin les deux rives et favorisaient, avec les dernières lueurs du jour, l'opération de notre fuite : c'était le dernier service que nous rendaient toutes ces choses qui nous avaient coûté tant de travail.

Le passage de la rivière se fit sans trop de désordre. Les femmes et les provisions furent transportées sur les quelques embarcations qui nous restaient, les hommes et les bêtes traversèrent à gué ou à la nage.

A peine avions-nous touché l'autre rive, que nous vîmes apparaître au milieu des ruines fumantes que nous venions de quitter, les premières vedettes du corps de Lawrence. Un sentiment universel de reconnaissance s'empara de nous. Notre premier mouvement fut de tomber à genoux pour remercier le ciel. Notre missionnaire éleva sur nos têtes prosternées le corps de notre sauveur et nous pleurâmes de joie. Les troupes de M. de la Corne, averties de notre arrivée, accoururent dans le même temps pour nous accueillir, pour nous serrer dans leurs bras. Car, en les voyant, il semblait que nous avions retrouvé des frères et nous nous précipitions au-devant d'eux pour les embrasser. Oh ! mes amis, ce moment a été la plus douce récompense de notre sacrifice ; nous oubliions que nous n'avions plus de toit, plus d'aisance, qu'il nous restait à peine de la nourriture pour les jours suivants ; un seul sentiment dominait nos cœurs en les comblant de jouissance, c'était l'amour de notre patrie ; nous venions de renaître dans son sein, de revivre de la vie de la France !...

Quelle rage dut s'emparer de nos ennemis quand ils ne trouvèrent plus que des cendres à la place de nos demeures, que des victimes absentes ; quand ils entendirent le cri de " Vive la France !" que nous leur adressâmes de notre rive ! Ils se mirent à déployer leurs lignes, à courir sur le rivage, à faire entendre des commandements rapides mêlés de fusillades. M. de la Corne craignant une attaque immédiate, nous achemina vers ses retranchements situés à une petite distance ; il rangea ses troupes en ligne de bataille et fit faire quelques décharges pour annoncer aux Anglais qu'il était prêt à combattre. Ceux-ci le comprirent bien vite, car ils se hâtèrent de se mettre eux-mêmes en défense. Des deux côtés on passa la nuit sous les armes. Quant à nous, retirés sous les tentes que les soldats avaient laissées à notre disposition, nous cherchâmes le repos dans le sommeil.

Ce premier soir passé sous le drapeau de la France ne fut pas le plus gai pour moi. Pendant tout le temps que durèrent les scènes du départ, nous étions restés sous l'empire d'une exaltation aveugle ; les cris d'excitation, l'entraînement du dévouement et du sacrifice, les horreurs de la destruction, les lueurs et les mugissements de l'incendie nous donnaient de l'ivresse ; et moi, j'entendais toujours au-dessus de tous ces bruits les derniers mots du curé : " Soyons encore Français !" et ces mots avaient grisé ma raison.... Mais quand tout cela fut passé, quand le calme de la nuit fut descendu sur cet attroupement de familles et de parents sans abri, il me vint en tête toute autre chose que du sommeil et des songes riants. Mes yeux errèrent sur cette frontière franchie, je ne vis plus que ce village disparu dans les flammes, que ces bataillons anglais gardant l'autre rive, et je sentis, comme l'avait dit mon père, " que j'avais brûlé mes espérances..." En effet, ce second départ ne me promettait plus de retour ; ma vie était désormais vouée aux chances des événements ; je songeais que je ne pouvais jamais arriver jusqu'à Marie qu'en combattant.

Le lendemain fut pour tout le monde un jour de réflexion et de projets divers : un jour bien triste, car il fallut songer à nous séparer de nouveau et à travailler à une existence que personne n'avait prévue. Nous étions entourés de forêts, sur un sol ingrat, et trop près des Anglais pour songer à nous y fixer ; puis, ce que nous possédions d'aliments ne pouvait suffire pendant longtemps à notre nourriture. D'ailleurs, les Anglais n'étaient pas venus jusque là pour nous laisser en paix ; dès le jour même, ils enjoignirent à M. de la Corne de quitter une terre qui, disaient-ils, appartenait à l'Angleterre. Celui-ci leur fit répondre qu'il était bien dans le domaine de la France, et qu'il ne reculerait qu'à l'ordre de son souverain ou devant une force supérieure ; les négociations en restèrent là. On s'attendait à tout instant à voir l'ennemi franchir la rivière.

Dans ces circonstances, notre commandant dut nous prévenir qu'il pourrait difficilement garder près de lui tant de monde sans compromettre les intérêts de la France, notre propre salut et celui de ses soldats. Il nous offrit de nous diriger du côté de Chédiac et de Miramichi, le long du golfe St. Laurent ; il nous assurait que nous trouverions là tout probablement des vaisseaux du gouvernement qu'il ferait mettre à notre disposition. Nous partîmes le soir même. M. de la Corne, pour plus grande sûreté, fit armer ce qu'il y avait de jeunes gens parmi nous, et nous donna pour guide Wagontaga, l'ami que voici. C'est de ce moment que date notre intimité.

Rendus à Chédiac, nous apprîmes qu'une petite flotte de transports venait de partir, faisant voile pour Québec ; on n'en attendait pas d'autres avant plusieurs mois. Quelques familles résolurent de s'embarquer sur de méchants bateaux pêcheurs qui couraient les côtes, et de se rendre à l'île St.-Jean (Prince Edouard), où un grand nombre de nos compatriotes s'étaient déjà fixés. Mais nous étions plus dénués que la plupart des émigrés, puisque nous n'avions pu faire aucun approvisionnement considérable dans notre dernier établissement ; nous restâmes donc à la merci de M. de Boishébert, qui commandait dans ces lieux. Notre situation ne fit qu'empirer. Les secours que nous faisait espérer sans cesse le gouvernement n'arrivaient pas, les troupes étaient elles mêmes mal nourries, il fallut nous mettre à la ration, à la ration de poisson... Les Anglais, apprenant que des convois étaient partis de Louisbourg pour venir nous apporter quelques aliments, mirent des croiseurs sur toutes les passes entre la côte et l'île St.-Jean, pour intercepter ces envois. Nous n'en reçûmes rien. L'hiver approchait et nous étions menacés de famine ; nous couchions sur la terre, sous des cabanes d'écorce, à la manière des sauvages ; il nous restait à peine de quoi nous couvrir la nuit et nous vêtir le jour. Nous étions sur une grève aride, sans aucun espoir de délivrance, ne comptant pour vivre que sur la charité du commandant. Cette situation était pour nous insupportable, et mon père ne pouvait s'y résigner. La faim le faisait moins dépérir que l'humiliation de se voir ainsi réduit jusqu'à la mendicité. Il ne s'arrêtait pas à la pensée que la France, qui avait inspiré notre sacrifice, était tenue de pourvoir, durant quelque temps au moins, à notre existence ; il ne voyait que cet état misérable de dépendance. Il parla d'aller se fixer sur la rivière Coudiac, dans l'intérieur du pays, à quelques lieues de la Baie-des-Français ; plusieurs familles acadiennes étaient établies sur ces bords depuis quelques années. " Là, disait le pauvre père, nous trouverons peut-être quelqu'un dans l'aisance, et si nous ne pouvons pas tirer de suite notre pain de la terre, ils nous le feront gagner : un salaire, c'est honorable, au moins ; mais ici, la nourriture que je prends me répugne ; et puis, là-bas, j'irai regarder quelquefois la côte acadienne !.... Qui sait ?.... si la France venait à reprendre le pays !... j'aurais moins loin à marcher pour y retourner." A cette époque de l'année, et dans l'état où se trouvaient les affaires politiques, ce projet était plein de dangers. Pour le faire manquer, ou au moins en retarder la réalisation, j'allai offrir mes services à M. de Boishébert, qui les accepta volontiers. C'était me mettre sous le coup de la peine capitale, dans le cas où je serais pris par les Anglais, et rendre mon pardon impossible ; et puis je me liais pour cinq ans ; mais il n'y avait pas à balancer. Plusieurs jeunes gens, pour assurer à leurs parents une protection plus obligée, firent comme moi, et nous formâmes un corps à part, exempt pour le moment du service régulier, destiné autant à la chasse qu'à la guerre. Wagontaga se joignit à nous avec quelques sauvages de sa tribu. Il fut pour nous d'une grande utilité, connaissant les lieux fréquentés par le gibier et habitué qu'il était à le traquer. Nous avions ordre de ne poursuivre les bêtes fauves que sur le territoire français, en deçà de l'isthme acadien, et de ne commettre aucun acte aggressif contre les Anglais. Mais si nous les rencontrions en deçà de ces limites, il ne nous était pas défendu de les traiter comme gibier de bon aloi.

Nous passâmes ainsi l'hiver à poursuivre le chevreuil et l'orignal, le castor et la martre, faisant des amas de pelleteries pour notre commandant et des provisions de viandes fumées pour nourrir nos familles. Les Anglais seuls ne se présentèrent pas à l'affût, au grand regret de Wagontaga, qui a pour la chair anglaise un goût exclusif. Mais s'il en manqua durant toute cette saison, il n'en a pas été privé depuis.

En entendant ces derniers mots, Toinon s'éloigna de plusieurs pas du terrible sauvage, et poussa timidement de son côté quelques restes de pain et sa carcasse de canard où il restait pourtant assez peu à manger.

Jacques reprit en riant son récit : — Jusque là cette vie ne manquait pas d'avoir son charme ; la chasse était assez abondante, nous apportions quelque soulagement aux privations de nos parents et nous nous préparions à des aventures plus importantes. Il s'établissait un lien d'affection entre nous et nos armes qui nous servaient de gagne-pain, et nous éprouvions quelquefois le désir de nous en servir sur un autre champ. Un Français, placé comme nous l'étions, si près de ses ennemis, ne se familiarise pas avec le fusil sans qu'il lui vienne l'envie de le diriger du côté de la frontière, et nous avions, nous particulièrement, bien des raisons de le désirer.

Cependant, le printemps ne changea rien à la situation des émigrés acadiens. Mon père, fatigué de son inaction et de recevoir toujours l'aumône du gouvernement au prix du sacrifice de ses enfants, partit, comme il l'avait projeté, pour se rendre sur le Coudiac ; il ne voyait plus de dangers à craindre, les Français ayant élevé des forts à Beau-Bassin, sur la Baie-Verte et à l'entrée du fleuve St. Jean ; il était persuadé que la France finirait par reprendre des provinces dont les habitants lui avaient montré tant de dévouement, et il croyait à son départ ne faire qu'une seule étape avant d'arriver à Grand-Pré.

Il fallut donc faire encore des adieux, et cette fois, j'allais être séparé de tout ce qui me restait de cher. Car je ne pouvais pas m'éloigner avec eux ; j'aurais rougi d'offrir un remplaçant à l'approche de la guerre, au moment du danger. D'ailleurs, comme il était évident que je ne pourrais jamais arriver à Grand-Pré qu'avec les armes de la France, je n'avais plus d'autre ambition, d'autre désir que de rester sous mon drapeau. Après le départ de mes parents, ce drapeau fut tout ce qui put me captiver ; je lui confiais toutes mes espérances, il portait dans ses plis toutes mes amours ; sa vue seule m'a fait supporter pendant trois ans la monotonie de ma solitude, l'absence de toutes mes affections, l'inquiétude que m'avait laissée l'éloignement de tous les miens. Ah ! que de rêves il faisait encore naître dans mon esprit fiévreux ! Il m'arrivait quelquefois de m'arrêter à le contempler ; quand nous campions dans quelque lieu où se réveillaient mes souvenirs, alors je lui parlais dans mon cœur, je lui souriais dans mes illusions ; je lui disais : " Signe de la France, non, tu n'es pas trompeur, tu n'es pas infidèle à notre gloire, tu passeras encore sur cette terre d'où tu as été chassé ; je te suivrai pas à pas, versant mon sang, frappant de toutes mes forces ; je te suivrai jusqu'à ce que tu t'arrêtes sur ma chère Acadie, sur mon Grand-Pré, et qu'il n'y ait plus autour de toi d'ennemis assez puissants pour te menacer encore !" Et je me voyais arrivant ainsi dans mon village délivré, chargé de drapeaux ennemis, fier de notre triomphe, ramenant vers leurs champs mes parents exilés, demandant à Marie, restée fidèle à mon souvenir et à celui de notre vieille patrie, de me récompenser... Et je hâtais les événements de tous mes désirs, j'appelais la guerre !....

Et Dieu a voulu que tout cela fût de la folie !.... Aujourd'hui, j'ai bien peu l'air d'un triomphateur, n'est-ce pas ?...

Le départ de M. de Boishébert pour la rivière St.-Jean fut encore pour moi un événement pénible, car il nous laissa sous le commandement d'un homme détestable, M. de Vergor, un commis de tripot plutôt qu'un soldat, un filou, un valet intrigant, un lâche ; et nous étions à la veille de combattre.

Le colonel Winslow venait de débarquer avec deux mille hommes à quelque distance de Beau-Bassin. Il fallait résister à une pareille force, et nous n'étions en tout que quatre cents, dont trois cents recrues, à peine armées et levées à la hâte. Bien dirigée, cette petite troupe aurait pu causer quelque mal aux Anglais, et les arrêter pendant longtemps devant le fort Beauséjour ; nous étions habitués à combattre un contre quatre. Mais notre chef était inhabile et personne n'avait de confiance en lui. Je fus chargé avec mes gens de courir en éclaireurs et de faire l'escarmouche autour des palissades. Cette besogne me convenait assez. Je connaissais bien le pays ; les bois et le cours des rivières m'étaient familiers.

Pleins d'ardeur, Wagontaga et moi nous courûmes au-devant de l'ennemi. Mais il venait de culbuter un corps des nôtres, retranché derrière quelques redoutes construites à la hâte. Nous dûmes nous retirer dans le fourré, nous contentant d'observer la marche de nos adversaires et de leur envoyer quelques décharges bien dirigées. La nuit, nous tombions dans leur camp avec un bruit d'armes et des cris sauvages capables de faire fuir les morts. Cette tactique eut d'abord son effet: elle déguisait notre nombre, ralentisssait la marche des Anglais, en leur faisant craindre quelque coup de main, et elle donnait le temps à la garnison du fort de se préparer à la résistance ou à la retraite. Mais elle ne pouvait se prolonger, l'ennemi était déjà prévenu de notre faiblesse. Il réussit bientôt à former ses lignes de siége. M. de Vergor s'y laissa enfermer, quoiqu'il dût savoir qu'il ne pouvait pas défendre la place ; le feu des batteries fut ouvert, et quelques jours après je vis glisser le pavillon français : notre commandant avait capitulé. J'étais resté avec mes troupes en dehors de l'enceinte fortifiée pour battre la campagne et inquiéter les derrières des assiégeants : aussitôt que je vis tomber notre drapeau et le feu se ralentir, je compris notre malheur et je m'éloignai sans attendre d'ordres supérieurs, sans savoir les conditions de notre honte ; je sentais mon cœur plein de dégoût et de rage. J'avais résolu d'aller prévenir ma famille de cet échec et de pousser ensuite jusqu'au fort de la rivière St. Jean où commandait M. de Boishébert. Mais quelques-uns de mes hommes avaient été blessés, il fallait les porter à travers les bois, tantôt dans des routes escarpées et jamais bien tracées, tantôt dans des savanes boueuses ; puis nous avions les rivières à franchir, et nous manquions d'aliments sains. Toutes ces entraves apportèrent bien du retard dans notre marche, et les Anglais eurent le temps de pénétrer dans le Coudiac avant nous.

Nous étions arrivés à quelque distance de cette rivière quand nous rencontrâmes plusieurs familles de nos compatriotes ; elles étaient dans un état déplorable, presque sans habillements, manquant à peu près de nourriture ; elles se traînaient à peine et elles essayaient de fuir. Leur épouvante était si grande que lorsqu'elles nous aperçurent elles ne voulurent pas nous reconnaître, et crurent que nous venions pour les massacrer. C'étaient des anciens colons de ce lieu ; je n'en connaissais aucun. Pauvres gens ! ils semblaient croire qu'il n'existait plus d'Acadiens dans le monde.... Lorsqu'ils virent qui nous étions, ils s'écrièrent avec désespoir :

— " Ah !... vous venez trop tard !... les Anglais sont passés chez nous !... "

Nous comprîmes que le feu avait dû y passer aussi. C'est en effet ce que nous apprîmes par le récit de ces malheureux.

Aussitôt après la reddition de Beauséjour, Winslow avait détaché quelques troupes et il les avait envoyées par eau dans le Coudiac pour détruire tous les établissements qu'elles rencontreraient sur leur passage. Ces hommes s'y rendirent de nuit, entrèrent dans les maisons, saisirent les habitants au milieu de leur sommeil, les poussèrent dehors et mirent ensuite le feu à leurs demeures. Dans la terreur qui s'empara d'eux, ils se précipitèrent au hazard dans les bois environnants.

Vous comprenez mon angoisse et mon désespoir en entendant raconter ces détails. — Et les Hébert ! m'écriai-je, que sont-ils devenus ?... les connaissiez-vous ? — Les Hébert ! répondit un de la bande, si nous les avons connus?... Ah ! oui, capitaine ; les braves gens ! c'étaient nos voisins, ils habitaient parmi nous depuis trois ans seulement, et déjà ils étaient à la veille de jouir de leur travail. Quel courage !... si vous aviez vu les vieux à l'ouvrage !... c'était à faire rougir ceux de notre temps. Ils possédaient déjà une maison et plus de défrichement qu'il ne leur en fallait pour vivre. Et il leur a bien fallu partir comme nous autres. Mais ça coûtait aux enfants ; ils voulurent résister, et ils en ont tué deux !

— Qui en a tué deux ? m'écriai-je.

— Les Anglais... Ils ont fait feu, et deux des aînés sont tombés ; nous ne savons pas leur nom. Les autres de la famille se sauvèrent de notre côté. Ils allèrent bien quelques jours ; mais la pauvre mère était trop âgée pour tant marcher, pour tant souffrir ; et elle est morte !...

— Ma pauvre mère est morte !... m'écriai-je en étouffant de douleur, morte dans ces bois !...

— Quoi ! c'était votre mère, reprit le conteur. Ah ! pauvre monsieur, allez, n'ayez pas tant de chagrin, elle est mieux que nous tous à présent, c'est une sainte martyre qui se repose au ciel. Si vous aviez vu ses derniers moments !... comme c'était beau ! Elle a dit à ses enfants de se réunir autour d'elle ; elle était couchée sur un lit de sapin au pied d'un gros arbre près de cette petite rivière qui passe non loin d'ici. Il y avait encore dans le ciel un peu de la lueur du soleil couchant et ça éclairait sa figure comme les regards du bon Dieu. Quand toute sa famille fut agenouillée autour de son grabat, elle demanda à son mari et à ses enfants de lui pardonner le mal, les chagrins et les scandales qu'elle avait pu leur causer dans sa vie ; puis elle a prié Dieu de ne pas punir les Anglais à cause de leurs cruautés, et elle lui a demandé de réunir un jour ses enfants autour de leur père dans un pays français ; et pendant que nous étions tous à réciter le chapelet avec elle, elle a rendu l'âme. Ses yeux étaient tournés vers le ciel ; nous pensions qu'elle priait encore... et elle avait quitté la terre... Durant la nuit, nous creusâmes une fosse et nous déposâmes le corps dedans. C'était bien triste de ne pas voir là de prêtre pour bénir la terre ; mais tant de larmes de malheureux sont tombées dessus que Dieu a dû la trouver assez sainte... Après ça, votre pauvre père a fait deux grandes entailles en forme de croix sur l'arbre près duquel repose les restes de sa défunte femme, et ils ont continué leur chemin...

Je restai un instant torturé par l'excès de ma douleur, puis je demandai à ces gens pourquoi ils n'avaient pas suivi mes parents.

— Ah ! reprit celui qui m'avait parlé, c'est que c'était impossible ; pendant que vos frères résistaient aux Anglais, les autres avaient pu saisir quelques aliments, de quoi se couvrir et un canot d'écorce. Arrivé sur les bords de cette rivière, comme ils ont jugé qu'elle devait se diriger du côté de Chédiac, ils résolurent de suivre son cours par eau. Nous ne pouvions pas tous entrer dans le canot ; il fallut donc nous séparer. Après nous avoir laissé une partie de leurs provisions et pris avec eux ceux d'entre nous qui pouvaient le moins marcher, ils se sont hâtés de s'éloigner pour nous envoyer plus tôt du secours. Voilà quatre jours maintenant que nous cheminons seuls.

Il était inutile d'aller à la recherche de ma famille, je n'aurais pas pu la rejoindre ; j'étais à peu près sûr de la retrouver à Chédiac et de rencontrer prochainement quelques-uns de mes frères quand ils reviendraient au devant des malheureux restés en arrière. Et puis, je brûlais de courir sus aux Anglais et de leur enlever le butin qu'ils avaient dû faire dans leur expédition. Il était aussi, plus que jamais, nécessaire d'aller informer M. de Boishébert pour empêcher l'ennemi de lui couper la retraite. Nous laissâmes donc tous nos blessés et toutes les provisions dont nous pouvions nous dispenser à la rigueur parmi les émigrés que nous venions de rencontrer, et nous nous remîmes en marche.

Le lendemain soir, comme nous allions faire halte, nous entendîmes à quelque distance, en avant de nous, les hurlements d'une meute de loup-cerviers. Je m'avançai dans la direction du bruit et j'aperçus, dans un endroit que les voyageurs de la veille m'avaient décrit, l'arbre marqué par mon père. C'est à ses pieds que les animaux sauvages faisaient leur affreux sabat. Je pressentis quelque chose d'horrible et je m'élançai de ce côté. J'avais bien deviné : les affreuses bêtes, après avoir déterré le corps de ma mère, achevaient de s'en repaître... Il n'y avait plus autour de la fosse que quelques ossements épars, comme les restes d'un repas de camp. C'était là tout ce qui restait de l'image de ma mère.... Ma mère ! ma pauvre mère ! elle n'avait pas même pu dormir en paix dans la terre de cette solitude, sous cette forêt sauvage ! ce cœur si tendre, ce sein si plein d'amour, des loups les avaient déchirés et mangés !

Mes chers amis, je ne sais plus ce qui se passa dans ma tête et dans ma poitrine dans ce moment-là ; je sentis quelque chose comme le bouleversement d'un orage qui vient ; je crus que j'allais devenir fou de douleur et de rage. Je me rappelle que je m'arrêtai devant cette croix que la main d'un infortuné avait laissée là pour veiller sur le corps d'une martyre ; je la regardai presque avec mépris et je lui demandai ce qu'elle avait fait de sa relique,

des larmes et des prières des miens... Puis, je ramassai un à un tous
ces chers débris, je les montrai au ciel et je lui demandai s'il était
juste d'accabler ainsi tant d'innocence, de poursuivre jusque dans
son dernier refuge tant d'infortune ! Je fus même tenté de jeter
vers Dieu (ah ! qu'il me le pardonne !) de jeter comme un défi,
comme une insulte, ces restes palpitants. Mais l'âme sanctifiée de ma
mère, qui devait voir mon désespoir, me retint sans doute, elle qui
avait pardonné aux Anglais, et je n'articulai pas un blasphème
sur ces saintes dépouilles.... Je les pressai sur ma poitrine.... Mais
moi, je ne pardonnai pas. Oh ! non, je ne pardonnai pas ! Ma sainte
mère serait venue dans cet instant me demander ce pardon, à deux
genoux, avec ses pleurs, avec sa voix tendre, avec son amour céleste, que j'aurais repoussé ses deux mains jointes sur mon cœur !....
Une haîne brûlante s'était allumée dans mon sang, et désormais
je ne pouvais plus me coucher sur cette terre sans m'être vengé.
Je le jurai là devant cette croix marquée par mon père...

Après avoir déposé au fond du lit de la rivière les restes de ma
mère, je dis à mes hommes :

— Eh bien ! maintenant, pouvez-vous me suivre ?

Ils m'aimaient, ils partageaient mon exaspération, ils répondirent
tous :

— Oui, oui ! nous irons partout ; sus aux Anglais !

— Alors, en avant ! m'écriai-je en ouvrant la marche, et nous
partîmes ainsi sans avoir pris de repos ni de nourriture. Nous ne
nous arrêtâmes que pendant quelques heures de la nuit.

Le lendemain matin, nous touchions aux rives du Condiac ; en
explorant ses bords, nous aperçûmes au loin dans le ciel une colonne de fumée. Ce ne pouvait être un incendie ; le nuage était
étroit et s'élevait avec calme comme du foyer d'une chaumière ;
or, il n'en existait pas une debout : ce ne pouvait être que le feu
du camp des Anglais. Cette conclusion parut juste à tout le monde et
elle nous remplit de joie, car jusqu'à ce moment, la crainte de trouver l'ennemi disparu m'avait laissé dans une grande inquiétude.

Je fis prendre à ma troupe une double ration ; et le repas expédié, nous préparâmes nos armes pour le combat. Nous portions
tous un fusil et un grand coutelas de chasse. Les fusils furent chargés jusqu'à la gueule, et chacun s'assura que sa lame tenait ferme
dans le manche. Un frisson d'impatience courait sur tous nos
membres, et je pus à peine retenir mes hommes le temps d'une
halte. Il fallut se remettre en route.

Les chemins étaient ici mieux tracés et plus unis : après trois
heures de marche forcée, nous pûmes reconnaître la position des

Anglais, leur force et leurs moyens de défense. Ils occupaient le fond d'une anse située au pied d'une petite hauteur ; ils étaient au nombre de cent, à peu près, distribués autour de trois feux et s'occupant à discourir bruyamment comme des gens qui ont trop bu. Ils semblaient n'avoir prévu aucune attaque, deux sentinelles seulement stationnaient à chaque extrémité du camp ; un troupeau de bêtes et des amas de butin encombraient le rivage et les embarcations ; les armes étaient groupées par faisceaux à côté des soldats. Les imprudents ! ils n'avaient pas même fait occuper le monticule.

Nous nous hâtâmes d'y monter nous-mêmes, à travers les broussailles Aussitôt arrivés au sommet, je disposai ma petite troupe sur trois files de dix hommes chacune, et je leur dis à demi voix : " Descendons d'abord à pas de loup, jusqu'à la moitié de la distance qui nous sépare de l'ennemi ; là, nous nous diviserons, dix à droite, dix à gauche, dix au milieu. Parvenus à vingt verges les uns des autres, vous vous rangerez en ligne de combat, vous armerez vos fusils, vous choisirez vos victimes et vous resterez attentifs... A mon signal, faites la décharge, jetez vos fusils, prenez vos couteaux et tombez tous ensemble sur eux. Frappez aux extrémités et au centre tout à la fois, et surtout frappez juste, pas un coup perdu, pas de merci !...

Nous partîmes : des branches mortes craquaient sous nos pieds, les feuilles s'agitaient à notre passage ; mais les Anglais riaient si fort que les sentinelles n'entendaient que les éclats de leurs voix. Nous nous glissâmes abrités derrière une lisière d'aunes qui s'étendait jusqu'aux abords du camp et le cernait en partie. Là, nous nous séparâmes, les dix hommes que je gardais avec moi se tapirent et j'attendis durant quelques instants, l'oreille tendue... Quand les branches eurent cessé de craquer, quand je n'entendis plus une seule feuille trembler, je jugeai que tous mes gens étaient à leur poste. Alors, je fis trois cris, imitant la voix du chat-huant ; les trois décharges éclatèrent et nous nous élançâmes le bras tendu, en poussant des rugissements sauvages.

Nous étions au milieu des Anglais, qu'ils n'avaient pas encore eu le temps de se reconnaître et de saisir leurs armes. Leur désordre était extrême, ils avaient peur de leur propre terreur : en se précipitant les uns sur les autres, ils se croyaient assaillis de tous côtés par des bandes deux fois plus nombreuses ; ils se heurtaient, se frappaient entre eux avec tout ce qui leur tombait sous la main, pendant que nous en faisions un massacre épouvantable. Leur capitaine essaya vainement de les rallier et de les faire courir aux armes ; sourds à sa voix, ils se pressaient à ses côtés, se cachant le visage dans leurs mains pour recevoir la mort. Lui-même, serré dans les rangs de cette masse d'hommes stupéfiés par l'effroi, pouvait à peine se mouvoir : pour se dégager de leur étreinte et ranimer leur courage, il frappa sur eux à grands coups d'épée. Mais rien ne put maîtriser leur épouvante. Le ton de son commandement, l'éclat que faisait son épée en s'agitant au-dessus de la foule, me le firent d'abord reconnaître pour le chef, au milieu de l'ombre dont les autres l'environnaient. C'est lui que je cherchais : c'est sur lui que ma vengeance voulait surtout se satisfaire.

Je m'ouvris d'abord une voie pour le rejoindre, en abattant sous mes pieds six de ses soldats. Mais lui pouvait m'atteindre de plus loin, et il m'attendit l'épée levée, prête à me pourfendre. Je n'avais plus qu'un effort à faire pour l'atteindre quand je vis son arme tracer un éclair au-dessus de moi ; je mis ma lame en travers sur ma tête, elle fit glisser la sienne, le coup alla porter sur un autre fuyard qui me barrait encore le chemin et le fit culbuter. Je bondis par-dessus, j'enlaçai l'officier à la taille, le pressant dans mes bras comme une gerbe sous le lien ; je l'enlevai du milieu des siens et le fis rouler sous moi à dix pas de distance. A peine avait-il touché la terre qu'il fit un affreux gémissement en se cambrant en arrière, et je sentis un flot de sang inonder mon visage. Mon coutelas était entré jusqu'à la garde au-dessous de son épaule et ressortait sur sa poitrine. Je repoussai ma victime, j'étais déjà satisfait. Mais Wagontaga arrivait en cet instant. Apercevant ma figure toute sanglante et ne sachant pas comment j'avais frappé mon adversaire, il me crut blessé ; il se précipita sur le cadavre encore agité de l'Anglais, le perça deux fois au cœur, puis il le saisit ensuite par les cheveux, fit tourner son couteau autour du front et de la nuque, et d'un effort de poignet dépouilla complètement le crâne.

C'est cette belle chevelure blonde que vous voyez là suspendue au milieu de sa ceinture.

— Comment! s'écrièrent ensemble les deux Landry, mais c'était donc le frère de M. Georges Gordon !... Il était blond comme notre lieutenant, et c'est bien ainsi, et dans cette expédition qu'il a péri.... Voilà qui n'assure pas ton repos à Grand-Pré, mon pauvre Jacques....

A cette exclamation de ses deux amis, Jacques ne put cacher un mouvement de surprise ni retenir les mots suivants : — Quoi ! c'était là le frère de votre *bon monsieur George !* Il donna même une inflexion toute particulière à sa voix en articulant ces dernières paroles, puis son expression revêtit une nuance d'inquiétude bien marquée qui ne s'effaça pas du reste de la soirée. Après être resté quelques instants livré à ses réflexions, il poursuivit son récit.

— Je laissai donc le corps du commandant aux mains de Wagontaga pour courir après les fuyards. Ceux qui avaient d'abord échappé à nos coups s'étaient enfuis vers le rivage pour se réfugier sur leurs bateaux. Mais ces embarcations étaient déjà surchargées de butin ; la plupart s'enfoncèrent sous le poids du trop grand nombre qui s'y précipita. D'ailleurs, nous suivions les Anglais de trop près pour en laisser échapper beaucoup : quelques-uns seulement réussirent à s'éloigner du bord, à la faveur des ténèbres ; tous les autres furent culbutés dans la rivière, puis assommés dans l'eau ou massacrés sur la grève. La boucherie ne cessa que lorsqu'on n'entendit plus un seul gémissement poussé par une voix étrangère. Les sauvages achevaient ceux que nous avions laissé blessés. Ils firent plus, les malheureux !...

Quand je regagnai le camp, je retrouvai Wagontaga avec quelques-uns des siens : ils étaient assis autour d'un grand brasier qu'ils attisaient à l'envie ; une odeur nauséabonde me saisit à la gorge, et je vis sortir de chaque côté de la flamme, des membres et des têtes qui rôtissaient : tout près de là, j'aperçus les vêtements et l'épée du capitaine !.... Alors, je pensai aux restes déchirés de ma mère, et je m'éloignai avec horreur, comprenant que j'allais être plus que vengé.

— Comment ! interrompit André, et tu as pu laisser manger des corps de chrétiens ! C'était bien assez d'avoir massacré tant d'hommes désarmés !....

— D'abord, mon ami, je crois que j'avais bien tous les droits de représailles, et dans ce moment j'étais dans l'ivresse du carnage et de la vengeance : la vue du sang que l'on répand rend aveugle et cruel. Cependant, je pense que si j'eusse pu empêcher ce repas affreux, je l'aurais fait. Mais les sauvages étaient beaucoup plus nombreux que nous, nous aurions été incapables de les retenir dans ce moment. C'est un malheur que les nécessités de la guerre nous obligent à nous servir de ces barbares : ils rendent nos victoires horribles. Quant au massacre de gens désarmés, il me semble que personne ne peut nous en faire un crime. D'abord, ils avaient leurs armes, ils n'avaient qu'à les prendre ; ensuite, tu dois savoir que dans un pays de forêts, où nous n'avons ni forteresses ni magasins, on ne peut pas faire de prisonniers, à plus forte raison quand la famine est parmi nous. Les Anglais qui chassent dans les bois, sans pain et sans vêtements, les habitants paisibles de

communes entières, n'entendent pas la guerre autrement, en Amérique.

— Ah ! ça, dit Toinon, en se rapprochant encore de Jacques,
puisqu'il en est ainsi ; puisque vous ne pouvez pas empêcher ces
gens de manger le monde, je tiens plus que jamais à coucher avec
toi ce soir, mon capitaine ; je regrette de ne pas avoir laissé ma
part à celui-ci. Regardez un peu comme il roule ses yeux d'une
terrible manière : on dirait qu'il veut nous avaler tous.

En effet, chaque fois que le sauvage entendait prononcer le nom
des Anglais, son regard étincelait, il fermait le poing, ce qui faisait
croire à Toinon que le cannibale revenait en appétit.

Jacques reprit son histoire :

— A peine étions nous réunis ensemble au milieu du camp
encombré de cadavres, que nous entendîmes tout autour de nous
un grand bruit de pas dans les bois. Aussitôt, je criai à mes hommes :
" Prenez les fusils des Anglais... rangez-vous en ligne.... montez
sur la colline !" En un instant nous étions armés, rendus sur les
hauteurs et prêts à combattre. Mais soudain il me vint la réflexion
que nous pourrions bien être victimes d'une méprise, et nous
heurter contre des Français ou des sauvages amis. Je fis entendre
immédiatement le cri du chat-huant qui était notre signe de reconnaissance avec les sauvages. Rien ne répondit et les pas s'avancèrent
toujours. Alors, nous nous écriâmes tous ensemble : " Vive la
France !" Cette fois, les pas s'accélérèrent, et nous entendîmes de
tous côtés cent voix qui répétèrent avec les échos: " Vive la
France ! Vive la France !" Et en même temps, le drapeau blanc
sortit du fourré, et nous vîmes déboucher, à droite et à ganche du
champ de notre combat, nos confrères d'armes, au milieu desquels
nous nous précipitâmes, le cœur deux fois plein de bonheur.

C'était le corps de garnison du fort St.-Jean que M. de Boishébert
ramenait vers Beau-Bassin. Ayant entendu dans le lointain notre
fusillade, il était accouru, soupçonnant une attaque des Anglais
contre les habitants du Coudiac. Il connaissait déjà la défaite de
M. de Vergor depuis quelques jours, et c'est ce qui lui avait fait
incendier ses ouvrages de défense. Il n'aurait pas pu s'y maintenir
et il craignait de se voir fermer toute retraite du côté du Canada.

Quelle joie ce fut pour moi de montrer à mon ancien commandant ce que nous avions fait avant son arrivée ! Nous comptions
quatre-vingts ennemis dans l'autre monde, nous avions des tentes
et d'abondantes provisions, et nos adversaires avaient reçu une
leçon qui devait leur apprendre à ne plus venir déloger des gens
paisibles.

Le lendemain, nous levâmes le camp pour nous diriger du côté de Chédiac ; en chemin nous recueillîmes toutes les familles qui erraient encore dans les bois. Un grand nombre de ces malheureux avaient déjà atteint le poste français ; mais je n'y trouvai pas mes parents. Peut-être s'étaient-ils acheminés vers Miramichi.... Rien n'a pu m'indiquer depuis la route qu'ils avaient suivie, et j'ignore encore quel a été leur sort...

Depuis cette époque, je n'ai pas laissé d'un pas M. de Boishébert. Les Anglais, retirés dans leurs forts, semblèrent craindre de s'aventurer au dehors ; de notre côté, trop faibles pour les y attaquer, nous dûmes nous contenter de les observer et de les surprendre dans leurs mouvements isolés. Ils avaient évidemment terminé la campagne. L'automne arrivait, il ne nous restait plus qu'à songer à nos quartiers d'hiver. Alors, le désir de revoir Grand-Pré vint s'emparer obstinément de moi. Mon engagement touchait à sa fin ; j'en profitai pour demander mon congé.

Il me restait peu d'espoir sur l'avenir de l'Acadie ; l'époque où il faudrait s'éloigner pour toujours de ces lieux me semblait proche. Je voulus les revoir encore avant de partir, avant de me mettre à la recherche de mes parents et de tenter de nouveaux combats ; j'avais besoin de revoir Marie, un vague pressentiment m'obsédait ; au risque de ma vie (à laquelle, d'ailleurs, je suis devenu bien indifférent), il fallait donner à mon cœur le bien de la certitude, la jouissance d'un moment de bonheur. Depuis si longtemps que je n'en avais pas ressenti !... Le souvenir de votre sœur n'avait jamais eu sur moi tant de puissance que dans ce moment; sa figure se retraçait dans mon esprit avec tout son attrait passé. Ah ! je ne l'avais pas oubliée ! Mais tant de choses affreuses, tant de spectacles repoussants avaient frappé mes yeux, s'étaient gravés dans mon âme depuis le départ, que son image était restée souvent voilée. Mon cœur, durant des mois entiers, s'était rempli de haine et de vengeance, perdant dans ces sentiments violents l'habitude d'aimer et même le sentiment de la souffrance. Souvent, cependant, j'ai cru voir, après une de ces journées de marche forcée, de travail, d'inquiétude, de faim, soit au milieu de ma famille en fuite, soit à la poursuite des Anglais ; quand, accablé de la tâche accomplie, j'allais reposer ma pauvre tête sur un morceau de terre, à l'heure où mon cœur exprimait une prière que ma bouche pouvait à peine articuler ; oui, souvent, j'ai cru voir passer dans le miroir de mon âme une figure calme, pure ; elle semblait jeter sur moi un regard de sainte pitié et vers l'avenir un sourire d'espérance !.... C'était peut-être un ange qui, pour mieux me consoler, prenait la figure de Marie. Quoiqu'il en soit, les horreurs du combat livré la veille, la pensée d'un affreux lendemain, les alarmes de la nuit, qui étaient continuelles au milieu de femmes et d'enfants énervés par la privation et les dangers, tout cela venait bientôt jeter un voile sur ma bienfaisante vision et bannir de mes sens ce baume salutaire qu'elle y avait fait couler. Elle n'est reparue que dans ce moment de lassitude et de dégoût où mon cœur et mon ambition, abîmés par nos déboires, n'avaient plus d'autre but que la fuite et l'incertain ; mais elle est reparue entourée de tout le charme de mes souvenirs, avec les promesses du passé, avec....

Ici, Jacques s'arrêta tout à coup au milieu de l'entraînement de ses paroles, comme devant un doute affreux qui naissait malgré lui dans sa pensée, qu'il n'osait exprimer ou qu'il aurait voulu repousser. Puis, craignant de laisser deviner la cause de cette réticence, il reprit aussitôt la parole sur un ton plus froid :

— M. de Boishébert était content de moi ; il ne consentit à me laisser éloigner qu'à la condition que je retournerais bientôt au Canada pour reprendre du service. Il ne prétendait pas m'imposer cette obligation, il n'en avait pas le droit ; mais il croyait que les circonstances m'en faisaient un devoir ; il le demandait au nom de l'amitié : je promis.

— Malheureux ! s'écria André, pourquoi promettre ?

— Ah ! c'est parce que, du côté de Grand-Pré, mon avenir n'était pas très-certain.

— Il faut avouer que tu as bien fait ton possible pour te compromettre ; mais enfin, qui connaît tout cela chez nous ?....

— D'abord, continua Jacques, à part le danger de me faire fusiller en arrivant aux Mines, je n'étais pas bien sûr si Marie m'avait gardé sa main : mon cœur repoussait bien ce soupçon, mais on ne peut pas compter éternellement sur la constance d'un cœur de treize ans ; j'avais moi-même manqué au rendez-vous ; elle aurait bien pu se croire excusable de faire un autre choix. Je suppose que les occasions ne lui ont pas manqué...

En prononçant ces derniers mots, Jacques regardait ses amis et appuyait sur chaque syllabe.

— Et puis, ajouta-t-il, j'avais pris goût à la guerre contre les Anglais. Voici, au reste, comme je raisonnais : En m'acheminant de ce côté, si Marie est encore libre, si elle m'a conservé son cœur, elle comprendra les devoirs qui me commandent, elle appréciera le sentiment qui me repousse de notre pays, tant qu'il reste sous la domination anglaise ; elle n'exigera pas que je mendie des pardons et que je fasse des serments devant une autorité contre laquelle j'ai combattu et que je détesterai toujours.... toujours, tant que je garderai le souvenir de mon père et de ma mère ; si elle a du courage comme les Acadiennes en avaient, du temps de madame de La Tour, elle me suivra. Si elle refuse, eh bien ! je crois que je pourrai faire ce dernier sacrifice à mon amour pour la France. Et puis, je faisais un autre rêve : j'espérais que, dans l'état où se trouvent les affaires militaires, j'aurais peut-être le bonheur de servir encore la cause de la France. Il ne faudrait qu'un plan bien organisé, une jeunesse dévouée, aidée de quelques hommes du dehors, le vœu de la population pour rejeter loin de notre pays ces étrangers insolents ; ici, nous sommes plus nombreux qu'eux.... Mais ceci est trop incertain, dépend de trop de circonstances que je ne puis pas prévoir dans ce moment, pour pouvoir vous être communiqué.

— Si c'est un projet aussi bien combiné que ton enlèvement de Marie, interrompit André, tu peux de suite le reléguer au nombre de tes rêves qui n'ont pas eu de réalité. Ecoute-moi bien : tu ferais mieux de t'en tenir aux sentiments et aux dispositions que tu semblais éprouver tout à l'heure, quand je t'ai parlé de la maisonnette de ta fiancée. La sœur n'ira certainement pas courir les bois et faire la vivandière pour tes mangeurs de chrétiens. Quant à tes autres desseins, je dois te dire qu'il y a trop de soldats à Grand-Pré et aux environs pour qu'un seul homme puisse tenter d'y faire quelque chose pour l'ancienne patrie. Ici, cette cause est perdue.

— Allons, dit Jacques en se levant avec quelque impatience, nous verrons.... nous verrons toujours....

— En attendant, reprit André, allons faire des rêves plus salutaires ; il est temps de prendre un peu de repos. Bonsoir. Nous verrons demain, nous verrons avec Marie surtout. Il y a longtemps que tu n'as vu devant toi deux jolis yeux de femme, tu ne sais plus comment ça parle, quel effet ça produit ; c'est quelquefois pire que la langue ; ça détournera bien un peu l'ardeur de ton patriotisme.

— Si les yeux de Marie parlent comme doivent le faire ceux des nobles filles, ils n'éteindront pas mon patriotisme, ils l'élèveront, ils le serviront.... Bonsoir, André.

VI

Quelques instants après cette conversation, les quatre voyageurs étaient étendus autour de leur feu sur des couvertures que les frères Landry avaient prises avec eux. Deux d'entre eux ronflaient comme des tuyaux d'orgue, c'étaient André et Wagontaga ; Antoine reposait bien aussi, mais il avait des cauchemars ; quoiqu'il eût passé le bras de Jacques autour de son cou pour être plus en sûreté, cela n'empêcha pas qu'il se vît à tout instant dévoré par des monstres tous plus hideux les uns que les autres.

Jacques seul ne put fermer les yeux. Une agitation fiévreuse s'était emparée de son esprit ; ses sens se regimbaient contre les accablements de la fatigue et du sommeil ; il sentait déjà le bonheur, qui lui avait souri pendant un instant, s'éloigner de lui.

On a pu remarquer, vers la fin de la conversation, une fluctuation singulière dans ses sentiments, des contrastes heurtés, une exaltation extraordinaire. André s'en était aperçu, et il avait tout attribué aux impressions variées du retour ; mais d'autres causes étaient au fond des émotions de Jacques ; un incident, purement fortuit, venait de produire une émotion soudaine dans son esprit : en voici l'histoire.

Après le combat du Coudiac, Wagontaga, en fouillant dans les habits du commandant anglais, trouva plusieurs papiers qu'il passa à Jacques. Celui-ci parcourut attentivement ces divers écrits, croyant y trouver quelques renseignements utiles à son gouvernement, mais la plupart étaient insignifiants ; une lettre seulement le frappa, c'était celle que George avait écrite à son frère après le dîner qu'il avait pris chez Marie. La lecture de cette pièce bouffonne l'amusa d'abord. — Tiens, dit-il, les filles de mon village qui invitent les officiers à dîner... qui leur donnent des bouquets, et s'amusent à leur tourner la tête !... Il faut qu'elles soient bien changées depuis mon départ. Mettons ceci en réserve ; si jamais je retourne à Grand-Pré, je serai curieux de connaître celle de mes compatriotes qui donne de si beaux exemples, ainsi que ce monsieur *Coridon* qui fait le Français et se sent des inclinations si peu naturelles à sa race. *Coridon*, c'est là un singulier nom pour un Anglais !...—Et là-dessus, il mit le chiffon dans sa poche sans plus y songer. Comme on ne traduisait pas les *Eglogues* de Virgile, à Grand-Pré, du temps de Jacques, il n'avait pas compris la plaisanterie de George, et il crut tout simplement que ce monsieur Coridon était un *esquire* de la plus élégante espèce. De sorte que lorsque André lui parla de son *bon monsieur George*, il n'y fit d'abord que peu d'attention ; mais quand son ami s'écria qu'il avait tué le frère du lieutenant, alors il se prit à penser que le berger Coridon et George Gordon pourraient bien avoir des relations très-intimes, s'ils n'étaient pas le même individu, ce qui fit naître en lui quelques craintes, assez naturelles, chez un amant absent depuis si longtemps. Il se rappela la confiance des Landry dans les Anglais, puis les phrases successives d'André : *M. George qui achetait tous les produits de la petite fermière ; M. George qui s'intéressait tant à Marie, qu'il obtiendrait facilement tous les pardons dont son fiancé aurait besoin.* Véritablement, ce bon militaire commença à lui paraître bien extraordinaire, et trop privilégié pour inspirer une grande confiance dans sa protection.

André avait le tort d'être un bon enfant, trop crédule, un de ces frères qui peuvent être excellents quand leurs sœurs en sont à leur premier amant, mais qui deviennent dangereux quand les seconds arrivent. Jacques douta de sa perspicacité ; puis il se rappela qu'à l'époque où le Coridon avait écrit à son frère, il était déjà à la veille *d'être adoré*, que ses relations avec Marie avaient toujours continué, supposant qu'il fût le même que le Gordon... que celle qui devait ainsi lui donner son culte *était la plus séduisante fille qu'il eût jamais rencontrée.* Or, sa fiancée était bien la plus gracieuse créature de Grand-Pré !... Il savait aussi que les frères de sa fiancée étaient partis sans la prévenir de leur dessein ; peut-être craignaient-ils qu'elle ne s'opposât à leur départ... Ces considérations enflammèrent peu à peu l'esprit du pauvre Jacques. Cependant, il voulut douter encore ; il n'avait jamais bien remarqué l'adresse de la lettre qu'un trop long séjour dans la poche du militaire avait un peu flétrie. Il se rappelait seulement qu'une seule syllabe du nom était encore bien lisible : c'était la dernière ; or, celle-là termine également *Gordon* et *Coridon :* nouveau motif de doute; pourquoi n'y aurait-il pas eu dans l'armée anglaise deux Gordon et deux Coridon ? Ces coïncidences ne sont pas rares. Oui. " Mais, pensa Jacques, qu'il se rencontre deux Anglais qui aiment également les Acadiens et les Acadiennes, cela est bien plus inouï."

Toutes ces ambiguïtés de circonstances, tous ces doutes contradictoires avaient retenu jusque là son esprit en suspens ; il n'avait pas osé faire de questions à ses amis, craignant de les offenser. C'eut été peu délicat, en effet, après les démarches des Landry et leurs paroles, de suspecter leur bonne foi et la sincérité de Marie. Aussitôt qu'il vit ses compagnons pris de leur plus lourd sommeil, il se leva, tira la lettre, s'approcha du feu, et après avoir remué quelques tisons, il essaya de déchiffrer le mot de sa terrible énigme. Avec les données qu'il avait déjà, il put facilement constater l'adresse suivante : " A monsieur le capitaine Charles Gordon, en station au fort Lawrence.".... Par conséquent, il ne lui restait plus de doute sur l'identité du tendre *berger d'Acadie* et du *bon monsieur George.*

Le caractère de Jacques était naturellement doux ; mais il renfermait un grand fonds de sensibilité joint à des passions élevées et énergiques : les malheurs, les contradictions continuelles de la vie poussent souvent ces natures à la violence ; elles s'insurgent contre les obstacles, elles s'habituent à douter du bien qu'elles ne voient pas, elles soupçonnent du mal aux moindres apparences ; leur imagination malade les pousse au fanatisme de leurs opinions et de leurs vertus, en même temps qu'elle leur exagère les obligations et les devoirs des autres.

—C'est donc bien vrai ! murmura Jacques, en regardant encore le papier ; elle aurait consenti à recevoir les hommages d'un officier anglais, d'un drôle *à sa onzième flamme ;*...et cela, pendant que les conquérants insultent les siens, les pillent, les chassent ;...pendant que nous répandons notre sang pour la France ;... pendant que je souffre toutes les privations de la misère, dans l'espoir d'arracher l'Acadie des mains de ces bourreaux, n'ayant qu'une seule pensée pour soutenir mon courage, celle d'obtenir de Marie la récompense de mes sacrifices et de mes fatigues !... C'est déjà un crime de laisser arriver dans sa maison un pareil fripon, lors même qu'elle aurait repoussé ses assiduités.

Après un moment de contemplation intime, durant lequel il entrevit, dans un rayon céleste, la petite maison blanche de la fermière plus blanche encore, il se reprocha ses soupçons injustes : —Non ! non ! dit-il, c'est impossible ; il n'y a pas de fille à Grand-Pré assez dégradée, assez indigne du nom qu'elle porte pour aller ainsi, méprisant son sang, outrager dans un pareil moment tous les devoirs qu'imposent le cœur et l'honneur, tous les souvenirs, toutes les traditions de gloire de sa race ! Et s'il pouvait se rencontrer une Acadienne assez lâche pour vendre sa main et son amour, ses engagements sacrés, pour la fortune, le nom et la position d'un officier anglais, ce ne pourrait être Marie. Non, elle sait combien je les déteste ; elle était toujours de mon parti quand j'en disais du mal chez les Leblanc... On ne pervertit pas sitôt son caractère et son âme, dans mon pays. Ce bouffon de lieutenant se sera fait illusion sur une simple politesse.

VII

Après ces paroles, Jacques se leva brusquement ; il ne pouvait plus tenir en place et brûlait de partir. Dans son impatience, il s'approcha de Wagontaga et, le poussant rudement, il lui **dit**:

—Allons ! debout ! il faut se presser. Puis, lorsqu'il vit le sauvage
bien éveillé, il ajouta :

— Maintenant, guerrier des forêts, tends l'oreille comme le chevreuil aux aboiements du chien, et ne perds pas une seule de mes
paroles. Tu vas suivre nos pas jusqu'au chemin qui conduit à
Grand-Pré ; car il faut que tu saches où le prendre…, Là, nous
nous séparerons et tu te hâteras de retourner à l'embouchure du
St. Jean ; en retrouvant mes hommes, tu leur diras de ma part de
te suivre, et ils te suivront. Vous prendrez alors tous les canots
que vous pourrez trouver sur la côte et vous viendrez à force
d'avirons comme une volée d'outardes. Rendus dans ce lieu, vous
attendrez des ordres ; il est possible que j'aie besoin de vous avant
la troisième aurore… J'ai parlé : as-tu compris, Wagontaga ?

— J'ai compris.

Aussitôt, Jacques essaya de tirer P'tit-Toine et André de leur
sommeil ; mais les deux frères avaient compté sur un plus long
repos ; pour les en arracher, le Micmac fut obligé de faire entendre
à leurs oreilles deux ou trois cris des plus sinistres de son réper-
toire. Au premier, P'tit-Toine se trouva lancé sur ses pieds comme
par un ressort magique ; il avait les yeux vitrés, les paupières
tendues, et semblait n'avoir jamais dormi de sa vie. Son frère,
moins électrisé par la frayeur, mais un peu hors d'humeur, comme
tout brave homme qu'on éveille mal à propos, se récria en voyant
son ancien voisin prêt à partir.

— Ah ça ! c'est une jolie manière que vous avez là, messieurs,
d'annoncer le réveil ; vous ne l'introduirez pas à Grand-Pré, j'es·
père ; nos femmes ne goûteront pas ça. Et puis, à quel soleil vous
levez-vous donc de l'autre côté de la Baie, pour être sur pied à
pareille heure, ici ?

— Au soleil de la France, répondit Jacques. Ce soleil-là, André,
il brille avant tous les autres, et il nous poursuit de ses rayons jusque sur les domaines de l'Angleterre. Allons, en route !

En même temps, Wagontaga approcha du feu une torche qu'il
avait préparée avec de l'écorce de bouleau, et quand il la vit bien
enflammée, il la passa à son capitaine, qui, la saisissant, prit aussitôt les devants et s'enfonça rapidement au cœur de la futaie.

Il se rappelait encore parfaitement le pays, et ses compagnons
avaient peine à le suivre dans ce labyrinthe de sentiers sauvages
qui furent les routes primitives de ces solitudes. Ils marchèrent
ainsi durant plusieurs heures, gardant le silence, à la lueur du
flambeau qui éclairait au loin les voutes gigantesques et bizarres de
la forêt, et projetait en arrière une fumée d'essence embaumée.

André et P'tit-Toine avaient à peine le temps de respirer, peu habitués qu'ils étaient à un pareil exercice. Wagontaga fermait la marche ; de temps en temps, on entendait son tomahawk déchirer le flanc de quelques arbres sur son passage. Le Micmac marquait ainsi le chemin parcouru, pour mieux le retrouver plus tard. A un endroit, la voie leur parut mieux frayée, et les deux Landry jugèrent, après avoir consulté leurs souvenirs, qu'ils devaient être très-près de la Rivière-aux-Canards, qui bornait de ce côté les premiers établissements des Mines. Non loin de là, ils trouvèrent quelques vêtements tombés sur la route : c'étaient de nouveaux indices qu'ils touchaient aux habitations. Après avoir recueilli ces choses, ils hâtèrent le pas ; mais leur regard tomba sur quelques autres objets domestiques qui gisaient par terre. Ce nouvel incident éveilla leur attention ; il leur parut avoir une signification toute particulière ; ils s'arrêtèrent en s'entre-regardant.

— Voilà qui est étrange, dit André ; qui s'amuse à semer ainsi son linge sur les chemins ?...

— C'est une bonne fée, dit P'tit-Toine, qui veut donner à Jacques une occasion de s'habiller plus chrétiennement avant de se montrer à Grand-Pré.

— Quant à moi, interrompit celui-ci, ça m'a bien l'air d'un déménagement forcé qui me rappelle celui des habitants du Coudiac ; on trouvait ainsi, en approchant de cette rivière, des pièces d'habillements, des couvertures, que les gens avaient perdus dans leur fuite précipitée.

Dans ce moment, Wagontaga, qui avait continué de marcher, vint frapper sur l'épaule de Jacques en lui faisant signe de se taire, puis il lui montra, dans la direction de la grande route où ils allaient entrer, un point menaçant... Les trois voyageurs se turent, et après avoir prêté l'oreille, ils distinguèrent le bruit de pas qui semblaient s'éloigner. — Ce sont des compatriotes, dit André, qui vont comme nous à Grand-Pré ; ils viennent de perdre ces choses, hâtons-nous de les rejoindre pour les leur rendre, et nous ferons route ensemble. Et sans attendre d'autre réflexion, les deux frères s'élancèrent du côté des inconnus. Jacques, quoique moins confiant, les suivit de près avec son flambeau ; Wagontaga se contenta de les regarder de loin. Il touchait, d'ailleurs, au terme de son voyage, et comme les sauvages n'ont pas l'habitude de faire de trop longs adieux, il se préparait à tourner de bord aussitôt qu'il aurait touché la lisière de la forêt.

A peine avait-il franchi quelque distance, que P'tit-Toine aperçut vaguement, devant lui, entre le massif de sombre verdure qu'il

venait de quitter et la nappe pâle de la rivière, un groupe de personnes dont quelques-unes étaient à cheval. Dans son premier
transport, l'heureux garçon fit retentir l'air d'une exclamation stri-
dente ; les échos avaient à peine répondu, qu'une décharge d'armes
à feu répandit une vive lumière dans cette scène nocturne. Jacques
sentit sa torche échapper de ses mains, des balles sifflèrent tout autour
de lui, et il distingua, à l'éclair de l'explosion, une troupe de soldats
anglais. Son premier mouvement fut de voler au secours d'Antoine,
qui venait de pousser un cri déchirant. Dégaînant son coutelas, il
courut en avant, à tout hasard ; les ténèbres lui paraissaient impénétrables depuis la disparition de sa lumière. Dans sa course, il
vint tomber dans les rangs ennemis, qu'il croyait plus éloignés.

C'est en vain qu'il fit des efforts inouïs pour se dégager de
leurs mains : il frappa d'abord de grands coups, mais sa lame,
dirigée à l'aveugle, vint heurter un objet résistable et vola en
éclats enflammés. Il ne lui restait plus que ses poings désarmés
pour défendre sa vie. Mais les Anglais étaient nombreux ; leurs
yeux, plus habitués à l'obscurité, les servaient mieux. En un instant, il se vit enlacé de toute part par vingt bras qui paralysèrent
toutes ses forces et l'écrasèrent sur le sol. Il sentit alors la chaleur
de son sang qui ruisselait sur sa poitrine par une large blessure,
mais ce qu'il sentit surtout, c'est qu'il avait perdu pour jamais la
liberté. Accablé sous la masse de ceux qu'il avait entraînés avec
lui, il rugit comme le lion du désert que l'étreinte du piége vient
d'arrêter dans son élan. — Prisonnier !... murmura-t-il entre ses
dents qui grinçaient de rage... prisonnier ! au moment d'arriver...
pour une femme inconstante... peut-être... probablement.... prisonnier de ses amis les Anglais !....

Après ces paroles, il lui vint un moment de stupeur glacée,
comme en ont les forcenés avant les accès de leur furie ; les soldats
en profitèrent pour lui lier les mains derrière le dos, et l'attacher
ensuite à une longue entrave qui servait à retenir ensemble plusieurs
autres malheureux. Il ne sortit de cette crise affreuse qu'au moment
où un homme de l'escorte lui administra dans le dos un grand
coup de crosse de fusil, pour l'avertir qu'il lui fallait marcher et
obéir désormais à d'autres maîtres.

Tout ceci s'était passé si précipitamment que Jacques n'avait pas
eu le temps d'analyser les causes de son nouveau malheur ; il
s'était senti comme le jouet d'un événement mystérieux, dont les
Anglais, son cauchemar, conduisaient la trame infernale. Pourquoi traitait-on ainsi des hommes qui pouvaient être des amis, des
concitoyens !... Antoine et André étaient en réalité tout cela. D'où

venaient ces autres captifs qui marchaient à côté de lui ?... Ils étaient trop nombreux pour lui laisser croire que c'était ses trois compagnons. Les habitants de la Rivière-aux-Canards avaient-ils subi l'infortune de ceux du Coudiac ?.... Il s'arrêta à cette dernière conjecture ; mais ses amis étaient ils au milieu d'eux ? Il brûlait d'éclaircir là-dessus son incertitude. Pour y parvenir, il les appela les uns après les autres, à demi voix ; mais il n'entendit répondre que ce soldat, qui parlait si fort avec la crosse de son fusil. *Silence !* cria-t-il, *go on, rascal !*... Jacques comprit que les autres reclus avaient probablement reçu, comme lui, le conseil de se taire, et il ne voulut pas les exposer à d'autres rudesses en leur adressant des questions ; il se résigna donc à attendre le jour pour voir plus clair dans sa situation. Il comprit seulement à certains gémissements, ici, plus étouffés, là, plus aigus, qu'il y avait autour de lui des femmes et des enfants attachés à la même corde.

Pour ceux qui connaissent l'état où en étaient alors les choses en Acadie, à l'arrivée de nos voyageurs, il est aisé de deviner que Jacques était tombé au milieu d'une de ces patrouilles qui pourchassaient dans les champs et les bois les habitants échappés de leurs demeures, au temps de la proclamation de Winslow.

VIII

Le jour, un beau jour de septembre, les plus brillants de cette latitude, un jour qui devait être, dans les premières prévisions de Jacques, tout rempli d'espérance et de bonheur, commença peu à peu à nuancer la lisière de l'orient de ses teintes joyeuses, jetant tout autour de la terre un de ses plus brillants bandeaux. Des couches légères de vapeur s'élevaient au-dessus de la surface endormie de la Rivière-aux-Canards, comme ces voiles de gaze que les enfants de chœur tendent sur le front des mariés devant l'autel nuptial. La nature charmée semblait attendre le réveil de la vie universelle, l'apparition des splendeurs de la création, tant elle restait sans haleine et sans murmure. Au-dessus de cette nuée virginale, immense et nivelée, où tout se fondait vaguement comme dans une esquisse à l'estompe, perçaient des collines bleues et de grandes masses de forêts touffues et rougies. C'était bien l'aurore que le prisonnier Jacques avait rêvé pour son retour ; mais en promenant ses yeux autour de lui, il n'aperçut que les soldats de l'escorte et d'autres victimes, parmi lesquelles il ne retrouva pas

même un ancien ami…. Tous ces charmes ne brillaient que pour
éclairer son infortune, et compléter ses regrets !

Les quelques chaumières qu'il vit sur le chemin paraissaient
vides et désolées ; les portes étaient restées ouvertes, comme après
un tremblement de terre, quand les habitants ne sont pas encore
rentrés : en passant, les soldats y mirent le feu ; Jacques ne douta
plus de ce qui était arrivé.

Le moment où ils allaient toucher à Grand-Pré approchait : la
triste caravane avait franchi la rivière à son embouchure et suivait
la grève, le long du Bassin-des-Mines. Cette grève forme à cet
endroit une baie gracieuse qui sert aussi d'entrée à la Gaspéreau.
A peine Jacques y avait-il mis le pied, qu'il aperçut son village qui
se déroulait sur la pente étagée de la côte, à une petite distance
devant lui. Le soleil venait en ce moment de franchir et de disperser les derniers rideaux de brume que la nuit avait tendus
devant lui, et il semblait vouloir inonder de ses magnificences
cette humble bourgade, séjour chéri, où l'on avait si souvent béni
ses faveurs et chanté son apparition : l'astre reconnaissant voulait
lui faire de solennels adieux. Les toits les plus modestes, les plus
petits carreaux de verre resplendissaient sous ses rayons de pourpre,
comme des habitations royales. Près du rivage, pour ajouter à la
variété du spectacle, étaient venus s'ancrer cinq bricks élégants de
la Nouvelle-Angleterre ; ils se balançaient sur les premières ondulations de la marée fuyante, agitant dans le ciel cette parure de
lumière que le ciel attachait à leurs voiles à demi-déployées et à
leurs réseaux de cordages. Ces oiseaux de la mer arrivés d'autres
parages, et qui secouaient si gracieusement leurs ailes, s'apprêtaient
à saisir une bien triste pâture. Jacques les regarda comme on
regarde une guillotine.

Bientôt le cortège commença son lugubre défilé ; il venait d'atteindre les premières maisons du village ; les femmes et les petits
enfants sortaient aux portes pour regarder passer ces autres malheureux qui entraient ainsi de temps à autre, de la campagne,
venant, comme les flots tardifs d'un grand orage, grossir la douleur
commune. Mornes, sur leurs seuils, les curieux suivaient de l'œil
les nouveaux captifs, et semblaient vouloir leur communiquer, par
leur regard, l'expression de leur pitié. C'est sur Jacques surtout,
blessé et sanglant, que s'attachaient les yeux ; on se demandait
étonné, à l'aspect de son costume, d'où pouvait venir cette étrange
victime.

Après avoir franchi quelques arpents dans la rue centrale, qui
pouvait avoir un mille de long, depuis le rivage jusqu'à l'église,

escorte s'arrêta près d'un corps de garde établi provisoirement
ans une habitation privée : il s'agissait de prendre, ici, des mesures
our distribuer dans différents lieux de réclusion cette moisson
e la nuit : l'église était déjà trop pleine. Jacques, en atten-
ant que les dispositions qui le concernaient fussent arrêtées, vint
'appuyer à la clôture mitoyenne entre le corps de garde et la
aison voisine, qui n'était autre que celle de la femme Piecruche, si
ien connue pour sa mauvaise langue. La blessure qu'il avait reçue,
uoique peu dangereuse, lui avait fait perdre beaucoup de sang ;
es fatigues excessives qu'il endurait depuis quelques jours, et tous
es cuisants déboires qui l'assaillaient à la fois à son retour, avaient
puisé son héroïque énergie ; il crut un instant qu'il allait chan-
eler et il chercha un soutien pour cacher sa faiblesse. Dans cet
ccablement universel, il regarda son pauvre village si désolé ;
ais surtout, il fixa les croisées et la porte de cette maison qui lui
vait laissé tant de promesses de félicité et devant laquelle il ne
etrouvait plus que l'inutile et suprême espoir de voir apparaître à
'une de ses ouvertures la figure de Marie. La vieille demeure
es Landry était, en effet, à quelques pas devant lui.

Si la vie semblait s'éteindre à toutes les extrémités de son corps,
ombien elle débordait de son cœur, en cet instant ! Il était secoué
e ses palpitations, comme une montagne volcanisée dans ses
rofondeurs.

—Bientôt, pensa-t-il, nous allons être traînés devant cette porte ;
lle verra, comme ces autres femmes de là-bas, passer ces gens liés ;
t parmi eux, cet étranger avec des habits sauvages et du sang sur
a poitrine :... elle attachera sur moi son regard... et... peut-être ne
e reconnaîtra-t-elle pas... et quand je serai passé elle aura pitié *de
es malheureux,* sans penser à moi... Mais si elle allait me deviner
ous ce travertissement ignoble, sous cette figure ravagée !... si son
egard en croisant le mien se voile de larmes... et si elle s'élance
ers moi !... Ah ! je sens que j'oublierai tout, que tout sera par-
onné !... J'ai tant besoin d'aimer quelqu'un, quelque chose, dans
e moment !... Le bonheur embellirait mon supplice, je me sen-
irais plus fort pour mourir ; cette mort sans résultats, cette infor-
une misérable, elles me laisseraient au moins une consolation :
et ange qui venait me sourire dans mes angoisses, il me regar-
erait encore tomber, il prierait Dieu sur la fosse où ils vont jeter
mes os... Mais si Marie allait me voir passer avec indifférence,
comme une connaissance oubliée !......... Ah ! mon Dieu, pardonnez-moi ces faiblesses !... Je n'ai jamais tremblé, pourtant, et
je sens que je tremble jusque dans la moëlle de mes os.

Et Jacques sentait comme un incendie dans ses désirs impatients ; il hâtait le moment du départ ; ses yeux, pour ne pas perdre la minute fortunée où Marie pourrait se montrer à ses croisées, allaient de l'une à l'autre avec une persistance et une activité à briser la plus ferme prunelle. Mais cette tension du nerf optique, joint à l'effet du miroité des carreaux illuminés par le soleil, finit par donner à ses yeux l'illusion de ce qu'il désirait voir : il lui sembla que les fenêtres s'ouvraient les unes après les autres, et que la figure de sa fiancée se montrait à toutes à la fois.

Il était sous l'influence de ce charme trompeur, quand son attention fut attirée du côté de la porte voisine par un dialogue, conduit par deux timbres aigus sur un rhythme de crécelle.

— Tiens, disait le soprano le plus criard, qui n'était autre que la Piecruche, mais regarde donc là-bas, cousine, c'est ben la p'tite Landry que j'voyons venir à travers le pré de son père, avec son Anglais......

— Mais oui, répondait la cousine, ça n'peut pas en être une autre ; il n'y a que c'te p'tite opulente qui se laisse fréquenter par ce beau coureur de filles.

— Ce n'est pourtant pas elle qui est coupable comme sa mère, qui voudrait faire la grosse dame, et nous passer sur le corps avec c't'habit rouge-là......

— Pouah ! j'trouvions que la p'tite bellâtre tire ben son épingle du jeu... Toujours qu'il est vrai que ce n'est pas ben choisir son heure pour courailler les champs avec les militaires, pendant que son père et ses frères sont en prison, et que sa folle de mère se chagrine toute seule dans sa maison. Elle doit s'en mordre les pouces, la bonne femme. V'là c'que c'est que d'apprendre tant à lire aux filles ; de leur mettre de l'anglais à la langue... Quand on pense que le vieux LeBlanc a voulu éduquer sa nièce dans ce baringouin-là !... Non, non, tout ça, entends-tu, voisine, c'est bon pour donner de l'orgueil aux filles ; ça leur tue le cœur ; et puis, ça permet à celles qui en ont envie d'agacer les officiers.

— D'où peut-elle venir si matin ? reprit la Piecruche... sa mère qui l'a cherchée une partie de la nuit ;... elle n'aura pas couché au logis ;... le beau George lui aura donné le couvert pour la nuit. Elle avait besoin de consolation, sans doute, la pauvrette... Ah ! ils n'iront pas en exil, ceux là ; tu verras qu'ils n'iront pas, les Landry, les LeBlanc : c'est moi qui te l'dit ! Quand on sera partis, ce sera moins honteux de se marier avec un protestant. Mais tiens !... regarde donc, voisine, comme ils se parlent tendrement ; allons

lonc ! la belle lui tend la main... il la prend... c'est-il joli un
peu !... ah ! pour le coup, v'là qui est plus fort !......

Chacune de ces paroles étaient tombées comme des gouttes de
ciguë dans le cœur de Jacques ; la calomnie avait pénétré dans
toutes ses veines, il en était ivre. De l'endroit où il se trouvait, il
n'avait pu suivre le couple tendre qui venait dans le pré des Landry ;
les dépendances de la ferme interceptaient sa vue : ce n'est que lorsqu'ils furent près de la maison qu'il les aperçut ; le sentier faisait
à un circuit autour des bâtiments, pour rejoindre la route publique : Marie venait de s'arrêter, et elle tendait sa main à George....
De son côté, Jacques se trouvait détaché d'une partie de ses compagnons ; il ne restait à ses mains que quelques liens. Dans son
exaspération, il fit un effort gigantesque, les cordes volèrent en
charpie, et il alla tomber devant sa malheureuse fiancée comme
une apparition vengeresse. Il était terrible à voir ; sa blessure,
que le sang coagulé avait un instant fermée, s'était rouverte, et un
ruisseau fumant s'épanchait sur sa poitrine comme une lave brûlante ; sa crinière de lion battait ses épaules, les bouts de ses attaches pendaient encore à ses poignets, un feu de foudre jaillissait
de ses yeux.

En le reconnaissant, Marie avait levé ses bras vers lui, mais elle
ne savait plus, tant elle le voyait menaçant, si elle était devant son
fiancé ou devant son juge, si elle devait implorer sa grâce, ou verser
les flots d'une passion si longtemps contenue ! Elle resta fixée dans
l'élan de son transport, comme une de ces navrantes figures de
marbre du groupe des Niobé.

—Jacques ! mon pauvre Jacques ! répétait-elle, tremblante, éperdue, la mort sur les lèvres ; te voilà sanglant.... lié !...

Mais lui avait fait un pas en arrière devant ces bras tendrement
étendus pour ceindre son cou ; et, morne, il brûlait la jeune fille
de son regard. Puis, rompant tout à coup son silence :

—Vois-tu ce sang-là, dit-il d'une voix sourde, en montrant des
deux mains le ruisseau rouge qui descendait sur sa tunique ; vois-
tu, vois-tu.... c'était pour toi qu'il soutenait ma vie,... c'est pour toi
qu'il m'a conduit jusqu'ici... c'est pour toi qu'il coule... Mais n'y touche pas... n'y touche pas, malheureuse, tu l'as oublié, tu l'as méprisé, tu l'as vendu avec ton honneur, avec l'amour des tiens, avec ton
respect pour la France !... Vas, je te méprise, je te rejette.

En articulant ces dernières paroles, il saisit les deux bras défail-
lants de Marie, les repoussa en arrière ; et la pauvre enfant, fou-
droyée, s'affaissa comme une tubéreuse rompue dans toute son
efflorescence embaumée. Jacques lui jeta à la face la lettre de

George ; puis, se tournant du côté de celui-ci, qui était resté pétrifié de surprise devant cette scène inattendue :

— Et vous ! monsieur George, lui cria-t-il d'une voix tonnante, séducteur de filles, bourreau de vieillards et de femmes, apprene que c'est moi qui ai tué votre frère, et qui vais vous étrangler aussi

En même temps, il bondit vers l'officier, les mains crispées, et i le saisit à la gorge. Mais dans ce moment, les soldats, que son évasion avaient un instant déconcertés, et qui avaient dû veiller d'abord sur le gros des prisonniers restés sans entraves, arrivèren sur lui, l'assaillirent de coups et le terrassèrent de nouveau. 1 avait, d'ailleurs, épuisé la mesure de son énergie. Il fallut presqu le traîner au corps de garde.

— Mais d'où sort-il donc, ce forcené-là ? dit le chef de l'escorte er le voyant revenir ; pour cette fois, il faut l'empêcher de prendr de nouveaux ébats ; allez chercher des chaînes !

Quelque temps après, Jacques fut chargé de fers ; on lui en mi aux mains, aux pieds, au cou, et c'est dans cette toilette de galérie qu'il parcourut tout l'espace qu'il y avait à franchir pour se rendr au presbytère. Quelle route fut pour lui ce chemin joyeux e fleuri d'autrefois !... En passant devant chaque maisonnette, i nommait les habitants, les compagnons de son enfance, de ses plai sirs ; il pensait à une fête, à une rencontre, à un incident heureu; à un mariage ;.... c'était un chapelet de plaisirs qu'il répétait su un sentier d'ignominie.

A peine fut-il rendu à la demeure de son ancien curé, qu'on l jeta dans un caveau creusé sous la cuisine, et qui n'avait qu'un seule entrée pratiquée dans le plancher supérieur et fermée pa une trappe, comme la prison où Jugurtha mourut de faim, à Rome En y tombant, Jacques disparut dans les ténèbres, la grande port de chêne s'abattit sur sa tête, deux soldats firent un pas dessus comme pour la sceller de mépris sous leurs pieds, et ils s'y établi rent en faction.

IX

Après la rencontre de la ferme des Landry, George rentra che lui ; il était libre pour le reste de la journée, il sentait le besoin d s'appartenir à lui seul durant quelques heures ; la solitude lu était nécessaire pour se recueillir et mettre un peu de calme dan ses sens et ses pensées. Il n'était pas né pour vivre au milieu de larmes et pour torturer des cœurs humains. Les scènes de la veill avaient révolté tous ses sentiments, dérouté ses meilleurs instincts ; la nuit du cimetière était passée comme une tempête capricieuse dans son âme ; si les dernières paroles de Marie y avaient fait luire un jet de douce lumière, l'apparition soudaine de l'ancien amant, du rival outragé, avait terriblement assombri le brouillard ; il ne savait plus quelle résolution prendre, où de jeter son épée aux gémonies de ce peuple victime et de s'enfuir, ou de garder encore quelqu'espoir......

— Jacques est revenu ! Jacques est revenu ! se répétait-il souvent. Et cette figure du fiancé furieux, meurtrier de son frère, se levait toujours comme un spectre entre lui et l'image suppliante de Marie ; il en était obsédé ; il la retrouvait au bout de toutes ses pensées, partout où il portait sa vue. Mais son corps était aussi tellement harrassé par la fatigue, qu'il fut pris d'une prostration générale, sorte de somnolence morale et physique où les forces de la vie semblent retrouver l'énergie dans ses affaissements. Quand le lieutenant en sortit, il songea avec plus de suite à sa situation, et il ne la trouva pas encore tout à fait désespérée.

— Ce Jacques, en effet, est bien de retour, pensa-t il, mais le brutal ne s'est pas présenté avec des manières bien tendres ; des injures, des outrages, presque des coups, et puis cette figure de loup-garou, cela ne présage pas un bon mari. Il faut un fanatisme bien outré, une jalousie bien sauvage pour traiter ainsi sa fiancée, sans autre motif que celui de la trouver avec un autre homme, dans un temps où toute femme a besoin de secours et de pitié. Il a non-seulement brisé tout pacte avec elle, mais il a éternellement aliéné ce noble cœur, cette conscience honnête, et il ne lui reste désormais aucune chance de rapprochement, aucuns moyens d'explications. J'ai la vie de ce brigand entre mes mains : il a porté les armes contre nous, il a tué mon pauvre Charles, il n'échappera pas, sa sentence est portée ; et si Marie pouvait conserver pour cet énergumène quelque reste d'affection passée... (les femmes sont si bizarres, quelquefois ; elles pardonnent tant d'injustice à ceux qu'elles ont une fois aimé de toute la puissance de leure être !) il faudra bien qu'elle préfère sauver sa famille plutôt que de garder pour un homme infailliblement perdu, pour un mort, une parole inutile, qu'il a d'ailleurs rejetée avec mépris. Ma conduite a été plus généreuse envers elle. Voyons, étudions les circonstances, et profitons de toutes les voies que la fortune laisse ouvertes devant mon bonheur. En même temps George s'enfonça dans le fauteuil du vieux curé, voila à demi ses yeux sous leurs paupières pour mieux méditer.

Après être resté ainsi, l'esprit absorbé, durant un assez long espace de temps, il se leva brusquement en se .frappant les deux mains avec un air de satisfaction, et il se rendit aux appartements de Winslow.

Il existait quelque sympathie entre le colonel et le lieutenant. Le premier appartenait à une bonne famille de la Nouvelle-Angleterre ; son éducation avait été soignée ; c'était un homme de bonne compagnie, qui se sentait naturellement plus à l'aise avec les gens bien nés. Quoiqu'il obéit rigoureusement aux ordres barbares de son gouvernement, il laissait cependant percer quelqu'hésitation ; il évitait de mettre dans ces injustes procédés à l'égard des Acadiens ce raffinement de grossièreté qui caractérisait ceux de Murray et de Butler. George lui en savait gré, et cela lui inspirait quelque confiance.

Après une heure de conversation secrète, durant laquelle les noms du père Landry, de Jacques et de Marie furent souvent prononcés, l'officier rentra chez lui avec le même empressement, mais encore plus content de lui-même et de son colonel qu'il ne l'était avant ; et il ne pouvait s'empêcher de s'adresser quelques mots de félicitation.

— C'est bien, c'est très-bien ! Jacques expédié, le père chez lui, presque libre... à la veille du grand départ :... il faudra plus que de l'héroïsme pour y tenir !... Pour le reste, attendons à demain... *elle* sera rétablie de sa secousse de ce matin, *ils* auront joui du bonheur de revoir le vieillard ; réunis ensemble, ils pourront mieux réfléchir à l'horreur d'être séparés de nouveau... Mais commençons par leur annoncer la bonne nouvelle. Et l'officier se mit à son secrétaire pour écrire.

X

Il y avait maintenant plus d'une longue journée que les habitants de Grand-Pré étaient enfermés dans leur église, et leurs geôliers n'avaient pas encore songé à leur procurer quelqu'aliment. La faim et la soif dévoraient ces poitrines fiévreuses, et depuis le matin on les entendait demander de la nourriture à travers les portes et les fenêtres fermées. Les femmes étaient accourues les bras remplis de toute espèce de comestibles, et elles assiégeaient le presbytère pour obtenir de les donner à leurs parents, mais personne ne semblait songer à écouter leurs prières ; personne n'en .avait le temps. Quand George alla chez Winslow, il offrit de veiller à ce que la distribution de ces provisions se fît régulièrement et sans embarras pour le service militaire, qui devenait excessif au milieu d'une population entière devenue prisonnière. Il obtint aussi que les chefs des familles iraient, les uns après les autres, passer quelques heures dans leurs maisons pour aider les femmes dans les préparatifs du départ, et pour leur adoucir les déchirements de l'adieu. Mais cette disposition, quelque peu humaine, n'eut en partie son exécution que deux ou trois jours avant l'embarquement des exilés. Il n'y eut que le père Landry et l'oncle LeBlanc qui reçurent de suite cette faveur. On en devine en partie la raison ; le vieux notaire avait une grande influence sur sa nièce, et dans l'absence de prêtre on pouvait avoir besoin du secours de sa profession......

XI

Le père Landry était rendu parmi les siens depuis quelques heures, et il ignorait à quel titre il jouissait de cette liberté exceptionnelle et quelle en serait la durée, quand George fit appeler dans sa chambre Pierriche, qu'il avait pris chez lui la veille, sous prétexte de le retenir à son service, mais au fond pour le conserver à la pauvre veuve, et se ménager encore le bon vouloir de cette femme qui lui avait toujours été si favorable. Au reste, s'il ne pouvait pas obtenir leur grâce, il désirait sincèrement veiller à ce que la mère ne fût pas séparée de son fils dans son exil. Lorsque le garçon fût entré, l'officier lui dit, en lui tendant une lettre :

— Tu vas porter ceci à monsieur Landry ; tu le trouveras chez lui et tu t'informeras de ma part de l'état de la famille. En passant tu iras voir ta mère, pour la consoler un peu. Tu lui donneras ceci pour moi ;—et il mit dans la main du gars quelques pièces d'or.—Dis-lui de prendre courage, que je veillerai sur elle, que ni toi ni ton frère ne seront séparés d'elle. J'ai fait donner à Janot tout ce qu'il lui faut pour ne pas souffrir. Tu l'avertiras en même temps de ne pas être effrayée, *le 9, à six heures du soir*, car il doit se faire une exécution sur la ferme...On y fusillera quelqu'un......

— Dieu, mon maître ! s'écria Pierriche ; mais qui vont-ils ainsi défuntiser, monsieur George ?......

— Le nommé Jacques Hébert.

— Quoi, lui ?... *l'ancien* de Mlle Marie, que nous croyions déjà

tout tué, qu'il ne revenait plus ; mais ça va faire une fichue peine
à...—et le babillard s'arrêta pour se mordre les lèvres.—C'est lui,
ce n'est pas un revenant ?... Vous êtes bien sûr, monsieur George ?

— C'est tout à fait lui, mon garçon ; il a été pris ce matin en
combattant, et il s'est vanté en arrivant ici d'avoir tué mon frère,
du côté des Français. C'est pour cela que le colonel, pour le punir
plus sévèrement, a décidé qu'il devait expirer devant cette maison
qui appartenait jadis à son père, et qui est devenue celle de sa
fiancée. J'aurais bien voulu épargner la vue de ce sang à ta pauvre
mère et ne pas le laisser répandre sur la terre de Mlle Marie, mais
je n'ai pu réussir...... Vas, mon garçon, si ta mère dit qu'elle a trop
peur, tu iras rester avec elle... D'ailleurs, je serai là : Winslow a
voulu que ce fût ma compagnie qui fît l'exécution.

Pierriche partit comme un trait, heureux d'aller embrasser sa
mère, de revoir la petite maîtresse, mais surtout, tout ébloui de la
confiance que le lieutenant venait de lui témoigner ; il se croyait
devenu si important, il se trouvait tellement grandi à ses propres
yeux, qu'il ne savait plus marcher comme d'habitude ; il s'imaginait
que tout le monde devinait, en le voyant passer, que sa tête renfermait des secrets énormes ; il se sentait véritablement accablé
sous le poids des confidences qu'il avait reçues, et il lui tardait de
se soulager un peu ; heureusement que son maître lui en avait
fourni deux excellentes occasions. Une fusillade d'homme ! c'était
éblouissant à dire et plus à entendre ! Les enfants et les esprits
faibles croient s'illustrer par les grandes nouvelles qu'ils publient ;
ils trouvent de la satisfaction à proclamer les plus grands malheurs, même quand ils en sont frappés ; le bruit que cela fait les
console du mal que cela cause. C'est là toute la gloire que pour-
suivent les commères, et ce qui fait une partie de la bonne fortune
de nos plus estimables gazettes, (*une toute petite partie*, convenons-
en avec elles.)

XII

Quand le commissaire du lieutenant entra dans la demeure des
Landry, Marie était assise dans une grande bergère qui s'élevait d'ordinaire au centre de la pièce principale de la maison
comme un monument consacré aux générations passées et futures
de la famille ; dans ce moment on l'avait poussée en face de la cheminée où s'engouffrait, comme dans un entonnoir renversé, la
flamme d'un brasier fortement attisé. Jadis, ce spectacle eut été

éjouissant à voir ; mais l'intérieur de ce foyer était bien changé :
arie était là, immobile entre son père et sa mère qui la regar-
aient, courbés dans leur angoisse et leur silence ; ses pieds joints
omme dans la tombe reposaient sur un trépied devant le feu ; ses
eux mains tombées de chaque côté d'elle pendaient comme des
rappes de raisin que le froid a touché pendant la nuit ; sa tête
ffaissée sur l'épaule, vivement éclairée par la lueur de l'âtre, res-
ortait, avec sa pâleur de perle pure, sur le cuir marron du fauteuil
omme une belle figure de camée antique. De temps en temps,
eux voisines qui l'avaient ramassée sur le chemin et portée chez
lle, faisaient quelques frictions sur son front et sur ses bras, avec
ne liqueur essentielle, pour y ramener la sensibilité ; mais les
ains retombaient toujours, et le front un instant relevé décrivait
e nouveau sa courbe de tige fanée. Elle n'était pourtant pas
vanouie, elle était abimée, anéantie. Pauvre fille, elle avait trop
ouffert pour la puissance de sa sensibilité ; son âme avait été sou-
ise à tous les genres de tortures ; une furie semblait avoir pris
laisir à lacérer de ses fouets toutes les fibres de son cœur.

Depuis le matin, elle avait passé par plusieurs crises terribles
ù sa raison semblait devoir s'envoler pour toujours ; dans ses
élires, des images hideuses avaient succédé à des visions célestes ;
n aurait dit qu'elle était précipitée des régions bienheureuses
ans des abîmes de douleurs. Chacun de ces tableaux déchirants,
ui défilaient devant elle comme des visions d'halluciné, parais-
aient laisser tomber sur son sein, en s'éloignant, un poids qui
'écrasait ; mais il s'en présentait un surtout qui faisait frissonner
ous ses nerfs : on la voyait alors raidir ses membres comme pour
e repousser, et dans son impuissance, ses deux mains s'attachaient
son sein et, dans un effort capable de l'ouvrir en deux lambeaux,
n l'entendait s'écrier d'une voix étranglée :

—Jacques ! c'est assez... c'est trop !... tu marches sur ma gorge,
e sens ton pied écraser mon cœur ! pourquoi me traiter ainsi ?...
je n'ai pas mérité tant de haine, tant de mépris. Je ne suis pas une
ille misérable, déshonorée, perdue !... Non, non ! je n'ai rien
vendu, rien souillé de mes amours... le tien, il était encore tout
lans mon cœur : et la France ! ah ! comme je l'aimais, pour toi, pour
noi, parce qu'elle est belle, grande, toujours glorieuse !... Mais
personne ne te l'a donc dit ;... pas un homme, pas un frère, pas un
ange ?... Douce Vierge Marie, je vous avais demandé, à genoux, de
ui parler de moi !... et des méchants m'ont calomniée, avilie, per-
lue :... vous l'avez permis !... c'est le démon qui a gagné. Et toi,
Jacques, tu as pu croire que j'étais tout cela... sans foi, sans cœur,

sans vertu !... ah ! c'est trop cruel, c'est trop injuste cela !... Vas-t'en !
vas-t'en ! je ne veux plus de toi... Tu me fais horreur avec ces yeux
de feu, ces poings fermés, ce sang......... Du sang ! c'est vrai, il en
était couvert... malheureuse que je suis !...

Et en s'affaissant peu à peu, elle murmurait encore :

— Ce beau retour !... voilà donc tout ce qu'il devait être... Je
suis abandonnée... Pauvre Jacques, peut-être qu'une autre, une
vraie Française, aura su soulager son exil ; je n'étais pas là, moi,
pour lui dire de temps en temps : "Jacques, repose toi, tu es fatigué,
tu as trop travaillé, tu as trop combattu ;... et puis, console-toi, tu
auras un jour un foyer joyeux et tranquille, une autre Acadie
tendrement aimée ; vas, je saurai bien te faire oublier toutes tes
souffrances, tes séparations."... Et quand il était blessé, *celle-là* aura
peut-être approché de son lit pour étancher son sang, pour essuyer
les sueurs de son front, pour mouiller ses lèvres... c'est pour cela
qu'il m'a repoussée quand j'accourais pour fermer sa blessure avec
mon cœur. Je n'étais plus digne, moi, de toucher ce sang-là, et
il m'a jetée à terre !... Ah !... il y a des Anglais qui sont moins barbares !...

Alors, la pauvre délaissée versait des torrents de larmes ; et c'est
ce qui lui conservait la vie.

Dans ce moment elle avait du mieux : l'arrivée de son père semblait avoir opéré quelque bien ; les lueurs d'une aurore nouvelle
coloraient le chaos de cette nature bouleversée. Ses yeux s'entr'ouvraient de temps en temps, et s'abaissaient sur son père avec un
sourire comme en ont seuls les anges de la terre quand ils retour-
nent au ciel, un sourire où rayonnait toute sa tendresse filiale :
elle n'avait plus que cet amour-là, mais il débordait de tout celui
qu'on lui avait si cruellement rejeté.

Au moment où Pierriche ouvrit la porte et présenta la lettre du
lieutenant, elle fit un léger mouvement ; ses membres tremblèrent
comme une feuillée de lianes quand une brise a passé dessus, et
elle murmura, si bas, si bas que personne ne put l'entendre :
— Dieu ! ce n'est pas lui !...

— Une lettre de monsieur George ?... dit avec empressement la
mère Landry.

— Oui, madame, répondit le garçon : c'est, comme je le pense
bien, pour à savoir des nouvelles de votre santé ; car il m'avait
l'air d'en avoir grande envie, le maître.

— Comment, le maître ? dit le père Landry, est-ce que tu restes
chez lui ?...

— Mais oui, il m'a pris hier, me disant, comme ça, que c'était pour me garder à ma mère ; il m'a soufflé ça à l'oreille, comme par manière de secret ; aussi je ne le répète à personne ; ah ! oui dà ! Je crois bien que vous, monsieur Landry, avec l'oncle LeBlanc et moi, nous sommes les seuls vieux au-dessus de dix-ans, qui ayons la permission de ne pas être prisonniers.

— Tu crois, Pierriche ?....

— Ah! oui dà! monsieur George me l'a bien dit... je pense qu'il ne l'a dit....je suis presque sûr qu'il me l'a dit (toujours en secret) ! Il m'a dit aussi qu'il essaierait de me sauver de l'exil, avec ma pauvre maman et Janot par dessus le marché, de même que toute votre famille. Ah, pour ça je l'ai entendu de mes deux oreilles. En même temps, il m'a poussé dans la main ces six belles pièces que voilà, par manière de consolation pour ma mère.—Et le garçon étala aux rayons de la cheminée son brillant trésor.—Ah ! s'ils étaient tous comme celui-là, il n'y aurait pas tant de gens en larmes à Grand-Pré, aujourd'hui !

Pierriche allait continuer, mais la mère Landry lui fit signe de retenir un instant son caquet ; elle venait d'enfourcher sur son nez une immense paire de bésicles qui brillaient devant la flamme comme des œils-de-bœuf de cathédrale au soleil couchant, et elle se mit à épeler la lettre du lieutenant. La mère n'était pas très-versée dans les difficultés de l'écriture à la main ; les ratures la mettaient aux abois, et la note du lieutenant, écrite sous l'empire de l'excitation, en renfermait quelques unes : c'était Marie ou P'tit Toine qui se chargeaient d'ordinaire de griffonner ou de débrouiller la correspondance de la famille ; et comme, dans ce moment, ni l'un ni l'autre ne pouvait agir, et que la maman d'ailleurs brûlait de connaître le contenu de la lettre, elle s'y aventura résolument. Elle prit d'abord un ton uniforme et continu, comme la chanson d'un vent de cheminée, passant par-dessus les points là où la ligne se déroulait lucide, et s'arrêtant juste au milieu d'une période quand se présentaient des mots revèches, biffés ou accolés comme les jumeaux sous une même rature, ce qui produisait souvent le sens le plus burlesque. Voici cette lecture :

" *Mon... si... eur, Dans votre douleur j'ai la consolation de vous apprendre que... que... que je pue... que je pue... que je pue.*"

— Allons, dit le père, ça ne peut pas être ça.

La femme fit une pose, consolida sa verrerie, tourna le papier du côté du feu, fit un grand salut, avec mine d'avaler quelque chose de très-difficile, et reprit : " *que j'ai pu obtenir de notre... de votre c, o, co... c, o, co... de notre coco, que j'ai pu obtenir de notre coco.*"

11

— Mais pauvre femme, interrompit encore le bonhomme, tu n'y
es pas, ça doit être *colo... nel.*

— Ah ! oui, je crois qu'il y a une *l* ; c'est que, voyez-vous, il y a là
une pataraphe qui a coupé l'*l* et la queue de *colonel*, et ça fait *coco.*

— Allons, tâche de continuer.

— " *Que j'ai pu obtenir de notre colonel que vous resteriez libre, sous
ma res... pon... sa...bi... li... té, sous ma responsabilité, jusqu'au m
ment du départ des bais... des bestiaux... des vessies, des vais...*

— Des vaisseaux ! murmura le père Landry impatienté.

Il passa dans ce moment un léger sourire sur la figure de Marie
qui fut immédiatement suivi d'une première nuance d'incarnat.

Sa mère continua : " *C'est tout ce que j'ai pu, pour vous, aujour
d'hui : peut-être que si j'étais dans d'autres conditions, il me serai
permis d'espérer davantage, mais il faudrait pour cela l'inter... ven..
tion de la Providence et des actes qui ne dépendent pas de ma seul
volonté. Je prie et je désire de toute l'ardeur de mon... de mo
c... o... e.... u... r, ...de toute l'ardeur de mon* TIEUR *que ces chose
s'accomplissent.*"

Ici la lectrice prit cinq minutes de repos ; elle était épuisée d'avo'
franchi sans obstacle un si long passage. Elle alla donc prendr
un plein gobelet d'eau fraîche, cette ressource providentielle d
tout orateur échoué dans le désert de ses idées ; après quoi, aya
retrouvé sa tonique, elle reprit sur le même air : "*Je n'ai dans
moment qu'une pan... qu'une panse... qu'une seule panse*"...

Jusqu'ici, Pierriche avait réussi, quoiqu'avec peine, à brider s
hilarité, naturellement impertinente, comme d'ordinaire à cet â。
Mais il avait fallu, pour lui en imposer, la gravité des circonstanc
le triste état de Marie, l'âge vénérable de la lectrice, et avec ce
la pression de ses deux mains qu'il tenait serrées sur sa bouc
par un effort désespéré. Mais quand il vit arriver, à la suite d
autres *qui pro quo*, la *panse* de son maître, il perdit tout frein, je
ses deux bras autour de son ventre comme pour l'empêcher d'éc
ter, et il partit d'un de ces éclats de gaieté qui ne se terminent q
par les larmes ou la colique. Tout le monde en fut atteint ;
fut une explosion générale, et comme on n'est jamais mieux
posé à rire que lorsqu'on a beaucoup pleuré, chacun sentit s
cœur se dilater.

Marie, que les bonnes nouvelles annoncées par le lieu
nant avaient ranimée quelque peu, fut prise d'une révo
tion nerveuse mêlée de saillies joyeuses et de sanglots qui d
longtemps et eut sur elle un effet inespéré. Car cette crise, d
l'état où la jeune fille se trouvait déjà, aurait pu devenir fata

mais elle la sauva. Sa pauvre mère, qui aurait pu se trouver froissée de l'impitoyable accueil fait à ses débuts, était toute heureuse du résultat qu'ils avaient eu pour son enfant, et elle était prête à recommencer la dose ; mais Marie lui épargna ce soin délicat, en la priant de lui passer la lettre, lui faisant signe, en même temps, de s'approcher bien près d'elle, pour qu'elle pût se faire entendre.

Alors elle recommença la lecture de la précieuse épitre que sa mère avait trop agréablement variée pour ne pas en altérer un peu le sens et l'effet : la voici intégralement :

" Monsieur, dans votre douleur, j'ai la consolation de vous apprendre que j'ai pu obtenir de notre colonel que vous resteriez libre dans votre famille, sous ma responsabilité, jusqu'au moment du départ des vaisseaux. C'est tout ce que j'ai pu pour vous aujourd'hui ; peut-être que si j'étais dans d'autres conditions, il me serait permis d'espérer davantage, mais il faudrait pour cela l'intervention de la Providence, *et des actes qui ne dépendent pas de ma seule volonté* : je prie et je désire de toute l'ardeur de mon cœur que ces choses s'accomplissent... Je n'ai dans ce moment qu'une pensée, qu'une seule préoccupation, c'est d'alléger vos maux. Ma position est bien précaire, mon action est fort restreinte ; mais s'il est quelque bien, quelque grâce que je puisse obtenir pour vous, faites-les moi dire par Pierriche. Veuillez aussi m'apprendre l'état où vous vous trouvez tous.

" Votre ami dévoué et respectueux,

" GEORGE GORDON."

A ces derniers mots, Marie laissa tomber le papier, et elle sentit de nouveau le tremblement de la feuillée de liane courrir sur ses membres ; mais un effort de sa volonté y ramena bien vite le calme ; elle étendit ses deux bras autour du cou de son père et de sa mère, et attirant leur tête sur son sein, elle leur dit en touchant leur front de ses lèvres :

—Que Dieu le bénisse, il a eu pitié de vous, au moins, cet ennemi-là ; il est bon, monsieur George, n'est-ce pas, père ?...

Le père fit un léger signe de tête, mais ne répondit pas.

Pierriche, impatient de voir que personne n'articulait une syllabe après une pareille lecture, se hâta de s'écrier :

—Je vous l'avais bien dit qu'il voulait vous sauver tous !

Puis s'approchant de sa petite maîtresse les mains jointes, avec un air d'adoration :—Mon Jésus, mamselle ! ajouta-t-il, que ça me donne du contentement de vous voir sourire ainsi de la façon d'autrefois ;

c'est toujours comme ça que je vous voyais, moi ! avec ça, seulement que vous étiez plus colorée. Monsieur George va se ravigoter
aussi, quand je vais lui dire comment vous vous sentez. Je vous
assure qu'il faisait une furieuse lippe quand je l'ai quitté, et que
ça lui démangeait le cœur tout autant qu'à moi d'avoir de vos
nouvelles ! N'est-ce pas que je lui dirai que vous êtes bien ?

— Oui, mon Pierriche.

— Que vous êtes bien heureuse de ce qu'il fait pour vous ?

— Mais oui, mon garçon.

— Que vous voulez bien être sauvée, s'il peut le faire et si c'est
son envie, à lui ?... N'est-ce pas que vous viendrez encore à la
ferme, tous les soirs ?... Ah ! c'était trop dur, l'idée de quitter tout
ça à l'abandon, moi qui ai tant soigné toutes ces pauvres bêtes !....
Ma chère Rougette ! si vous saviez comme ça me crevait le cœur de
lui dire adieu !... Tenez, tout à l'heure, après avoir embrassé not'
vieille mère, je n'ai pas pu m'empêcher d'aller à l'étable... et je l'ai
embrassée aussi, ma Rougette, elle et son veau, sur les deux joues.
Voyez-vous, mamselle Marie, si ça vous plaisait de rester, j'en
aurais encore plus de soin. Et vos poules !... qui vous ont fait
vendre tant d'œufs à M. George ; je vous promets qu'elles pondraient... qu'elles pondraient... qu'elles pondraient !...—et Pierriche
étendait les bras comme s'il eût eu des œufs à brassée, et ses
larmes inondaient son visage.—N'est-ce pas, maîtresse, que je lui
dirai tout ça, à monsieur George ?

—Pas tout, Pierriche, pas tout ; mais tu lui diras qu'il a tant de
titres à notre reconnaissance, que nous ne pourrons jamais assez le
remercier, et que nous prierons Dieu pour qu'il lui rende le prix
de ses bienfaits.

— Rien que ça ?

— Oui, Pierriche.

— Et vous, monsieur Landry, dit le garçon en regardant le vieillard avec une expression de bienfaiteur modeste, vous auriez-t-il
quelques services à demander, pour faire plaisir à not' maître ?

—Non, mon homme, aucun autre pour le moment ; tu remercieras M. le lieutenant comme te l'a dit Marie ; vas.

Aussitôt Pierriche s'achemina vers la porte ; il se faisait tard.
En s'éloignant, le garçon tournait et retournait son feutre, se grat-
tait le front, regardait en arrière, comme un homme qui n'est pas
tout à fait satisfait de sa mission. Il n'avait pas parlé de Jacques,
et ça lui démangeait violemment la langue, comme il aurait dit
lui-même.

Marie lui avait paru si faible qu'il avait senti son indiscrétion naturelle liée par sa pitié pour sa jeune maîtresse. Mais il lui en coûtait de s'éloigner sans jeter son secret dans quelque coin de la maison ; son embarras fut bientôt compris. Le Créateur a donné à certaines femmes un flair exquis et tout spécial pour saisir les secrets ; elles savent où ils gisent, quand ils partent, où ils s'arrêtent ; elles les suivent à la piste comme le lévrier suit le chevreuil.

Les deux voisines, qui n'avaient plus de soins à donner à la maison, firent mine de profiter de la porte ouverte pour s'esquiver avec le commissionnaire. A peine eurent-elles franchi le seuil, qu'elles saisirent l'enfant au collet et l'accrochant à leurs bras, elles débutèrent toutes deux en même temps, comme un orchestre qui frappe le premier accord d'une symphonie qu'il va jouer :

—Mais où cours-tu, P'tit-Pierre ? Attends nous donc un peu, nous avons peur des soldats !

— Moi étout, mesdames.

— Et puis, P'tit-Pierre, il y a quelqu'chose qui te tourmente encore, il y a du mystère dans ta caboche ; hein, sournois, t'as pas tout dit, n'est-ce pas, p'tit finaud, que tu n'as pas tout dit ? Quand on est, comme toi, dans la manche du lieutenant et d' l'état-major, on doit savoir bien des choses... Parions qu'ils t'ont dit qu'ils te feraient un officier ?....

—Pas si dru que ça ; et puis, c'est que je dirais nanni ! Pierriche Trahan ne tient pas à ce métier-là... Mais tout de même j'ai mes secrets.

— Des secrets !...... des secrets ! s'écrièrent les deux femmes en l'arrêtant tout court et en étendant vers lui leur quatre oreilles, qui représentaient en ce moment une puissance acoustique égale à quatre cents timpans de la plus fine trempe. Des secrets !—Et un silence solennel s'établit sous ces deux câlines qui couvaient le jeune homme de leurs immenses passes en se rejoignant presque par-dessus sa tête.

— Oui, des secrets, reprit Pierriche ; mais je crois que je peux bien vous les faufiler sous bonnet, en cachette ; mais vous n'en soufflerez miette avant que ça court un peu, toujours ; on m'appellerait babillard...

— Parole de voisine, P'tit-Pierre !...

—Eh bien ! il paraît que Jacques Hébert, qui est revenu... (ah, ca ! vous n'en soufflerez pas un brin !) vous savez bien, le Jacques, le garçon du bonhomme Hébert qui sont ceux qui nous ont mérité tout c'te persécution... s'ils s'étaient tenus tranquilles, aussi, les enragés ; ils bavardaient toujours contre les Anglais... et il fallait que cet autre vint, à présent, tout gâter, faire le sabat... battre mamselle Marie, étrangler M. George !... Ah ! mais...

— Eh bien ! quoi, mais ?...

— Eh bien ! c'est lui qui est arrivé et qui a tué le frère de not' lieutenant ! Je l'ai vu, moi.

— En v'la un secret, une nouvelle ! C'est-ti tout ce que tu sais, ça ? Mais t'es bête, P'tit-Pierre ; j'y étions, j'avons tout vu, tout entendu ; c'est nous qui avions ramassé mamselle Marie ; je l'savions ben avant toi.

— Mais c'est pas fini ; c'est que j'étais pour vous dire qu'il en avait tué bien d'autres ; et ça ne leur a pas fait plaisir, comme de juste ; c'est pourquoi le Jacques va s'en repentir... Il ne s'en repentira pas, parce qu'il va se faire fusiller.

— Fusiller !...

— Oui, fusiller, le 9, à neuf heures du soir ; et pour que ça lui fasse plus de chagrin, que ça lui donne plus de contrition d'avoir tué des Anglais, ils vont le faire mourir devant l'ancienne maison de son père...... L'avez-vous bien vu ?... en a-t-il un air de sauvage !... Mais il faut que je me hâte ; j'étais si fort pressé de venir ici que j'ai oublié de dire à c'te pauvre mère de n'pas avoir peur ; elle craint tant les fusils et les soldats, à présent. M. George m'a dit pourtant qu'il y serait, pour commander la fusillade ; mais ça n'fait rien... elle aura peur. Bonsoir ! — Et sans attendre d'autres questions, le garçon disparut dans la direction de la ferme de Marie.

A peine la poussière de ses pas était-elle retombée sur la terre qu'une des femmes se répandait déjà dans le voisinage, semant partout sa nouvelle sinistre ; l'autre était rentrée chez les Landry pour leur apprendre discrètement un événement qui devait les intéresser si fort.

Mais Marie venait de s'assoupir doucement dans les bras de la bergère séculaire ; le père et la mère préludaient tous deux à un faible repas qu'ils tenaient sur leurs genoux, au coin du feu. Ils regardaient toujours leur fille, leur amour, leur adoration ; ils tremblaient qu'un souffle ne l'éveillât. La commère fut invitée à prendre un morceau, ce qui lui permit d'attendre une occasion favorable de déposer dans l'intimité sa petite moisson de nouveautés.

Il est probable qu'elle attendit longtemps, car elle ne rentra chez elle que fort tard ; ce qu'il y a de certain, c'est qu'elle se sentit alors le cœur soulagé et que peu d'instants après, il était bruit partout le bourg que Jacques avait mangé cent Anglais, au moins, depuis son départ, et que le diable avait dû le soigner puisqu'il

n'était pas mort empoisonné : car c'était alors un préjugé univer-
sellement répandu que ceux qui mangeaient de la chaire humaine
devaient en mourir.   La rumeur que le père Landry avait donné
sa fille au lieutenant pour échapper au .malheur commun, prit
aussi une telle consistance que personne n'en douta davantage ; et
il est aussi certain que Marie ne rentra pas dans sa chambre sans
avoir entendu la révélation des secrets de la voisine. Sa mère
tenait trop à lui faire comprendre l'inutilité du retour de Jacques
sur ses destinées futures, pour ne pas la prévenir du sort de son
cruel fiancé. Elle pensait qu'après le coup terrible qu'il avait porté
à sa fille, la nouvelle de cette exécution ne pouvait pas lui causer
plus de mal.   Quoiqu'il en soit, elle reçut cette confidence, qu'elle
pressentait d'ailleurs, sans désespoir apparent : soit qu'elle fît un
effort suprême pour cacher son émotion à ses parents, soit qu'il y
eut chez elle impossibilité de souffrir davantage, on ne vit sur sa
figure qu'une contraction fugitive.

XIII

Marie n'avait jamais parlé à ses parents de la lettre qu'elle avait
reçue de George, par laquelle le lieutenant sollicitait sa main.
On se rappelle qu'elle l'avait reçue quelques jours seulement
avant la proclamation de Winslow, et que George l'avait écrite au
milieu d'une grande agitation, à la suite d'une réunion du conseil
militaire qui avait décidé du sort des Acadiens. Son premier mouvement en la lisant avait été d'y répondre de suite, et de repousser
une proposition incompatible avec ses inclinations, ses sentiments
et ses liaisons précédentes ; elle aurait voulu ne laisser à l'officier
aucun instant d'espoir.   Mais en relisant cette lettre, elle se ravisa ;
elle lui parut d'abord un peu prématurée de la part d'un homme
d'esprit et d'expérience.
— Il me semble, pensa-t-elle en rougissant beaucoup, que je ne
lui ai pas encore donné le droit de mettre les bancs à l'église...
Quelle hâte, quelle impatience inexplicable ! Je ne suis pas assail-
lie par les prétendants... il y a longtemps que je les éloigne avec
la chère ombre de Jacques, et celui-ci n'a pas fait dire au lieutenant qu'il était près de son retour ; j'espère que j'en saurai quelque chose avant les Anglais ; pauvre Jacques !... Et puis que veulent dire ces phrases qui ont la prétention d'expliquer la précocité

de cette demande et qui n'éclaircissent rien... au contraire... ? Que
signifient cette empreinte de sentiments agités, cette couleur vague
de mystère que revêtent ces trois petites pages ?... Tout cela me
fait bien l'effet d'une énigme que je serais fort aise de méditer
quelque peu, dans le secret. Ce monsieur-là a des côtés inconnus,
une histoire accidentée, paraît-il....... J'aurai peut-être avec ceci
l'occasion de désenchanter ma bonne mère...

Marie ne répondit donc pas à l'officier. Quelques jours après
vint la proclamation et la fête de sa *grosse gerbe*, qui ajoutèrent à
ses impressions les nuages sombres de ses pressentiments. Enfin
la terrible catastrophe apporta ses affreuses révélations ; l'entrevue
fortuite qu'elle eut avec George la surprit au milieu de l'accablement de son malheur ; les nobles paroles de l'officier, sa conduite
généreuse, le caractère de sincérité de ses sentiments eurent un
effet puissant sur son âme atterrée. Dans l'écroulement soudain
de tous les bonheurs de la vie, dans l'horreur que cause à une
âme belle et tendre l'assaut des injustices et des perversités
humaines, l'apparition d'un être bienveillant, juste et protecteur, en
impose involontairement au cœur : Marie n'eut donc pas la force
de repousser immédiatement cette main qui ne s'offrait pas seulement à elle, mais qui pouvait arracher ses parents à une longue
suite de tortures ; et malgré que cette alliance répugnât tout autant
à son amour, elle crut un instant pouvoir la subir, si ses parents
voulaient y donner leur assentiment. Les événements de la
journée ne lui permirent pas de leur exposer ses intentions ni
même de réfléchir à l'acte important qu'elle s'apprêtait à consommer. Ce n'est que lorsqu'elle se fût retirée dans sa chambre
que son esprit se concentra tout entier sur le triste problème que
lui présentait sa situation. Elle avait retrouvé de la force dans
le repos et dans les embrassements de ses parents, elle put mesurer
son courage et calculer ce qui lui restait de bonheur dans la vie.

En se retrouvant dans le petit sanctuaire qu'elle n'avait jamais
déserté qu'un soir, celui de la veille, et où elle avait consacré les
souvenirs de ses dix-huit beaux printemps, elle jeta un coup d'œil
sur toutes ces petites reliques d'affection qu'une enfant naïve et
tendre suspend autour du berceau de ses plus jolis rêves, et elle
s'aperçut que la lampe qui brûlait d'ordinaire devant son image de
Notre-Dame Auxilliatrice s'était éteinte : cela n'était pas arrivé
depuis cinq ans... Durant la journée, personne n'avait songé à
mettre de l'huile dans le petit godet de verre.

—C'est vrai, dit-elle en la regardant, *il* est revenu, *il* est revenu !...

et la Madonne a laissé mourir la veilleuse !... elle m'a exaucée !...
je n'avais demandé que *son* retour !...

Et Marie s'asseya sur l'unique dégré de son humble oratoire
pour penser et pour prier.

Elle resta longtemps dans cette posture de la Vierge au Calvaire,
pleurant doucement, mais avec une expression de résignation
sublime ; elle balbutiait quelquefois des phrases entrecoupées ; sa
respiration se précipitait davantage, des paroles plus ardentes
brûlaient encore ses lèvres, mais la passion était enchaînée, elle
ne pouvait plus jaillir de son sein par torrents débordés ; cette âme
pure avait regardé son Dieu crucifié, et elle lui avait dit :

—Mon Dieu ! je boirai mon calice, j'accepterai mon ignominie,
je gravirai mon calvaire, mais vous me soutiendrez ; il me faudra
votre main ; il me faudra de votre amour plein mon cœur... Ah !
faites que j'aime cet homme comme je le respecte, comme je
l'estime, comme le mérite son noble dévouement. Il n'y a que
vous qui puissiez briser l'éternité d'un sentiment, changer les voies
d'un pauvre cœur. Ne permettez pas que je devienne jamais une
méchante épouse... Ah ! j'avais aspiré à trop de bonheur dans **ma
vie** de femme ;... j'avais rêvé le ciel dans les liens de la terre !...
faites que je perde la mémoire du passé,... que j'oublie les horreurs qui m'entourent... Mon Dieu ! mon Dieu ! si je méritais un
miracle, je vous demanderais de sauver mes parents sans mon
sacrifice, mais ce serait une prière lâche ; sauvez-les ! sauvez-les, à
quelque prix que ce soit, pourvu que ma vie puisse payer leur
salut, pourvu que ce salut soit aussi leur bonheur !...................
Et faites miséricorde à Jacques !...je lui pardonne son injustice, sa
cruauté... Il m'a tout rendu, serment, liberté ; il m'a rapporté de
la haine à la place de son amour ; il m'aurait arraché le mien de
mon cœur s'il eut pu ; il ne me laisse que le martyre de son souvenir, que le désespoir de son injustice qu'il emportera dans sa
tombe... Mon Dieu ! j'endurerai tout mon supplice, mais vous
veillerez sur sa mort ; qu'il ne croye pas jusqu'à son dernier soupir
que j'étais une femme infâme !...

La chandelle qui éclairait seule la petite chambre s'abaissait,
s'abaissait toujours ; la mèche allongée et toute couverte de noirs
champignons ne répandait plus qu'une lueur sinistre. Marie s'en
aperçut tout à coup et eut peur ; elle se hâta de rogner le mouchon,
et, jugeant qu'il devait être fort tard, elle se leva pour se mettre
au lit.

En passant devant sa croisée dont les volets étaient restés
entreouverts, elle crut entendre les vitres résonner, comme si quel-

qu'un les avait frappées légèrement du dehors. Elle s'arrêta aussitôt avec effroi ; le même bruit se répéta de suite, mais plus
accentué.

— Il y a là quelqu'un, dit Marie glacée... quelqu'un qui me regarde, qui m'épie... à cette heure avancée, dans cette nuit solitaire, dans ce village où il n'y a plus un seul homme ami qui soit
libre !...

A peine eut-elle balbutié ces paroles, qu'une figure dépassa à
moitié le bas de la fenêtre et se colla sur les carreaux, et elle
entendit son nom discrètement articulé.

— Marie, Marie, c'est moi...

Elle allait crier, fuir, quand elle reconnut P'tit-Toine, le peureux
P'tit-Toine, qui, en s'accrochant des pieds et des mains dans les
chanfrins des vieilles pièces du solage, était enfin parvenu à une
hauteur que sa taille ne lui permettait pas d'atteindre sans échelle,
et il répétait, soupçonnant la terreur de sa sœur :

— C'est moi P'tit-Toine, ton frère.

Lui ouvrir, le hisser par les bras dans sa chambre et l'embrasser
à cent reprises, fut pour Marie la besogne d'un instant. En tombant
sur le plancher P'tit-Toine s'écria, sans voix, tout haletant :

— Pauvre p'tite sœur, je ne suis donc pas mort ! et toi non plus...
et les autres ?

— Les autres non plus, p'tit frère... Mais d'où viens-tu ? d'où t'es
tu échappé ?... tu n'étais donc pas prisonnier avec les autres ?...

— Je n'en sais rien d'où je viens ;... du bout du monde ! de l'autre
côté de la mer !... J'ai vu Jacques... des sauvages ;... ils ont tiré
sur nous... j'ai cru qu'ils m'avaient tué ; mais non !... Après, je
n'ai retrouvé ni André, ni Jacques, ni son Micmac, rien que mon
chemin, et je suis revenu à travers les bois, de nuit ; j'ai vu ta
petite lumière, c'est ce qui m'a fait penser que tu devais être dans
ta chambre, peut-être Jacques aussi ;... et ça m'a donné du courage pour arriver, pour frapper... Tu as eu bien peur, hein, pauvre
sœur ; mais tiens, j'ai eu plus peur encore ; et j'ai faim, p'tite Marie,
je meurs de faim !...

— Tu as vu Jacques, toi ?... des sauvages ?... tu étais avec André ?...
tu as traversé la mer ?... mais explique-toi, explique-toi !...

— Oui, oui, je l'ai vu.

— Mais où l'as-tu vu ? comment l'as-tu rencontré ?... Il n'était donc
pas encore prisonnier ? Tu lui a donc parlé ? Ah ! dis-moi vite,
p'tit frère, ce qu'il t'a raconté ; dis-moi tout, tout !

Et Marie embrassait encore son frère.

— Eh bien ! je l'ai vu là-bas... reprit P'tit-Toine, à moitié étouffé dans les bras de sa sœur ; nous allions le chercher et il venait nous chercher aussi ; nous lui avons parlé de toi, de ta petite maison, de tes troupeaux, de tes économies, de tes grosses ventes à monsieur George... mais j'ai faim...

— Oui, mais paraissait-il heureux... content, gai? parlait-il de moi ?

— Dam, il riait, il pleurait, il disait des choses en l'air comme tous ceux qui reviennent au pays, pour y retrouver une jolie fille, qui les attend en larmoyant beaucoup trop, avec des beaux yeux comme ceux-là ;... mais j'ai faim !...

— Tu es bien sûr, frère, tu ne te trompes pas, il n'était pas inquiet... triste ?...

— Peut-être un peu, de temps en temps, à la fin de la veillée, quand il parlait des Anglais... (il ne les aime pas, Marie, nos Anglais). Durant la nuit, je crois qu'il n'a pas dormi : je couchais près de lui, et je ne dormais pas non plus, mais je faisais le mort, tant j'avais de frayeur de son sauvage ; je le vis donc se lever, s'approcher près du feu et lire une lettre ; .... et ça m'a semblé lui donner une diable d'humeur ; il fit bien du mouvement, réveilla le Micmac et nous força tous de nous remettre en route. Mais, petite Marie, j'ai faim ! j'ai faim ! j'ai faim ! Si tu veux que je parle, donne-moi d'abord de quoi me faire vivre quelques instants, j'écrase... j'expire... je suis mort !

En effet, le pauvre enfant était rendu, il chancelait, et c'était avec effort qu'il avait pu jeter pêle-mêle ces quelques phrases. Malgré qu'elles fussent pour sa sœur autant d'énigmes dont elle brûlait de connaître le sens, elle ne put pas résister davantage à sa prière, et elle alla lui chercher de suite quelque chose à gruger, en lui faisant signe du doigt de rester bien tranquille dans sa chambre.

En entendant parler de lettre, Marie avait tressailli, son front s'était ridé ; elle avait s'emblé chercher dans sa mémoire les traces d'un souvenir perdu ; mais le besoin pressant de son frère ne lui permit pas de s'arrêter pour le moment à de plus longues réflexions. Elle courut recueillir dans les buffets ce qu'elle crut le plus convenable à l'appétit de Ptit-Toine, et elle revint aussitôt, les bras chargés, s'assoir devant lui.

Le pauvre garçon ne se fit pas longtemps prier pour se servir... il usa de ses deux mains, comprenant sans peine, après la rude expérience qu'il venait de faire de la vie des bois, le sans-gêne de Wagontaga.

Sa sœur le regarda durant un instant avec satisfaction, lui laissant le loisir de se réconforter un peu avant de l'accabler de

nouveau de ses questions ; puis elle voulut se faire raconter minutieusement le voyage des deux frères et tout le récit de Jacques ;
insistant pour connaître jusqu'aux moindres nuances de cette
narration, les réflexions isolées de son fiancé, jusqu'aux altéra-
tions de sa figure. On conçoit que cette conversation dut les retenir
longtemps. Marie y mit un intérêt fiévreux ; elle revint souvent
sur certains détails, surtout sur celui de la lettre, qui l'intriguait
plus que tout autre.   De son côté elle informa Ptit-Toine de tout
ce qui s'était passé à Grand-Pré depuis son départ.

Les premières teintes de l'aube étaient prêtes d'apparaître, que ce
dialogue se poursuivait avec la même activité. Mais le temps était
venu de l'interrompre ; Ptit-Toine ne pouvait rester davantage dans
la maison paternelle, sans courir le danger d'être arrêté..... Il ne
tenait pas à s'éloigner ; pour une bonne nuit passée sous son toit, il
aurait bien volontiers sacrifié sa liberté du lendemain ; une liberté
sans ses parents ne lui souriait guère. Mais Marie insista sur la
nécessité de son départ, lui disant qu'il fallait aller à la recherche
d'André lui porter quelques provisions et le prévenir des dangers
qui l'attendaient à son retour. Le jeune homme comprit son devoir
et se disposa à repartir. Sa sœur alla quérir un sac, le remplit de
nourriture et le lui mit sur les épaules ; après quoi, elle lui donna
la main pour le congédier de force ; car le pauvre enfant sentait
son cœur défaillir en s'acheminant vers la porte de la maison....
Quand il passa devant la chambre des vieillards, ses pas s'arrêtèrent malgré les efforts de celle qui l'entraînait, et il murmurait
à l'oreille de Marie :

— Partir sans les embrasser !...

— Non, vite, vite ! sauve-toi ! il est tard !... Et puis, laisse-les
reposer encore une fois, là ; ils n'ont pas fermé l'œil depuis deux
jours, et c'est sans doute la dernière nuit qu'ils dormiront ensemble sous ce toit ; peut-être font-ils un dernier songe d'espérance !...

— Et moi, reprit Toinon résistant toujours, je ne les reverrai
peut-être jamais !...Marie, laisse-moi les regarder encore une fois....
tiens, j'irai si doucement... je me contiendrai.

— Tu les embrasseras, malheureux !

— Non, Marie, je ne les embrasserai pas, je te le jure ; je n'embrasserai que toi, bonne petite sœur, que toi seule !...

En articulant ces mots, il entraîna Marie vers la porte de ses
parents, l'ouvrit comme eut fait un voleur, et, s'approchant du lit
où dormait son père et sa mère, il s'arrêta quelque temps à les
contempler. La sérénité d'un ciel pur régnait au front de sa mère,
mais deux sillons orageux séparaient les sourcils de son père ; il

les fit apercevoir à sa sœur qui le retenait toujours par la main, et il lui dit à l'oreille :

— Il n'y a pas de rêve d'espérance là, Marie !...

P'tit-Toine essuya alors les grosses larmes qui commençaient à l'aveugler, et pour tenir parole à Marie, il lui tendit les bras, et tenant toujours les yeux fixés vers le lit vénéré, il n'embrassa qu'elle seule... Mais on aurait dit que dans cette étreinte suprême, il serrait tout ce qu'il aimait au monde.

Après ce moment de pieuse consolation, où cet enfant avait paru respirer l'amour et la bénédiction de ses parents, il sortit de cette chambre, quitta les bras de sa sœur et le seuil de sa maison.

La fiancée, retirée de nouveau chez elle, se hâta d'allumer la lampe suspendue devant sa madone et s'apprêta de suite à se mettre au lit. En délaçant le corsage de sa robe, un vieux papier glissa dans les plis de sa jupe ; mais elle ne s'en aperçut pas, tant elle s'empressait de chercher un repos qui lui était bien nécessaire. Il ne se fit pas attendre longtemps : pendant qu'elle regardait les vacillements de la veilleuse ravivée et que ses mains se tenaient jointes sur son cœur comme pour formuler une prière muette, ses beaux cils noirs descendirent comme un voile de deuil sur son regard attristé ; il ne resta plus sur sa figure que les traces vagues d'une grande douleur assoupie.

XIV

Dix heures venaient de sonner dans le silence et la tristesse de la vieille maison blanche. Le père Landry, sa femme et leur fille s'occupaient à sortir des armoires et à détacher de diverses parties de la maison le linge, les habits et tous ces effets d'usage continuel qu'il faut prendre quand on part pour un long voyage dans des régions inconnues. Un sentiment profond de découragement se manifestait dans leur démarche ; la tristesse dominait surtout les deux femmes : elles étaient indécises, distraites, aveugles. On voyait seulement que Marie faisait de grands efforts pour garder les apparences du courage et soutenir celui de ses vieux parents ; mais son trouble la trahissait souvent, elle venait les bras chargés de choses inutiles et s'en retournait quelquefois avec les nécessaires.

— Allons, disait le père, qui liait les paquets, ayons plus de force, ne nous troublons pas ; ma pauvre enfant, ne prend que les

choses les plus urgentes ; les maîtres ne se chargeront probablement pas d'un gros bagage ; ils tiennent plus à exporter nos corps
que notre marchandise.

—Oui, répondait sa fille, mais prenez toujours ces bonnes flanelles
et ces couvertures ; on ne peut pas en avoir trop ; c'est bientôt
l'hiver, vous pourriez être malade et nous coucherons peut-être
dehors... Et puis, père, vous êtes vieux, vous ; ils auront bien un
peu pitié d'un vieillard ?... — Le père secouait la tête et prenait.
—Ajoutez donc cette autre casaque, continuait Marie, et ces deux
juste-au-corps, et ce frac, et ces vestes, et ces *mitasses*, et ceci....
Mettez, mettez toujours, le voyage sera long, et nous ne pourrons
pas coudre de sitôt, peut-être...

   — Mais pour toi, ma Marie, tu ne m'apportes rien ?

   — Oh ! soyez tranquille, je ferai bien mon petit paquet ; je le
mettrai avec celui de ma mère ;— et elle jetait parmi les habits de
celle-ci tout ce qu'elle croyait devoir être utile à la bonne femme,
mais rien ne tombait pour elle-même.

   Une fois, son père la vit venir avec une brassée prise tout d'une
pièce dans la lingerie ; le morceau semblait enveloppé depuis longtemps ; Marie le laisse tomber près du vieillard et allait repartir
sans trop savoir ce qu'elle venait de faire, quand le père l'arrêta :

   — Mais où veux-tu que je te place ceci, pauvre enfant ? C'est bien
gros ! Qu'est-ce qu'il y a là dedans ?...

   — Tiens, comme je suis folle !... Mais je ne sais plus ce qu'il y a là
dedans.. ; c'était parmi d'autres paquets semblables.—Là dessus, elle
fit partir les attaches et il jaillit de l'enveloppe, trop tendue, un
nuage de blancs et légers tissus, au milieu duquel reposait, comme
une couvée de colombes dans son nid de duvet, une couronne de fleurs
d'oranger artificielles : de tout cela s'exhalait le parfum du foin de
la vierge.   La pauvre enfant fit un cri de surprise, et se cacha le
visage de ses deux mains.   C'était le trousseau de la mariée, qu'elle
avait préparé, dans les longs soirs de l'hiver de 1749, pour charmer
son attente et s'entretenir de son bonheur futur, dans le secret de
sa chambre.   La toilette était restée ainsi au fond de l'armoire, où,
dans les familles économes de cette époque, on reléguait les habits
qui ne devaient servir qu'aux quatre fêtes de l'année. Ceux-ci attendaient la grande fête du retour...

   Le père Landry, navré, regarda sa fille quelque temps, n'osant
articuler une parole ; puis quand il vit qu'elle sanglotait, il enlaça
ses bras autour de son cou et il la pressa sur son cœur. Après un
instant, Marie lui dit :

   —Père, vous me teniez comme cela, quand *il* partit: vous

rappelez-vous ?... je vous disais, comme une enfant que j'étais, que mes oiseaux n'étaient jamais revenus ; et vous me répondiez : " Ma Marie... les garçons, ça revient, ça se souvient toujours "...... C'était le jour du *second départ*, celui-là ; aujourd'hui, c'est le *troisième*...... Mais, ajouta-t-elle, en s'appercevant que les larmes de son père inondaient son front, je vois que je vous fais pleurer ; vous aviez pourtant assez de peine ; pauvre père, je ne veux plus vous causer de chagrin, comme cela ; — et, après l'avoir embrassé, elle reprit dans ses bras son inutile fardeau, ajoutant tout haut mais comme par irréflexion :

— Voyons, mettons toujours ceci de côté ; on pourra peut-être encore s'en servir... ici...

Son père, en l'entendant, la regarda s'éloigner avec étonnement : mais dans le même moment, une main frappa quelques coups à la porte, qui s'ouvrit presqu'aussitôt, et George demanda, avec douceur et même avec timidité, s'il pouvait entrer. En l'appercevant, Marie sentit le besoin de rencontrer le sein de sa mère pour s'y appuyer ; et elle murmura de ses lèvres glacées :

— Quoi ! c'est lui !... c'est lui, mon Dieu !...

Son père s'était levé pour aller au-devant de l'officier, et sans lui présenter la main, il lui dit, cependant, avec beaucoup de déférence :

— Entrez, monsieur, entrez, asseyez-vous ; vous en avez plus que la permission ; vous êtes maintenant chez vous, ici....

— Comment ! dit George, en prenant avec empressement les mains du vieillard, vous auriez été favorable à la demande de Mlle Marie ! Ah ! merci, j'en suis si heureux !... Vous êtes tous sauvés, et il est inutile que vous vous donniez la peine et la fatigue de ce bouleversement, puisque nous devons rester tous ensemble !

En entendant ces derniers mots, la mère Landry tomba à genoux, joignit les mains comme pour remercier le ciel. Mais le père resta stupéfait, regardant tour à tour le lieutenant et sa fille :

— Pardon, monsieur, dit-il, mais je ne vous comprends pas : ma fille ne m'a pas encore fait part des engagements qu'elle a pris avec vous.... Vous vous méprenez sur le sens de mes paroles ; je voulais dire que cette maison m'ayant été enlevée par votre gouvernement, vous aviez désormais, plus que moi-même, le droit de vous y assoir. Je suis ici, maintenant, votre obligé....

Marie, qui ne s'attendait guère à une pareille entrée en matière, blessée au cœur par le sentiment de reproche que renfermait les paroles de son père, se hâta d'intervenir.

— C'est à moi, dit-elle, d'expliquer la cause de la méprise de M.

George. Il y a quelques jours, il m'a demandé ma main ; la difficulté des circonstances, puis votre absence et le trouble où nous
nous sommes trouvés depuis, m'ont empêchée jusqu'à ce moment
de vous confier cette proposition, et de vous demander vos conseils
et une décision. Aujourd'hui, ce mariage est la seule chose qui
puisse vous sauver, vos enfants et vos biens.... Les moments sont
précieux ; jugez si vous devez y consentir. Je soumets tout à votre
volonté... Ce qui pourra faire votre bonheur, fera le mien...

— Et le mien aussi, interrompit sa mère, et celui de M. George.
N'est-ce pas, M. George, que vous en serez très heureux ?...

— Ah ! madame, ce serait mon plus grand bonheur !.... et c'est
tout ce qui peut me faire solliciter cette faveur...

— N'est-ce pas, mon mari, que tu donnes ton consentement,
comme je donne le mien.... puisque ça doit satisfaire tout le monde,
sauver tes enfants ?.... Ah ! sauve nos enfants, nos pauvres enfants !..
Qu'ils ne puissent pas te reprocher leur exil, leurs tortures ; et puis,
qu'est-ce que tu pourras faire, toi, en exil, vieux, peut-être séparé
de tes plus forts soutiens, peut-être sans moi ?.... car bien sûr, je ne
pourrai survivre ;...j'en mourrai, je le sens !....

Ici, Marie, que ses forces ébranlées par tant d'assauts soutenaient
à peine, les sentit céder tout à fait sous son émotion, et elle vint de
nouveau s'appuyer contre sa mère, ce qui interrompit la plainte
de la bonne femme.

— M. le lieutenant, reprit aussitôt le vieillard, qui n'avait pas
paru profondément touché des lamentations de sa femme, vous
êtes donc venu pour me demander ma fille en mariage ?

— Oui, monsieur, je venais avec l'espoir d'obtenir votre consentement.

— Ce n'était pas la peine, monsieur ; je n'ai jamais prétendu
gêner les sentiments légitimes de ma fille ; si elle en sent assez
pour vous épouser, elle peut le faire ; elle est libre, elle a l'âge
nécessaire pour décider elle-même de ses propres volontés. Nous
lui avons toujours laissé le choix de son bonheur, et elle ne s'est
jamais plaint que nous l'empêchions d'y arriver. Nous n'avons exigé
de nos enfants que d'être honnêtes jusque dans leur pensée, et
de respecter la loi de Dieu, l'honneur de leurs parents et de leur
pays. Parlez donc à ma fille, monsieur ; je n'ai pas la garde de son
cœur ; elle ne me doit que l'amour d'un enfant ; vous lui en avez
demandé un autre, il n'appartient qu'à elle de le donner. Le mariage, paraît-il, sera chose facile ; Marie a là une toilette de noce,
et le notaire et le père ont reçu tout exprès leur liberté.... Il ne

manque que le prêtre ; (il est vrai qu'il aurait peu à faire, dans ce cas-ci)....

— M. Landry, je déclare aujourd'hui que je suis catholique.

— J'en suis bien aise, monsieur...... Quant à mes propriétés, il ne peut pas en être question dans cette affaire ; je ne les possède plus... Votre gouvernement a cru juste de me les enlever, soit : mais je les avais trop bien gagnées pour me sentir aujourd'hui le désir de les racheter avec de l'argent si l'on m'en offrait l'occasion, encore moins avec la volonté, le sang et la vie des miens. Parlez donc à ma fille, qu'elle dispose seule de ce qui lui appartient : je serais fâché qu'elle en sacrifiât quelque chose pour moi ou pour conserver des biens qui ne sont plus à nous. Votre gouvernement a décrété que nous étions tous des traîtres à notre roi, que nous ne pouvions plus être considérés comme des sujets loyaux de Sa Majesté ; cet arrêt est tombé sur moi comme sur mes voisins, mes enfants, tous mes compagnons ; or, je pourrais jurer sur ma conscience et sur la parole de Dieu (si cela m'était permis) qu'aucun de ceux que votre sentence a frappés n'est plus coupable que moi... Ce n'est pas un mariage, monsieur, qui peut absoudre d'un crime d'État, qui peut laver d'une flétrissure de l'autorité souveraine, si l'on juge qu'elle est méritée, et si la sentence est maintenue. Je rougirais de manger le pain que me donnerait ma terre, si ce n'était pas la loi même de mon pays qui m'en rendait la propriété intacte ; je rougirais de rester seul ici... ; avec l'apparence du seul citoyen innocent de Grand-Pré, je me sentirais la conscience du seul coupable, du seul traître ; je rougirais devant mes enfants, devant ma fille... ; et à mon âge, monsieur, on n'apprend pas la honte et on ne l'enseigne pas à sa famille. Je ne suis donc pas libre de rester ici ; que ceux des miens qui veulent profiter de vos bontés demeurent s'ils le désirent, s'ils craignent de m'imposer la responsabilité de leurs misères ; moi, je partirai comme tous les Acadiens ; et comme je crois devoir encore le moment de liberté dont je jouis aujourd'hui à la faveur de ce futur mariage, je ne puis pas en faire usage plus longtemps : on dit déjà, autour de la maison, que je suis à marchander des pardons. Je pars...... Vous avez un notaire, monsieur, et vous pouvez avoir des témoins ; ma femme peut donner le consentement pour deux : ça suffit pour ces sortes de mariages... Marie, réponds à présent à M. George ; c'est à toi qu'il s'adresse...

La jeune fille s'était d'abord cachée la figure sur le sein de sa mère, pour entendre l'arrêt qui allait décider de son sort ; mais pendant que les phrases graves de son père tombaient une à une sur elle, comme pour déposer sur son front la responsabilité soit de

12

l'honneur, soit de la honte de la famille, et l'investir du libre arbitre
de sa conduite, elle avait relevé peu à peu la tête, puis s'était déta-
chée de l'étreinte maternelle, et aux derniers mots qui lui furent
directement adressés, elle se trouvait déjà debout, imposante comme
une reine, le visage resplendissant de toute la noblesse de ses traits
et de toutes les beautés de son âme. George s'était retourné de son
côté, mais elle n'attendit pas qu'il lui fît une question qu'il n'avait
plus, d'ailleurs, la force et la dignité de formuler ; elle se précipita
aux genoux de son père, et passant ses mains autour de son cou,
elle lui dit en attachant sur lui un regard où l'amour et le bonheur
débordaient :

— Eh bien ! non, je ne voulais pas vous humilier, faire rougir
ce front que j'ai toujours vu briller de l'éclat de l'honneur, qui
m'a toujours montré le chemin de la probité, que j'ai toujours
regardé avec orgueil et confiance. — Et Marie baisait avec une
tendresse ineffable les cheveux blancs du vieillard. — Je ne voulais,
mon père, que vous sauver d'un exil affreux ; je ne pensais qu'à
cela, moi, ou plutôt je ne pensais pas ; je ne sentais que mon amour
pour vous, je le sentais en aveugle, je ne mesurais pas même le
sacrifice cruel que m'imposait ce sentiment,... cruel à mon sang,
cruel à mes croyances, cruel à mes souvenirs, mais doux à mon
cœur parce qu'il devait vous sauver !... Je ne réfléchissais pas
même qu'il pouvait faire injure à votre honnêteté, que vous le
repousseriez ainsi... Vous me le pardonnerez !... n'est-ce pas que
vous me le pardonnerez, père ?... Une femme qui aime ne pense
pas ; vous le savez bien que nous ne pensons jamais, que nous ne
raisonnons pas, nous ;...vous me l'avez si souvent dit...Une femme
sent, puis elle agit, elle rit ou elle pleure, elle s'arrête ou elle se précipite à travers le feu, au fond de l'abîme, partout où son amour
où sa haine la pousse ; notre intelligence, notre raison, est là, là,
dans notre cœur ; Dieu l'a mise au foyer de nos affections ; si elle
ne nous inspire pas toujours des actes bien réfléchis, n'est-ce pas,
père, qu'elle nous en fait commettre quelquefois de généreux ?...

— Oui, ma fille, ma Marie belle, aimée,... toujours de plus généreux que les nôtres et souvent de plus raisonnables !...

— J'aurais dû pourtant penser, continua Marie, que vous n'ac-
cepteriez pas cet échange de votre petite fille contre votre liberté,
cette alliance étrangère, cet isolement honteux dans le malheur
commun... Ah ! que je vous aime ainsi, noble et généreux ; que
vous me faites du bien, que vous me rendez orgueilleuse de vous !...
Ah ! quelle action j'allais faire ! quel sacrifice, mon Dieu !... Comme
il comprimait mon âme ! comme il blessait mes instincts ! comme

il clouait mes aspirations !... Ah ! que je me sens bien, là, maintenant, avec vous, devant l'indépendance de notre exil !...Je respire !...
je respire, dans ce souffle que vous répandez sur mon visage, tous
les parfums de ma vie que je croyais perdus, la liberté de mes anciens cultes, l'amour de la France...Je me sens encore fière, je me
retrouve ce que j'étais ; je suis toute votre fille, parce que vous êtes
tout mon père...... Oui ! oui ! nous irons en exil, nous irons.........
Je vous aimerai tant, tant !... que vous ne souffrirez pas, que vous
ne vieillirez pas, que vous vous croirez encore dans notre Grand-
Pré, avec tous vos parents, tous vos amis, avec tout ce qui vous
faisait plaisir, rien qu'avec votre petite Marie !...

Et la belle enfant entrecoupait chacune de ces phrases avec un
baiser qu'elle mettait au front, sur la barbe, sur les yeux tout pleins
de larmes du noble vieillard.   Elle avait oublié George.

Quand elle se leva pour courir porter à sa mère une consolation
et une caresse, lui dire qu'elle l'aimerait bien aussi, qu'elle saurait
lui allégir les chagrins de la proscription, et lui faire oublier ses
vieux rêves d'ambition, l'officier se retrouva devant elle : il était
encore debout, dans l'attitude d'un criminel qui a reçu sa sentence, le cœur déchiré, l'âme accablée d'humiliation devant les
grandeurs de cette chaumière.   Ces infortunés venaient d'ouvrir
un abîme devant ses félicités tant rêvées, mais ils l'avaient creusé
d'une main sublime ; en le laissant tomber au fond, avec l'édifice
écroulé de son amour, cette jeune fille restait à ses yeux toute illu-
minée sur les hauteurs, gardant sur son front toutes les grâces
célestes que peut refléter la figure d'une femme ici-bas.   Si elle
avait blessé si cruellement ses plus purs sentiments, ce n'était
pas par malice ou par mépris personnel, ce n'était pas en
s'abaissant, mais par grandeur d'âme, en s'élevant au-dessus de lui,
parce qu'il était investi de toute l'injustice de son gouvernement,
parce qu'il portait la réprobation de son pays.   George comprenait
assez les élans généreux du cœur humain pour ne pas sentir de la
haine contre Marie : il rougissait d'être Anglais, mais il aimait plus
que jamais... et il souffrait horriblement...

Marie s'en aperçut d'un coup d'œil ; car il avait attaché sur elle
un regard qui implorait un mot de pitié ; elle s'arrêta soudainement devant lui et parut ébranlée.

—Monsieur George, dit-elle, je viens de vous outrager, n'est-ce
pas ?... et vous n'attendiez pas cela de moi,...vous,...si généreux !...
Ah ! pardonnez-le-moi.   Dans tous ces combats qui se sont livrés
dans mon âme, j'ai perdu mon chemin ;.. et quand j'ai vu mon père,
ma mère, tout ce qui tient à ma vie, sur le bord d'un affreux gouffre,

et que pour les sauver vous m'avez dit qu'il fallait y jeter mon
cœur, je me suis sentie prête à le faire. Pourquoi tentiez-vous
mon amour d'enfant ?... il était plus grand que celui que je pouvais vous donner, il m'a poussé,.... et j'ai cru qu'il serait assez puissant pour me donner toutes les vertus de mon sacrifice, pour me
faire oublier tout le passé, qu'il pourrait absorber, dans le simple
sentiment de reconnaissance et de respect profond que je vous dois,
dans les bornes obligées du devoir que je vous aurais juré, toutes
mes passions de Française, tous les élans refoulés d'un amour
déjà fiancé. Mais, monsieur, je me trompais ; vous voyiez bien
que je me trompais,.... puisqu'à la première rupture de ces liens de
fer dont j'enlaçais mon cœur pour le soumettre à l'holaucoste, il a
éclaté et a brisé le vôtre...... Vous êtes Anglais, et vous avez trop
d'orgueil et de dignité pour renoncer à votre caractère national,
pour consentir à voir mépriser votre sang et maudire votre drapeau. Eh ! bien, je l'aurais fait dans mon cœur, et mon estime se
serait peut-être changée en haine... Cette nationalité que vous
m'auriez donnée, ce drapeau dont vous auriez couvert mon front,
ils auraient toujours été pour moi comme une injustice, comme
une insulte éternelle, et dans mon cœur, comme un remords
sanglant ;... je vous aurais détesté... Et Jacques !... dont le souvenir m'aurait poursuivi dans ma félicité apparente,... au lieu de
son supplice,... sur la terre de ses dépouilles ;... Jacques à qui
j'aurais fait injure le jour de son arrivée, la veille de son exécution,
quand il revenait réclamer ma foi et ma parole, ah !...

— Mais il vous a rendu... il vous a rejeté tout cela, dit George ;
il vous a traitée comme une malheureuse !...

— Oui, c'est vrai, il m'a repoussée quand j'allais tomber dans ses
bras, il a eu l'injustice de me croire capable de toutes les lâchetés,
de toutes les bassesses qui puissent avilir le cœur d'une honnête
fille et le caractère d'une Française ; il m'a laissé tomber à ses
pieds... Ah ! c'était bien affreux, cela !... mais je lui pardonne,
parce qu'il a beaucoup souffert, parce qu'il aimait la France plus
que moi, autant que mon père, et parce qu'il n'est pas seul coupable de son injustice... *Dans les circonstances où il m'a revue,* son
indignation était assez motivée, et si vous voulez, monsieur, relire
les pages que voici, qui se trouvaient en sa possession, vous com-
prendrez que ses injustes soupçons avaient aussi une cause qui
peut les excuser, même à vos yeux...

Marie tendit à l'officier la lettre que Jacques lui avait jetée à la
figure, au moment de leur entrevue ; cette lettre qu'elle avait saisie

et mise dans son sein, sans savoir ce qu'elle faisait, elle l'avait retrouvée le matin même, sur le plancher de sa chambre.

— Je ne l'aurais pas lue, poursuivit-elle, si j'avais vu de suite qu'elle était adressée à monsieur votre frère, ou si j'eusse compris plus tôt le *pseudonyme*...

George se sentit foudroyé de honte en voyant revenir ce ridicule témoignage de sa légèreté et de ses extravagances passées, dans de semblables circonstances, et par de pareilles mains : il chancela, il aurait voulu disparaître sous terre. La jeune fille le regarda durant quelques instants, en silence, jouissant peut-être, dans le secret, du cruel châtiment que venait d'infliger à son tuteur cette œuvre impertinente. Mais la situation était trop pénible pour le lieutenant, et Marie avait trop bon cœur pour en profiter quand elle le voyait déjà tant puni.

— Monsieur, dit-elle, cette lettre ne peut détruire l'estime que vous méritez ; elle confirme le mien ; elle est pour moi un témoignage de la sincérité de vos aveux d'hier... En la relisant, vous penserez au tort que peuvent faire quelques mots tracés dans un moment d'oubli. Vous voudrez bien croire, de plus, que si je ne consens pas à devenir l'objet *d'une onzième flamme*, ce n'est pas tant que je croie à la frivolité et à la fausseté de *votre onzième*, que parce que je ne puis pas arracher de mon cœur l'impression *des premières* qui l'ont brûlé ; et vous me pardonnerez, je l'espère, le mal que je puis vous avoir fait aujourd'hui... Ah ! ne nous en voulez pas, monsieur George ; il vaut mieux que les choses soient ainsi ; nous serions restés ici, avec des cœurs comprimés, des sentiments pénibles, et sans doute, avec des devoirs odieux, malgré vos bontés. Eh bien ! nous emporterons dans l'exil des souvenirs pleins de notre reconnaissance pour vous ; en pensant à vous, nous haïrons moins la nation qui nous a frappés... J'espère que vous ne nous refuserez pas un adieu amical.

Marie tendit sa main au lieutenant, qui la prit en silence, et elle ajouta :

— Maintenant, monsieur, puis-je encore vous demander une grâce... une grâce qui est une réparation ?

— Quelle grâce puis-je vous accorder, mademoiselle, qui soit une réparation ? dit George avec surprise.

— Que vous fassiez dire à Jacques, avant qu'il meure, que je lui ai conservé ma parole, que je n'ai jamais aimé que lui...

A ces mots, George sentit son orgueil jaloux se réveiller violemment et faire irruption au milieu des sentiments les plus généreux de son âme. Sa tête se releva et perdit tout à coup cette expression de douleur passive qu'elle avait gardée jusque là ; l'humiliation que sa lettre lui avait fait subir ulcérait encore son cœur, malgré les paroles de baume de Marie ; sa fierté en avait profondément souffert. Cependant, il sentait qu'il expiait une faute, un tort envers cette fille admirable, et il en avait enduré dignement le châtiment : la noble indignation manifestée devant lui par les Landry contre sa nation ne l'avait pas outragé ; il comprenait qu'elle était méritée. Mais aller s'immoler devant ce Jacques, qui lui ravissait un être adoré, qui lui avait occasionné cette honte sous les yeux de Marie ; s'avouer vaincu devant ce paysan brutal, devant ce meurtrier de son frère, qui avait osé porter la main sur lui, cela le révoltait, et il dit avec fermeté :

— C'est moi que vous voulez charger de ce message étrange ?

— C'est vous, monsieur, parce que j'ai une confiance absolue dans votre générosité, parce que vous êtes le seul qui puissiez approcher de Jacques, et surtout, parce qu'il ne convient qu'à vous d'expliquer les rapports qui ont existé entre nous, *et la portée réelle de votre lettre.*

— C'est donc une *confession* que vous voulez que j'aille faire à votre ami ; je vous avouerai *que je crois encore faiblement à la nécessité et à l'efficacité de cette institution.*

— Ce n'est pas une confession, c'est un service d'ami, c'est un bienfait, c'est un acte de probité, compatible avec toutes les croyances et avec toutes les dignités, qu'une femme vous demande avec des larmes ; et je ne pense pas qu'un homme juste, qu'un prétendu catholique puisse appeler cela du nom de *confession* pour se donner l'avantage de le refuser avec mépris ; s'il en était ainsi, je croirais, moi, avoir le droit d'appeler cet homme un hypocrite... Ce n'est pas l'opinion que nous avons de vous, monsieur.

— Pardon, mademoiselle, j'avoue que j'ai eu tort de m'exprimer ainsi. Ce que vous voulez, donc, c'est que j'aille m'humilier devant ce traître, devant ce rival forcené, cet amant extraordinaire, qui, après être resté absent pendant cinq ans, sans donner signe de vie, sans songer à sécher les larmes qui coulaient ici pour lui, et à soulager, au moins par un message, les inquiétudes constantes d'une fiancée, se croit autorisé, par dix lignes de gaieté trouvées dans la poche d'un étranger, à vous soupçonner de tous les crimes, et à vous traiter, en arrivant, comme une épouse infidèle et perdue... Vous voulez que je m'abaisse à parler à ce transfuge qui vient, les mains pleines du sang de mon frère, briser mon bonheur, enlever brutalement de mon cœur l'idole pure que j'entourais depuis deux ans du culte le plus vrai, le plus constant ; que j'encensais, dans le secret, de tous les parfums purifiés de ma passion ; qui avait fait naître pour moi, dans cette solitude, un monde enchanté que je n'aurais pas voulu sacrifier pour toutes les merveilles de notre vieux continent et que je croyais ne jamais abandonner... Vous voulez, Marie, que je porte à ce misérable mon cœur comme une victime expiatoire, pour recueillir ensuite des paroles de pardon pour vous, et pour moi... le silence du mépris !...

— Je sais, lieutenant, à quoi m'en tenir sur l'absence prolongée de Jacques et sur son silence. J'ai appris tout ce qu'il avait fait... je connais aussi ce qu'ont pu produire *vos dix lignes de gaieté* sur cette âme droite animée du sentiment le plus profond et le plus digne : dans notre pays, on ne connaît pas cette sorte de *gaieté*, parce qu'on ne croit pas qu'une fille respectable puisse en être l'objet D'ailleurs, monsieur, il y avait dans votre lettre des faussetés... Ce n'est pas moi, mais c'est mon père *qui vous avait invité à dîner à la ferme, et c'est Janot, seul, qui vous a servi le bouquet délicieux...* cela, vous le saviez. Je vous demande de rétablir la vérité de ces faits près de votre prisonnier ; vous seul, vous pouvez le faire avec autorité et délicatesse. Vous lui direz, en outre, que vous n'étiez reçu dans notre maison qu'à titre de bienfaiteur, et que c'est le hasard qui a voulu que nous fussions ensemble hier matin... le hasard et la confiance que j'avais dans votre respect et votre dignité.

— Lui dirai-je *vos dernières paroles*...... aussi ?... dit George avec un peu d'ironie.

— Oui, monsieur, dites-les ; car je les lui dirais, moi, devant vous !... dites-les, si vous tenez à tout dire.... Mais si c'était pour abuser de votre situation auprès de lui, pour le tromper encore dans l'impossibilité où il est de m'entendre, comme vous semblez vouloir abuser de celle que vous m'avez faite par votre légèreté et vos perfides témoignages d'affection en face des cruautés de votre gouvernement, alors, cette vérité deviendrait une calomnie cent fois plus méchante que les folies que vous avez écrites, et je ne verrais plus en vous qu'une passion égoïste et vile !...

— Oh ! pour le coup, c'en est trop, je ne dirai pas un mot...

— Vous me refuseriez cette réparation ?... Est-ce parce que je suis une femme faible, malheureuse,.... une prisonnière ?... Vous autres, hommes d'honneur, vous n'en accordez qu'à ceux qui vous les demandent les armes à la main.

— Mais c'est un brigand... l'assassin de mon frère, il me répugne...

— Un soldat, monsieur, n'est pas un assassin ; il a tué votre frère sous le drapeau de la France, après avoir vu vos gens disperser ses

parents, incendier leurs demeures ; il l'a tué sur un champ de combat, et il vous l'a dit, lui, parce qu'il était fier de son action, et
qu'il n'a pas peur de la vérité ... Vous, monsieur, vous avez tué,
par un mensonge, sa foi dans ma parole, son espérance dans mon
amour, son orgueil dans ma vertu ; ceci n'est pas honnête, c'est un
crime contre la probité... Ce *brigand* de Jacques serait donc votre
maître dans les voies de l'honneur ?.... Votre gouvernement peut
se croire le droit de lui ôter la vie ; vous, monsieur, vous n'avez pas
celui de lui ravir un sentiment légitime, une confiance juste, une
consolation à la mort ; vous n'avez pas le droit de laisser mourir
mon nom marqué d'infamie, dans le cœur de mon fiancé....

George avait fait trois pas du côté de la porte ; il s'arrêta sous
le coup de ces paroles qui le frappaient comme l'arrêt d'une souveraine justice ; il chancela un instant d'irrésolution, puis il franchit
le seuil en murmurant :

— Non ! non ! qu'il meure, le misérable, le traître ;... qu'il meure
sans consolations !

XV

A peine George était-il sorti, que les trois habitants de la ferme
des Landry furent entraînés par un même sentiment dans les bras
les uns des autres ; ce ne fut qu'une même étreinte, longue, silencieuse, mais surtout brûlante de tendresse. Ils ne purent rien se
dire ; ils s'admiraient, ils s'aimaient dans leur générosité sublime ;
tout voile était déchiré entre leurs âmes unies ; plus de soupçons,
plus d'incertitudes isolées, plus de trames secrètes ne les séparaient.
La mère avait compris tout ce qu'il y avait de noble délicatesse
dans les sentiments de son mari et de sa fille ; l'héroïsme d'une
action s'impose à l'admiration de tous, même des intelligences
médiocres : quoiqu'incapables de concevoir des dévouements désin-
téressés, ces natures en subissent involontairement le prestige,
quand elles ne sont pas dégradées. La brave femme perdit donc
bien vite le souvenir de ses naïves ambitions, de ses frayeurs de
l'exil, et comme toutes les vraies mères, comme toutes les fortes
épouses de ce temps, elle ne songea plus qu'à partager la vie et les
souffrances de ses enfants, et à suivre avec respect et amour le chef
de la famille dont l'autorité doit répondre des lâchetés de sa maison,
dont le nom doit porter le déshonneur comme la gloire des siens.
Ces trois cœurs s'abandonnèrent longtemps à cette joie sainte du

acrifice accepté en commun, à cette harmonie de leurs sentiments inis dans le malheur, dans le devoir, unis au bord de l'abîme, lans ce pur embrassement qui devait être la dernière caresse du oyer.

Mais le père vint à penser qu'il ne se considérait plus libre, que 'honneur ne lui permettait pas de rester dans sa maison ; il 'arracha donc doucement des bras de sa femme et de son enfant, eur disant, en les pressant encore une fois sur son cœur :

— Je vois que j'abuse d'un bonheur qui m'avait été prêté, seule- nent à de certaines conditions que je n'ai pas remplies... ; il faut ıous séparer.

— Mais vous pourriez peut-être attendre un ordre, cher père : es conditions ne vous ont pas été exprimées, et votre élargis- ement est illimité.

— Non, ma fille. Il faut apprendre à ceux qui ne connaissent ıas les voies de la justice et de la probité, que les obligations lictées par l'honnêteté et la conscience s'accomplissent sans com- nandement. Un vieillard impuissant comme moi, prisonnier, n'a [ue ce moyen de faire respecter l'honneur des siens... D'ailleurs, e ne voudrais pas laisser aux malheureux qui nous environnent, ı mes amis, à mes autres enfants qui souffrent dans l'église, le oupçon injurieux que nous négocions ici une affaire indigne de oi, de moi, du dernier Acadien de Grand-Pré. C'est assez longtemps voir paru insulter à une infortune respectable, s'être montré hancelant entre la faiblesse et le courage ; il faut finir les inquié- udes des honnêtes gens qui nous considèrent et qui nous aiment. It puis, je sens que si je restais plus longtemps dans vos bras, je ne trouverais plus irrésolu à l'heure du départ. Adieu !... je ne ʼous reverrai probablement qu'au jour de l'embarquement... Vous llez être encore seules... Recueillez toutes vos forces ; quand elles ʼous manqueront, priez Dieu ; il ne sera pas sourd à tant de voix [ui pleurent et montent vers lui !

En achevant ces mots, le vieillard avait ouvert la porte ; sa emme s'était laissée choir dans la bergère pour cacher ses anglots, mais Marie retenait toujours le bras de son père.

— Mais que veux-tu faire, pauvre enfant ?...

— Vous suivre jusqu'à l'église.

— Mais tu es si faible, tu as tant souffert !...

— Non, non, père, je suis forte à présent, je suis délivrée d'un ıoids si pesant ! je pourrais marcher jusqu'au bout de l'Amérique ıvec vous ! je pourrais même vous soutenir ; voyez... laissez-moi aire jusqu'à l'église.

Et en exprimant son désir, la jeune fille enlaçait si bien le bras
du brave homme, que celui-ci ne voulut pas faire d'efforts pour s'en
détacher.

Marie était une de ces organisations élevées et puissantes qui,
lorsqu'elles voient dans un événement de leur vie l'abaissement de
leurs sentiments, la dépréciation de leur caractère devant leur
propre conscience, la destruction de l'idéal de leur bonheur, la
contrainte des élans enthousiastes de leur âme, la perte de cette
douce liberté d'aimer et de parler d'après l'impulsion de leur cœur
et de leurs pensées, sentent plus de souffrances que si elles étaient
soumises aux tortures toutes physiques du martyre. C'est pour elles
l'anéantissement de leur personnalité intellectuelle ; elles ont
perdu l'essor divin, elles se traînent, elles languissent, elles dispa-
raissent dans la masse du vulgaire.   Comme un fleuve qui s'était
creusé un lit superbe sur le roc, dans des plaines solides et plan-
tureuses, qu'on vient tout à coup détourner de son cours pour le
jeter dans des savanes sans pentes et sans rivages, où il ne forme
plus que des mares stagnantes et fétides, où ses flots n'ont plus
d'harmonie ni de fécondité, ainsi Marie, tant que les insinuations
et les plaintes de sa mère, jointes à la pitié que lui inspirait le
triste sort de ses parents dans leur âge avancé, l'avaient laissée sous
l'impression qu'elle devait accepter la main de George, que c'était
le devoir commandé par les circonstances, elle était restée dans cet
état de dépression morale, d'indécision, de nullité relative qui
réagissent si violemment sur les forces physiques. Mais maintenant
" elle respirait," comme elle l'avait dit à son père ; sa vie avait
repris son cours naturel dans les voies nobles que le Créateur lui
avait tracées, et elle s'y élançait avec d'autant plus d'énergie qu'elle
avait senti plus longtemps l'entrave mortelle : le fleuve avait
retrouvé ses rives spacieuses.   Le sort de Jacques, le coup qu'il lui
avait porté ulcérait bien encore son cœur, mais cette douleur, elle
la recevait dans une âme qui conservait toute sa valeur ; et l'on
sait quelle force de résistance une femme oppose à la souffrance.
Elle savait d'ailleurs, à présent, que Jacques ne l'avait repoussée
que sur les apparences de sa culpabilité, et elle était sûre que Dieu
ne permettrait pas qu'il mourût avec la certitude qu'il avait été
lâchement oublié. C'était peut-être pour hâter cette faveur de Dieu,
pour offrir une occasion à la miséricorde divine, qu'elle tenait tant
à accompagner son père...

Ils se dirigèrent donc ensemble du côté de la prison.   Quand ils
y arrivèrent, George venait de faire relever les corps de garde et
il s'éloignait lentement du côté du presbytère. Il vit bien d'un

œil venir les Landry, mais il feignit d'être absorbé par les préoc-cupations de son service.

Douze hommes armés faisaient la ronde autour de l'église, outre les sentinelles qui gardaient les portes. En voyant approcher Marie et son père, sans escorte, ils ne parurent pas comprendre ce que venaient faire cet homme et cette femme, et ils se hâtèrent de les croiser au passage.

— Halte-là ! dit l'un d'eux, que voulez-vous ?...

Marie répondit :— Mon père veut rentrer en prison.

— Nous n'avons pas plus d'ordre pour laisser entrer que pour laisser sortir ; il faut un permis du lieutenant.

— Un permis pour se constituer prisonnier !... dit en elle-même Marie, voilà qui n'est pas naturel dans ce moment .. N'y aurait-il pas dans cette disposition quelques vues secrètes du lieutenant ?.... peut-être un remords ?... il aura peut-être voulu se ménager par ce moyen une entrevue de conciliation, qu'il lui aurait été pénible de solliciter, après la scène de la maison. Avec un caractère sem-blable à celui de George, un pareil revirement est dans l'ordre des choses possibles ; chez lui la générosité doit finir par triom-pher de l'orgueil et de la jalousie.—Ces suppositions firent tressaillir Marie tour à tour d'espérance et de crainte. Il fallait de toute nécessité aller au presbytère, se trouver de nouveau face à face avec l'officier ; cela lui répugnait horriblement ; mais en y allant, elle devait passer sur le plancher qui cachait la captivité de Jacques, et l'idée de se sentir si près de son fiancé l'entraînait malgré elle ; peut-être entendrait-il sa voix... peut-être pourrait-elle jeter quelques paroles qui lui feraient comprendre sa situation ;—comme les mourants, les captifs ont l'oreille au guet et l'ouïe sen-sible ;—peut-être, encore une fois (et c'était l'idée dominante de Marie), que George, revenu bien vite à des sentiments plus confor-mes à sa nature, lui accorderait la grâce de se réhabiliter près du prisonnier....

C'est en faisant ces calculs de probalité, dont les amants ont surtout l'esprit d'invention, que Marie joignit, avec son père, le porche qui servait d'entrée à la demeure de l'ancien curé. Pierriche les reçut à la porte et les fit entrer dans le salon, qui se trouvait vide dans ce moment : George s'était retiré dans sa chambre.

Le garçon se disposait déjà à faire quelques questions indis-crètes, mais le père Landry lui dit de suite :

— Vas demander à M. le lieutenant s'il veut bien me donner la permission de retourner en prison.

— Rien que pour voir les autres ? dit Pierriche.

— Non, mon enfant : la permission de redevenir prisonnier, vas !

L'enfant de la veuve Trahan crut entendre une parole de l'Apocalypse, et assister à la vision des *quatre cavaliers* ; il ne songeait pas à bouger.

— Allons, dit Marie, pars, petit Pierre, il nous faut une permission *signée.*

Force fut au garçon d'obéir.

Il fut plus longtemps absent qu'il ne fallait pour une telle affaire, ce qui laissa Marie dans une grande perplexité.

En l'attendant, le père et la fille ne purent s'empêcher, au milieu de leur préoccupation, de jeter un coup d'œil autour de cette pièce qui leur rappelait la présence et les vertus d'un saint prêtre. Peu de choses avaient été changées dans cette maison à part les habitants, les coutumes et les conversations. On avait tout simplement mis le curé dehors et l'on s'était établi dans ses meubles. Comme ces soldats ne voulaient faire là qu'un séjour passager, ils n'avaient pas jugé nécessaire de remplacer l'humble défroque du saint apôtre par un luxe de ménage qui, d'ailleurs, aurait juré avec l'habitation ; ils se contentaient d'y bien vivre. Le rustique mobilier, fait en partie par la main du vieux prêtre, était encore distribué autour du salon qui servait aussi, jadis, de réfectoire, lorsqu'il y avait des voyageurs à Grand-Pré où quand le curé réunissait à sa table les pères de familles, ce qui arrivait régulièrement à Pâques et à la saint Laurent, patron de la paroisse. Mais les nouveaux occupants n'avaient pas pris grand soin de cette propriété mal acquise ; on n'y retrouvait plus la trace de la main attentive de la ménagère ; les chaises, les tables s'en allaient en délabre, annonçant une ruine prochaine. Les vieilles enluminures, représentations naïves des saints protecteurs de la maison, étaient encore suspendues à leurs clous, mais à demi voilées sous une double couche de fumée et de poussière ; cela n'empêchait pas cependant de découvrir les traits qu'une main plus moderne avait ajoutés à l'œuvre du premier maître. Des soldats en humeur de profananion, peut-être George lui-même, dans sa première effervescence artistique, s'étaient amusés à parer toutes ces figures vénérables du temps passé de costumes Louis XV, et même d'allures dégourdies ; plusieurs avaient reçu quelques parties additionnelles à leurs principaux traits. C'est surtout à l'endroit du nez que ces restaurateurs impertinents s'étaient montrés inexorables : ce fonctionnaire si varié de la face humaine se prête avec une bonhomie trop complaisante à tous les travestissements ; les fantaisistes en abusent.

Ce que les bandes allemandes du connétable de Bourbon ont fait dans les salles du Vatican, les troupiers de Winslow pouvaient bien se le croire permis dans la demeure d'un pauvre curé.

Ainsi, tous les bienheureux personnages de la galerie du presbytère portaient, maintenant, entre leurs lèvres, de longs calumets tout allumés ; sans doute pour faire allusion à cette croyance des sauvages, que les habitants du ciel n'ont pas de plus douces jouissances que celle de fumer leur pipe en se racontant les histoires d'autrefois. Un St.-Joseph en pied avait reçu, à la place du lys emblématique, un bâton de tambour-major, et il portait, en outre, avec un air de candeur que n'ont pas d'ordinaire ces messieurs, l'uniforme des montagnards écossais. St. Jean-Baptiste jouait de la clarinette ; on avait profité de son juste-au-corps en peau de chevreau pour en faire une sorte de berger calabrais.

C'est toujours bien triste d'entrer dans l'habitation d'un ami parti, mais cela serre doublement le cœur quand on voit la dilapidation et le mépris s'attacher à ses reliques, quand on ne retrouve plus cette atmosphère toute imprégnée du baume de notre vieille affection, mais que, au contraire, tout nous fait éprouver l'impression d'un bien perdu, d'un vide poignant qui ne pourra jamais être rempli. Marie et son père ne pouvaient attacher leur vue à un objet que le commerce de leur aimable pasteur leur avait rendu familier, sans y trouver la trace d'une maculation.

L'existence d'un bon curé est intimement liée à celle de tous ceux qui l'entourent. C'est le centre de la vie morale d'une population, un foyer de repos, de consolation, de bonheur placé au-dessus des intérêts de la terre ; elle se relie à tous les souvenirs purs d'une famille, à toutes les dates d'un village ; elle tient au berceau de tous les habitants, elle aide à préparer la carrière de chacun d'eux en leur donnant pour régler leurs actions le mobile de la foi ; elle participe à leurs joies comme à leurs misères ; après avoir sanctifié leurs premières pensées, elle apporte des bénédictions à leurs derniers soupirs, et elle les accompagne jusqu'au seuil de l'éternité. Elle forme donc, dans ces rapports continuels d'une nature si élevée, des liens bien forts avec toutes ces autres existences qui semblent rayonner de la sienne.

XVI.

Le vieux curé de Grand-Pré, d'ailleurs, avait bien été pour son troupeau le véritable bon pasteur du Christ.

Venu d'abord dans cette commune comme missionnaire, il s'y était fixé à la prière des habitants, avec l'assentiment de son évêque, quand la population eut pris des proportions trop considérables pour rester sans prêtre. Il y habitait depuis trente ans, lorsque les Anglais l'expulsèrent. Ce long ministère l'avait rendu l'habitué de chaque maison, le bienfaiteur de plusieurs générations.

C'était un homme d'une intelligence ordinaire, d'une instruction suffisante, d'un jugement solide, qui connaissait avant tout ses devoirs d'état, et l'esprit encore beaucoup mieux que la lettre de l'évangile... Quand il arriva dans sa paroisse, il n'était pas exempt de certains défauts, qui avaient résisté au travail de sa forte volonté, ou dont il avait moins senti la présence et le danger dans sa vie errante. C'est quand on est fixé dans une société, quand la nécessité et le devoir nous lient, par des rapports réguliers et les besoins de notre condition, à ceux qui nous entourent, qu'il devient surtout nécessaire de soumettre son âme à ces lois de la perfection qui rendent tout commerce intime aimable et facile, et toute existence véritablement utile. Il est aisé à ceux qui ne se laissent voir qu'en passant de paraître des gens accomplis.

Les curés, moins que tous autres, peuvent se soustraire à cette nécessité du perfectionnement. Celui de Grand-Pré était né violent et absolu, et ces vices de tempérament, domptés ou assoupis durant ses rudes travaux apostoliques, se réveillèrent aussitôt que la vie aisée de la cure eût succédé aux fatigues et aux épreuves salutaires des missions. Mais, loin de se laisser aller à cette nonchalance morale qui succède souvent au zèle et à la ferveur d'une jeunesse dévouée quand on vient tout à coup d'être pacifiquement installé dans une habitation commode, chaude et bien pourvue, au milieu de sujets débonnaires, avec un rôle de chef, et une tâche journalière et réglée d'avance à remplir ; loin de se dire : " J'ai bien quelques petits défauts (*les saints* en ont tous eu), mais on me les pardonnera, pourvu que je dise régulièrement ma messe, que je confesse mon monde à heure fixe, et que je leur fasse des beaux sermons, dans les jours frais, que pourra t-on me reprocher ?... " le jeune prêtre s'était dit, au contraire, devant son autel, un jour qu'il s'accusait d'avoir prononcé quelques paroles regrettables dans un moment d'humeur, en voulant réconcilier deux de ses paroissiens : " Quelle autorité pourront avoir mes paroles sur les autres, si je prouve à tout instant que ma sagesse est impuissante à régler mes propres actions ?... Comment pourrai-je persuader à ceux que je prêche qu'ils peuvent dominer leurs passions, si je me laisse vaincre à leurs yeux par les miennes ?... Moi, le ministre de Dieu, qui habite dans son temple, qui sacrifie sur son autel, qu'il a choisi pour distribuer ses grâces et enseigner ses perfections, qu'il a consacré... pourrai-je jamais, sans rougir, reprocher à ces pauvres gens des fautes dont ils ne mesurent pas la gravité, s'ils peuvent me répondre : ' *Vous qui êtes plus coupable, pourquoi jetez-vous sur ous la pierre ?* '... Ah ! on est un bien misérable apôtre quand on n'a lus que cette prédication à faire : ' *Faites ce que je vous enseigne, ais évitez ce que je fais...*' Il faut me corriger. Mon Dieu, je romets de retrancher de moi tout ce qui est incompatible avec le aractère d'un ministre de votre culte."

Il tint parole à Dieu et à lui-même, et quoiqu'il n'eût que peu de hoses à se reprocher, il crut devoir en demander pardon à sa aroisse dans une circonstance particulière où il avait à signaler uelques désordres. Il voulut, avant d'exiger des coupables la répaation du scandale qu'ils avaient donné, s'humilier le premier de es fautes passées.

Depuis lors, il acquit cet empire divin et tout-puissant que donnent a douceur et l'humilité. Victorieux sur lui-même, il le fut facileent sur les autres. Le plus rude combat est celui qu'on livre à ses assions. Cependant, jamais on ne l'entendit réprimander amèreent ceux qui, dans l'entraînement de leurs passions, s'étaient graement oubliés, ce qui, d'ailleurs, était très-rare ; il priait alors les idèles de ne pas imiter ces mauvais exemples, et sans publier le al, il attirait la pitié sur les coupables ; il cherchait lui-même à es voir, comme on va près des malades, et il leur disait : " Mes amis, ourquoi voulez-vous vous séparer de Dieu et des gens de bien ?"... amais, surtout, on ne l'entendit leur faire un plus grand crime de eur mauvaise conduite parce qu'elle lui avait fait de la peine, ou u'elle était une injure à l'autorité de ses paroles : il comprenait rop que le bien ne se commande pas aux hommes pour les hommes, ais pour lui-même, et pour Dieu qui est son essence, et qui peut eul le récompenser ; que c'est le rabaisser, le rendre impuissant ou ypocrite que de ne lui offrir pour but que le bon plaisir d'un ndividu, serait-il un bienfaiteur de l'humanité. Il aurait craint de aire croire qu'il cherchait dans la conduite de ses paroissiens plutôt la gloire de son propre règne que celle du règne de Dieu. Lui, il n'attendait sa couronne que du ciel ; il avait méprisé, une fois pour toutes, celles qui se donnent sur la terre.

Rendre sa vie utile *à la vigne du Seigneur*, voilà ce qui devint son but unique et son occupation constante ; cela comprenait en même temps tous les devoirs qui obligent l'homme envers la société. Il étudiait soigneusement tout ce qu'il voulait entreprendre ; après avoir raisonné ses projets, il examinait encore si l'esprit d'égoïsme ne lui avait pas voilé, par des sophismes insinuants, la recherche de son propre intérêt et de son seul plaisir, sous l'apparence de l'intérêt de sa paroisse ; on est si ingénieux à se faire illusion sur les véritables motifs de ses œuvres !

Cette volonté ferme de faire le bien, embrasée par la charité chrétienne, secondé par une vigilance toujours éveillée, par une régularité constante et une direction unique dans les actions de la vie, et surtout par cette humilité qui déroute toutes les jalousies et les ambitions du monde et s'associe à tout ce qui mène au succès, sans s'occuper de savoir qui en recueillera la gloire, peuvent rendre une vie bien féconde sur la terre, même celle d'une intelligence comparativement médiocre. Dieu n'a pas voulu qu'il fût nécessaire d'avoir un grand esprit pour arriver à l'héroïsme du bien : il suffit d'avoir un grand cœur. La vertu, cette gloire pure de la terre, la seule qui, dans les prévisions de la sagesse antique et dans les dogmes du christianisme, mérite des félicités éternelles, est accessible à tout le monde.

Aussi, le curé de Grand-Pré put-il, en peu d'années, accomplir des travaux considérables et rendre des services éminents à ses paroissiens. Non-seulement il donnait l'instruction religieuse, mais il avait formé des maîtres qui, sous sa direction, enseignaient par toute la bourgade les choses nécessaires dans les conditions sociales où se trouvaient les Acadiens ; pour lui, il se réservait le plaisir de développer les intelligences d'élite, afin de préparer à Grand-Pré un noyau de population mieux cultivé, qui pourrait, plus tard, éclairer et diriger ce petit peuple. Jacques et Marie avaient fait partie de ce choix. Il s'appliquait surtout dans ses leçons à faire aimer tout ce qui rend le commerce de la vie facile et agréable : la sincérité dans les paroles, la droiture dans la conduite et cette urbanité dans les manières qui ont suivi partout les Acadiens dans l'exil et sont restées dans eux comme un cachet de famille au milieu des populations parmi lesquelles on a essayé de les absorber.

Comme il représentait dans le pays l'unique autorité bien définie et en qui l'on eût quelque confiance, les habitants ne s'adressaient pas à d'autres pour débrouiller leurs démêlés. Il était juge suprême par l'élection populaire, et son tribunal était sans appel. La confiance accueillait tous ses jugements, car on savait qu'il n'avait pas de préjugés ni de *couleur politique* ; on ne voyait pas d'intérêts terrestres, de pluie d'or flotter au-dessus de sa tête : il ne regardait qu'au bien de tous ; sa justice était toute paternelle ; il conciliait les parties moins avec des citations de gros livres, qu'il n'avait pas et qui n'auraient fait d'ailleurs qu'obscurcir le litige, qu'avec les paroles de cette charité dont il possédait des trésors.

Tous ces travaux ne bannissaient pas de sa maison la gaieté ; le bonheur de cette belle âme avait besoin de s'épancher dans la société de ceux qu'elle aimait. Il réunissait souvent les jeunes gens autour du presbytère ; il présidait à leurs jeux au milieu des anciens ; il voyait naître les liaisons qu'il devait bénir plus tard ; il en causait sagement avec les parents, leur aidant dans ce petit travail d'espérance qui préparait les vertes moissons de l'avenir.

Quoiqu'il vécût dans la plus grande frugalité, faisant à ses pauvres la plus grosse part de son abondance, cependant, il évitait de soumettre ses hôtes à la sévérité de son régime. Sa table, toujours prête à recevoir les étrangers, révélait alors les réserves de sa cave et de sa basse-cour et le génie de la vieille ménagère.

Voilà quel était celui dont le père Landry et Marie se rappelaient tristement le souvenir dans sa demeure profanée. Ils n'avaient pas même pu lui faire leurs adieux ; les Anglais l'avaient chassé durant la nuit, pour que son départ ne causât aucune émotion. Ce n'est que le lendemain que la population apprit son exil. Depuis, aucun autre prêtre n'avait pu séjourner à Grand-Pré plus de deux ou trois jours, avec la permission du gouvernement. Le vide était donc toujours resté sensible.

XVII

Quand Pierriche rentra dans le salon, il portait une note à la main que Marie saisit avec empressement ; en l'ouvrant, elle ne vit que ces quatre mots d'écriture :

" *Laissez passer le prisonnier.*"

" Signé : George Gordon."

— Cela suffit, dit le père Landry, en se levant : tu remercieras ton maître pour nous, mon enfant ; nous lui sommes très-obligés...

13

— Ta pauvre mère, poursuivit Marie, l'as-tu vue aujourd'hui?
Pierriche fit un signe négatif avec un gros soupir.

— Si tu la vois, ajouta l'ancienne maîtresse, tu lui diras que
j'irai la voir demain,... qu'elle ne s'occupe nullement des choses
de la maison, qu'elle prenne seulement pour elle tout ce qu'elle
voudra bien emporter...

En même temps, les deux visiteurs se retirèrent comme après un
devoir de civilité. Marie se contenta, en s'éloignant, d'étudier du
regard le solage du presbytère, cherchant furtivement un sou-
pirail : mais il n'en existait pas... En constatant le fait en elle-
même, on vit qu'elle se faisait violence pour raffermir sa démarche
et cacher à son père la défaillance qui la menaçait dans son corps
et dans son âme. Elle avait maintenant la certitude que George
serait inébranlable dans son injuste refus; que tous moyens de communiquer avec son fiancé lui étaient ravis; qu'il mourrait sans
qu'elle pût le voir, lui parler... qu'il mourrait avec le reproche et
peut-être la malédiction et le mépris sur les lèvres, si Dieu ne
venait calmer son désespoir et accomplir un miracle... Et puis, la
séparation de son père lui remettait devant les yeux cette hideuse
réalité de l'avenir qu'elle avait envisagée un instant avec joie, dans
un moment d'exaltation surnaturelle. Le vieillard sentit, au poids
inaccoutumé qu'imprimait sur lui le corps si souple et si léger de
sa fille et au froid qui gagnait ses mains, qu'elle était frappée au
cœur; il se hâta d'entourer sa taille de son bras, pour la soutenir.
Ils arrivaient à la porte de l'église.

— Tu faiblis, mon enfant, je crois?... dit-il.

— Quand je pense, répondit Marie, toute haletante, en montant
les dernières marches, que Jacques est bien revenu et que c'est
ainsi que nous allons vers l'église....

— Mais, ma bonne, tu ne pourras pas retourner à la maison seule;
je vais appeler Pierriche... Voilà ces gens qui vont m'entraîner, et
tu vas rester...

— Ah ! de grâce ! mon père, Pierriche n'est plus à nous; ne
demandez plus rien à son maître; ne lui donnez pas le méchant
plaisir de nous être utile. Qu'il ne voie pas ce moment d'accablement; il pourrait concevoir de nouvelles espérances, et méditer des
desseins plus affreux. Dieu m'aidera; je vais prier.

— Mais ces soldats ! murmura le père avec effroi.

— Ils ne toucheront pas une fille qui prie dans les bras de son
père !

En effet, les sentinelles, qui s'étaient approchées, n'osaient arracher
du sein du vieillard cette enfant qui regardait le ciel avec tant

d'ardeur ; ils craignaient que Dieu ne les punît d'interrompre une si touchante supplication. Mais ce ne fut qu'une faiblesse momentanée dont la jeune fille se releva bien vite, avec la force de sa foi. Elle n'attendit pas les violences des gendarmes pour leur présenter la feuille de l'autorité, et donner le dernier adieu à son père ; après l'avoir vu disparaître derrière la porte, elle reprit rapidement le chemin de sa demeure.

George avait observé toute cette scène, caché derrière les rideaux de sa fenêtre ; quand il vit Marie s'éloigner, il s'approcha un peu plus des carreaux et il la suivit des yeux jusqu'à ce qu'elle s'effaçât dans un replis du chemin. Peut-être voulait-il surprendre dans sa démarche un moment d'hésitation... peut-être obéissait-il à un sentiment de pitié sincère... Dans le demi-jour qui régnait dans sa chambre et dont il se trouvait enveloppé, il n'était pas possible de lire sur ses traits sa pensée véritable.

XVIII

Tous les soirs, depuis le jour de l'arrestation, on avait remarqué au-dessus de l'horizon, du côté d'Annapolis, de la Rivière-aux-Canards, de Cobequid et de Beau-Bassin, de longues traînées de lueur rouge. Ces cordons lumineux, d'abord interrompus et peu perceptibles, se renouaient les uns aux autres en s'allongeant ; le soir du 7 septembre, ils formaient déjà, au-dessus du cercle des forêts voisines, une enceinte menaçante qui éclairait le lointain, comme l'aurore dans un ciel d'orage. C'était l'aurore de la destruction qui se levait sur l'Acadie, les préludes d'un incendie général. Les femmes et les enfants, groupés par l'effroi devant les maisons, suivaient les progrès de l'élément terrible, qui, comme un géant, approchait toujours ses bras immenses qui allaient les étouffer. Ces malheureux spectateurs, attachés au milieu de l'arène, assistaient d'avance à l'acte de leur ruine. Ils la voyaient lentement venir, ils réalisaient le désastre, ils imaginaient le désert qui allait se faire sur ce coin de terre où ils avaient vécu leurs beaux jours... Ils semblaient croire, dans leurs idées chrétiennes et dans leur frayeur naïve, qu'ils touchaient à cette conflagration suprême que les anges doivent allumer, un jour, aux quatre coins de la terre.

Les Anglais se pressaient, ils craignaient de la résistance sur plusieurs points. Pour répandre une terreur salutaire au milieu des habitants et les forcer de venir se livrer à leurs bourreaux,

pour ne laisser aux fuyards aucun abri capable de couvrir leurs
têtes, aucun aliment propre à soutenir leur vie, les soldats avaient
ordre, dans certains districts, de ne pas laisser un toit debout, de
vider les greniers, de brûler jusqu'à la dernière gerbe, de raser
même les vergers. Cette terre devait devenir pour toujours inhospitalière à ceux qui n'avaient jamais fermé leur porte à un étranger ;
les arbres qu'ils avaient plantés ne pouvaient plus, sans crime,
leur donner leurs fruits !

Dès le 3 septembre, tous les établissements du fond de la Baie-
des-Français, de Chipodi, de Mémérancouge, de Passequid étaient
déjà la proie des flammes ; quelques jours plus tard, ceux situés
le long de la baie Ste.-Marie et sur les rivières qui se déchargent
dans la baie d'Annapolis subirent le même sort. Tout ce qui ne
pouvait pas être absolument nécessaire à l'existence des troupes
anglaises fut sacrifié. On se rappelle que la population des Mines
fut à peu près la seule qui se laissa prendre par la ruse ou qu'on
voulut bien saisir par stratagème. Les instructions du gouverneur
Lawrence laissaient le choix des moyens aux commandants militaires : " *que ce soit par force ou par stratagème, selon le besoin des
circonstances,*" disait une dépêche. Dans le district des Mines, les
hameaux se trouvant plus compactes et les communications plus
faciles, il fut aisé de faire circuler la proclamation de Winslow, et
l'on put compter sur une réunion plus générale des habitants. Mais
la population de ce district ne représentait qu'une fraction de celle
de toute l'Acadie. Partout ailleurs, les familles enfuies dans les
bois étaient encore en partie libres. Malgré que plusieurs fussent
revenues se livrer à leurs maîtres, il en restait encore beaucoup
qui préféraient tenter un avenir de dénûment, les rigueurs de la
faim et d'un hiver terrible aux sort que leur réservaient les Anglais.
Cela commençait à inquiéter les chefs et à les faire douter du
succès de leur œuvre d'infamie ; ils craignaient que le désespoir
n'inspirât à ces malheureux quelques résolutions extrêmes. Des
courriers avaient apporté du Fort Cumberland des nouvelles désas-
treuses qui répandirent l'alarme dans tous les camps.

Pendant qu'un parti d'Anglais était occupé à promener ses
torches dans les maisons abandonnées de Chepodi, "ils en avaient
brûlé sans relâche durant toute une avant-midi ; deux cent
cinquante-trois logis, granges et étables, avec une grande quantité
de bled et de lin, étaient détruits," écrivait un des officiers de
l'expédition. [1] La besogne allait à merveille ; on ne trouvait çà et là

1 Tous ces détails sont historiques et ont été puisés dans les archives du
temps.—*Note de l'auteur.*

que quelques femmes ; la journée promettait d'être fructueuse. Le tour de l'église vint, et il paraît que dans son impatience d'y mettre le feu, un officier courut avec son détachement y porter ses brandons, sans attendre d'ordres supérieurs. Ils en furent bien punis. A peine jouissaient-ils du plaisir de voir la flamme envelopper le monument sacré, qu'une troupe de trois cents hommes fondit sur eux. C'étaient des Acadiens et des Sauvages. Ces braves gens, réfugiés derrière la lisière de la forêt, avaient pu laisser consumer leurs toits ; mais porter des mains sacriléges sur la maison de Dieu, c'était un crime qu'ils ne pouvaient permettre. Ils tombèrent donc avec une telle violence sur leurs ennemis, qu'ils les dispersèrent après en avoir tué et blessé un certain nombre, ce qui termina les dévastations de l'incendie pour le reste de la journée.

Celui qui écrivait ces détails à Winslow terminait ainsi sa lettre : " Ici, nous demeurons dans une grande inquiétude, craignant qu'un sort semblable ne vous soit réservé ; car vous vous trouvez au milieu d'une bande nombreuse et *diabolique*."

Dieu ne voulut pas donner raison à ces frayeurs en infligeant à d'autres le châtiment qu'ils méritaient. Ce premier succès de la résistance ne fit, au contraire, qu'aggraver la situation des Acadiens, en doublant la fureur de leurs tyrans et en leur inspirant des terreurs imaginaires. Ils étaient maintenant aveuglés par cette excitation que donne le mal que l'on fait ; le crime à son enthousiasme, et la peur rend plus cruel. Toutes les lettres qui arrivaient au quartier-général avaient une nuance de sombre inquiétude ; ce peuple victime pesait à la conscience de ses persécuteurs. On ne voyait surgir partout que des mains vengeresses ; et d'où pouvaient-elles venir... à moins que Dieu ne fît descendre celles de sa justice ? Ce n'est que du côté de la frontière française que les fugitifs pouvaient recevoir quelque secours et des armes, mais cette frontière étroite était gardée par deux forts, et la mer était aux Anglais ; partout ailleurs les Acadiens étaient dispersés, sans point de ralliement, sans moyens de défense, sans pain, presque sans vêtements ; et ceux que l'on avait saisis ne songeaient plus qu'à la résignation et à la prière.

Le commandant d'Annapolis demandait du renfort pour réduire à la raison, disait-il, " cent chefs de familles qui s'étaient réfugiés dans les bois avec leurs lits !..." Pour les pousser dans les vaisseaux qui devaient les emporter, *sans leurs femmes et leurs enfants*, il est probable que cet homme usa d'une cruauté telle, que ces malheureux ne purent s'empêcher de résister avec désespoir. C'est ce que laisse croire une lettre subséquente de Murray, datée de

Passequid, où il était allé après l'arrestation des habitants de Grand-
Pré, pour saisir ceux qui n'avaient pas obéi à la proclamation de
Winslow. Lui aussi était inquiet !...

Voici cette lettre, adressée à son colonel :

" Cher Monsieur, j'ai reçu la vôtre, etc... et je suis très-heureux
d'apprendre que les choses sont dans un si bon état à Grand-Pré,
et que les pauvres diables sont si résignés : ici, ils sont plus patients
que j'aurais pu le prévoir dans les circonstances où ils se trouvent.
Quand je songe à ce qui est arrivé à Annapolis, j'appréhende le moment
où il faudra les pousser dedans ; je crains qu'il n'y ait quelque difficulté à les réunir ; et, vous le savez, nos soldats les détestent; s'ils
peuvent trouver seulement un prétexte pour les tuer, ils le feront.
Je suis réellement heureux de penser que votre camp est bien sûr
(*une bonne prison pour les habitants*, comme disent les Français).
J'ai hâte de voir arriver le moment où les pauvres misérables
seront embarqués, et *nos comptes réglés* ; alors, je me donnerai le
plaisir d'aller vous voir *et de boire à leur bon voyage !*... etc...

" A. MURRAY."

Winslow sentit donc la nécessité de presser les préparatifs du
départ, afin de pouvoir prêter main forte à ses lieutenants. Il n'y
avait encore à la côte que cinq vaisseaux de transport ; cela suffisait
à peine à loger la moitié des prisonniers de Grand-Pré. Il fut résolu
de faire le plus tôt possible le chargement de ces navires en attendant d'autres voiles ; une fois entassés dans les pontons, on avait au
moins la certitude que ces malheureux ne pourraient plus inspirer
de craintes. Le colonel fixa donc au 10 ce premier embarquement,
et il fit avertir les prisonniers de s'y préparer.

Ce fut alors qu'on permit à quelques-uns des chefs de famille
d'aller passer un jour dans leur maison pour aider les femmes à
faire les provisions de l'exil. Dix seulement devaient s'absenter à
la fois, et ils étaient choisis par le suffrage des autres captifs, qui
répondaient sur leur tête du retour de ces élus du malheur. Ce
choix, dicté par la pitié, se fesait nécessairement en faveur des
vieillards, pères de plusieurs générations. Mais combien purent
jouir d'un bonheur si parcimonieusement distribué, durant les
deux ou trois jours qui leur restaient à passer à Grand-Pré ?... Dix,
vingt,... et peut-être dix autres ; encore j'en doute, car le jour du
départ, personne ne dut sortir de prison ; il fallut, sans doute, être
tout entier à l'organisation de l'embarquement. Il y en a qui restaient plus près, et ceux-là revinrent plus tôt pour faire à d'autres
une petite part de leur faveur. Mais plusieurs devaient aller loin,

dans les villages voisins ; quelques-uns avaient le pas appesanti par l'âge, et le temps qu'on leur donnait pour le dépenser en soins précieux, en conseils, en caresses, en larmes d'amour, ils en perdirent beaucoup, sur le chemin. Ceux-là n'eurent pas trop d'un jour...

Le père Landry avait déjà joui de son congé d'absence ; il ne voulut pas profiter du droit d'élection que lui donnait ses années. Quant à Jacques, comme il était enfermé à part, personne ne songea à lui. D'ailleurs, il n'avait plus de proches parents dans le pays, et il était classé dans une catégorie de criminels qui ne pouvaient attendre de faveurs.

XIX

Deux jours s'étaient écoulés depuis qu'il languissait dans son cachot, mais il n'avait pu les compter ; dans l'obscurité complète où il se trouvait plongé, il croyait que c'était une longue nuit qui passait. Il entendait toujours les pas pesants et réguliers des soldats qui marchaient au-dessus de lui, et c'était les seules sensations qu'il recevait du monde extérieur.

Aussitôt après son incarcération, la fatigue, l'épuisement, le poids de ses fers, l'accablement de son âme l'avaient couché sur la terre de sa prison, et un sommeil dont il ne put calculer la durée s'appesantit sur lui. Il n'en sortit que lorsqu'une main invisible lui jeta sur la tête, par la trappe de son plafond, une cruche remplie d'eau et un morceau de pain. La même main lui renouvela cette portion après un espace de temps qui lui parut bien long. Comme la lueur d'une lampe éclairait seule, dans ce moment, la pièce supérieure, et qu'on ouvrait la porte tout juste assez longtemps pour jeter le morceau, il ne put voir celui qui lui servait ainsi sa curée, ni constater le passage des jours.

Rien, peut-être, n'anéantit l'homme comme la privation complète des rayons de cette lumière qui vivifie, qui embellit tout dans la nature, et qui, dans l'absence de toutes les autres jouissances de la vie, sert au moins à compter les heures qui passent sur sa tête et le conduisent à la délivrance. Cette existence de sépulcre qui étiole les plantes, qui pâlit les fleurs, fait encore entrer ses ombres jusque dans l'intelligence humaine. Et avec ces ténèbres, l'oubli, le silence, le mépris !... oh ! que cela fait horreur aux abords du trépas, quand on a tant aimé la vie, l'affection des autres, les

charmes de la nature ; quand on a cherché l'éclat des actions méri-
toires, l'estime que doit apporter une carrière toute de dévouement,
les couronnes d'une noble gloire !

Quelles sombres réflexions durent inspirer à Jacques cette solitude
effrayante, cet abandon universel !.... Il ne pouvait ignorer le sort
qu'on lui réservait, et il l'envisageait avec tout le courage d'un
grand cœur et d'un homme de foi : la mort devait être le moindre
de ses maux. Il y était préparé ; il avait assez d'injustices à pardonner, de douleurs à offrir, et sa vie, d'ailleurs, était assez pure
pour former un beau sacrifice d'expiation à son Créateur ; il craignait seulement qu'on lui rendît cette expiation trop ignominieuse,
il appréhendait les révoltes de son caractère aigri par tant de décep-
tions amères ; il avait peur qu'on le laissât languir dans ce trou
fétide, où les miasmes des plantes pourries, en lui donnant la sensation de l'asphyxie, lui faisaient éprouver davantage ce mépris'
accablant que jetaient à son impuissance des vainqueurs sans
entrailles.   Il redoutait qu'on le laissât tomber dans cette rage hideuse de la faim et que son agonie ne fût qu'un affreux désespoir.
Il appela donc de tous ses désirs le jour de l'exécution ; il demanda
au ciel comme un bienfait de mourir par les armes, sous des
regards humains, en regardant encore son village.

Dieu ne voulut pas lui refuser cette unique consolation.

XX

Winslow et ses aides-de-camp pouvaient enfin jouir de quelques
loisirs. Bien que l'époque de l'expatriation eût été avancée, et
que les préparatifs nécessaires à cette opération entraînassent encore
beaucoup de travail, cependant il y avait loin de là à l'arrestation
en masse de toute une population. Le conseil militaire songea donc
un instant au prisonnier du presbytère, et il décida de lui faire
un simulacre de procès, non pas tant pour montrer qu'il voulait
lui accorder quelque justice (on ne tenait guère plus à l'apparence
qu'à la chose), que pour lui arracher certains aveux utiles sur la
position, les mouvements et les projets des Français de l'autre côté
de la baie. Le soir même du 8 septembre, les sentinelles reçurent
donc l'ordre d'amener Jacques devant un tribunal provisoire cons-
titué pour la circonstance.

Jacques était en prières, à genoux au-dessous de la trappe de
chêne, lorsqu'il entendit un bruit inusité de pas se produire sur sa

tête. Il se préparait au sommeil, jugeant, au silence plus profond qui régnait depuis quelque temps là-haut, qu'il devait être nuit. Ce piétinement le fit tressaillir.

— Les voilà ! dit-il en formulant sur sa poitrine le signe de la croix. C'est votre heure, ô mon Dieu ! je vous bénis ; aidez-moi seulement à la franchir.

Et, là-dessus, il se leva ; il croyait qu'on venait le chercher pour le conduire au supplice.

La porte s'ouvrit aussitôt, et l'un des gardes lui tendit une petite échelle qu'il escalada péniblement sous le poids de ses chaînes, dans l'épuisement de sa vigueur. Arrivé au degré supérieur, quatre soldats l'environnèrent et lui firent signe de les suivre dans la salle du conseil, qui n'était autre que le salon du vieux curé. En entrant, il vit trois hommes assis devant une table, entre deux lampes ; en reconnaissant celui de droite, il sentit un instant bondir son cœur et une pâleur de cadavre passa sur son visage : c'était George ; ceux du centre et de gauche n'étaient autres que Winslow et Butler. Rendu à deux pas de la table, le commandant donna l'ordre à l'escorte de se ranger de chaque côté de la chambre, laissant leur prisonnier isolé au milieu du parquet.

Un silence général suivit son entrée ; les yeux des juges s'arrêtèrent avec étonnement sur lui. A part Butler, dont l'intelligence grossière ne voyait que du burlesque dans les individualités exceptionnelles qui ne ressemblaient pas à la sienne, et qui fut près d'éclater de son rire insultant en apercevant Jacques, les deux autres toisèrent de la tête aux pieds avec intérêt, ce personnage auquel son costume, ses longs cheveux, sa barbe, sa taille altière, son expression de sombre énergie et ses chaînes traînantes imprimaient le caractère d'un fantôme d'un autre âge. Il semblait une de ces ombres errantes, victimes de quelques barons félons, qui venaient jadis, durant chaque nuit, traîner leurs fers et montrer leurs figures décharnées dans les donjons déserts de leurs persécuteurs. George, surtout, étudiait avec une curiosité jalouse cet être dont le souvenir était resté si profondément gravé dans le cœur de Marie. Il n'avait fait guère que l'apercevoir le jour de leur rencontre ; mais ici, il lui fut facile d'analyser ses traits en repos. Jacques était découvert ; ses cheveux jetés en arrière tombaient à flots sur ses larges épaules et laissaient son front recevoir librement la lumière des deux lampes. Il ne fallut pas un long examen au lieutenant pour apprécier la beauté réelle du dernier rejeton des Hébert, et ce que révélait de puissance morale cette mâle physionomie ; et, sans concevoir pour lui plus d'estime, il sentit au moins cet intérêt qu'on ne peut pas refuser à un riva qu'on sent digne de l'être.

Après ce premier moment donné à la curiosité des yeux, Wir slow pria George de lui servir d'interprète, et de poser au prisor nier les questions suivantes :

— Quel est votre nom ?

— Jacques Hébert.

— Vous êtes fils du nommé Pierre Hébert qui a laissé Grand Pré en 1749 pour se réfugier sur le territoire français ?

— Oui.

— Vous avez pris du service dans le corps de M. de Boishébert

— Oui.

— Avez-vous été gracié au fort Beauséjour ?

— Non, je n'étais pas dans la place, je n'ai pas été fait prisonniei

— Alors vous avez continué à porter les armes contre nous ?

— Oui, et j'ai surpris et détruit un corps des vôtres, command par le capitaine Gordon, sur le Haut-Coudiac.

— C'est vous qui conduisiez cette expédition qui s'est souillé de tant d'atrocités ?

— Oui, c'est moi qui ai pu venger une partie des maux et de injustices dont vous avez accablé ma famille et mes compatriote depuis tant d'années.

— Quand vous avez été arrêté, aviez-vous quitté le service d l'ennemi ?

— Oui, temporairement.

— Que veniez-vous faire ici ?

— Profitant de la liberté que me laissait l'expiration d'un pre mier engagement, je venais satisfaire à une promesse faite à un famille que je croyais honnête, méditer sur les lieux les moyen d'arracher ce pays au pouvoir de l'Angleterre, et soustraire se habitants au traitement infâme qu'il subissent aujourd'hui.

— Y avait-il entente entre vous et votre commandant ?

— Non.

— Où avez-vous laissé le corps dont vous formiez partie ?

— Sur le territoire français.

— Mais à quel endroit ?

— C'est une question qui peut s'adresser à un transfuge ; mai comme elle n'est pas nécessaire au jugement que vous devez pro noncer sur moi, je n'y réponds pas.

— La réponse pourrait peut-être allégir la sentence...vous sauve de la mort...

— Je ne tiens pas à ces adoucissements.

—Mais vous oubliez qu'il y a des moyens plus effectifs que de simples questions, pour contraindre les criminels de répondre... Il y a aussi des genres de mort qui punissent davantage ceux qui refusent de parler : ... un homme a sans doute la faculté de se taire, mais il a aussi celle de souffrir...

—Je vous comprends : vous me menacez de la torture, pour me faire dire des choses qui ne peuvent ni m'incriminer davantage ni me disculper à vos yeux ; vous voulez des révélations qui ne peuvent compromettre que des gens que vous n'avez pas à juger et qui ne relèveront pas de longtemps de votre tribunal, je l'espère ; eh ! bien, je ne suis pas plus un déserteur qu'un espion ; vous ne délierez pas plus ma langue avec des menaces qu'avec des promesses ; essayez des moyens que vous croyez dignes de votre *humanité* ; après ceux dont vous avez fait usage pour vous délivrer d'une population inoffensive, je ne suis pas enclin à embellir d'avance mon supplice. Je m'attends à tout.

Ici les trois juges se consultèrent à voix basse durant quelques instants, après quoi l'interprète reprit la parole :

—Jacques Hébert, vous êtes un traître à la nation anglaise ; vous avez répandu le sang de vos concitoyens, et vous avez été arrêté sur le territoire anglais au moment où vous veniez, comme un conspirateur, organiser la révolte des sujets britanniques. Vous êtes coupable du crime de haute trahison... Avez-vous quelque chose à dire pour votre défense ?

—Rien... pour me sauver de la mort...J'affirme seulement, devant votre tribunal et devant Dieu, que je ne me reconnais pas coupable de trahison contre *mon pays*, ni de conspiration contre l'autorité de *mon gouvernement* ; je ne suis ici qu'un ennemi malheureux. Il y a près de six ans, je partis avec mon père ; il allait s'établir sur une terre qu'il croyait appartenir à la France ; j'étais alors un enfant mineur, j'obéissais à l'autorité paternelle. Nous quittions, d'ailleurs, un pays qui, aux termes de toutes nos conventions, était indépendant de l'autorité de votre roi. Nous le quittions à cause des empiètements injustes que vos gouverneurs prenaient sur nos droits prescrits et légitimes, nous fuyions pour nous soustraire à des actes tyranniques de tous les jours, et pour ne pas prêter des serments qu'aucune nation ne peut exiger d'un peuple auquel elle a reconnu les prérogatives de neutres. En vous jurant notre allégeance, nous devenions également traîtres à la France ; nous ne l'avons pas voulu, car de ce côté se trouvait, de plus, notre sang ; c'eût été non-seulement une trahison, mais encore une profanation qui répugnait à tous nos sentiments ; nous avons préféré sacrifier

tous nos biens plutôt que de commettre ce crime contre natur
Où est la trahison ?... chez nous, qui n'étions pas citoyens anglai
puisque nous n'étions pas liés par le pacte du serment ? ou chez vo
qui, après nous avoir laissé jouir pendant quarante ans de droi
conférés par un des représentants de votre roi, vouliez les violer,
nous forcer de manquer aux devoirs sacrés qui nous liaient à not
ancienne patrie ? Chassés par votre injustice, accueillis sous
drapeau de la France, nous devions l'offrande de notre vie au pa
qui nous donnait sa protection ; aussi, quand la guerre s'est élev
entre nous, je n'ai pas balancé, j'ai offert mes services à la nati
qui était seule la *mienne* à tous les titres ; et celle-là seule aur
eu le droit de m'appeler traître si je lui eusse refusé le soutien
mon bras.   Ah ! je suis fier de l'avouer, et c'est aujourd'hui
seule consolation, je n'ai senti d'autres désirs que celui de vo
chasser de cette terre aimée que vous m'aviez ravie : la fortune
voulu que tous mes efforts fussent perdus...Eh bien ! si le malhe
de faillir dans sa tâche était un crime, celui-ci serait le plus gra
qu'il me resterait à déplorer !... Quand vous m'avez arrêté, enco
une fois, je venais, non pas avec la conscience d'un sujet révolt
mais avec les convictions d'un homme devenu libre par les act
de votre mauvaise foi, par votre infidélité à vos engagements ;
venais organiser la résistance, essayer d'arracher mes concitoye
au sort affreux que je pressentais, soustraire au moins à voti
tyrannie quelques êtres qui m'étaient restés plus chers... Mais
était trop tard !... vous aviez consommé votre œuvre par un infâ
guet-apens ; et ceux en qui j'avais le plus espéré s'étaient avilis !.
Maintenant, je n'attends plus que ma sentence...

— Nous allons vous la lire, dit George en prenant devant Wi
slow le papier sur lequel elle était écrite en anglais ; il la traduis
ainsi :

" Jacques Hébert, vous êtes condamné à être fusillé, le neuvièm
jour de ce présent mois, à 9 heures du soir, sur la ferme de l
nommée Marie Landry.

" La justice de notre Roi veut que cette terre qui vous a vu naîtr
et qui vous a nourri, boive votre sang coupable.

" La justice de notre Roi, pour inspirer une crainte salutaire ï
tous ceux qui seraient tentés d'imiter votre exemple, veut encor
que votre corps soit jeté à la rivière avec un boulet attaché au
cou, afin que personne ne puisse lui donner une sépulture chré
tienne."

— Maintenant, le tribunal désire savoir si vous avez quelqu
chose à lui demander, quelques aveux à faire......

Jacques avait écouté sans sourciller et même, avec une apparence de satisfaction, les premiers mots de sa sentence ; mais quand il entendit nommer le lieu de son exécution par celui qu'il regardait comme son rival triomphant, il sentit l'indignation monter violemment à son front :

— Solliciter quelque chose ?... vous implorer ?...s'écria-t-il, et que vous demanderais-je que vous voudriez m'accorder ?...Non, ce désir de votre tribunal n'est qu'une hypocrisie ; vous voulez me laisser encore une occasion d'accomplir quelque lâcheté... vous désirez voir si cette sentence ne produira pas quelque faiblesse dans mon âme. Vous attendez des révélations...des aveux perfides...Eh bien ! détrompez-vous, si vous avez cru que les raffinements de cruauté dont vous allez entourer ma mort pourraient ébranler mes résolutions. M. Gordon, j'étais tenté de vous remercier en apprenant que le tribunal fixait un jour si proche pour mon exécution ; je vous attribuais le mérite de cette prompte délivrance, parce qu'il me semblait que vous étiez le plus *intéressé* à me rendre ce service. Mais en appréciant les dispositions toutes particulières que vous avez prises pour rendre ma mort pénible et qui ont un cachet de malice trop individuelle pour être attribuées à d'autres qu'à vous, je ne puis vous regarder que comme le plus lâche des hommes. Qu'avez-vous donc fait à ces Landry, pour qu'ils aient pu croire à votre générosité ?... Comment donc avez-vous pu cacher assez votre âme pour qu'ils aient consenti à s'avilir jusqu'à accepter votre amitié ? Il ne suffisait pas à votre gouvernement de me tuer, vous avez voulu empoisonner mes derniers moments !... Mettre de l'amertume, de la haine, du désespoir dans le cœur d'un mourant, c'est vil, cela, c'est d'une bassesse infernale ! Vous avez cru qu'il me serait trop doux de mourir à l'écart, au milieu des ténèbres, dans l'oubli... de mourir sans souvenirs !... et vous avez décidé de me frapper devant cette maison où mes parents m'ont enseigné leurs vertus, que ma fiancée a reçue comme votre butin avec vos autres faveurs, qu'elle habite... où elle vous reçoit... et où vous irez peut-être vous établir avec elle !... avec elle... si vous croyez ne l'avoir pas trop déshonorée !...

George s'était levé, hors de patience, mais comme lié et torturé par les passions contraires qui se heurtaient en lui-même. Il était aveuglé, étourdi par cette situation fatale où l'avaient jeté ses liaisons, ses inconséquences et les actes honteux de son gouvernement, où il s'enchevêtrait toujours plus quand il espérait en sortir.

Dans le premier moment de l'interrogatoire, les sentiments élevés de Jacques avaient conquis son estime, et il s'était senti disposé à

rendre à ce malheureux un peu du bonheur qu'il lui avait ravi.
Mais les paroles de mépris et les accusations qu'il venait d'entendre
lui ôtèrent tout sentiment de pitié et de justice. D'un autre côté, il
était exaspéré de servir toujours d'instrument aux barbaries de
l'Angleterre. Repoussé de ceux qu'il aimait, complice apparent de
ceux qu'il détestait, serviteur d'une mauvaise cause, en butte à des
soupçons humiliants, s'abhorrant lui-même, il se sentait gagné par
les fureurs de la rage ; il était prêt à commettre des actes de folie,
à se précipiter sur quelqu'un, à frapper partout, sur Jacques, sur
ses voisins, sur lui-même. Et, chose étonnante ! dans son aveuglement, indigné qu'il était d'entendre des paroles si outrageantes
tomber sur celle qu'il savait être innocente et qu'il avait lui-même
respectée jusque dans ses pensées, il fut sur le point d'accorder à la
fiancée, dans sa colère, une justification qu'il venait de lui refuser
dans sa jalousie. Mais Winslow ne lui en laissa pas le temps ; il
comprit, aux paroles de Jacques et à la figure tourmentée du lieutenant, que le procès allait prendre des développements tout à fait
inutiles à l'intérêt du tribunal et du gouvernement, et il ordonna
aux gardes de reconduire le prisonnier dans son cachot.

XXI

En se retrouvant dans les ténèbres et le silence, Jacques éprouva
quelque satisfaction d'être délivré de la présence de ces hommes
détestés, dont la vue apportait toujours le trouble dans son âme, en
soulevant l'orage assoupi de ses passions.

— Il me reste au moins une pensée consolante, se dit-il, après
s'être remis un peu de ses émotions ; je vais être bientôt délivré de
l'étreinte de ces monstres ; la mort va me tirer de ce trou, va briser
ces fers !... C'est demain le 9 septembre, c'est le dernier de mes
tristes jours !...

Puis il se mit à réfléchir profondément sur cet acte final du
drame de sa vie.

Un jour !... c'était bien peu pour oublier tout le mal que les
hommes lui avaient fait, et pour se préparer à mourir comme le
Christ a enseigné aux hommes à le faire ; pour se disposer seul,
sans le secours du prêtre, sans les consolations de la religion, à
prononcer les paroles d'adieu, mais surtout celles du pardon... Mais
en se rappelant les promesses de celui qui fut le précepteur et le
modèle, et qui a dit : " Bienheureux ceux qui souffrent, bienheu-

reux ceux qui pleurent, bienheureux ceux qui sont persécutés, bienheureux ceux qui ont faim..." il sentit une douce espérance ; car il avait bien rempli toutes ces tâches des déshérités de la terre, et il les avait remplies avec courage ; il pensa donc qu'en apportant avec résignation cette offrande, qui résumait tout le travail de sa vie, au Dieu juste et bon, il mériterait bien une part du repos et des béatitudes du paradis. Il fit donc des efforts pour ramener dans son cœur la charité et l'onction de la prière. Il passa des heures entières à genoux, attendant que tout ressentiment s'éteignît en lui. Mais c'était chose difficile dans une organisation capable d'élans si impétueux.

Cependant, le ciel eut pitié de cet homme qui priait avec droiture de cœur, courbé sous ses chaînes, au fond de son cachot, et Jacques sentit enfin cette douceur infinie de la grâce qui élève un être au-dessus des injustices et des vengeances de notre monde, et lui communique, au seuil de la vie, cette vertu de l'amour et du pardon qui commence l'éternité du ciel.

Dans le cours de la nuit et du jour qui la suivit, en repassant dans sa mémoire toutes les phases de cette carrière déjà remplie, en reportant à ses lèvres cette coupe de sa vie qui lui avait promis l'ivresse du bonheur et qui débordait maintenant d'amertume, Jacques retrouva toujours le souvenir de Marie. Mais, sans doute à cause du calme qui se faisait en lui, ou par une volonté particulière du ciel qui voulait lui accorder à l'heure suprême quelques consolations terrestres, ce souvenir ne lui inspirait plus ce sentiment de répulsion qui le poursuivait depuis trois jours. Plus maître de sa raison, dominé par cette justice divine qui allait bientôt lire dans son propre cœur et peser ses pensées, il était mieux disposé à juger les actions de sa fiancée, son esprit était entraîné malgré lui par la miséricorde.

— Serait-il possible, se dit-il, dans un de ces moments de réflexion, que cette enfant que j'ai laissée, il n'y a pas six ans, pure, ingénue dans ses amours comme dans ses pensées, passionnée pour tout ce qui touchait à la France, serait devenue un monstre ?... Comment le lieutenant a-t-il pu concevoir l'idée ? ou comment a-t-il permis de choisir, comme lieu de mon exécution, la terre de Marie, s'il était lié véritablement avec elle ?... On n'attache pas un souvenir de sang aux pas d'une personne dont on est aimé, on ne lui fournit pas l'occasion d'un remord ; tout en voulant se venger d'un rival, on ne souille pas son habitation par la mort d'un fiancé sacrifié qu'on a remplacé. Il n'y a que le dernier degré de la dégradation chez une femme qui puisse permettre à un homme un pareil oubli

de la décence... Et une fille de dix-huit ans, une fille de Grand-
Pré, Marie !... serait-elle arrivée si bas ?... O mon Dieu ! cela n'est
pas possible ; on ne peut pas être si méchant, ici. Je me suis trompé... Et puis ses deux frères auraient-ils pris la peine de quitter
leur village, leurs familles, au péril de leur vie, pour venir m'apporter un tissu d'impostures ? Non, non, tout le monde ne peut pas
s'être ainsi conjuré pour empoisonner ma vie !... C'est moi, c'est
mon cœur saturé d'injustice qui seul a été méchant ! Mon Dieu, il
vaut encore mieux qu'il en soit ainsi.........

Quoique ces heures de doute eussent quelque chose de cruel
pour la conscience de Jacques, elles lui apportaient cependant
quelque baume : on aime mieux avoir eu des torts involontaires
envers ceux qu'on aime, que de croire à la certitude d'en avoir été
trahi.

Une fois retrempée dans le sentiment de la confiance, son
âme s'y abandonna volontiers ; et quoiqu'il ne pût s'expliquer une
suite de coïncidences accusatrices si extraordinaires, il sentit que
ses soupçons injurieux et sa conduite aveugle faisaient naître en
lui, de plus en plus, un remords invincible, et cela lui semblait une illumination bienfaisante du ciel. Il demandait à Dieu
d'éclairer davantage son esprit, de lui faire connaître l'innocence
de sa fiancée et de la soulager s'il avait aveuglément déchiré son
cœur.

XXII

Ce fut en s'entretenant de pareils sentiments, en sanctifiant son
courage par la prière, que Jacques passa les dernières heures qui
lui restaient à vivre ; l'image de ses parents dispersés, le spectacle
de la Nouvelle-France menacée de toute part lui apparurent aussi
bien souvent !... Sa dernière invocation fut pour ces objets de son
culte et de son dévouement constant ; avec quelle ardeur il
demanda au ciel de les sauver des vengeances de l'Angleterre !...

Le dernier jour que l'on passe sur la terre est bientôt écoulé ;
aussi, quand l'heure fatale vint à sonner sur la tête du condamné,
il la croyait encore éloignée. Personne n'était venu troubler son
recueillement, et il en était bien aise, puisque nul n'avait de consolation à lui apporter.

Vers sept heures, il entendit, comme la veille, un bruit inaccoutumé de pas, dans la pièce supérieure ; mais le mouvement était
beaucoup plus considérable ; en même temps, la marche d'un corps

nombreux, qui approchait de la maison, vint ébranler le sol jusque
dans son souterrain. Peu d'instants après, il vit se soulever la
trappe du caveau et descendre devant lui l'échelle, qui, cette fois,
venait lui faire gravir les premiers degrés de l'autre vie : c'est
ainsi qu'elle apparaissait à ses yeux. Il y monta avec fermeté ; ses
chaînes ne lui pesaient plus, il les entraînait par une force immor-
telle. Plusieurs soldats le reçurent sur le haut, et l'entourèrent ;
George était avec eux.

— Toujours cet homme !... murmura Jacques avec quelqu'impatience, toujours devant mes yeux !... Il me faudra donc le voir
jusqu'à mon dernier soupir !... Mon Dieu ! mon Dieu !... j'ai besoin
de vous jusqu'au bout !... Ne m'abandonnez pas.—En même temps
il baissa les regards pour ne plus apercevoir l'officier.

— Allons ! dit celui-ci, c'est l'heure de l'exécution, préparez-vous
à la mort.

— Je suis prêt, monsieur, répondit Jacques d'une voix assurée.

— Auriez-vous quelque chose à me dire ? ajouta le lieutenant,
sur un ton qui ne manquait pas de bienveillance.

— Je suis prêt, monsieur, à me rendre au lieu désigné... : je vous
demande seulement de laisser ces derniers moments à mes réflexions !... il ne me reste rien à dire ici-bas...

— Alors, dit George, en se tournant du côté d'un fonctionnaire
subalterne, ôtez-lui ses chaînes et faites la *toilette*...

Après l'avoir déchargé de ses lourdes entraves, cet homme enleva
au condamné tout ce qu'il avait de vêtements sur la poitrine
jusqu'au milieu du corps et lui relia le reste à la taille par une
courroie ; puis, après lui avoir croisé les mains derrière le dos, il
les saisit fortement ensemble par le même lien qui lui ceignait le
corps. Cette opération étant terminée, tous sortirent de la maison.
Une escouade les attendait à la porte, rangée sur deux files, le fusil
sur l'épaule ; à l'avant étaient placés deux sapeurs tenant chacun
une torche allumée ; un'autre attendait Jacques au centre de
l'escorte ; il portait un boulet rivé au bout d'une chaîne. Aussitôt
qu'il vit le prisonnier rendu à son poste, il vint se placer près de
lui pour l'accompagner jusque sur la place du supplice. A cette
époque, on faisait toujours suivre le condamné par tout ce qui
devait servir à son châtiment.

George donna immédiatement le signal du départ, et un tambour
se mit à battre la marche.

La ferme de Marie était située à l'autre extrémité du village, à
l'écart, près de la rivière ; il fallait par conséquent, pour y arriver,
parcourir de nouveau tout cet espace que Jacques avait franchi à

14

son retour, repasser devant la maison des Landry... Jacques redoutait cette épreuve plus que toute autre.

L'atmosphère était pesante et la nuit obscure comme au soir
du départ de 1749. La pluie menaçait ; on n'entendait pas un
souffle de vent ; le son mat du tambour et le bruit cadencé des pas
de la troupe couraient plus loin sous ce ciel chargé. Les femmes,
prévenues d'avance de l'heure de l'exécution, avaient éteint les
lumières de leurs demeures, par un instinct singulier de leur
frayeur, comme si elles eussent craint d'être criminelles en éclai-
rant ce convoi du supplice, comme si elles eussent voulu prendre
l'avance le deuil de celui qui allait être injustement exécuté.
Cependant, leur curiosité les portait malgré elles aux carreaux de
leurs fenêtres, et la lueur passagère des flambeaux révélait leur
présence dans l'ombre épaisse de leurs habitations. C'était quelque
chose de bien sinistre à voir que tous ces visages pâles et stupéfiés,
groupés comme des images de mortes dans ces tableaux de nuit !

Le moment vint bientôt de défiler devant la maison des Landry.
Jacques et le lieutenant sentaient également le froid gagner le
foyer de leur vie. Ni l'un ni l'autre n'osaient détourner le regard,
pour s'assurer si quelqu'un de la famille n'était pas là, comme
ailleurs, pour les regarder passer. On devine le motif de cette
crainte chez George : il redoutait les yeux vengeurs de Marie pendant qu'il conduisait son fiancé à la mort, *sans consolation*, comme
il l'avait dit ; quant à Jacques, il aurait voulu ignorer la présence ou
l'absence de Marie... S'il l'eût vue, froide spectatrice de son convoi
funèbre, il aurait été tenté de la maudire ; s'il ne l'eût pas aperçue,
il l'aurait encore accusée... et dans ce moment il voulait garder la
paix de son âme. Et c'était une bonne inspiration du ciel... car
personne ne se tenait penché sur les chassis de cette demeure,
pour le voir s'acheminer vers la mort. Cependant, malgré ses
bonnes résolutions, Jacques ne put s'empêcher de le constater d'un
coup d'œil ; mais il fut plus fort qu'il ne l'avait prévu, et au lieu
de jeter sur ce toit des paroles de malédiction, ses lèvres murmurèrent ces quelques mots, pendant que ses yeux se reportèrent vers
le ciel :

—Mon Dieu, vous pardonnez, vous, aux cœurs qui faiblissent
comme aux accusateurs injustes ;... et vous seul pouvez savoir
quand les hommes sont coupables... Et puis, vous entourez notre
vie de terribles mystères !... c'est sans doute pour nous conduire
malgré nous dans les voies de votre Providence... Eh ! bien, soyez-
en béni !

Après vingt minutes de marche, la troupe se trouva sur le terrain désigné par la justice, et Jacques revit pour la première fois l'habitation de son père...

On se rappelle que la famille Landry l'avait fait transporter près d'un bosquet d'arbres qui abritait une petite élévation ; c'est sur la partie culminante de ce coteau que le prisonnier fut conduit. Aussitôt qu'il s'y fût arrêté, l'escorte forma une demi-circonférence autour de lui, le laissant adossé au bosquet, le visage tourné vers la maison. En même temps, les deux sapeurs chargés d'éclairer l'exécution vinrent se poster sur ses côtés, à une petite distance ; huit hommes de l'escouade s'avancèrent en avant et se fixèrent à trois pas de lui, et George prit place au bout de leur ligne pour donner le dernier commandement.

Tout le monde était à son poste ; l'officier regarda sa montre, il restait encore dix minutes pour neuf heures ; il fallait attendre le coup de canon du rappel, pour ordonner la décharge.

— Monsieur le lieutenant, dit Jacques, aussitôt qu'il vit le calme rétabli, j'ai une faveur à vous demander, si cela n'est pas contraire à vos instructions....

— Quelle est-elle ? répondit George.

— Je voudrais mourir à genoux.

— Cela est indifférent ; mettez-vous sur ce banc qui vous touche.

C'était celui qui servait jadis à la fête des anciens *et sur lequel,* comme l'avait dit P'tit-Toine, *Jacques avait dû s'asseoir quand les anciens n'y étaient pas.* Il s'y installa, c'était maintenant son gibet.

— Il vous reste dix minutes pour vous recueillir, ajouta le lieutenant.

Le condamné promena son regard sur toute la scène qui se développait autour de lui ; le site qu'il occupait était assez élevé, et la lumière assez vive pour lui permettre d'apercevoir les premiers plans du tableau, la maison paternelle, les dépendances de la ferme et la rive de la Gaspéreau vaguement dessinée dans ses ombrages de saules et de trembles frissonneux. Dans ce moment, une brise de la mer agitait toute cette feuillée mobile et lui faisait rendre son plus triste gémissement. La mère Trahan avait bien fermé tous les volets pour être moins effrayée, ce qui donnait à la chaumière une apparence inhospitalière qu'elle n'avait jamais eue. On ne fermait les volets, autrefois, que pour se garantir contre les gros orages : la crainte des tueurs d'hommes ou d'autres malfaiteurs n'avait pas encore appris à prendre ces précautions humiliantes pour l'humanité.

Jacques se sentit ébranlé par cette vue ; tout cela lui remémorait trop de souvenirs !... Il ferma les yeux un instant ; il sentait ses larmes y monter, et c'était mal se présenter devant la mort et devant des soldats quand il les avait si souvent bravés.

Un court moment de résistance entre l'homme de résolution et l'homme sensible suivit ce dernier coup d'œil jeté sur un séjour chéri ; après quoi, Jacques articula fermement ces quelques mots :

— Si, dans mon cœur ou dans mes paroles, j'ai fait à quelqu'un une injure que j'ignore, une injustice involontaire, je lui en demande pardon... Maintenant, mon Dieu, je vous offre ma vie pour le salut de mon pays ; délivrez l'Acadie ! sauvez la Nouvelle-France !

Comme il cessait de parler, une lueur rapide passa sur les nuages abaissés du ciel ; c'était l'éclair du canon de neuf heures. George fit entendre un premier commandement, et les huit soldats abaissèrent leurs fusils sur la poitrine de leur victime. Le lieutenant allait probablement dire quelques mots avant le signal de la décharge ; il paraissait pris de pitié et de remord devant cet homme agenouillé devant la mort ; mais un bruit soudain attira l'attention générale du côté de la maison ; la porte s'était ouverte avec fracas, et Marie, enveloppée de la tête au pied dans un grand châle noir, s'élança dehors. La mère Trahan et Pierriche, entraînés par son mouvement, essayèrent un instant de la retenir.

—Arrêtez, arrêtez ! criaient-ils ensemble. Ah ! mon Dieu ! mon Dieu ! ils vont vous tuer !... Notre maîtresse, vous voulez donc mourir ?

— Laissez-moi, dit Marie, ne me suivez pas plus loin !

Et en même temps, elle leur rejeta son châle que Pierriche retenait encore, peu disposé qu'il était à obéir. En la voyant sortir des plis de cette sombre draperie, les deux fidèles serviteurs tombèrent à terre comme évanouis, pour prier, pour ne pas voir... car ils venaient de comprendre la résolution de leur maîtresse. Elle était revêtue de ses habits de noce, la tête parée de sa couronne de fleurs blanches, toute brillante de l'éclat de ses vêtements.

— Où allez-vous, malheureuse ? s'écria George en la voyant passer devant lui.

— Je vais mourir avec mon fiancé ! Je suis la cause de sa mort, je veux la partager.

— Insensée, que faites-vous ?... et vos parents, votre mère !...

—Ah ! oui ! mes parents, ma mère... ma mère !... c'est cruel à vous de me les rappeler ici !... Dieu les protégera !... et puis, ils ont d'autres enfants, d'autres soutiens, eux... ils ont des amis... vous n'avez pas pu leur faire croire qu'ils étaient trahis par tout le monde... Mais lui... vous lui avez tout ravi !.... je viens lui prouver au moins qu'en lui jurant ma foi de fiancée, j'étais prête aussi à remplir tous mes serments d'épouse !... Je veux le suivre jusque dans la mort.

— Mais cela n'est pas bien, retirez-vous, c'est un crime !...

— Un crime !... vous appelez cela un crime, vous !... vous vous y connaissez ! Non, non, vous m'en avez fait un devoir en ne me laissant que cette voie pour regagner son estime et lui montrer mon innocence !.... Si c'est un crime, eh ! bien, il n'appartient qu'à votre conscience, et vous le porterez !...

En lançant ces dernières paroles, Marie écarta de la main les fusils que les soldats tenaient toujours dirigés sur Jacques, et elle se trouva pressée entre les armes et lui.

— Jacques, lui dit-elle avec une douceur angélique, je t'avais voué ma vie... je te l'apporte... Ce n'est pas le temps de me disculper ; j'avais demandé à cet homme de le faire, lui qui m'avait, par un mensonge, attiré ta disgrâce ; il ne l'a pas voulu... Je viens te redemander ton estime, à cette heure, avec mon sang !... Jacques, tu as cru avoir des motifs suffisants pour me repousser à ton arrivée, pour douter de ma parole, pour briser des liens qui nous unissaient ; moi, je n'en aurai jamais pour accepter la séparation de nos deux cœurs, pour te tenir libre de tes engagements. Je t'avais promis d'être à toi le jour de ton retour... me voici !... Regarde, j'ai mes habits de noce, je suis prête à monter à l'autel. Aujourd'hui, tu ne peux me repousser, tu as les mains liées, et si ton cœur veut me rejeter encore, ton sang, lui, sera moins cruel ; il coulera dans le mien, nous serons mariés dans la mort !... et Dieu, qui a compté toutes nos larmes et qui a lu toutes nos pensées, bénira notre union, là-haut ! Jacques, là-haut !...... Maintenant, ajouta-t-elle en se retournant du côté du lieutenant, commandez à vos hommes !...

Puis elle s'attacha éperdument à la poitrine de son fiancé. Jacques laissa courber sa tête vers la sienne, et elles s'unirent pour l'éternité... Il était suffoqué, il ne put articuler que ce mot : " Marie !"...

L'ange qu'il avait appelé pour embellir sa mort était venu...

Les soldats, frappés de stupeur devant cette jeune fille toute rayonnante de beauté dans l'éclat de ses blancs tissus, restaient toujours là, l'arme en joue, la main tremblante, attendant un commandement. Ils n'avaient rien compris aux paroles de Marie ; mais son action puissante et les rayons de grâce qui s'échappaient de sa figure subjuguaient ces natures vulgaires : il y a des moments où les tigres ont des larmes... les soldats de Georges pleuraient...

Et lui, les bras croisés, le regard voilé, il regardait avec extase ce tableau d'amour sublime... Ah ! il ne sentait plus de haîne, ni de

jalousie, ni rien de ce qui est vil dans le cœur de l'homme ; il n
sentait même plus le feu qu'avaient fait monter à son front le
paroles de châtiment de Marie ; il admirait, s'oubliant lui-même
ne songeant plus à ce qu'il était venu faire là. Et si, dans ce moment
il n'eut pas cru que toute réparation de sa part était superflue, i
serait tombé aux genoux de ses victimes pour demander son pardon

Mais le temps s'écoulait, il fallait exécuter les ordres supérieurs
et George se trouvait dans la cruelle alternative de laisser tue
Marie, ou de l'arracher du corps de son fiancé, pour pouvoir ensuit
tuer celui-ci, devant elle !... Cela le révoltait également, il ne pu
s'y résoudre.

— Sergent, dit-il, sauvez la jeune fille ; que ces deux hommes l
conduisent dans la maison, et la laissent au soin de cette femm
qui est là, et puis, après cela, faites votre devoir......

Aussitôt il se retourna pour fuire cette scène de désespoir...

Il n'était pas très-loin, quand il entendit un cri déchirant,...... e
après... une décharge d'armes à feu, suivie d'autres cris de douleur
Il revint sur ses pas, n'y pouvant plus tenir. Il trouva Marie éten
due, sans mouvement, sur le lit de la veuve ; elle n'était qu'é
vanouie.

Après avoir pleuré avec la pauvre femme et Pierriche sur cett
victime innocente, qu'il contemplait peut-être pour la dernièr
fois de sa vie, il s'empressa de retourner au presbytère, avec so
jeune domestique, pour envoyer à la fermière tout ce qu'il fallai
pour soulager sa maîtresse.

Les soldats étaient déjà disparus, probablement du côté de l
Gaspéreau, où ils devaient aller jeter le corps.

Le lendemain, on trouva des traces de sang à l'endroit de l'exé
cution et tout le long du sentier qui conduisait à la rivière.........

....

XXIII

Mais ces traces de sang ne rougirent pas longtemps l'herbe de l
prairie : la rosée du matin ne vint pourtant pas les laver en faisan
boire les fleurs tardives ; les pieds des troupeaux ne la foulèren
pas, non plus, en passant ; mais une main pieuse vint les efface
avec un beau linge blanc, bien avant le lever du soleil, pour le
ensevelir sur son cœur et les emporter en exil. Elle avait été mati
nale, car l'heure du départ allait sonner.

Durant toute la nuit, une partie des troupes s'était tenue sur pied, battant les chemins autour du village, furetant les bois voisins. A six heures, toutes les trompettes sonnèrent, les tambours firent entendre un roulement sinistre dans toutes les directions ; le canon de la caserne appela celui des vaisseaux, et leurs grandes voix annoncèrent sur terre et sur mer le jour d'adieu ; la garnison toute entière sortit de ses gîtes et envahit bientôt toutes les rues, passant par pelotons, au pas pressé, avec ce bruit d'armes heurtées et tout cet appareil de guerre qui glace d'effroi les natures pacifiques. L'autorité préparait au drame qu'elle allait jouer une mise en scène et un décor menaçants. C'était d'ailleurs le même jour triste de la veille, le même ciel monotone, la même atmosphère accablante ; seulement, une brise du nord-ouest chargée de brume commençait à souffler : un orage s'avançait dans le lointain.

Jusqu'à midi les femmes et les enfants s'occupèrent à placer le long du chemin qui conduisait à la grève les choses qu'elles voulaient emporter, croyant pouvoir en livrer une partie aux hommes quand ils passeraient. Elles faisaient ce travail en pleurant, mais avec activité ; le besoin d'y appliquer tout leur esprit bannissait d'elles les grands accès de la douleur.

On dit que, dans le secret, beaucoup de ces mères attentives cachèrent sous terre, dans les lieux qu'elles croyaient sûrs, des sommes d'argent et leurs objets les plus précieux, par la crainte qu'on ne les leur enlevât plus tard. Elles espéraient que quelqu'un de leur famille pourrait venir un jour redemander à la terre de la patrie la restitution de ces trésors confiés à ses soins. Elles ne voulaient pas encore croire à leur proscription perpétuelle, elles ne pouvaient pas s'imaginer qu'on les punirait jusque dans leurs postérités ; ignorant les limites de notre continent, elles croyaient, dans leur amour naïf de la patrie, qu'on ne pourrait jamais les jeter sur des rivages assez éloignés pour que leur retour fût une éternelle impossibilité. Elles croyaient que la haine de leurs persécuteurs aurait une limite et qu'ils s'attendriraient sur le berceau de leurs enfants... Il fallait bien aimer pour se faire de pareilles illusions !...

Vers midi, donc, la pénible corvée des femmes était terminée ; quelques-unes seulement circulaient encore, prises de cette excitation involontaire que l'attente des grands événements communique aux personnes sensibles ; presque toutes les autres se tenaient assises sur les paquets qu'elles avaient transportés, groupées dans ces poses brisées et immobiles qui peignent plus que les paroles le deuil et la douleur du peuple. Les plus jeunes enfants jouaient çà

et là avec cet abandon que le silence et le désordre du ménage
encouragent ; les petites filles se faisaient des toilettes burlesques
avec les chiffons épars qu'elles trouvaient sous la main ; les petits
garçons convertissaient en armes, en chevaux, en mille autres
jouets caractéristiques tous ces ustensiles abandonnés dont on ne
savait que faire. Leurs mères ne prêtaient qu'une attention dis-
traite à cette mascarade innocente jouée en face de leur malheur;
elles ne regardaient attentivement que deux points : l'église et le
rivage.

Mais il vint un moment où leurs regards se portèrent tous à la
fois du côté de l'église ; ce fut celui où les trois portes s'ouvrirent
au commandement de Winslow pour laisser passer les hommes.

Alors commença le triage des jeunes et des vieux. A mesure que
les prisonniers franchissaient le seuil du petit temple, les gardes
qui se trouvaient au porche séparèrent les enfants d'avec leurs
pères, comme le maître d'un troupeau sépare les agneaux qu'il
envoie à différents marchés. Les malheureux crurent que c'était
tout simplement une mesure d'ordre et de précaution. Winslow
leur avait dit que les familles s'en iraient ensemble ; ils se fiaient
à cette promesse, confiants encore dans la bonne foi de ces hommes
qui les avaient si impudemment trompés. Rien ne pouvait détruire
la crédulité de ces âmes honnêtes ; elles ne s'habituaient pas à
croire qu'on pouvait si souvent mentir à un peuple. Ils se séparèrent
donc sans se faire leurs adieux, pensant se rencontrer un instant
plus tard, sur le même vaisseau, avec leurs femmes, leurs mères
et leurs filles ; et cette idée de se retrouver encore tous ensemble
tempérait dans leurs cœurs les angoisses du départ; ces quelques
jours de séparation leur avaient fait désirer l'exil qui devait les
rendre au moins aux affections de leurs foyers... Ils obéirent tous
sans murmurer à ce qu'ils croyaient être les dispositions nécessaires de l'autorité.

Les jeunes gens furent mis à l'avant, distribués par rangs de six,
et les vieillards, placés à leur suite, dans le même ordre, attendirent
avec calme le signal du colonel pour s'acheminer vers la côte.
Tous étaient résignés ; il ne s'élevait pas une réclamation du milieu
de cette foule ; au contraire, quelques-uns semblaient refléter sur
leur figure cet enthousiasme que les martyrs apportaient sur le
théâtre de leurs tortures ; beaucoup d'entre eux croyaient véritablement souffrir pour leur foi : à leurs yeux, le serment qu'on
avait voulu leur imposer était un acte sacrilége. Mais Butler vint
bientôt soulever une tempête dans leurs cœurs pacifiés, en com-

mandant aux jeunes gens de s'avancer seuls du côté des vaisseaux :

— Il faut que vous montiez à bord avant vos parents.

Tous se récrièrent :

— Non, non ! nous ne voulons pas partir sans eux !... Nous ne bougerons pas à moins qu'ils ne nous suivent !... Pourquoi nous séparer ?... Nous sommes prêts à obéir, mais avec eux... Nos parents ! nos parents !...

En même temps ils se retournèrent pour aller se confondre dans les rangs de ceux-ci. Mais ce cri de leurs entrailles avait été prévu, et ils trouvèrent derrière eux une barrière de soldats qu'ils ne purent enfoncer, et devant laquelle ils s'arrêtèrent, protestant toujours avec la même fermeté. Butler cria à ses gens de marcher sur eux et de les pousser à la pointe de leurs armes. Ces hommes n'attendaient qu'un ordre semblable pour satisfaire leur haine. Ils s'élancèrent donc, dirigeant des faisceaux de baïonnettes vers ces poitrines trop pleines d'amour, contre ces bras levés vers le ciel, sans armes, et qui ne demandaient qu'un embrassement paternel ! Le sang de ces enfants coula devant leurs mères, devant leurs vieux parents qui leur tendaient aussi les bras, mais qui, voyant pourquoi on les blessait, les prièrent de s'en aller sans eux, sans s'inquiéter d'eux...

Ils furent bien obligés d'obéir ; ils n'avaient d'autre alternative que celle de se faire massacrer sous les yeux de ceux qu'ils aimaient. Ils tournèrent la face du côté de la mer et s'avancèrent au mouvement rapide que leur imprimait les armes que les troupiers tenaient toujours fixées sur leurs reins.

Mais bientôt leur marche précipitée se ralentit, on les laissa s-re pirer. On vit que c'était se lasser inutilement que de poursuivre ainsi des gens soumis. Leur acte n'avait pas été une révolte inspirée par la colère, mais le premier mouvement de cœurs qu'on vient de briser : maintenant, dépouillés du dernier bien de leur vie, de la seule consolation qu'ils pouvaient apporter dans leur exil, la société et l'affection de leurs parents, ils ne faisaient entendre aucune menace, aucune imprécation ; ils souffraient seulement, beaucoup, mais sans faiblesse, comme des hommes chrétiens savent souffrir.

Ce qu'ils firent dans ce moment, en s'en allant vers le rivage, quand l'ordre se fut rétabli dans leurs rangs, on ne le croirait pas si l'historien de la Nouvelle-Ecosse ne l'avait pas raconté !... Pendant que leurs pères les regardaient s'éloigner en les bénissant, que leurs mères, que leurs jeunes épouses, que leurs fiancées leur jetaient des paroles d'amour et d'adieu, au milieu de leurs sanglots, en se tordant dans la douleur, ces enfants se mirent tous ensemble à chanter... Et ces chants n'étaient pas sur leurs lèvres une bravade jetée à leurs bourreaux, un mépris et une insulte impie lancée à leur infortune : c'était un acte de foi, une prière, une expression consolante de leur courage qu'ils adressaient aux âmes faibles qui succombaient en les voyant passer. Ils chantaient les hymnes qu'ils avaient appris en servant à l'autel leur vénérable pasteur : accents d'espérances, cris résignés de la souffrance chrétienne, saintes harmonies de l'Eglise militante, ces couplets naissaient naturelle-ment sur leurs lèvres, à cette heure de déchirement où on ne leur laissait plus rien à aimer sur la terre que leur malheur, où il leur était interdit de faire entendre un seul mot de pitié à ceux qu'ils laissaient en arrière... Les soldats ne firent pas taire ces supplica-tions qui semblaient ne s'adresser qu'à Dieu ; et ce chœur de voix à l'unisson, poussé par toutes ces fortes poitrines, domina longtemps tous les bruits, tous les commandements ; les anciens et les mères en furent consolés et ravis, les Anglais l'écoutèrent avec étonne-ment, et il alla apprendre aux échos lointains des forêts, qui devaient rester longtemps silencieuses, l'agonie de cette jeune nation. Le chant funèbre ne cessa d'être entendu que lorsque les flancs des navires eurent reçu cette première cargaison de martyrs.

On en remplit un, puis deux, et ce qui resta fut mis sur un troisième...

Les maîtres, après cela, se trouvèrent satisfaits. C'était pour eux une rude besogne accomplie : ils avaient enfermé les forts, il ne leur restait plus que l'embarras des faibles.

Les vieillards reçurent aussitôt l'ordre de partir. Ce fut le même spectacle navrant ; les mêmes scènes de douleur les accompa-gnèrent ; seulement, leur marche fut plus silencieuse : il ne leur res-tait pas assez de voix pour chanter, ils se contentèrent de prier en silence. Ils s'avançaient lentement, courbés par l'âge et le chagrin, comptant leurs derniers pas sur cette terre qu'ils avaient rendu bienfaisante. Plusieurs allèrent tête nue, comme s'ils se fussent crus sur le chemin du calvaire ; patriarches pieux, ils saluaient l'heureux berceau qu'ils avaient préparé à ces générations venues comme une bénédiction du ciel et qu'on allait maintenant livrer, comme une mauvaise semence, aux caprices des vents et de la mer ; ils montraient aux petits, à leurs filles et à leurs vieilles com-pagnes qui allaient les suivre, leurs fronts résignés et sans souil-lure, leurs beaux cheveux blancs, pour leur enseigner encore com-ment on s'achemine sur le chemin de l'infortune quand on y est conduit par le respect de son devoir et de sa conscience. Ces pauvres femmes, en les regardant passer, sentaient comme des flots d'affection s'éloigner de leur vie ; il leur semblait que leur cœur se vidait tout-à-fait.

Rendus sur le rivage, les soldats firent trois parts de cette seconde bande et ils les distribuèrent sur les vaisseaux qui restaient à charger. Un seul renferma des vieillards et des jeunes gens ; ce fut celui qu'on n'avait pu remplir au premier envoi, et celui-là ne réunit de pères et de fils que ceux qu'un pur hasard y fit se rencontrer.

— Bah ! se dirent les bourreaux, l'infortune est féconde, elle engendre les liens de la famille parmi les enfants du même malheur ; s'il fallait prendre le temps de nous occuper à grouper toutes ces générations autour de leurs aïeuls et de leurs bisaïeuls, on découvrirait qu'ils sont tous de la même famille.

Après ce second embarquement, les vaisseaux se trouvèrent remplis à pleins bords, comme on l'avait prévu, et même davantage ; il fallut donc de toute nécessité attendre d'autres voiles pour embarquer les femmes. Heureusement qu'elles ne tardèrent pas longtemps a se montrer.

Lawrence avait donné ordre au corps chargé de dépeupler le bassin de Chignectou de s'arrêter en passant avec sa flottille sur les côtes de Grand-Pré pour prendre le reste de la population. Les difficultés qu'avait éprouvées cette expédition à s'emparer des habitants l'avaient retenue plus longtemps qu'on ne s'y était attendu ; et ces vaisseaux, arrivés depuis le matin près du Cap-Fendu, avaient manqué d'une brise favorable pour franchir la passe étroite qui s'ouvre sur le Bassin-des-Mines ; mais, profitant du passage du *bore*, ce flot précurseur de la marée, qui entraîne tout sur son chemin, ils doublèrent le promontoire et parurent enfin, peu d'instants après, à l'embouchure de la Gaspéreau.

Dans ce moment, les femmes assemblées sur le rivage erraient en désordre ; oubliant les choses qu'elles avaient amassées pour l'exil, elles appelaient leurs maris et leurs pères et suppliaient les Anglais de les entasser avec eux plutôt que de les laisser ainsi languir en arrière. La vue des voiles de la petite flotte les fit tressaillir de joie... Tant il est vrai qu'il n'y a pas de situation si poignante dans la série des souffrances humaines qui n'aient des degrés et des contrastes qu'on ne puisse appeler heureux par l'impression qu'ils causent : le mal qu'on appréhende et qui n'arrive pas devient encore du bonheur.

Le jour était encore assez haut pour permettre d'embarquer tout ce qui restait d'Acadiens à Grand-Pré : c'était seulement un pro-

blème que de les loger dans l'espace laissé vide sur ces derniers
transports, qui, quoique plus nombreux, se trouvaient déjà à moitié
remplis. Cependant il fallait tout amener, on n'attendait plus
d'autres voiles. On s'ingénia...

— Des compatriotes et des amis peuvent bien se presser un peu
les uns contre les autres, dit spirituellement Butler.

Lawrence avait prescrit à ses lieutenants, dans ses instructions,
de ne prendre sur les navires *que deux prisonniers par tonne :* ce
n'était déjà pas leur donner du confort, en supposant qu'on leur
laissât la liberté d'apporter quelques effets avec eux. Mais on enfer-
ma le double de ce nombre dans la même capacité, et ce fut avec
des femmes et des petits enfants que l'on fit ce remplissage. On mit
d'ailleurs, dans cette tâche brutale, encore plus d'expédition et
moins d'égards : le temps pressait, la mer devenait houleuse, la
brume hâtait la nuit. En quelques heures, les rivages, les maisons
et les rues de Grand-Pré devinrent une solitude. Il ne fut fait d'exemption en faveur de personne ; ni le vieux notaire Leblanc, ni
Pierriche ni sa mère ne furent épargnés, comme le gars de la
veuve s'en était flatté. On ne put rester sur cette terre même à
titre de domestique. Quant au notaire, il n'aurait pas plus accepté
sa grâce que le père Landry ; il avait vingt enfants et cent cinquante petits-enfants parmi les proscrits, sa patrie ne pouvait être
que sur le chemin de l'exil avec cette noble progéniture.

Par un hasard qui ne fut peut-être pas étranger à la volonté de
George, la famille de la fermière et celle de sa maîtresse se trouvèrent réunies ; c'est-à-dire, les femmes avec les deux bessons de la
mère Trahan. On pouvait facilement voir une intention bienveillante
dans cette réunion ; car ces personnes ne s'étaient pas cherchées
particulièrement, et les soldats n'avaient pas pris plus de soins de
ménager les liaisons et les affections des femmes qu'ils ne s'étaient
occupés de laisser aux pères leurs fils. Il n'y eut que les petits à la
mamelle qui purent éviter le sort qui sévit sur tant d'autres de
leurs aînés. On poussait ces bandes d'adolescents dans les embarcations, comme on pousse les troupeaux qui se regimbent et s'at-
troupent dans la frayeur : les uns tombaient dans une chaloupe, les
autres dans une autre, et les rameurs s'éloignaient de différents
côtés, quand la mesure était pleine.

Marie, durant tout ce tumulte, toutes ces clameurs des exécuteurs et des victimes, tous les sanglots de ses compagnes, resta
morne et sans larmes ; elle sembla n'avoir la conscience de rien de
ce qui se passait autour d'elle et parut indifférente à tout ce qui
pouvait la menacer encore. Elle suivit pas à pas sa mère, comme si

un lien caché mais insensible l'eût attaché au corps de celle-ci,
marchant et s'arrêtant comme elle, l'imitant dans tous ses mouvements. Dans sa démarche machinale, elle attachait un regard glacé
sur toutes les scènes qui venaient frapper ses sens. Depuis le soir du
jour précédent, elle n'avait pas trouvé le temps, ou la pensée ne
lui était pas venue de se dépouiller de sa toilette de mariée. Sa
couronne blanche, tombée sur le champ de l'exécution, manquait
seule à sa parure. On voyait de temps en temps, quand le vent soulevait les plis de son châle noir qui l'enveloppait encore de la tête
aux pieds, apparaître ses habits de fête. C'était un spectacle étrange,
au milieu du bouleversement et du deuil général, que de voir cette
belle jeune fille errant, avec l'oubli de la vie et le calme de la mort,
parée comme une vierge arrachée du temple. La vue du navire qui
devait l'emporter, et de toutes ces figures étrangères qui se pres-
sèrent autour d'elle au moment où elle monta à son bord, ne la fit
pas même sortir de sa torpeur : quand elle fut descendue dans l'étroit
espace qu'elle devait occuper, elle entoura de ses deux bras le sein
de sa mère, et en s'asseyant à côté d'elle, sur le plancher, elle lui
dit avec un accent plus ému :

— Il fait noir ici comme dans un tombeau !...

Cependant, l'obscurité n'était pas complète ; il descendait encore
sous les ponts, par les écoutilles, une lueur vague ; les proscrits
en profitèrent pour se reconnaître, pour se chercher entre amis,
entre parents, pour se compter...C'était l'heure de l'appel du sang...
Oh ! que cette heure fut triste !... Que de fois le silence accueillit
ces voix qui nommaient les noms chers du foyer ! .. Chez les femmes,
ce moment fut plus poignant, car elles étaient plus divisées, se trouvant mêlées aux populations de Chignectou et des environs de Beau-
Bassin, avec lesquelles les habitants de Grand-Pré n'avaient eu que
fort peu de relations. Quelques-uns essayèrent d'aller regarder par
dessus le bord pour apercevoir sur les autres navires ceux qui leur
manquaient ; mais un ordre sévère défendait à toute autre personne
que celles de l'équipage de se montrer sur les ponts supérieurs.

Pendant ce temps-là, les troupes recueillirent sur les chemins
une partie des bagages que les femmes avaient préparés et qu'elles
n'avaient pu prendre avec elles, et ils en distribuèrent une part à
peu près égale sur chaque embarcation. Chacun dût se contenter
de ce qui lui tombait sous la main, et beaucoup se trouvèrent des-
hérités de ces faibles restes de leur fortune ; car les soldats s'étaient
à peu près bornés à prendre les effets de lit.

On avait disposé des liens de famille de ces pauvres gens, de leurs
affections, on pouvait bien distribuer à loisir, au premier venu, leurs

habits et leurs reliques... Dans l'antiquité, c'était un crime de ravir
aux exilés leurs pénates ; et un peuple moderne a pu en chasser
tout un autre sans lui laisser emporter les plus humbles souvenirs
de ses foyers !...

XXIV

Cette première nuit dût paraître bien longue aux habitants de
l'Acadie entassés sur les vaisseaux ; ils durent mesurer avec une
bien sombre amertume les heures qui leur apportaient le premier
matin de la proscription avec les prémices de ses longues horreurs ;
peu d'entre eux, sans doute, purent fermer la paupière ; et le calme
résigné, la force chrétienne dont ils étaient doués le leur eût-
il permis, la mer et les vents les en auraient empêchés. La tempête qui s'était élevée peu à peu, durant tout le jour, après avoir
appelé de tous les lointains abîmes ses nombreux acolytes, avait
enfin pris son essor et déchaîné autour d'elle sa meute de vagues
aboyantes et de vents mugissants. Ils vinrent assaillir toutes ces
plages avec une furie qui paraissait s'être concertée avec les Anglais
pour porter la désolation sur cette terre. Si la flotte eût fait voile
le même soir, il est probable qu'elle aurait été mise en pièces sur
les récifs de la Baie-des-Français. Heureusement, elle ne pouvait
être nulle part plus à l'abri que dans le Bassin-des-Mines.

Cependant, les petits vaisseaux étaient secoués sur leurs ancres,
comme le froment sous la main du vanneur. Les flots de la baie,
accrus par une marée surabondante, refoulés par les grandes masses
de l'océan, venaient s'engouffrer dans la Gaspéreau et inonder
ses rivages jusqu'à une hauteur prodigieuse. La petite flotte y fut
invinciblement entraînée. Là, les vaisseaux, pressés les uns contre
les autres, se heurtant violemment à bâbord et tribord, attendirent
anxieusement, avec l'équipage et les captifs, l'apparition du jour. Si
ces derniers avaient été sur le pont pendant que l'ouragan se jouait
ainsi des embarcations et des matelots, ils auraient pu souvent se
donner la main d'un navire à l'autre, et peut-être se réunir à
l'insu de leurs gardiens.

Malgré tout ce tumulte des vagues et des aquilons, il fallait
que les transports ne courussent aucuns dangers sérieux, car
Murray, Butler et les autres chefs passèrent bien la nuit sans
s'inquiéter de leur sort, et cela n'empêcha pas le colonel Winslow

de partir pour Halifax, dans le cours de la soirée. Il est vrai qu'après un pareil labeur, ces hommes devaient avoir besoin de repos et de distraction : la veille précédente et le jour qui venait de s'écouler avait été pour eux trop bien remplis, pour qu'ils ne fussent pas harrassés dans leur corps et dans leur esprit. Et ils se disaient sans doute, avec satisfaction :—" A d'autres leur part de sueur, d'inquiétudes et d'iniquités ! la nôtre est achevée !" Les victimes étaient passées à d'autres bourreaux, ils pensaient que leur crime allait aussi passer tout entier à d'autres consciences, parce qu'elles devaient le continuer, et ils se sentaient soulagés d'un poids énorme... L'Acadie était enfin déserte et prête à recevoir une autre race ; de ce moment elle avait perdu son nom en perdant ses premiers habitants. On n'avait plus à craindre cette *diabolique engeance*, comme on les nommait, *ces mauvais sujets* qui étonnèrent, quelques mois plus tard, par le spectacle de leurs vertus, de leur patience et de leurs procédés honnêtes, tous ceux qui n'avaient pas intérêt à les calomnier et à les exproprier... Les soldats, après avoir pillé les caves les mieux garnies et mis le feu à toutes les habitations qui ne pouvaient pas être utiles à l'occupation militaire, s'étaient donc retirés dans leurs anciens cantonnements, repus et satisfaits. Ils ne s'arrêtèrent pas même, comme ce tyran de Rome dont ils avaient les instincts, à contempler cette illumination allumée pour le simple plaisir de ravager, puisqu'elle était inutile ; cette vue, à laquelle ils étaient habitués, ne leur donnait plus que de la satiété : ils s'en allèrent dormir. L'incendie ne pouvait les atteindre, non plus que le presbytère et l'église qui se trouvaient à l'écart ; ils s'inquiétaient peu de ses ravages. D'ailleurs, le vent avait été si terrible que toutes ces constructions, pour la plupart en bois, avaient disparu dans l'espace de quelques heures, et, grâce à la pluie, le feu ne pouvait se transporter au-delà de ses foyers. Avant même le milieu de la nuit, on ne voyait déjà plus, sur toute l'étendue que couvrait le petit bourg, qu'une suite de brasiers d'où s'élevaient de vastes tourbillons de fumée et de vapeur.

Ce fut à peu près dans ce moment que quelques hommes firent furtivement leur apparition sur les bords de la rivière, à peu de distance du coteau où fumaient les ruines de la maison de Marie. Ils marchaient avec prudence, rampant sous les rameaux affaissés des saules de la grève, comme des renards qui évitent l'affût. Quand une clairière menaçait de trahir leur démarche, ils la franchissaient, les uns après les autres, ventre à terre.

Il eut été bien difficile, même à quelqu'un sur le qui-vive, de surprendre au passage, dans cet endroit isolé, ces étranges visiteurs ;

mais par un temps semblable, à une pareille heure, la chose devenait d'une impossibilité absolue. Les oies du capitole y auraient été
trompées. Il est vrai qu'elles n'ont donné, depuis l'existence de leur
espèce, que cette célèbre preuve de leur finesse, et elle n'a pu établir leur réputation. D'ailleurs, quand même elles se seraient égo-
sillées, ce soir-là, il est probable que leur voix n'aurait pas été enten-
due, car la garnison s'était couchée avec trop de sécurité pour se
troubler de si peu ; de plus, tous les animaux n'avaient cessé
depuis plusieurs jours de faire entendre leurs cris d'alarmes, et dans
ce moment leurs clameurs étaient générales.

Réunis en grand nombre autour des cendres de leurs étables,
les uns erraient inquiets, les autres regardaient avec effroi les
lueurs agitées de l'incendie. C'était encore un spectacle touchant,
après les scènes de la journée, de voir ces pauvres bêtes, qu'on
avait pourtant bien négligées depuis quelque temps, venir seules
gémir sur la désolation de leurs chaumes et le départ de leurs
maîtres. Pendant que les Anglais s'endormaient près de là satisfaits
de leur mauvaise action et indifférents à ses cruels résultats, les
bêtes, plus sensibles, venaient rendre au malheur les devoirs de
l'humanité... Haliburton dit qu'elles restèrent ainsi, pendant plusieurs jours, clouées sur ces chères ruines, sans songer à retourner
au pâturage ou à l'abreuvoir. Elles s'appelaient ou se répondaient
d'un troupeau à un autre, par de longs gémissements, se confiant
ainsi leur douleur commune. Les chiens flairaient avec impatience
les derniers pas de leurs maîtres, puis les suivaient jusqu'au rivage
où ils finissaient par les perdre ; là, après s'être agités pendant quelque temps, avoir aboyé aux vagues furieuses qui menaçaient de
les engloutir, ils revenaient plus tristes, plus mornes, s'accroupir
devant l'endroit qui avait été le seuil de leur maison.

Celui de la fermière de Marie, déjà caduc, venait de se blottir
ainsi dans la cendre, presque sur les tisons, las de recherches et de
hurlements, n'attendant plus que sa dernière heure, quand il se
leva tout à coup comme pris d'une inspiration plus heureuse, et il
se précipita, avec toutes les démonstrations de la joie et les notes
les plus argentines qu'il put trouver dans son timbre cassé, du côté
où s'avançaient nos maraudeurs nocturnes. Un " *vas-te-coucher !* "
articulé par la bouche et le pied, avec autant d'énergie que pouvait
le permettre la discrétion la plus circonspecte, fut la seule récep-
tion que fit au caniche trop expansif un des hommes de la troupe.
Mais un autre, saisissant l'excellente bête par le cou, lui dit à l'oreille,
en lui imposant entre ses bras pour le faire taire une caresse qui
faillit l'étrangler :

— Non, vieux Farfadet, reste ici ; puisque tu es le seul qui puisse maintenant nous apporter une vieille amitié, sois le bienvenu : je te porterai plutôt, s'ils craignent tes indiscrétions ; mais tais-toi, tais-toi ; autrement, vois-tu, je serai forcé de te presser encore !…

Alors, ces hommes, dont il était encore impossible de préciser le nombre et de distinguer la figure et les habits, entrèrent dans l'ombre que projetait jusqu'à la rivière le bosquet d'ormes, placé entre celle-ci et le brasier où achevait de se consumer la maison de Marie. Ils marchèrent aussitôt dans la direction du groupe d'arbres, redoublant de vigilance, restant soigneusement dans les limites de l'ombre qui les enveloppait comme un rideau funèbre ; car les ténèbres étaient si profondes que le regard ne pouvait les percer là où n'arrivaient pas les reflets de l'incendie ou des nuages illuminés : le ciel ne laissait voir à la terre aucuns de ses astres protecteurs ; il s'était complétement voilé.

La bande joignit ainsi le tertre vert et s'y établit en éclaireur durant quelques instants. Ce point était tout-à-fait favorable à une étude secrète des lieux, qui ne paraissaient pourtant pas étrangers à la plupart de ces explorateurs ; il était bien abrité, isolé du village et il dominait tous les quartiers importants.

Pendant un quart-d'heure d'observation, il fut facile à ces yeux aguerris de constater que personne ne s'attendait à leur visite, et que si quelqu'un courait le danger d'être surpris, ce n'était pas eux… Aucune forme humaine ne frappa leurs regards au milieu de ce désert, et ils n'observèrent d'autres lumières que celles qui s'échappaient encore faiblement des ruines de chaque maison ; cependant, dans les fenêtres du réfectoire du presbytère ils crurent distinguer la lueur vacillante de quelques bougies et un peu d'agitation à l'intérieur, mais la distance était assez grande pour causer de l'illusion ; ce pouvait être les reflets des feux voisins. D'ailleurs, on avait là l'habitude de dîner tard… et à cette heure il était raisonnable de croire que l'état-major ne pouvait inspirer de crainte.

— Allons, dit une voix, assez haut, les tigres dorment, les loups peuvent donc sortir, ils ont le champ libre…

— Excepté les gros de là-bas… répondit une autre voix, moins vigoureusement timbrée.

— Oh ! pour ceux-là, dit le premier, ils se sont eux-mêmes rogné les griffes.

Aussitôt douze figures d'hommes se dessinèrent vaguement au bord de la feuillée. Celui qui s'avança le premier marchait en s'aidant d'un fusil pour soulager une de ses jambes qui semblait ne le servir

qu'à regret. Après avoir fait quelques pas, il s'arrêta près du banc
rouge sur lequel Jacques s'était agenouillé la veille, et,malgré la
pluie qui tombait toujours par torrents, il ne put s'empêcher de s'y
asseoir, évidemment ému...

— Nous n'avons pas de temps à perdre, dit le plus jeune et le
plus petit de la bande ;... à moi aussi, cela me fait de la peine !...

Et le jeune homme essuya ses larmes et, en touchant de l'autre
main l'épaule du premier, il continua :

— Pauvre Marie !... c'est dans son troupeau que nous allons nous
servir... elle qui ne voulait pas permettre que l'on tuât un seul de
ses agneaux !... Mais dans ce moment, elle serait bien heureuse de
nous les voir tous prendre !...

Le compagnon auquel il s'adressait plus particulièrement semblait ne pas l'entendre.

— Eh bien ! laisse au moins aller notre Farfadet ; les moutons
le connaissent encore mieux que moi ; il nous rendra leur abord
plus facile.

— Vas, Farfadet ! fut la seule réponse qui sortit de sous la peau
de caribou chamarrée que nous avons déjà vue sur Wagontaga,
et qui enveloppait le personnage taciturne de la tête au pieds.

— Maintenant, dit le jeune homme en menaçant du doigt le
chien qui commençait à oublier sa première leçon, bride ton cœur,
notre fidèle, et viens avec P'tit-Toine. En terminant ces mots, le
plus jeune des Landry se dirigea du côté où s'élevait la bergerie.
Les moutons s'y pressaient tremblants sous leur toison toute imprégnée par l'orage. En reconnaissant leur gardien en titre et le
frère de la *petite maîtresse,* ils donnèrent des signes évidents de
sympathie, contre les prévisions d'Antoine, qui croyait que de
pareils événemens avaient dû changer leur caractère. Il ne lui
fallut donc pas de grands efforts pour se faire suivre par quelques
belles brebis. Leur maîtresse les avait familiarisées par ses
caresses ; la plupart portaient leurs petits noms d'amitié et elles
accouraient volontiers à l'appel des amis de la ferme.

Les compagnons s'emparèrent des quatre plus grosses, et après
les avoir traînées sous le bosquet, il les tuèrent et allèrent les
porter, par le chemin d'où ils étaient venus, à une assez grande
distance, car il s'écoula beaucoup de temps durant ce voyage.

XXV.

A leur retour, ils retrouvèrent celui qu'ils avaient laissé assis sur le banc et dont ils n'avaient pas voulu troubler la sombre méditation ; mais il était debout, marchant ferme et à grands pas, comme s'il n'eût jamais été blessé : cependant, il avait reçu, la veille, deux balles dans la cuisse, en outre d'une entaille qu'il portait depuis quelque temps sur la poitrine. Son manteau sauvage ne se drapait plus étroitement sur sa taille, mais volait au vent, comme une aile d'aigle immense ; ses traits, à demi effacés jusqu'alors dans sa pose rêveuse et sous les plis de son vêtement emprunté, se révélaient avec toute leur énergie, et son regard jettait au brasier qu'il contemplait de temps en temps avec haine et envie, plus de feu et plus d'éclairs qu'il n'en avait vu jaillir ; il semblait lui demander de lui rendre l'édifice de son bonheur. En voyant revenir ceux qu'il appelait de temps en temps *ses sauveurs*, *ses frères*, il leur montra une couronne de fleurs blanches tachée de sang et de boue, qu'il venait de trouver dans les broussailles, près de son siége, et il leur dit pour la centième fois :

— Malheureux ! pourquoi ne l'avez-vous pas sauvée, elle, elle seule ?...

— Mon pauvre Jacques, faut-il te le répéter ?... quand nous t'avons enlevé, Marie était déjà dans sa maison, et nous avions toute une compagnie entre nous et elle... et puis, il fallait aller te déposer en sûreté dans notre campement ; tu te traînais à peine ; tu voulais revenir vers les Anglais, et nous ne pouvions t'empêcher de crier : " Laissez-moi ! laissez-moi ! je veux mourir avec elle ! " Nous avons été obligés de te mettre la main sur la bouche pour te réduire au silence... Quand nous voulûmes revenir pour tenter un nouveau coup de main, nous trouvâmes partout des patrouilles et des sentinelles sur le qui-vive ; ta disparition avait semé l'alarme dans tous les corps de garde, nous dûmes renoncer à tout nouveau projet.

Jacques écouta ces paroles d'un air distrait ; puis il reprit à se promener comme un insensé. Les autres s'arrêtèrent à le regarder avec pitié : ils doutèrent pendant quelque temps de son état normal. P'tit-Toine s'approcha enfin de lui, et lui dit sur le ton le plus insinuant :

Allons, frère, il faut nous éloigner ; garde tes forces pour le voyage.

— Partir !... moi, partir, maintenant !

— Il me semble, dit P'tit-Toine, que ce serait mieux de le faire...

— Et s'ils l'avaient enlevée, eux, de leur côté... si *elle* était là... avec eux,—il montra la lumière agitée du presbytère,—forcée d'écouter leurs discours grossiers, d'assister à leur orgie, en attendant un dernier outrage !...

—C'est impossible, Jacques ; monsieur George est incapable d'une pareille chose, et il ne l'aurait pas permis aux autres.

— Ces gens-là !... ces brutes sont capables de tout,; je veux y voir ; je ne partirai pas sans avoir la certitude que Marie n'est point là.

— Mais c'est extravagant cela, Jacques ; Marie n'est pas là, et c'est risquer de tout compromettre. Et ton épuisement, tes blessures !... Il ne faudra pas que tu en reçoives beaucoup d'autres pour y rester.

— Mes blessures !... mon Benjamin, on songe à cela quand on n'a rien de mieux à faire... Et puis, si j'en reçois encore, elles guériront avec les autres ; une de plus, une de moins... D'ailleurs, il s'agit bien de recevoir des coups quand on ne nous laisse que l'occasion d'en donner !... Allons, tu n'y entends rien.—Mes amis, continua-t-il en s'adressant à tous, la partie est bonne, je pense. Ce soir, les Anglais sont dans la joie ; ils pensent qu'ils ont assez pillé, assez brûlé, assez frappé de femmes et de vieillards pour que personne ne soit tenté de remettre le pied sur ce sol ruiné ; ils ont bu et se sont couchés ivres et las... La nuit est à nous, tâchons d'en user mieux que l'autre soir. Allons au presbytère ; si Marie s'y trouve, nous la sauverons, et si elle n'y est pas !... Winslow, Butler, Murray et le lieutenant y sont, et il ne tiendra qu'à vos bras qu'ils y restent jusqu'au jugement dernier.

Ces paroles produisirent un mouvement de satisfaction chez ces hommes, amateurs de l'imprévu, habitués à l'aventure et aux tentatives audacieuses. Dans ces guerres de coups de main, où les forces fractionnées des belligérants devaient opérer sur de vastes espaces, la valeur et l'intrépidité se plaisaient, comme au temps de la chevalerie, dans les combats corps à corps, et dans ces entreprises de maraudeurs.

— Pour toi, P'tit-Toine, ajouta Jacques, comme je sais que tu cries dans les moments critiques, et comme je doute de ton courage, je te conseille de te rendre de suite à nos canots, avec ce chien qui pourrait aussi nous compromettre, et tu les prépareras à un départ précipité.

— Merci ; si la mission n'est pas absolument nécessaire, je n'en veux pas, notre capitaine. Tu oublies que j'étais avec ceux qui t'ont délivré, hier soir, pour ne songer qu'à ma bévue de l'autre jour qui a failli te coûter la vie. Mais si j'ai contribué à te faire saisir, j'ai aussi contribué à te délivrer : il y a une preuve de courage contre une preuve de poltronnerie. D'ailleurs, je n'ai pas crié, hier, quand une balle m'a fait ce vilain acroc dans le fond de mon feutre...

— C'est vrai, mon petit frère, je te demande pardon : la bravoure doit exister dans un sang où il y a tant de générosité ; il te fallait seulement une occasion de la montrer. Et bien ! en voici encore une ; viens avec nous, je compte beaucoup sur toi. Mais avant, attache-moi ce pauvre Farfadet à un arbre, car il pourrait nuire à notre expédition.

Jacques instruisit Wagontaga en peu de mots de son nouveau projet.

— Oh ! oh ! fit le Micmac en frémissant, voilà qui est digne de véritables guerriers !... Nous rapporterons autre chose que de la laine... nous ne mangerons pas que de la chair de moutons, comme des loups !... nous ne boirons pas que du sang de bêtes !

Deux hommes seulement avaient des fusils avec eux. Dans cette nuit obscure, et pour le but que la troupe se proposait d'abord, on n'avait pas cru devoir s'embarrasser de ces armes. Wagontaga en portait un ; Jacques le fit partir en avant avec un autre sauvage, pour éclairer la marche. Et lui-même se mit à leur suite avec ses autres compagnons, qui n'étaient armés que de coutelas et de tomahawks. Tous disparurent bientôt dans les ténèbres, s'acheminant dans ce sentier détourné qu'avaient suivi George et Marie, après leur rencontre au cimetière.

XXVI

Pendant que notre héros s'avance sur le chemin de nouveaux combats et d'autres aventures, je vais dire par quelle suite de coïncidences merveilleuses il se retrouve vivant, sur ces mêmes lieux où il aurait dû infailliblement périr. Car, malgré que les Anglais eussent fait leur possible pour le faire disparaître de la scène du monde, c'est bien notre Jacques et non pas son ombre que nous venons de voir et d'entendre.

On se rappelle qu'Antoine, après sa visite à la maison de son père, en repartit le même soir pour aller à la recherche de son frère André, et s'assurer s'il n'était pas resté blessé ou mort quelque part près de l'endroit où Jacques avait été arrêté. Il connaissait alors le sort réservé à celui-ci, le lieu et l'heure de son exécution. Toutes ses recherches furent vaines ; il ne retrouva nulle part les vestiges.de son aîné, mais il fit la rencontre de deux jeunes compatriotes, qui, après s'être échappés d'un convoi de captifs, effrayés de leur solitude et ne pouvant supporter l'absence de leurs parents, revenaient se livrer de nouveau aux autorités. Ces malheureux lui apprirent qu'ils avaient vu son frère en compagnie d'un sauvage, et que tous deux faisaient route vers le cap Porc-épic. Sans leur raconter le but de son voyage, André leur avait dit qu'il traversait du côté des Français pour revenir prochainement, et il leur avait offert de les prendre dans son embarcation, s'ils voulaient s'échapper.

Antoine profita de ces indications et alla attendre le retour de son frère au pied du cap Porc-épic.

Ce fut le 9, à l'aube, qu'il le vit reparaître, toujours avec le Micmac, mais suivi, de plus, par les dix étrangers dont nous venons de faire la connaissance. Ils occupaient tous ensemble deux canots d'écorce.

Il paraît que Wagontaga était parvenu à faire comprendre à André, après la rencontre des Anglais, qu'il allait chercher un secours·assez puissant pour délivrer Jacques et tous les Acadiens; c'est au moins ce que crut entendre André. Mais le sauvage n'avait trouvé que ces quelques compagnons d'armes ; les autres s'étaient dispersés pour faire des provisions. Comme il était impossible d'attendre ceux-là, le chef indien était reparti de suite, avec cette poignée de dévoués, laissant l'ordre aux autres de se tenir prêts au premier avis.

En les revoyant, P'tit-Toine leur fit le récit des malheurs de leur pays, de la captivité de Jacques, et il leur annonça qu'il devait être exécuté le soir même.

Ils partirent sans hésiter, résolus à tout tenter pour arracher leur commandant à la mort. Mais il leur fallut faire tant de détours, user de précautions si nombreuses pour éviter la rencontre des troupes qui fouillaient sans cesse les bois et les chemins, qu'ils n'arrivèrent à la ferme de la mère Trahan qu'au moment où l'ordre de la fusillade allait être donné. Et sans l'instant de trouble et de retard que vint y apporter l'apparition de la fiancée, ils n'auraient trouvé qu'un cadavre.

Pauvre Marie ! elle ignorait que sa démarche était toute providentielle, et qu'en allant s'immoler avec son fiancé, elle lui apportait la vie et la liberté dans son amour dévoué...

Profitant du bruit, du désordre et de l'émotion qui accompa-gnèrent le départ du lieutenant, quand les soldats arrachèrent la jeune fille de la poitrine du condamné, les libérateurs avaient pu s'approcher impunément derrière le bocage, et se glisser ensuite jusque sur les talons des Anglais. Au moment opportun, ils culbutèrent les portes-flambeaux, puis les exécuteurs, et leur arrachèrent des mains leur victime, avant même qu'ils pûssent voir contre qui se défendre. Se trouvant jetés soudainement dans une obscurité complète, et plusieurs des soldats dans leur trouble ayant déchargé leurs fusils, aucun d'eux ne put se rendre compte ni du nombre de leurs assaillants ni du point de l'attaque : la plupart crurent cependant qu'elle leur venait du côté du village, et sans s'arrêter à penser que cette supposition n'avait pas de sens, ils s'échappèrent vers le presbytère par les champs et la grève.

Les détonations firent croire au loin qu'on venait de faire la décharge fatale : la mère Trahan et ses enfants, tout occupés de leur maîtresse qu'on leur apportait à moitié morte, ne firent attention à rien autre chose ; George, en revenant sur ses pas, crut que ses soldats étaient allés jeter le cadavre à la rivière, selon que le voulait la sentence ; et Marie trouvant, le matin, du sang près du banc rouge, et sur le sentier qui menait à la Gaspéreau, l'avait recueilli, pensant que c'était celui de son fiancé... C'était plus probablement celui de quelque soldat qui l'avait répandu sur son passage. Les autorités, les soldats et George, plus tard, furent donc les seuls qui surent ce qui s'était passé à la ferme de la veuve, et comme aucun n'avait intérêt à le faire connaître à la population, Jacques resta bien mort pour tout le monde.

C'est ainsi qu'une puissance surnaturelle et cachée se joue souvent de tout le monde, et voile des mystères profonds et quelquefois étranges sous des réalités cruelles. Marie s'en allant en exil, emportant sur son cœur le sang de quelque monstre imbibé religieusement dans un suaire blanc, est une illusion pénible à constater. Cependant, cette illusion fut douce pour elle ; elle la consola : ce suaire reçut ses larmes d'amour ; il fut un culte pour cette adoration terrestre dont le cœur ne peut supporter la privation absolue sans se briser ; il la fit vivre. La mamelle qui s'est peu à peu gonflée pour nourrir un enfant qui meurt doit s'épancher graduellement par une économie bienfaisante de la nature : ainsi le cœur......

XXVII

Le presbytère de Grand-Pré occupait l'angle formé par la rue principale du village et la place de l'église. La petite troupe de Jacques y arriva en longeant la clôture mitoyenne du domaine curial et s'introduisit dans une grange qui, placée en arrière de la maison, touchait par un côté à la place publique. Vis-à-vis de la porte par laquelle ils étaient entrés s'en trouvait une autre qui communiquait avec une petite cour privée et le jardin : de celle-ci l'œil pouvait facilement observer ce qui se passait dans l'intérieur de l'habitation, car les fenêtres nombreuses et peu élevées laissait pénétrer la vue dans presque toutes les principales pièces, et la grange n'en était pas séparée de plus de dix pas.

Dans ce moment, une partie des officiers du corps d'occupation, au nombre de vingt-cinq à trente, se trouvaient réunis autour d'une table qui touchait aux deux extrémités de la salle à manger. Comme plusieurs devaient partir le lendemain matin pour accompagner les proscrits dans les colonies anglaises, ils fraternisaient au moment du départ ; et puis, comme l'avait deviné Jacques, ils fêtaient ensemble *l'heureux résultat* de leur entreprise, ils couronnaient la tâche accomplie...

Le banquet durait depuis longtemps, la série des services était épuisée ; les *wailers* assis sur deux lignes vers les confins de la chambre, les mains jointes, le nez au plafond, le cou étranglé dans leurs cravates blanches, attendaient que leurs maîtres eussent roulé sous la table pour aller les imiter sur un théâtre plus obscur, avec les débris de la fête. Il ne restait plus sur la nappe que des bouteilles au corsage varié, et ces petits plats bienfaisants qui servent d'intermèdes aux nombreuses rasades et aux discours stupides que les buveurs officiels savent trouver en l'honneur de toutes les hiérarchies de la puissance et des causes les plus mauvaises : le fromage de Stilton tirait à sa fin, et le céleri, ce légume prédestiné de l'Angleterre, ce favori du potager, qui créerait une révolution sociale dans les Iles Britanniques s'il cessait de se montrer tous les jours à la table, après les friandises les plus exquises ; le céleri était épuisé, signe évident que le dîner comptait déjà un long passé. Le désordre avait succédé à la symétrie ; la désinvolture et le sans gêne remplaçaient la tenue compassée d'une société anglaise formée d'hommes de grades différents et de connaissance récente : on avançait les coudes sur la table, on se prenait par la taille pour se faire des confidences à tue-tête, on jetait les bouteilles sur le côté quand elles étaient vides, sans égard pour la célébrité de leurs blasons. On avait bu au bonheur du roi, à celui de la famille royale, au royaume-uni, à la Nouvelle-Angleterre et à chacune des provinces britanniques en particulier ; à la *galante* armée de terre, à la *galante* marine, à l'héroïque milice coloniale et à son commandant Winslow, qui contribuaient si puissamment à l'œuvre importante qu'on allait bientôt terminer ; et l'on était loin d'avoir épuisé la liste des santés : quelqu'un venait de proposer celle de Lawrence, Boscawen et Moystyn, noble trinité qui avait décrété d'abord la perte des Acadiens, quand Jacques, après avoir jeté un regard attentif autour de la maison, fit quelques pas dans la cour avec P'tit-Toine et lui dit à l'oreille :

— Tu le vois, personne ici pour nous arrêter... les sentinelles sont sur le devant... Ouvre la barrière du jardin, prends par l'allée des lilas qui touche au pignon de la maison, et vas t'assurer du nombre des sentinelles et de leurs mouvements ; en revenant, arrête-toi dans toutes les croisées de ce côté là, et regarde bien dans tous les appartements pour t'assurer s'il ne s'y trouve ni prisonniers ni soldats ; s'il le faut, grimpe dans les croisées pour mieux voir ; le feuillée qui y forme des rideaux épais ne peut permettre que tu sois vu... Vas, je te donne dix longues minutes pour tout examiner ; tu vois que j'ai confiance en ton habileté et dans ton courage, maintenant !

— Merci, mon Jacques.

P'tit-Toine, là-dessus, s'éloigna d'un pas félin, et Jacques vint passer lui-même sous les ouvertures qui faisaient face à la grange ; il se fixa un instant devant chacune d'elles, plongeant avidement l'œil à l'intérieur, dans tous les sens. Les portes des chambres étaient peu nombreuses et pour la plupart entr'ouvertes, de sorte que la lumière qui venait du passage ou des pièces principales les éclairait suffisamment pour permettre d'y découvrir tout ce qu'elles renfermaient.

Après avoir rempli minutieusement son importante mission, P'tit-Toine rejoignit son chef devant une des fenêtres du réfectoire.

— Eh bien ! lui dit Jacques à voix basse, as-tu tout vu ?...

— Oui, tout ce que j'ai pu, avec mes deux yeux.

— Combien de sentinelles ?

— Deux seulement, devant les portes, fatiguées et sans soupçons, et qui semblent s'ennuyer beaucoup de se voir tomber tant d'eau sur le dos quand il coule tant de vin dans le ventre de ces messieurs qu'elles gardent : elles se promènent pour s'empêcher de dormir et on les aperçoit facilement quand elles passent vis-à-vis les châssis..

— Très bien, et ailleurs ?

— Personne dehors. Dans la maison, je n'ai vu que les deux cuisiniers, avec un compagnon et deux femmes ; ils s'occupent joyeusement à démolir les pâtés et les dindes farcis qu'ils ont édifiés et qui leur sont revenus intacts ; puis, ils achèvent de vider quelques bouteilles restées là pour la sauce. Les goinfres ! ils me donnaient appétit.... et j'avais déjà l'idée d'entrer.

— Nous allons leur rogner le dessert, et nuire quelque peu à leur digestion.

— Dînerons-nous aussi, Jacques ?

— Peut-être, si nous ne brûlons pas trop les plats en les réchaufant. Cependant, ne compte pas sur le dîner ; je te recommande le jeûne, Antoine. Est-ce tout ce que tu as observé ?... pas de soldats, pas de prisonniers, nulle part ?...

— Personne.

— Tant mieux ! murmura Jacques, avec un tressaillement violent. Allons, ni ton père, ni Marie ne se trouvent ici... ils ne les auraient pas mis à la cave, non plus au grenier...

En achevant ces mots, il s'approcha plus près des carreaux pour compter les convives, reconnaître quelles places occupaient les principaux personnages, et s'assurer du degré d'ivresse qu'ils avaient atteint.

La salle était oblongue ; elle avait trois ouvertures sur la cour où se trouvait Jacques, et deux sur la place publique ; deux portes, à l'intérieur, la mettaient en relation avec les autres appartemens. La première introduisait aux chambres à coucher, par un couloir étroit qui n'aboutissait pas au-delà ; toutes ces chambres étaient situées sur l'arrière de la maison ; la seconde ouvrait sur un petit vestibule où se trouvait l'entrée principale du presbytère, et une autre porte qui donnait accès à la véritable salle à manger ; cette dernière pièce ne communiquait qu'avec la cuisine. C'était là les seules issues par lesquelles pouvaient s'échapper les officiers anglais.

Un coup d'œil jeté autour de la table suffit à Jacques pour compléter ses observations et lui permettre de combiner ses plans d'attaque. L'ivresse existait et se manifestait chez tous à des degrés divers, par des symptômes caractéristiques.

Une nuance imperceptible distinguait Murray de Butler. Celui-ci n'avait plus qu'une faible lueur de raison ; Murray touchait aux confins de la sienne ; il était arrivé à ce point où les gens d'esprit n'en ont plus, et où ceux qui n'en ont jamais eu croient le plus en avoir ; c'est le moment où, dans les pays constitutionnels, on fait des discours officiels, parce que, alors, personne n'est en état ou obligé de s'en souvenir, et qu'il reste toujours à l'orateur la faculté de nier les sottises qu'il a dites, en voulant pallier celles qu'il a faites. Butler ne pouvait plus même lever dignement son verre pour boire à la santé de quelques îles des Indes Orientales qui n'avaient pas encore eu les honneurs d'un toast.

Quant à George, il était le seul qui parut posséder l'usage de toutes ses facultés ; il se tenait froid, taciturne sur son siége, tantôt rêveur, tantôt bouillant d'impatience au milieu de ces brutes en goguette et de leurs propos décousus, grossiers et révoltants. Une seule chose pouvait tempérer l'ennui que lui donnait les discours échevelés qu'on lui imposait : c'était les scènes bouffonnes et les caricatures que présentait cet ensemble de visages et de caractères lancés dans le champ de la folie la plus expansive et du délire de l'ivresse. C'était quelque chose de singulier à voir que ce rire convulsif amené violemment, par le vin, sur ces figures qui n'avaient laissé voir depuis quelques jours que les traits de la haine, de la colère et de la cruauté. Il était facile, à travers un simple vitrail, de saisir les saillies et de suivre les homélies quand elles étaient lucides. Jacques ne comprenait pas un mot anglais, mais P'tit-Toine, qui l'avait appris dans la compagnie de son oncle LeBlanc et du lieutenant George, pouvait traduire assez facilement à son voisin ce qu'il saisissait.

Dans ce moment, il entendit un cri général :

—Silence ! silence ! disaient les voix : un toast !... encore un toast !... commandant Murray !... vive notre commandant Murray !

En même temps, tous les visages se tournèrent du côté du capitaine, qui fit aussitôt un effort énergique pour se hisser sur ses deux jambes, en s'aidant des bras de son fauteuil. Mais ses forces n'étaient plus à la hauteur de son courage ; il chercha vainement à trouver son centre de gravité, malgré qu'on lui cria de toute part :

—Bravo, capitaine ! vous avez un grand cœur, vous y arriverez.

—Pas encore, mes amis, pas encore ;... je crois que j'ai les jambes plus grandes... il me semble qu'elles ont poussé pendant le dîner et qu'elles poussent encore... je ne pourrai jamais arriver à me planter dessus !... Ou bien ce vilain plancher de curé s'enfonce.... oui, il s'enfonce...

Il allait saisir son verre, en balbutiant ces dernières paroles, mais aussitôt que sa main laissa son siége, il s'écroula comme une tour minée, avec un long gémissement.

—Nous ne permettrons pas que vous succombiez ainsi sur le

champ du combat, au moment d'une charge générale ! Commandant, nous vous soutiendrons jusqu'à notre dernier soupir !... ou
nous tomberons tous sous vous.

— C'est bien ! je reconnais là mes braves compagnons d'armes, le
sang anglo-saxon : c'est ainsi que nous aimons à succomber !

— Et si vous ne pouvez pas boire votre verre, eh bien ! nous le
boirons !

— Non, je ne permettrai pas qu'on me ravisse cette gloire ; je
veux le boire, et je le boirai !— Allons, à moi, mes braves !

Deux sous-officiers, des plus dispos, saisirent alors le capitaine
sous les bras, et, après l'avoir élevé à sa hauteur, le soutinrent
debout.

—Messieurs, dit alors le commandant de Passequid, sur un ton
connu des orateurs populaires, je n'ai pas l'habitude de faire des
discours ; mais j'ai du cœur, je laisserai parler mon cœur.

— C'est vrai ; écoutez, écoutez ! crièrent les convives.

—Messieurs, nous avions oublié le but principal de cette réunion ;
nous nous sommes laissé emporter par notre admiration pour les
gloires de notre patrie et les grandes choses qui ont été accomplies
dans cet empire sur lequel le soleil ne se couche pas !...

— Et sur lequel nous allons tous nous coucher glorieusement !
cria quelqu'un qui glissait sous la table.

— Ecoutez ! écoutez ! N'interrompez pas l'éloquent orateur ! voci-
férèrent plusieurs voix.

— Nous avons oublié, continua Murray, de boire à la grande
œuvre que nous chômons ce soir !

— Bravo ! bravo ! vive notre commandant ! C'est à vous qu'en
revient tout l'honneur !

— Il faut boire à ce grand succès obtenu sur la France ; cette
terre est enfin toute à nous ; nous l'avons purgée de cette race
enragée de Gaulois !

— De mangeurs de grenouilles !—fit un gros joufflu, en sortant
une bouche pleine d'écume d'un gobelet où il tempérait, dans la
liqueur assoupissante des bords de la Tamise, la vivacité intellectuelle que produisait en lui les vins du continent.

— Cette terre, poursuivit Murray, n'entendra plus articuler un
seul mot français, ne sentira plus l'haleine empoisonnée d'une
seule poitrine ennemie. Ils étaient jadis quinze mille, ici ; demain,
on ne pourra plus en trouver un seul ; et si ces bois perfides en
recélaient encore quelques-uns dans leur sein, ils les verraient pour-
rir avec les feuilles de l'automne.

— Très-beau ! très-beau !

—Quant à ceux qui s'en vont sur nos vaisseaux, nous allons si bien les noyer dans le sein de notre puissante race, que leurs enfants ignoreront leur origine et s'uniront avec les nôtres pour détester le sang de leurs pères ; et le monde n'entendra jamais parler d'eux !...

—Que par l'histoire, qui vous maudira !— dit une voix indignée, qui n'était autre que celle de George.

—Ah ! ah ! ah ! éclatèrent ensemble tous les convives, égayés par une interruption qui leur paraissait ridicule.

—Qui connaît ce troupeau de paysans, dans le monde ? qui songera à eux quand le continent tout entier sera notre glorieuse conquête ? répondit une voix à celle de George.

—Vos propres documents révéleront votre crime, et vos descendants en les relisant rougiront de vous !...

—Ah ! ah ! ah ! nos documents !... nous les déchirerons, monsieur Gordon, s'ils doivent donner du malaise aux enfants timides et trop sensibles que vous vous proposez de mettre au jour !...

Un bruit épouvantable d'applaudissements, de cris, de bouteilles heurtées, accueillit cette phrase, après lequel Murray reprit :

—Buvons donc à nos futurs compatriotes : que leur voyage soit heureux et assez long pour qu'ils ne soient jamais tentés de revenir dans ces lieux ; et comme nous en avons vidé cette terre, il faut ainsi vider pour eux nos verres jusqu'au fond.

—Oui, vidons les verres jusqu'aux fond, et les bouteilles aussi !...

A cette exclamation, les deux files d'échansons s'ébranlèrent pour venir remplir la mesure qu'on allait offrir comme une libation à l'honneur de l'iniquité. George brisa son verre à ses pieds quand un des valets s'approcha pour le servir.

—Mais amis, au bon voyage du peuple acadien ! s'écria Murray. Tous répondirent :

—Hip, hip, hourrah ! hip, hip hourrah! hip, hip, hourrah !

Le commandant se laissa choir sur sa chaise après cet effort suprême, et dit à ses voisins, pendant que le vide achevait de se faire partout dans le cristal de Hollande :

—Eh bien ! qui va répondre à ce toast ?

—Gordon ! Gordon ! s'écrièrent quelques voix, auxquelles toutes les autres se joignirent ; il n'a presque pas bu, et il n'a encore rien dit que quelques bêtises : il lui convient de parler. Gordon ! Gordon !...

—Allons, debout, lieutenant !

—Montez à la tribune aux harangues !

— Faites-nous un éloge en trois points de vos amis les Acadiens, avec un exorde et une péroraison touchante !...

Ces phrases partirent ensemble comme des traits, de divers points de la table.

— Scélérats !... murmura George en se levant brusquement et en faisant un pas vers la porte.

— Arrêtez-le ! arrêtez-le ! hurla-t-on de toute part ; il nous faut un discours ! Gordon, un discours, un discours !

En même temps, plusieurs s'attachèrent aux habits du lieutenant pour le retenir ; mais il se retourna, et d'un geste violent du bras qu'il décrivit en saisissant son épée, il fit si bien rebrousser chemin à toutes les mains que pas une n'osa revenir à la charge ; puis, en lançant à ces visages ébahis un regard de mépris, il s'écria :

— Voilà quatre heures de honte et de dégoût que vous m'imposez, et vous voulez maintenant me condamner à vous parler !... Oh ! si vous étiez encore en état d'apprécier la valeur d'une parole, je vous ferais volontiers comprendre tout ce que vous m'inspirez de répulsion !... Si vous ne veniez pas d'accomplir assez de lâchetés, et d'infamies pour vous rendre incapables de sentir le châtiment que devrait vous infliger l'appréciation de vos œuvres, oui, je parlerais !... et je voudrais rejeter à vos ignobles visages l'opprobre dont vous avez, aujourd'hui, chargé ma vie et le nom de l'Angleterre !...

— Sur laquelle le soleil ne se couche pas... ah ! ah ! ah ! grommela celui qui gisait à demi sous la table et dont la tête apparut un instant, en soulevant le bord de la nappe.

— Ecoutez ! écoutez ! firent quelques-uns, l'orateur s'inspire !

— Oui, ripostèrent quelques autres, il s'inspire de l'eau de la Gaspéreau, il en a trop bu. C'est comme une indigestion ce qu'il dit là.

— Non, il est pris d'une révolution de buccoliques renfoncées...

— Bel Adonis, si vous ne pouvez pas faire un discours, chantez-nous une élégie sur les charmes de votre bergère envolée...

— Redites-nous son goût pour les *chaumières gothiques* et les *dentelles de Valence*...

— Répétez-nous les accents plaintifs et enchanteurs qu'elle aimait à faire entendre *à l'ombre des arbres du cimetière*...

— Célébrez sa constance éternelle, et racontez-nous ses transports quand elle enlaçait le cou de son pastoureaux... à son arrivée *d'un long voyage*... ah ! ah ! ah !

George frémit de rage sous la morsure de ces traits railleurs et impertinents qui lui arrivaient de toute part, accompagnés de

ricanements féroces ; il était devenu l'amusement de ces brutes
qu'il avait toujours méprisées, il était le dernier jouet réservé à
cette gaieté délirante de l'orgie... Il bondit un instant sur le plancher comme un disque d'acier sur une table de marbre ; on aurait
dit que la foudre l'électrisait ; puis, culbutant ses voisins qui allèrent
rouler avec leurs siéges, il vint se fixer comme un dard, à deux
pas de Murray, frissonnant, écumant, brandissant son épée sur la
tête du commandant. Mais cédant tout à coup à un sentiment
étrange, il abaissa sa main et recula avec mépris :

— Non ! dit-il, je la souillerais !...

Et s'adressant directement au commandant, il ajouta :

— Représentant d'une autorité qui nous déshonore ; digne chef
de ces vauriens qui m'insultent devant toi, je te jette, à toi, le
mépris que je voue à tous !... J'allais te passer cette épée à travers le
corps, mais j'ai pensé que je l'avais reçue pour la tremper dans un
sang plus noble que le tien, et aussi pour combattre d'autres
ennemis que des femmes, des vieillards et des enfants. Je te la
rends !... j'ai trop rougi de la porter dans une pareille société, pour
faire le métier de bourreau, et je ne veux pas encore la salir en te
frappant !... Pour te châtier dignement, pour imprimer à ton front
le sentiment de ta bassesse, il me faudrait avoir la main d'un galé-
rien !—Tiens !...

Et en même temps, George arracha ses épaulettes, défit son harnais et lança le tout, à la fois, en pleine poitrine de Murray. L'épée,
la sangle, le fourreau, en fauchant l'espace, prirent en écharpe tout
ce qu'il y avait sur la table, bouteilles, carafes, verres et bougies, et
les éparpillèrent comme une mitraille dans la figure de tout le
monde. Les vins inondèrent les buveurs ; un flacon d'eau-de-vie,
encore intact, vint crever sa panse sur la face somnolente de Butler ;
la liqueur fine ruissela sur l'ignoble capitaine de la tête aux pieds ;
ses habits en burent comme il en avait bu lui-même. En sentant l'ablution mouiller ses lèvres, il entrouvrit sa bouche pour
recevoir ce nectar complaisant qu'il croyait venir du ciel, et sa
longue moustache toute trempée descendit dedans comme des
algues limoneuses dans un bourbier fétide.

Dans ce moment, Jacques tira P'tit-Toine en arrière, et lui dit en
retournant à la grange :

— En voilà un qui nous dévance... il a véritablement plus d'honneur et de courage que je ne croyais... Maintenant, à nous la
partie !...

Et il rejoignit ses compagnons qui l'attendaient avec impatience.

— Allons, murmura-t-il, le moment est favorable, ils sont à la cuvée ! P'tit-Toine, tu vas conduire Wagontaga et Sakiamistou par l'allée de lilas, à l'endroit où tu as pu mieux observer les sentinelles, et tu reviendras aussitôt. Vous autres, ajouta-t-il en s'adressant aux deux sauvages, suivez le petit camarade, ajustez bien les deux soldats qu'il vous montrera ; en entendant mon signal, abattez-les et courez à la porte qu'ils gardent ; retenez-la fermée si vous pouvez ; et si on la force, repoussez à l'intérieur ceux qui voudraient passer, ou tuez-les sur le seuil. Ne vous occupez pas de ceux qui pourront s'échapper par les fenêtres latérales ; il n'y a que les domestiques qui puissent avoir le pied assez leste pour passer par là, et nous avons mieux à faire qu'à tuer des marmitons!.. Ne poursuivez personne, mais à mon appel, vous viendrez me rejoindre derrière la grange.

Les deux sauvages sortirent avec leur guide.

—Maintenant, poursuivit Jacques ! mettons de suite le feu aux quatre coins de ce bâtiment : entassons ici, au milieu de l'aire, vingt-cinq bottes du foin le plus sec, pour faire un brasier à part. Aussitôt qu'il sera suffisamment enflammé, cinq d'entre nous... vous Dupuy, Foret, Cotard, Bastarache, Doucet, vous irez prendre dans le bûcher que vous voyez là, tout près, chacun un vigoureux rondin, et vous enfoncerez ensemble les cinq fenêtres de la salle à manger ; et, vous plaçant ensuite de côté, pour ne pas être vus, vous recevrez à la brèche, avec vos bâtons, tous ceux qui voudraient s'y montrer ; et nous, armés de ces fourches que nous venons de heurter, et qui nous ont été laissées ici tout exprès, nous accomplirons le reste... Il nous faut aussi notre feu de joie !... Mais surtout, n'oubliez pas de laisser courir les fuyards !...

Une partie de ces dispositions étaient exécutées ; le brasier de réserve venait d'être allumé, les hommes allaient sortir, quand quelqu'un vint ouvrir vivement la porte cochère qui servait à communiquer de la place à la cour. Un frisson vint glacer tous ces aventuriers énergiques qui, tenant déjà sous la main leur terrible vengeance, redoutaient tout ce qui pouvait la leur ravir ; ils restèrent cloués comme les statues du silence dans une inquiétude mortelle. Des pas s'avançaient vers eux...il n'y avait qu'un homme... mais P'tit-Toine s'en revenait dans ce moment ; il pouvait le rencontrer, se troubler et tout compromettre.

Jacques, qui avait vu le lieutenant quitter la salle à manger, soupçonna que ce pouvait être lui... En effet, après être sorti de la maison où il ne pouvait songer à passer le reste de la nuit, George venait, sans domestique, seller son cheval pour s'enfuir du côté d'Halifax, où il espérait rejoindre Winslow. Il touchait à la porte de la grange : Jacques, qui s'y trouvait embusqué, dit à voix basse :

—Foret! Colard! ici!... le voilà... il passe devant nous... tout près;... saisissez-le à la gorge et à la bouche, et traînez-le ici ! **Pas un mot, pas un bruit !**...

Les deux hommes bondirent comme des léopards attaquant un taureau, et dans un tour de main terrassèrent et enlevèrent leur proie.

A la lueur déjà brillante qui se répandait dans la grange, il fut facile à Jacques de reconnaître tout-à-fait son rival.

—Le plus court serait... dit Bastarache, en dégainant son énorme coutelas et en l'élevant sur la poitrine de l'officier, qui gîsait sur le dos.

—Non pas, dit Jacques ; contentez-vous de le lier et de le bail-lonner si bien, qu'il ne puisse ni remuer ni *geindre* du reste de la soirée.

Il tailla aussitôt de larges lanières de peau dans le bas du man-teau de Wagontaga et les fit attacher sur la bouche du prisonnier ; puis, avisant une de ces fortes perches munies de cordes, dont on se sert durant la moisson pour consolider sur les charrettes la charge de gerbes que l'on conduit à l'abri, il dit à ses hommes d'étendre le lieutenant dessus, de l'y fixer étroitement depuis les pieds jusqu'à la tête, avec l'attache : cela fait, il ordonna de le traîner à l'autre extrémité de la grange, près de la porte voisine du champ, et il fit jeter quelques brassées de paille sur lui, pour le cacher ; puis, revenant du côté de la cour, il dit, en s'armant lui-même d'une fourche :

—A l'œuvre, maintenant !

Aussitôt les dix compagnons se séparèrent ; cinq sortirent, et Jacques attendit avec les autres que la flamme enveloppât com-plètement l'amas de foin, pour donner son signal.

XXVIII

Les convives n'étaient pas remis de l'émotion que venait de leur causer la sortie du lieutenant. Son terrible coup d'épée avait chassé comme une baguette magique la verve bachique, avec ses fan-taisies et ses délires. La fête avait un aspect déplorable.

Cependant, ceux qui tenaient encore, les plus vigoureux, les plus aguerris et les plus jeunes, ne purent consentir à se séparer avec des figures aussi lugubres ; il se mirent donc à resserrer leurs rangs, passant sur le corps des invalides, ralliant au milieu d'eux les bouteilles qu'avait épargnées l'épée de George. Puis, le gros joufflu, ce blond et spirituel buveur de *porter*, se pâmant dans sa chaise, appela l'attention générale, et dit sur un ton de fausset et d'une voix qui mitonnait dans sa graisse :

— Messieurs, après avoir conjuré cette peste de papistes, il est convenable que nous buvions à leurs amis, le diable et le pape !... Ah ! ah ! ah !

— Ah ! ah ! ah !... répétèrent tous les autres ;—et ce rire, ramené soudainement au banquet par cette grossière saillie, menaçait d'être inextinguible, quand deux détonnations firent frémir les vitres et trembler tout ce qu'il y avait de verrerie sur la table.

Jacques venait de donner son signal.

Au même instant, les châssis volèrent en pièces et vinrent couvrir de leurs débris la table et les hôtes stupéfiés ; et aussitôt après, cinq masses flamboyantes franchissent les fenêtres, se heurtent aux cloisons, bondissent sur les têtes, et roulent dans tous les sens, répandant partout dans leur course une pluie de feu ; puis, après cette première éruption, une autre, puis une troisième. On aurait dit un volcan débordant de tous côtés ; il semblait que la maison allait s'emplir de feu, qu'on voulait en faire une fournaise.

Une gerbe brûlante, dirigée vers Butler, s'abattit sur sa figure : le capitaine, depuis le départ de George, était resté la tête béatement renversée sur le dos de son fauteuil, la bouche entrebaillée vers le ciel, sommeillant dans les vapeurs d'eau-de-vie qui montaient de ses vêtements trempés. La liqueur essentielle, au contact du feu, s'allume subitement, et de petites flammes bleuâtres, agiles et caressantes comme des vipères, se mettent à courir autour des bras et des jambes, le long de la poitrine du capitaine ; elles s'enfoncent dans son cou, se jouent dans ses moustaches et ses cheveux crépus ; elles s'agitent et frissonnent en serpentant sur cette figure appétissante, comme dans un accès de joie. Oh ! c'était horrible à voir, cet homme flamboyant sur son séant, au milieu d'un festin comme une effigie dérisoire ! Ses voisins s'éloignèrent de lui avec horreur ; le toucher, assayer de le sauver, c'eût été vouloir partager son supplice, et personne n'y tenait.

Et l'avalanche incendiaire continuait toujours.

Comme Butler, Murray avait vu un des terribles projectiles s'abattre sur lui et donner à son abdomen une accolade infernale.

Rien ne peut peindre l'effet que produisit cette attaque si soudaine et si étrange sur ces hommes, pour la plupart endormis dans l'ivresse. Les uns crurent qu'ils avaient assisté au repas de Balthazar et qu'ils s'éveillaient à l'heure des vengeances divines ; les autres, qu'ils venaient d'opérer leur descente aux enfers et qu'ils commençaient une éternité de supplices bien mérités. Tous étaient frappés d'épouvante. Ne pouvant mettre la tête aux fenêtres, aveuglés par le feu qui leur pleuvait dans les yeux, ils ne songèrent à autre chose qu'à se soustraire à l'incendie. La flamme s'attachait à leurs habits, à leurs cheveux ; elle courait dans les rideaux des fenêtres et dans le linge de table ; elle allait entammer les boiseries. La fumée et la chaleur les étouffaient déjà ; comment auraient-ils pu deviner qui leur infligeait ce châtiment ?

Cependant, l'émotion de la surprise, la vue du danger, et l'aiguillon tout puissant du feu qui les dardait dans tous leurs sens, les eurent bientôt dégrisés ; et sauf ceux qui, comme Butler, avaient atteint l'inanition complète, tous retrouvèrent bientôt leur énergie et s'élancèrent du côté de la porte. Ils la croyaient encore libre parce qu'elle n'avait pas été brisée. Mais les deux sauvages s'y étaient cramponnés et la tenaient clouée sur ses gonds. Dans leur frayeur les fuyards vinrent s'entasser dessus et la claquemurer si bien devant eux qu'il leur fut impossible de l'ouvrir ni de l'enfoncer. Ils tentèrent alors de s'échapper par la petite pièce qui conduisait à la cuisine et dont la porte touchait à celle de l'entrée : elle était fermée, et l'encombrement les empêcha encore de la forcer. Les cuisiniers, craignant d'être interrompus dans leur repas clandestin ou d'être obligés de le partager avec les autres domestiques, avaient poussé le pêne de la serrure et s'étaient enfuis sans songer à le retirer. Resserré dans l'étroit passage, leurs maîtres perdirent un temps précieux à se bousculer, à se terrasser, à s'écraser au milieu de toutes les horreurs du désespoir, et l'incendie leur arrivait dans les reins, cette fois, puissant, irrésistible !...

Tout à coup, Butler, que les tortures de l'agonie avaient enfin tiré de son état de mort factice pour lui rendre la conscience et la sensation d'une réalité épouvantable avant sa mort réelle, ayant réussi à se lever du milieu des flammes, vint se précipiter parmi ses compagnons éperdus. Sa chair pétillait dans une enveloppe ardente ; il traînait derrière lui un courant de feu ; il semblait s'être échappé des abîmes éternels !

A son aspect, le groupe tumultueux se sépara d'horreur et laissa la voie libre devant lui, jusqu'à cette dernière porte qu'on avait tenté en vain de dégager : alors, un des plus hardis, profitant du vide qui venait de se faire autour d'elle, y appliqua un violent coup de pied ; les panneaux éclatèrent et la foule, refermant tout à coup sa masse, se précipita dans l'ouverture, emportant avec elle les débris du bois et le cadavre de Butler.

Jacques et ses compagnons, entraînés par cette excitation que donne le succès, avaient bientôt épuisé le brasier formé pour allumer l'incendie, et ils plongeaient maintenant leurs fourches en pleines *tasseries*, retirant le foin en lambeaux échevelés du milieu de la flamme qui envahissait la grange, pour venir le lancer dans les fenêtres des chambres à coucher, où quelqu'un pouvait s'être réfugié.

— Allons, s'écria Jacques, c'est assez pour ici ; courons du côté de la cuisine, c'est la seule voie qui leur reste !

En même temps, il franchit la clôture du jardin, suivi maintenant de tous ses hommes, qui n'avaient plus à garder des postes devenus inutiles. Mais dans le même instant, les Anglais, qui venaient de briser l'obstacle qui les avait retenus si longtemps, se précipitèrent dans les fenêtres de la petite salle et de la cuisine, et ils reçurent en face une décharge terrible. Mais ils ne pouvaient plus retourner sur leurs pas ; leur seule chance de salut était devant eux. Poussés les uns par les autres, ils se culbutèrent pêle-mêle sur leurs assaillants, qu'ils entrevirent pour la première fois. Ceux-ci tombèrent dessus avec leurs bâtons, leurs fourches et leurs coutelas, et en laissèrent plusieurs sur le carreau. Un grand nombre, cependant, réussirent à s'échapper ; comme ils sortaient de deux côtés, sur la rue et sur le jardin, et par plusieurs ouvertures, et qu'ils se dispersaient dans tous les sens, il fut impossible à notre petite troupe de les atteindre tous. Le dernier était à peine sorti des fenêtres que de long jets de flammes attirés par le courant des fuyards s'élancèrent comme pour les menacer encore au loin.

Jacques donna le signal de la retraite ; l'alarme devait être portée aux casernes, car les cuisiniers avaient dû s'échapper depuis quelque temps ; l'incendie allait envelopper la maison, la grange et toutes les dépendances ; ses lueurs pouvaient compromettre la retraite de sa troupe ; il renonça donc à poursuivre l'ennemi : d'ailleurs, il était satisfait de son succès ; Butler n'avait pu manquer de périr avec quelques autres ; Murray devait au moins porter de cuisantes brûlures, s'il n'avait pas été tout-à-fait écorché par la flamme ; plusieurs étaient restés gisant dans le jardin ; tous s'en allaient avec des habits rognés, troués, noircis, des chevelures privées de leurs queues, des visages balafrés, dont plusieurs sans barbe et sans sourcils ; enfin, l'état-major se trouvait sans abri, et tous ces officiers superbes allaient être forcés, le lendemain, de présenter à

leurs soldats le spectacle de leurs figures piteuses et la honte de
s'être fait prendre et enfumer par une poignée d'hommes, à cause
de leur inconduite.

Pendant que ceci se passait à la maison, George était toujours
resté enfermé dans la grange. Fort heureusement pour lui, la
porte près de laquelle il se trouvait n'avait pas été fermée ; il put
ainsi respirer librement durant quelque temps. La couche de
paille qui le recouvrait était légère et le cachait comme un voile
transparent ; il put donc voir l'incendie naître, se développer et
l'enceindre rapidement dans ses terribles replis ; et ce n'était pas
un moindre supplice d'avoir conservé l'usage de la vue et de
l'ouïe, lorsqu'il était privé de la parole et du mouvement. En pensant à celui qui l'avait fait ainsi lier sur un bûcher, il ne se fit pas
illusion sur le sort qui lui était réservé ; il l'attendit donc avec
horreur.

Vraiment, après ce qu'il venait de faire, le supplice était trop
rigoureux, et malgré qu'il se reconnût bien coupable envers
Jacques et Marie, il se trouva trop puni. Son âme s'insurgea violemment contre une pareille destinée.

— Ah ! dit-il, il me semblait que j'avais payé un peu de la dette
de ma conscience ; et, mon Dieu ! vous savez ce que je voulais faire
encore pour réparer mes torts...

Mais il fallait bien accepter les décrets providentiels ; on ne lui
donnait pas le temps de les raisonner, ni la faculté de les infir-
mer. Déjà des tourbillons de flammes commençaient à se frôler
autour des grands pans de la bâtisse, à glisser sous le toit, à s'allonger vers son grabat fragile comme des langues avides. A la
lueur qui filtrait toujours davantage à travers sa paille, à l'air
ardent qu'il respirait, à la fumée qui l'étranglait, il jugea que son
linceul épouvantable commençait à l'ensevelir. Jacques et ses
compagnons, dans leur démarche furibonde, ne faisaient guère
attention s'il s'en échappait des étincelles vers le fond de l'aire,
quand ils venaient enlever leurs gerbes embrasées : la raffale en
semait partout et soufflait ensuite dessus.

Cependant, tant que George entendit les pas des incendiaires, il
ne voulut pas se croire condamné ; mais il vint un moment où les
pas s'éloignèrent pour ne plus revenir : alors il ne saisit plus au
dehors que les clameurs et les râlements de ses compatriotes, et
au dedans que les efforts triomphants de l'incendie...

Il était livré aux flammes !

Le bois de la couverture, exfolié par le feu, tomba en tisons
légers tout autour de lui ; le vent qui s'échappait de ce foyer hale-

tant chercha partout des issues et se mit à s'engouffrer en rugis-
sant dans la porte, à chasser du côté de George des nuées étince-
lantes et des faisceaux de dards ardents ; le malheureux sentit la
paille s'agiter, se crisper, se roussir sur son visage, puis il entendit
un pétillement qui s'étendait comme un cercle sur le plancher, de
l'endroit où Jacques avait fait allumer l'amas de foin ; puis il sentit, au frissonnement de la perche sur laquelle il était lié, qu'elle se
fendillait, qu'elle éclatait à une de ses extrémités, sous le contact
de l'élément terrible... Alors lui vint le vertige de son épouvantable agonie.

Mais dans le même temps, quelques voix se firent entendre près de
la porte. C'était Wagontaga qui se plaignait à Jacques de n'avoir
trouvé que des chevelures ignobles, que du crin grillé.

— Au moins, disait-il, tu vas me laisser prendre celle de ton lieutenant, pour faire paire avec celle de son frère.

— Ah ! pour celle-là, mon confrère, tu n'y toucheras pas... d'ailleurs,
je crois qu'il est trop tard : vois la flamme dans le haut de la porte.....
Mais cela n'y fait rien, dit-il, après une minute d'hésitation ; il faut
le sauver, parce qu'il a du cœur, celui-là.

— Le sauver !.... dit en se récriant une autre voix : se brûler pour
un Anglais ?...

— Oui, pour un Anglais généreux ; ils sont si rares qu'il faut les
ménager...

— Mais c'est impossible !... c'est une fournaise !...

—Eh bien ! j'irai, moi ! s'écria Jacques.

Et en disant ces mots, il s'enfonça dans la masse tourbillonnante
de feu et de fumée que vomissait la porte. La flamme, en sentant
l'obstacle qui rebroussait vers elle, se replia sur elle-même et voila
un instant toute l'ouverture... un instant de silence et d'angoisse
terribles pour les compagnons de l'héroïque Acadien.... Mais ils le
revirent aussitôt percer le rideau brûlant, portant dans ses bras son
ennemi à demi mort, encore lié sur sa perche. La flamme sembla
se retirer avec respect devant lui, et couronner son front de ses sauvages splendeurs.

En franchissant la porte, Jacques courut avec son fardeau se
mettre sous le torrent que l'orage faisait descendre du toit, pour
éteindre le feu qui s'attachait déjà aux habits du lieutenant. Quant
aux siens, ils étaient intacts ; la pluie dont ils étaient imprégnés
les avait rendus imcombustibles.

En sentant l'eau ruisseler sur son corps et le contact de l'air pur,
George reprit tout-à-fait l'usage de ses sens, pendant que son généreux
ennemi tranchait d'un coup de couteau son baillon et ses entraves.

—Vous êtes libre, dit Jacques ! Un Français ne sait pas infliger une mort ignominieuse à un ennemi respectable.

— Merci, monsieur... après ce que nous vous avons fait, me traiter ainsi, c'est de l'héroïsme.

— Si ces gens, répondit Jacques en portant sa main du côté du presbytère, n'avaient pas insulté aux malheurs qu'ils venaient de faire, je ne les aurais pas grillés comme des bêtes féroces.

— Et que vous dois-je maintenant, Jacques Landry ?

—Rien, lieutenant ; je ne vous demande que deux heures de silence.

— Vous les aurez, avec toute une vie de reconnaissance et d'admiration.

En même temps le lieutenant se précipita vers son rival pour presser sa main avec effusion, mais Jacques se hâta de s'éloigner.

Il fit bien ; car un instant après, l'ancien bourg de Grand-Pré et ses environs furent battus en tous sens par la garnison tout entière.

XXIX

Le lendemain, vers midi, George était seul avec Winslow, dans un appartement du gouverneur Lawrence, à Halifax. Il lui faisait un récit sincère de ce qui s'était passé la nuit précédente au presbytère de Grand-Pré. Quand il eut fini, le colonel, qui l'avait écouté avec intérêt, lui dit :

— Mon ami, vous avez donné cours à des sentiments généreux que j'apprécie et que je partage... Nous avons accompli une tâche dont je rougirai toute ma vie, pour mon pays. Mais les lois militaires ont cette inexorable rigueur que, lorsqu'on y est soumis par ses engagements, il faut les subir jusqu'à la cruauté. Notre crime pèse plus sur nos supérieurs ; nous n'avons été que leurs instruments. J'aurais voulu mettre plus d'humanité dans l'exécution des ordres qui m'ont été donnés ; mais Butler, Murray et leurs subalternes m'ont dépassé partout, et le temps de mieux faire m'a été refusé... Je ne vous punirai pas... Vos chefs, qui pourraient exiger votre châtiment, étaient eux-mêmes dans le cas de mériter les arrêts ; d'ailleurs, ils ne peuvent se souvenir de ce qui s'est passé dans cette soirée, mais je vous donnerai un conseil : ne persistez pas à vouloir vous retirer du service sous ces circonstances ; je serais obligé de vous contraindre à y rester par la violence, ou à vous punir comme déserteur ; vous seriez dégradé pour toute votre vie... Je sais qu'il vous est odieux de rester attaché à votre régi-

ment et de séjourner plus longtemps dans cette province ; or voici
une frégate qui part pour Boston : je vais vous faire donner une
commission de capitaine dans un régiment incomplet qui retourne
en garnison dans cette ville avec une mission spéciale pour le gouverneur du Massachusetts... Acceptez-vous ?

Sous ces circonstances, un voyage dans la Nouvelle-Angleterre
n'était pas antipathique au lieutenant.... il remercia le colonel avec
reconnaissance, et partit peu d'heures après pour la métropole de
cette province.

A peu près dans le même temps, Jacques, caché avec sa troupe
dans les récifs du cap Fendu, regardait passer, les uns après les
autres, les navires qui emportaient bien loin son peuple, le bonheur de toute sa vie et sa fiancée !... Il attendait la nuit pour franchir lui-même la Baie-des-Français et s'acheminer vers un avenir
nouveau, sans illusions et sans espoir !... La mer qu'il allait traverser ne portait déjà plus son premier nom... C'est ainsi que le
souvenir et le génie malheureux de la France s'en allaient s'effa-
çant peu à peu de la surface de ce continent, devant la persévérance acharnée de sa puissante rivale...................................

Allez ! maintenant, vils instruments d'une politique barbare, allez
distribuer sur tous les rivages de l'Amérique cette moisson de la
tyrannie, cette semence du malheur ! Allez cacher dans les forêts
vierges, sur des grèves sans échos, au milieu de solitudes sans
chemins, sur des flots qui coulent vers d'autres hémisphères, ces
tristes victimes, vous flattant de l'espoir que leurs voix resteront
muettes ; que leurs pas ne retrouveront jamais le chemin de la
patrie ; que leurs récits n'arriveront jamais aux oreilles des peuples
civilisés, à des cœurs sensibles ; que Dieu et le monde les laisse-
ront éternellement sans justice, et que vous continuerez, vous, votre
règne sans anathèmes et sans châtiments !... Non, tous les enfants
de ces mères aux entrailles fécondes ne seront pas étouffés sur la
terre de l'exil ; il survivra des cœurs conçus dans ces seins désolés,
trempés dans les larmes de la nation, pétris dans le creuset de la
souffrance, bercés aux chants de leurs malheurs, aux cris de leurs
angoisses, aux tressaillements de leurs poitrines épuisées, pour vous
jeter au-delà des âges la clameur vengeresse de l'histoire. Lawrence,
Boscawen, Moystyn, Winslow, Murray, quoique fassent vos pané-
gyristes, allez ! cette clameur, elle tombera sur votre mémoire et
descendra jusque sur les ossements de vos tombes menteuses !

FIN DE LA SECONDE PARTIE.

TROISIEME PARTIE.

———

I

Cinq années de combats continuels et acharnés suivirent ces événements. En Canada, l'attention générale des colons fut toute absorbée par cette lutte gigantesque qu'entreprit de soutenir une poignée d'hommes héroïques pour garder à la France la moitié d'un continent, et repousser de leurs foyers une domination abhorrée. Toutes les passions individuelles se concentrèrent dans cet intérêt urgent de l'honneur national et du salut de la patrie. Chacun fit taire ses propres douleurs, oublia ses malheurs, ses pertes, ses jouissances envolées ou différées, pour ne songer qu'au danger commun, au danger présent! La vie de la famille fut interrompue, arrêtée comme le soleil sur l'armée de Josué, pour laisser le peuple combattre ; on ne pensa plus au bien-être du foyer qu'on avait payé si cher, on fit taire chez soi-même et les siens la fatigue, la souffrance, le cœur, le sang. La Nouvelle-France, épuisée par toutes les privations, accablée sous le nombre de ses ennemis, et cependant toujours debout, toujours menaçante, semblait avoir attiré dans son sein la vie de tous ses enfants pour porter de plus grands coups ou tomber tout d'une pièce ; et ses enfants n'attendaient pas qu'elle leur demandât leur vie, ils couraient lui en faire l'offrande ; des soldats de douze ans marchaient avec des octogénaires sous le même drapeau ; on ne laissait à la chaumière que les femmes avec les plus petits de la famille ; les prêtres, après avoir dirigé ces faibles ouvriers aux travaux de la moisson, allaient bénir ceux qui tombaient sur les champs de bataille : ils recueillaient le froment à la maison et les morts à la frontière !... Le

peuple entier était à la ration, il n'avait presque plus de pain, on
lui mesurait à l'once le poisson séché et la chair des chevaux qui
avaient fait leur temps ou qu'on ne pouvait plus nourrir. Eh ! faut-
il le dire ?... pendant ces calamités, une troupe de vampires s'était
abattue sur nous et soutirait les forces de la patrie défaillante.

Profitant du trouble et des embarras où nous tenait une tâche si
laborieuse, un agent infâme d'un gouvernement sans nerf et sans
gloire, aidé de complices encore plus dénués de vergogne, détournait les fonds destinés à la défense et au soutien de la colonie, affa-
mait encore la population pour lui faire payer plus cher les grains
qu'il extorquait, d'une autre main, des cultivateurs, par sa four
berie et ses vexations; des grains produits avec les sueurs des
femmes, des vieillards et des invalides !... que les soldats avaient
semés et recueillis entre deux campagnes, après avoir battu l'ennemi
et couru sur cinq cents lieues de frontière !... Pendant que nous
mourions de faim, la clique de Bigot se hâtait d'acheter des
châteaux en province et des hôtels à Paris, pour aller dépenser en
débauches, quand la France serait vaincue, le prix de notre indigence, de notre faim, de notre désespoir, de notre défaite !

Est-il possible qu'il se soit trouvé, à côté de tant de dévouement
et de valeur, des Français si lâches et si dégradés !

Ces extorsions, on ne les ignorait pas ; on connaissait aussi
l'indifférence de la Cour, l'ineptie du ministère, les dédains de la
métropole, on en murmurait quelquefois ; cependant, aucune pensée
de désespoir, aucune faiblesse ne se manifestait au milieu de ces
enfants abandonnés de la France ; ils remettaient le châtiment
des mauvais serviteurs au temps de la paix, et pour le moment, ils
ne connaissaient qu'un devoir, celui de combattre.

Aussitôt que la neige laissait la terre découverte, que les eaux reprenaient leurs cours, ils couraient aux avant-postes ; la nature ranimée
semblait leur rendre une vie nouvelle, leur donner d'autres bras ; on
aurait dit, aux coups qu'ils préparaient, qu'ils avaient grandi ; à plus
de mille lieues de la France, n'ayant pas dans leur gamelle leur repas
du lendemain, et comptant dans leur giberne moins de cartouches
qu'ils n'avaient d'adversaires ; ne voyant derrière eux que la solitude
et la ruine, et devant eux que des ennemis toujours croissant, ces
hommes se levaient toujours sans crainte et sans murmure pour
voler au combat, allant chercher les Anglais du Cap-Breton au lac
Supérieur, du St.-Laurent aux limites de la Pensylvanie, et souvent,
n'attendant pas le printemps pour tenter de pareilles expéditions.
Victorieux, ils ne revenaient pas pour recevoir des couronnes—qui
donc, parmi les distributeurs de lauriers, s'amusait à regarder

d'Europe ces pauvres batailleurs du désert ?—ils allaient revoir pendant quelques jours la désolation de leurs chaumes ; c'était leur récompense : vaincus, expirants, ils ne songeaient pas à se rendre, mais ils appelaient encore du secours ; ils criaient à la France : " Du pain ! du pain et seulement quelques bras !..."

Ils attendirent durant des années entières, l'arme à l'épaule, jusqu'à la dernière charge de fusil, jusqu'à la dernière bouchée, ce pain et ces quelques bras qui ne vinrent jamais... Et pendant ce temps-là, les femmes et les religieuses pansèrent les blessés avec leur linge de corps, les soldats bourrèrent leurs canons, sur les ruines de leurs remparts, avec leurs draps de lit et leurs chemises ! La conquête nous prit presque nus. Ces héros qui se dressaient devant le monde pour soutenir sur leurs reins un empire immense qui leur échappait par lambeaux, étaient vêtus comme des mendiants ; les rayons de leur gloire s'échappaient à travers les trous de leurs haillons !

Malgré les victoires de la Monongahéla, d'Oswégo, de William-Henry, de Carillon et de Montmorency, où nos soldats combattirent toujours un contre cinq, attaqués tous les ans par trois armées qui se décuplaient quand les nôtres se décimaient, nos défenseurs virent tomber un à un ces remparts qu'ils avaient jetés à travers l'Amérique, depuis le golfe St.-Laurent jusqu'au Mississipi. Louisbourg, cette sentinelle du Canada, placée sur l'océan à l'embouchure de notre unique artère, fut pris et rasé ; les forts Frontenac, sur le lac Ontario ; Duquesne, dans les vallées de l'Ohio ; Carillon et St.-Frédéric, sur les lacs Champlain et St.-Sacrement ; Niagara, sur la route du Détroit, furent tous abandonnés, occupés par l'ennemi, ou détruits : nous avions perdu cette ligne de défense ; les lacs et la mer, la route de France et de la Louisiane nous étaient également fermés. A mesure que notre phalange voyait les gardiens de ses avant-postes écrasés sur la frontière, elle se resserrait sur le cœur de la patrie. Enfin, Montcalm, ce dernier chevalier de l'ancienne France, tomba avec la fleur de ses officiers et une partie de son armée sur les plaines d'Abraham ; et Québec, abandonné de son gouverneur, presque sans garnison, encombré de ruines et vide de provisions, avec une population sans toit, qui, à la suite des bombes des Anglais, voyait arriver les rigueurs de l'hiver, n'attendant plus aucuns secours avant le printemps, Québec ouvrit ses portes au vainqueur. Cette citadelle fameuse, l'unique et dernier point d'appui de la puissance française en Amérique, était perdue.

On appela cela un acte de trahison, de lâcheté !... A cette époque, dans notre pays, on était déshonoré quand on ne savait pas mourir de faim plutôt que de subir le joug des Anglais !—Nos mœurs se sont bien radoucies ; il y en a maintenant *qui se rendent avant d'avoir faim.*

Le général Murray, en entrant dans la ville, fut obligé de faire distribuer du biscuit aux habitants ; ils n'avaient pas mangé depuis vingt-quatre heures ; et les troupes se mirent à relever quelques habitations, sans cela elles n'auraient pas pu se loger durant l'hiver... [1]

Pendant ces cinq années de labeur, on entendit parler bien peu des procrits acadiens, et il fut difficile de leur porter secours ; que dis-je ? on put à peine songer à eux, et si Jacques pensa souvent à Marie, il désespéra plus que jamais de la rencontrer de nouveau ; il voyait l'espace qui le séparait d'elle s'élargir toujours davantage et se remplir d'obstacles de plus en plus insurmontables. Lorsqu'au Canada, les hommes valides, placés dans de meilleures conditions, ne voyaient plus le jour où ils s'arrêteraient pour reposer leurs têtes, sécher leurs sueurs, reprendre la vie tranquille avec ses jouissances, bâtir le toit de leurs amours et le berceau d'une postérité nouvelle, quels rêves heureux pouvait édifier ce malheureux exilé !

II

Avant d'arriver à l'époque où je dois reprendre le récit des événements de sa vie, je dois dire, en peu de mots, quel chemin il suivit durant cette période historique dont je viens d'esquisser le tableau.

Ayant quitté pour toujours les côtes de l'Acadie, il rejoignit après dix jours de séparation, avec P'tit-Toine et sa troupe expéditionnaire, le corps de M. de Boishébert. Ces dix jours allaient désormais compter dans sa vie plus que toutes ses années !...

Pendant plusieurs mois, il vit venir de tous côtés des fractions de familles, débris des populations de Port-Royal et de Beau-Bassin échappés aux fureurs des Anglais ; ils arrivaient à moitié nus, se traînant à peine dans les boues d'automne, sur des chemins de neige, avec des figures livides, décharnées, un aspect de spectre ; ils parlaient comme des insensés ; l'excès de toutes les douleurs, de

1 Je dois avertir le lecteur peu familier avec l'histoire du Canada, que le général Murray, que nous retrouvons ici, n'est pas le même qui a joué un si triste rôle en Acadie.

,outes les privations avait anéanti toutes les forces de leur âme ;
ɔlusieurs n'étaient plus que des machines hideuses qui marchaient
ɔar le seul instinct de la vie : les plus forts traînaient les plus faibles,
ɔt quand ils n'en pouvaient plus, ils s'arrêtaient et ils attendaient que
a mort les délivrât de leur fardeau, puis ils essayaient de con-
inuer ensuite leur route ; c'est ainsi que beaucoup déposèrent au
ɔord des sentiers sauvages qu'ils ne revirent jamais, un enfant,
une mère, un vieillard, une épouse !... semence d'affections qui ne
rapportait que des larmes...

La petite troupe de M. de Boishébert accueillit ces malheureux
ɔt leur partagea sa ration. Le commandant en fit transporter une
ɔartie jusqu'à Québec. Mais à la chute de Louisbourg, il se vit de
lus assailli par tous les anciens émigrés qui s'étaient fixés sur
'île St.-Jean (du Prince-Edouard), au Cap-Breton et sur les côtes
u golfe St.-Laurent. Cette fois, c'étaient des villages entiers qui
e dépeuplaient. Craignant les atrocités qu'avaient subies leurs
rères de l'Acadie, et qu'éprouvèrent ceux qui restèrent derrière
ux, ces pauvres gens venaient en foule s'abriter sous un drapeau
ui s'en allait, et demander protection contre une armée, à deux
ents hommes qui pouvaient à peine se nourrir !

M. de Boishébert, voyant tout perdu sur cette frontière, se
'epliait sur Québec, devant la flotte et la division de terre qui ve-
aient mettre le siége devant cette ville. Les Acadiens s'attachèrent
ses pas, mais c'était pour mourir en suivant les couleurs de la
'rance ; car bien peu de ceux-là parvinrent à la capitale ou réus-
.irent à se soustraire à la haine insatiable de leurs persécuteurs. On
n compta trois cents qui tombèrent sur les grèves arides, dans
eur épuisement et leur lassitude, et qui ne se relevèrent jamais ; et
ombien d'autres expirèrent, que personne ne compta ? Tous ne
'uivaient pas immédiatement le camp français ; quelques-uns
'attardaient, d'autres n'avaient pas réussi à le joindre : quand on
emande aux statistiques anglaises et françaises de ce temps les
oms des six à sept mille habitants qui disparurent à cette époque,
e ces nouvelles provinces conquises par la Grande-Bretagne, on
rouve bien des absents, bien des disparitions ; et il est au moins
ermis de demander aux bourreaux de l'Acadie : " *Qu'avez-vous donc
ait de ceux-là ?... que sont-ils devenus ?...*" car c'est encore à la lueur
es villages incendiés par les troupes de Wolfe que M. de Boishébert
amena son petit détachement au camp de Montmorency.

D'autres brigands, dignes émules des Lawrence et des Murray,
nscrivaient leurs noms sur des champs nivelés par le feu, tout le

long de la rive habitée du St.-Laurent. Là aussi on punit la terre fécondée par le travail, on brûla tous les arbres fruitiers !...

Parmi les réfugiés de l'île St.-Jean, Jacques reconnut plusieurs des anciens habitants de la Missaguache, mais il ne revit aucuns de ses parents et personne ne put rien lui en dire. Cela lui laissa l'espoir qu'il les retrouverait quelque part au Canada.

C'est sous de pareilles circonstances que le capitaine Jacques Hébert vint se rallier avec son détachement à l'armée du marquis de Montcalm, pour livrer les derniers combats ; la mort qu'il avait vue se présenter à lui sous toutes les formes ; qu'il avait bravée, insultée et cherchée tant de fois, l'épargna encore sur les plaines d'Abraham, en 1759 ; de sorte qu'on le vit de nouveau, fidèle au rendez-vous des derniers braves, venir se ranger sous les ordres du chevalier de Lévis, le 25 avril 1760, à la Pointe-aux-Trembles, pour commencer une nouvelle campagne.

III

Ils se trouvèrent réunis, là, à peu près sept mille hommes ; à part quelques centaines de soldats laissés à l'Ile-aux-Noix, à St.-Jean, à l'entrée du lac Ontario et à Montréal, c'était toute notre armée ; la Nouvelle-France, après avoir pressuré ses flancs pour en faire sortir toute sa sève généreuse, ne put compter sur plus de bras pour la sauver. Mais le chef était un de ces héros dont la Grèce a fait ses demi-dieux, et ceux qui le suivaient, peu habitués à choisir leurs bonnes fortunes, à énumérer leurs ennemis avant de les frapper, ne connaissaient pas encore la mesure de leur courage. Cette fraction d'armée allait en voir surgir trois devant elle toutes plus nombreuses qu'elle ; aussi, elle se hâtait de porter les premiers coups ; elle courait à ses adversaires les plus avancés.

Avant que les Anglais fussent prêts à se mettre en campagne et que leur flotte pût entrer dans le fleuve encore chargé de glaces ; avant la fonte des neiges et l'affermissement des chemins de terre, Lévis avait voulu aller surprendre la garnison de Québec, reprendre la ville, s'y fortifier à la hâte pour pouvoir ensuite offrir une résistance désespérée aux Anglais, en attendant les quelques secours que la France pouvait envoyer encore à la colonie. C'est dans ce but qu'il s'était embarqué à Montréal sur des petits bateaux, avec le noyau principal de ses troupes, et avait donné l'ordre aux autres corps qui avaient hiverné dans les villages de se rendre en toute diligence sur les bords de la petite rivière Jacques-Cartier, où il les rejoignit.

C'est le 28 avril, au matin, que Lévis fit son apparition à la tête de toutes ses forces, au bord du plateau de Ste.-Foy, en vue de ces mêmes plaines d'Abraham déjà marquées, pour nous, d'un triste souvenir. Nos soldats ne les avaient pas revues depuis le lendemain de leur défaite. Aussi, c'est avec une impression profonde et une ardeur singulière qu'ils gravirent les premières saillies qui conduisaient à cette arène où ils venaient lutter une seconde fois.

Ils étaient mornes en y mesurant leurs premiers pas ; et, malgré la résolution énergique qui les poussait, ils ne pouvaient se défendre de ce certain serrement de cœur qui n'est pas la peur de l'ennemi, mais la crainte des décrets de Dieu quand on va tenter une des grandes entreprises de sa vie, et jouer le sort d'un pays. Oh ! non, ils ne craignaient pas l'ennemi, ceux-là, car dans ce moment, cet ennemi c'était leur but désiré, leur ambition, l'unique ressource laissée à leur salut !... Il n'était pas nécessaire d'animer leur courage pour leur faire accomplir des prodiges ; ils avaient devant eux un champ tout marqué des traces d'un terrible échec qu'il fallait réparer, une terre toute remplie de cadavres qui avaient mal dormi sous les talons des patrouilles anglaises et qui appelaient vengeance !... ils étaient aux pieds de cette citadelle qu'il fallait emporter si l'on voulait rester Français et garder le prestige et les avantages de la victoire ; toute leur espérance se levait donc sur cette plaine, comme une aurore, pour couronner leurs succès, et en y apercevant les Anglais qui venaient au devant d'eux, ils se sentirent reposés de leurs fatigues, et forts comme des athlètes longtemps préparés pour la lutte.

Quelques corps seulement avaient atteint les dernières assises échelonnées autour des hauteurs de Sainte-Foy, et toutes les forces ennemies étaient déjà sur les lieux, rangées en bataille en avant des buttes de Neveu : elles ne s'étaient pas laissées surprendre.

Murray ne voulut pas donner aux Français le temps d'atteindre les hauteurs et de se développer sur la plaine ; il ne pouvait maîtriser l'impatience de ses soldats ; lui-même avait hâte de se débarrasser de cette poignée de téméraires ; il espérait venir bientôt à bout de ces bandes déguenillées et affamées qui marchaient depuis trois jours et trois nuits, sur des chemins affreux, dans la boue et la neige fondue, à travers les bois et les savanes, sous une pluie froide d'avril, une pluie de Québec !...Ils arrivaient sans artillerie, n'ayant pu traîner dans les marais de la Suède que trois petites pièces

de canon ; et ils allaient être forcés de déployer leurs lignes à]
hâte sur la déclivité d'un terrain inégal, plein de ravins, où le pie
glissait, où l'œil perdait l'horizon, en face de toute l'artillerie enn
mie, devant ses tirailleurs qui occupaient tous les sommets. Murra
dut se féliciter qu'on lui présentât la bataille dans de pareilles co
ditions ; c'était lui permettre de terminer la guerre et d'en recueill
les triomphes.

Cependant, les Français, qui comptaient surprendre leurs adve
saires, ne furent pas déconcertés de se voir si bien attendus ; il
étaient aussi nombreux qu'eux, et dans cette proportion ils avaie
toujours été vainqueurs sur ce continent ; leur avant-garde avait e
le temps d'arriver sur le terrain. Lévis la fit courir aussitôt su
deux points : à droite, pour occuper une redoute élevée par le
Anglais l'année précédente ; à gauche, pour s'adosser au moulin
à la ferme Dumont : le premier point protégeait la côte et l'anse d
Foulon où devaient débarquer les munitions, l'artillerie et l
approvisionnements des troupes ; le second, placé sur la route d
Sainte-Foy, gardait le passage où se précipitait en ce moment le gr
de l'armée. C'est sur ces deux pivots que devait tourner la fortun
de la journée, car c'était pour les Français des positions essentiell
ment nécessaires à leur succès. A peine quelques compagnies d
grenadiers y furent-elles établies, que Murray lança dessus des forc
écrasantes pour les déloger. Lévis, sentant que ses hommes allaie
être hachés, et n'ayant pas de soldats à sacrifier, ordonna aux gr
nadiers de se replier en combattant vers les corps qui débouchaie
en cet endroit sur la plaine et qui venaient pour les soutenir.
attirait ainsi une partie des assaillants sous son feu.

C'est du côté du moulin, et par conséquent sur l'aile gauche d
Lévis, que Murray voulut faire les plus grands efforts ; il fall
arrêter la marche des Français, les rompre et les précipiter vers l
bois et les marais d'où ils sortaient ; il fait donc tourner toutes s
batteries dans cette direction ; vingt canons se mettent à vomir l
boulets et la mitraille en travers du chemin de Sainte-Foy ; les Fra
çais qui défilent sous cette averse fulminante sont fauchés, et to
bent couverts de boue et de sang. L'intrépide commandant
l'avant-garde est atteint en ce moment et roule parmi ses mor
laissant ses hommes sans commandement. Mais ils pouvaient s'
passer ; dans ces armées presque nomades et avec l'habitude que l'
avait des combats de petites bandes, les soldats aguerris pouvaie
tous être capitaines dans l'occasion. Voyant les grenadiers, accabl
sous le nombre, céder le terrain, ils volent à leur secours, les so
tiennent, et tous ensemble reprenant de pied ferme, ils arrêtent]

Anglais, les acculent à leurs coteaux, les écrasent, passent sur le ventre d'une partie d'entre eux, poussent les autres jusqu'à la ferme Dumont, s'y précipitent avec furie, en chassent le corps qui l'occupaient, et après un combat de gladiateurs, s'y établissent eux-mêmes. Forcés d'évacuer la place une seconde fois, ils y reviennent une troisième, et finissent par s'y maintenir malgré une grêle de projectiles qui les décime et les ensevelit sous les décombres de leur frêle rempart.

Pendant ces charges brillantes, toute l'armée s'est précipitée sur le champ de bataille et a pu prendre ses positions. Lévis, profitant des avantages de sa gauche et du mouvement considérable de troupes que Murray avait dirigées contre elle, donne l'ordre de reprendre la redoute du Foulon, sur sa droite. Les petits combats, ou, pour mieux dire, les petites armées ont cet avantage, que les combattants se voient, s'animent de leurs propres exemples, utilisent de suite leurs succès. Il existait une certaine jalousie et beaucoup d'émulation entre les troupes régulières et celles tirées de la colonie qui, à cette époque, avaient presque autant de service que les premiers et pouvaient mieux résister aux rigueurs du climat. Or, c'est aux Canadiens de la brigade de la Reine, au corps mêlé de M. de St.-Luc et du bataillon de Jacques, qu'est confiée la tâche d'occuper la redoute ; ces gens brûlaient d'éclipser la prise de la ferme Dumont : ils avaient vu les Anglais sauter par les fenêtres, culbuter par-dessus les clôtures, et notre drapeau flotter sur le moulin ; et c'est en le saluant d'une immense acclamation, qu'ils s'élancèrent des bois de pins où ils s'étaient tenus jusqu'alors. Ils ondulèrent un instant dans les ravins et sur les coteaux, comme des vagues que la tempête poussé de la haute mer, puis ils assaillirent l'épaulement de la redoute et retombèrent derrière. Un feu terrible les avait accueillis ; ils disparurent un instant dans la masse de fumée, comme dans le cratère d'un volcan en éruption. Les Anglais ne purent résister à un choc si violent, et on les vit bientôt sortir pêle-mêle du nuage où ils étaient ensevelis et se retirer précipitamment vers leur point de départ.

La redoute comme le moulin étaient entre nos mains ; les deux tentatives de Murray contre nos extrémités avaient échoué, notre armée était rentrée dans toutes ses positions ; elle pouvait, à son tour, attaquer l'ennemi dans les siennes ; mais le général anglais nous prévint. Exaspéré d'avoir échoué sur nos ailes, il avait résolu de faire un effort décisif sur notre centre. Pendant que son artillerie continue de foudroyer le moulin et la redoute, il charge le milieu de nos lignes avec le gros de son armée. Cette masse descend

17

de ses buttes, sous notre fusillade, compacte et solide comme un mur. Sans artillerie, il est impossible de la rompre ; elle porte avec elle l'espérance de Murray. L'on fait avancer au devant un déta- tachement de milice de Montréal pour recevoir le premier choc ; les bataillons anglais tombent dessus, nos hommes résistent, leurs officiers succombent, les premiers rangs sont broyés, d'autres les remplacent et la ligne reste inébranlable : de nouveaux bataillons se ruent sur eux, les chargent à outrance, mais ils ne bronchent pas davantage ; on dirait qu'ils se sont enracinés au sol. Ils ont main- tenant un rempart d'Anglais devant eux ; le colonel Réaume, leur commandant, est enseveli dessous : ses soldats lui ont fait cette holocauste terrible ; le champ du combat devient hideux : la neige boit le sang, le sang se mêle à tous les ruisseaux que produit le dégel, il s'étend sur les surfaces glacées ; on dirait que les hommes piétinent dans une grande mare coagulée.

Pendant ce temps-là, le corps de Jacques, joint à quelques déta- chements de milice canadienne, s'était élancé sur l'artillerie ennemie qui nous causait tant de mal ; troupiers légers, tirailleurs habiles, on les voyait bondir dans les ravins, ramper sur les coteaux, se coucher à la gueule des canons pour laisser passer la mitraille par-dessus leur tête, puis fusiller à bout portant les canonniers sur leurs pièces. Jacques était admirable. C'était un jour comme il lui en fallait un ; il avait enfin un champ de bataille, ce n'était plus un combat isolé dans le secret des forêts. On voyait partout apparaître sa grande taille, on le distinguait à ses coups ; il saisissait les tireurs à la gorge, les écrasait deux par deux, les pourfendait, les foulait à ses pieds et faisait ensuite rouler leurs pièces au bas de leurs affûts. Les Anglais pliaient rien qu'en le voyant paraître ; son passage laissait le vide ; il n'avait plus de chapeau ; ses longs cheveux fouettaient l'espace, sa poitrine était découverte ; elle fumait comme un bûcher humide auquel on vient de mettre le feu ; ses habits volaient en lambeaux ; il y avait du sourire et de la rage sur ses lèvres muettes. Son exemple électrisait ses compa- gnons sauvages et canadiens : cette troupe se précipitait comme un ouragan. Elle laissa derrière elle les batteries du chemin de St.-Jean, complètement muettes. Restaient celles qui battaient la ferme Dumont ; nos milices vont encore les atteindre : un bataillon de grosse infanterie vient se jeter en travers de leur course, mais il ne peut ralentir leur élan ; nos hommes s'ouvrent des trouées dans ses rangs, frappent et culbutent les Anglais sur tous les côtés à la fois, et assaillent de nouveau l'artillerie, toujours avec la même vigueur, toujours avec le même succès.

Ce fut au milieu de cette seconde attaque que Jacques entendit son nom prononcé plusieurs fois au milieu de la mêlée, par une voix qui lui parut étrangère ; elle semblait sortir du fond d'un trou où venaient de rouler, pêle-mêle, plusieurs corps d'Anglais et de Canadiens : mais il n'avait pu s'arrêter à cet appel.

Lévis était rayonnant en voyant tout ce qui se passait autour de lui, la victoire brillait déjà dans sa figure : profitant du mouvement des ennemis sur notre centre et de la faiblesse de leur gauche qu'ils avaient dégarnie pour soutenir l'attaque du milieu et leurs charges sur la ferme Dumont, il ordonne au colonel Poularier de fondre sur cette aile, de la briser, de prendre ensuite les Anglais en flanc, de les pousser du chemin St.-Jean sur celui de Sainte-Foy, et de là, dans les baissières de Ste.-Geneviève.

"Alors, se dit en lui-même notre général, leur retraite sur la ville sera coupée, et ils resteront sans munition, sans nourriture et presque sans armes, au milieu d'un pays ennemi désolé ; nous échangerons avec eux nos positions et nos greniers ; nous verrons s'ils s'en trouvent bien !... Alors, nous pourrons encore soutenir un siége, attendre nos secours s'il nous en vient, avec un bon traité de paix ; ou bien rendre la ville, quand cela me plaira... Oh ! ce n'est pas moi qui vous la donnerai, vilains Anglais, allez !..."

Le Royal-Roussillon était déjà parti pour exécuter cette tâche, et c'est sans doute en le voyant aller que Lévis faisait ses beaux rêves de victorieux ; car ces valeureux soldats couraient presqu'aussi vite que sa pensée au-devant de ses désirs. Ayant abordé la gauche de Murray à la bayonnette et au pas de course, ils l'enfoncent sans se ralentir, la traversent de part en part, et ne s'arrêtent que sur la pente de ces fameuses buttes de Neveu qui avaient vu tomber Montcalm et choir notre drapeau l'année précédente. Toute notre armée les aperçoit ; le coup est décisif ; les Anglais dispersés sur ce point sont rejetés sur leur centre, les uns en avant, les autres en arrière, et en paralysent l'action. Lévis, en voyant ce désordre, pousse aussitôt son autre aile sur la droite ennemie ; celle-ci se délabre, tourne le dos et se précipite à son tour vers la ville. La commotion de cette seconde défaite vient encore ébranler les masses centrales de l'armée de Murray ; elles se fracturent, se séparent, le lien de l'obéissance est partout rompu ; la voix du général reste étouffée dans le grand cri : *sauve qui peut.*

Lévis croit atteindre son but : il fait dire aux brigadiers de la Reine d'appuyer le bataillon du colonel Poularier, trop faible pour précipiter dans la plaine l'armée anglaise tout entière. Cet ordre est mal rendu, la brigade se porte sur un autre côté, et l'ennemi

fuit avec tant de précipitation, avec si peu de cohésion, et il est si
proche de la ville, qu'il devient impossible de le saisir en corps, et
de l'empêcher de se réfugier derrière ses murailles.

Un mot mal prononcé ou mal entendu l'avait sauvé ; il laissait
entre nos mains presque tout ce qu'il avait apporté au combat, ses
canons, son matériel de guerre, ses morts et une partie de ses
blessés, mais il avait sauvé les restes de son armée, et refermé sur
lui les portes de la ville. Ce succès était suffisant à la bonne
fortune de l'Angleterre. Dieu voulait au moins accorder au courage des Français la victoire pour récompense ; il nous abandonnait
les fumées de la gloire, il nous donnait un champ de lauriers pour
ensevelir notre empire naissant, mais il n'en livrait pas moins la
possession de l'Amérique septentrionale à nos éternels adversaires.

IV

Cette victoire avait été remportée après trois heures de combat ;
mais elle nous avait coûté bien cher : c'est quand le moment fut
venu de recueillir les blessés et d'ensevelir les morts, que nous
pûmes calculer ce qu'elle nous valait de sang précieux.

La curiosité de Jacques et son inquiétude l'entraînèrent vers
l'endroit où il avait entendu *cette voix* l'appeler. Comme il n'avait
pas revu P'tit-Toine depuis leur charge sur l'artillerie ennemie, il
pensa que ce devait être lui qui lui avait demandé secours dans
la mêlée.

Le brave jeune homme s'était conduit admirablement, durant
toute cette guerre, et il avait gagné le grade de lieutenant au
combat de Montmorency. Jacques pleurait d'avance à l'idée qu'il
pouvait être séparé de cet excellent frère d'armes et de cœur. Il l'aimait
de toute la force de ses affections brisées. Le plus jeune des Landry
avait dans ses traits tout ce qu'un homme peut prendre à la figure
d'une jolie femme sans avoir l'air efféminé ; il portait surtout la
ressemblance morale de sa sœur, et il essayait de rendre à Jacques,
qu'il admirait beaucoup, quelque chose de la tendresse de Marie ; il
ne manquait à ce sentiment que cette nuance exquise qui ne peut
exister qu'entre un cœur d'homme et un cœur de femme, l'amour.

Le pressentiment de Jacques ne l'avait pas trompé : en arrivant
au lieu qu'il avait remarqué, il vit dans une dépression du terrain,
en partie comblée par des cadavres d'Anglais et de Français, un
corps de jeune homme dont on n'apercevait qu'une épaule et les

extrémités inférieures. Il lui fut facile de reconnaître son pauvre lieutenant. Il se hâta de le dégager, pour l'emporter et s'assurer s'il vivait encore ; et dans son tendre empressement, il s'aperçut à peine qu'il était étroitement serré dans les bras d'un officier anglais, celui probablement qui lui avait porté le coup fatal : la mort retenait dans un embrassement éternel ces deux ennemis qui s'étaient joints pour se tuer !... L'Anglais était couché la face contre le Français, et comme il était plus grand, il le dépassait de toute la tête. Jacques le repoussa rudement et, saisissant son ami, il essaya de retrouver sur ses lèvres et sur son cœur les indices de la vie ; mais il ne s'y révélait ni respiration ni battement de cœur : le visage conservait seulement l'incarnat que donne l'action, il était froid ; le torse portait sur le côté un trou béant, qui semblait avoir été fermé jusqu'alors, car il s'en dégorgea, dans ce moment, un ruisseau de sang.

—Encore un ! s'écria Jacques, en pressant sur sa poitrine le cadavre insensible. Encore celui-là !... Il faut donc qu'ils me soient tous enlevés, et que mon cœur reste sans affection !...

Après ces paroles, il demeura un instant à regarder cette figure, image d'une autre plus chère encore et dont il allait perdre avec celle-ci le dernier souvenir vivant ; puis se levant par un de ces mouvements passionnés qui lui étaient naturels, il s'écria en brandissant son coutelas :

— Maudits Anglais ! que vous m'aurez fait de mal !...

Et en articulant cette imprécation, ses yeux s'arrêtèrent sur l'officier ennemi qui n'était plus gisant devant lui, mais à genoux et assis sur ses talons. Pendant l'instant de contemplation navrante que Jacques avait donné aux restes de son ami, l'Anglais, qui n'était que blessé, ranimé sans doute par la secousse qu'il venait d'éprouver, s'était relevé peu à peu, et en apercevant le groupe pitoyable que formait P'tit-Toine dans les bras de Jacques, il s'était arrêté à les considérer avec un regard vitré et comme perdu dans le vague de l'oubli. Il était horrible à voir ; une blessure lui séparait presque le visage en deux, mutilant le nez et les lèvres de manière à leur ôter toute forme humaine.

Jacques, dans son premier mouvement, sans considérer qu'il avait devant lui un ennemi vaincu et blessé, se précipita vers cet adversaire impuissant, et levant sa terrible lame, il s'écria :

— Et c'est toi, misérable, qui l'a tué !...

— Non, capitaine Jacques Hébert, répondit l'officier d'une voix calme et dans un français irréprochable, j'ai voulu le sauver !...

— Tu as voulu le sauver, toi ?... le sauver?... mais tu le tenais

étouffé dans tes bras !... Et pourquoi donc voulais-tu le sauver? Tu
n'es donc pas un Anglais?...

— Oui, je suis Anglais et j'ai voulu le sauver ;... je ne vous dis pas
cela parce que vous me menacez de m'enlever le reste d'une vie misérable à laquelle je ne tiens plus, mais parce que c'est la vérité...
j'aimais ce pauvre Antoine Landry !... mais il était trop tard... le fer
qui l'avait frappé traversait son corps, je venais moi-même d'être
blessé, je n'ai eu que le temps d'arracher l'arme de la plaie et de me
jeter sur sa poitrine pour empêcher le sang de sortir : je voulais
aussi mourir sur un cœur ami ; un cœur qui ne pût me maudire,
comme vous venez de le faire, M. Jacques !... Et puis, j'aurais voulu
lui parler avant qu'il ne mourut... j'aurais voulu lui parler de vous
et de Marie... lui dire......

— Mais je ne me trompe donc pas... interrompit Jacques, frappé et
retenu par ces paroles et cette voix qui lui rappelaient une ancienne
connaissance ;— c'est bien vous, capitaine Gordon, que je revois
ainsi !... Pardonnez au premier transport d'une douleur cruelle.

George, qui avait articulé avec effort les quelques phrases que
nous avons entendues, fut pris d'une grande faiblesse ; tout son
corps se couvrit d'une sueur froide ; Jacques crut qu'il allait rendre
le dernier soupir. Durant cette syncope, il étendait toujours sa main
vers celui-ci comme pour vouloir l'attirer à lui, et il prononça plusieurs fois ces mots à travers un balbutiement inintelligible :

— Jacques Hébert !... Marie !... Mon Dieu !... Winslow !... Où
suis-je ?...

Le capitaine Hébert lui couvrit le front de neige, lava son
visage que le sang voilait complètement, et il chercha sur son
corps pour s'assurer s'il n'avait pas d'autres blessures graves, afin
de les panser à la hâte. Une balle lui avait traversé le cou, au-
dessus des clavicules, deux autres avaient pénétré dans le ventre à
la base du foie.

— En voilà plus qu'il n'en faut pour le tuer, dit Jacques à ses
compagnons. Faites un brancard avec vos fusils et nous allons le
transporter avec le corps d'Antoine à l'hôpital-général.

Cet ordre s'exécuta sur-le-champ. Le trajet qu'il leur fallait
faire était long et difficile, avec un pareil fardeau. Ils n'en avaient
pas franchi la moitié, que le capitaine Gordon fut saisi d'un frissonnement convulsif à la suite duquel il reprit connaissance avec un
peu de vigueur ; et il fit signe à ses porteurs de s'arrêter.

— Où me conduisez-vous ? dit-il.

— A l'hôpital, répondit Jacques, pour vous faire donner les soins
que reçoivent nos officiers.

—Merci, capitaine, c'est inutile, n'allez pas plus loin... Dieu veut que mon chemin se termine ici...je sens la mort qui monte à mon cœur... veuillez toucher ma main, il me semble qu'elle est froide.

—Oui, répondit celui-ci, elle me paraît se glacer !... Mais ce n'est peut-être que de la faiblesse...

—Oh ! j'aurais voulu vous la donner chaude de toute la vie de mon cœur ; mais je suis encore heureux de pouvoir vous rencontrer et vous dire quelques mots avant de mourir, un adieu d'ami... L'appellerez-vous ainsi, vous ?

Jacques lui serra affectueusement la main, et ne lui cacha pas les larmes qui lui venaient aux yeux. George continua :

—M'avez-vous bien pardonné le mal que ma conduite légère et lâche a pu vous faire autrefois ?...

—Capitaine Gordon, tout a été pardonné le soir où je vous ai vu lancer vos insignes militaires à la figure de Murray.

—C'est vrai ! et vous me l'avez prouvé de suite en me délivrant d'un supplice que vous aviez bien le droit de m'infliger comme aux autres. Veuillez accepter un gage de ma reconnaissance pour votre conduite généreuse, et une preuve que j'ai fait des efforts pour mériter encore votre pardon et votre estime.

En même temps l'officier anglais détacha péniblement son épée, et il l'offrit à Jacques, ajoutant :

—N'en ayez pas d'horreur ; ce n'est pas elle qui a servi à chasser vos compatriotes... celle-ci n'a jamais frappé un Français en traître.

—Oh ! je la reçois comme le souvenir d'un frère d'armes, et si jamais je la porte contre les vôtres, j'espère qu'elle saura distinguer les adversaires nobles et généreux comme vous !...

—Voici maintenant, poursuivit George, une lettre que j'avais prise sur moi, ce matin, espérant que j'aurais l'occasion de vous la faire parvenir ;... elle vous servira peut-être à retrouver Marie.

En achevant ces mots, il la tira de la poche de sa veste ; elle se trouva toute inondée de sang, et elle portait à un angle la trace d'une des balles qui avait blessé George :

—Si vous la recevez, et si vous pouvez la lire, vous voyez que vous ne pourrez pas en remercier votre bataillon.

—Et vous devez avouer que vous n'avez pas cherché à la mettre à l'abri de nos coups, répondit Jacques.

Il passa un léger sourire sur la figure de George ; et ce fut le dernier de sa vie ; car aussitôt après, sa voix s'altéra sensiblement et il fallut le soutenir, car il s'affaissait ; sa figure prit cette teinte de profond recueillement qui semble refléter l'éternité. Faisant signe à Jacques de s'approcher, il lui dit à voix plus basse, en lui montrant un petit crucifix qu'il tenait entre sa main et son cœur :

— Je veux mourir catholique, j'ai pris cette résolution depuis plusieurs années ;... ce n'est que l'occasion qui m'a manqué....je suis prêt... je sais ce qu'il faut croire... je désire être baptisé.

— Courez chercher l'Abbé Daudin, dit Jacques à l'un de ses hommes, il doit être à la ferme Dumont.

— C'est trop loin !... murmura George ; le Père a, là, beaucoup à faire avec les siens, il ne viendra pas ici pour un Anglais.

— Il viendra, s'écria Jacques ; cours, Bastarache !

— Il y viendrait pour le diable, dit celui-ci en prenant ses jambes à son cou, si le diable voulait un tant soit peu ne plus être protestant et goûter de l'eau bénite, comme ce bon confrère anglais !

Mais le messager était à peine parti qu'une seconde défaillance s'empara de l'officier ; Jacques crut que c'était l'agonie, il courut à un ruisseau voisin, puisa de l'eau dans son chapeau, et, revenant au mourant, il fit sur sa tête l'ablution baptismale en prononçant les paroles sacramentelles. George n'avait pas complètement perdu l'usage de ses sens ; l'on voyait, au mouvement régulier de ses lèvres, qu'il récitait une prière, et sa figure semblait s'illuminer de cette joie surnaturelle qui rayonne d'une âme éclairée soudainement par la foi. Il resta, durant un moment, silencieux et recueilli, puis il baisa la croix qui pendait à son cou, et, l'élevant ensuite vers Jacques, il murmura à son oreille :

— Je l'ai trouvée près de la maison du père Landry, après le départ de la famille, et je l'ai toujours portée ; elle m'a bien inspiré ; elle m'est arrivée quand mon bonheur terrestre m'était ravi pour me conduire vers des jouissances meilleures !... Vous la laisserez reposer sur mon cœur...... Je puis, à présent, être mis dans une enceinte bénie ; je désire être enterré avec notre pauvre P'tit-Toine : que je sois uni éternellement avec un de ces cœurs honnêtes, sur cette terre où l'on maudira si longtemps le nom des Anglais !... Jacques, quand vous retrouverez Marie, dites-lui que j'ai expié mes torts envers elle, que j'ai travaillé à votre réunion, que j'ai reçu mon pardon de votre main avec le titre de ma foi... Demandez-lui de ne pas haïr quelqu'un qui l'a sincèrement aimée... Dites lui, Jacques, dites-lui que j'emporte l'espoir, en mourant dans le sein de son Eglise, de confondre ma vie avec la sienne dans l'océan de l'amour divin... Mon cher rival, ajouta-t-il avec plus de difficulté, la jalousie est une chose de la terre,... elle ne sépare personne, là-haut... là, rien que l'amour !... que l'amour infini !...

Jacques sentit encore un léger pressement sur sa main, après lequel le corps de l'officier resta immobile comme la terre sur laquelle il était couché.

Un profond sentiment de pitié et de respect religieux domina pendant quelque temps tous les témoins de cette triste scène : ils ne savaient à qui donner plus de regret, à George ou à Antoine : Jacques donna ses larmes de soldat et de proscrit aux deux ; puis il fit transporter leurs restes au cimetière de la ville. Là, au milieu du recueillement du deuil et de la nuit, il les fit inhumer cœur contre cœur, selon le désir de George, à un endroit qu'il marqua ; et quelques jours après, il alla planter sur le tertre nouvellement élevé, une planche grossièrement polie sur laquelle il avait gravé avec son couteau, dans ses heures de bivouac, deux épées croisées, avec cette épitaphe au-dessus :

A MES DEUX FRÈRES,

PAIX ET BONHEUR

AU CIEL.

Aussitôt que Jacques en eut le loisir, il ouvrit la lettre du capitaine Gordon ; elle était ainsi conçue :

" Québec, 28 Avril au matin.

Monsieur le Capitaine,

" J'ai su, l'automne dernier, que le corps de M. de Boishébert, dont vous faites parti, était attaché à l'armée de Québec ; et comme je suppose qu'il doit encore prendre part aux opérations que monsieur de Lévis vient entreprendre contre nous, aujourd'hui, je me permets de vous écrire cette lettre, ayant l'intention de vous la faire parvenir par le premier moyen que le hasard m'offrira, soit que nous soyons heureux ou malheureux dans le combat que nous allons livrer. Depuis notre séparation au presbytère de Grand-Pré, j'ai cherché toutes les occasions de soulager la famille Landry dans l'infortune où mon gouvernement l'a plongée. Arrivé à Boston, quelques jours seulement après madame Landry et sa fille, j'ai chargé une tante de notre colonel Winslow d'aller les recueillir avec la veuve Trahan et ses deux enfants au milieu des autres proscrits, et de leur donner tous les soins que leur état requérait ; pour ne pas éveiller leurs soupçons et effrayer leur délicatesse, j'avais prié cette dame de ne jamais prononcer mon nom devant ses protégées.

" Vos amis étaient à bord d'un transport qui avait été dirigé en premier lieu sur la Pensylvanie, mais que les vents rejetèrent sur les côtes du Massachusetts.

"Sous prétexte de leur procurer un travail de leur choix, l'excellente famille Winslow les conduisit dans un petit village des environs où ils avaient une maison de campagne : je pus ainsi veiller sur eux et leur laisser ignorer ma présence dans la Nouvelle-Angleterre ; et ils acceptèrent plus volontiers les services que je leur fis rendre. D'un autre côté, je fis faire partout des recherches pour découvrir le père Landry. Elles furent infructueuses à New-York et dans le Maryland. Vers la fin de l'hiver, j'appris qu'un grand nombre d'Acadiens avaient abordé à Philadelphie. Malheureusement, je fus obligé de partir presqu'aussitôt pour l'Angleterre, et je ne revins en Amérique qu'en 1758, avec l'armée d'Amherst, pour prendre part au siège de Louisbourg ; et depuis, mon régiment est resté attaché à l'armée du St.-Laurent. Mais j'avais, dans le colonel Winslow et sa famille, des amis dévoués à mes intérêts.

" Un an après mon départ, j'ai reçu de mon ancien commandant la lettre inclue dans celle-ci. Je vous l'adresse, quoiqu'elle révèle ce que j'ai pu faire pour votre fiancée et ses parents ; je n'ai le temps ni de la traduire, ni même de vous en donner la substance. Elle témoignera de la sincérité de mon affection pour vos compatriotes et du désintéressement de mon cœur brisé ; et vous donnerez, j'espère, à mon souvenir une estime que vous avez dû refuser à ma vie... car j'ai un pressentiment,... qui n'est peut-être que la nuance d'un désir non avoué... les trompettes qui sonnent l'alarme tout autour de moi me semblent l'appel d'une autre vie... j'espère qu'elle sera meilleure que celle-ci.

" Il me faut courir aux armes, peut-être pour me trouver encore poitrine contre poitrine avec vous... Ah ! soyez persuadé d'avance que je n'apporte à ce combat que de l'estime pour vous et pour votre nation.

" Je me rappelle que c'est une de mes lettres qui vous a fait le plus de mal à vous et à Marie ; eh bien ! puisse celle que vous allez lire avoir des conséquences plus favorables à votre bonheur : c'est mon désir le plus ardent.

" GEORGE GORDON."

Jacques, dans son premier transport, ouvrit la seconde lettre, oubliant qu'il ne pouvait pas en lire un mot. Il fut au désespoir en constatant qu'il n'y avait aucune personne de sa connaissance en état de lui en donner la traduction. Il fut donc forcé d'attendre un Œdipe inconnu, pour avoir la révélation de cette énigme précieuse qu'il tenait sous la main.

V

Les Anglais étant entrés dans Québec, il fallait que Lévis entreprit un siége ; un siége !... avec quoi ?... Avec du courage, de l'énergie, de la patience, avec de l'héroïsme, sans doute : mais notre armée était réduite à quelques bataillons ; elle avait apporté de Montréal ses rations mesurées pour quelques semaines, et elle attendait de France la grosse artillerie de siége pour démanteler une ville qu'il lui faudrait rebâtir aussitôt après l'avoir prise, pour y subir lui-même d'autres assauts. Cependant Lévis ne balance pas ; il jette autour des remparts cette poignée de monde, et il fait commencer les tranchées : il comptait sur la Providence — les colons étaient habitués à tout attendre d'elle ;—il espérait encore recevoir des secours de la France ;—on croit si difficilement à l'abandon d'une cause à laquelle on a tout sacrifié soi-même ! Tout dépendait de la promptitude que notre métropole ou l'Angleterre mettrait dans l'expédition des envois de troupes. La première flotte venue devait décider du sort de l'une et de l'autre armée. Un jeu du vent et de la mer permis par les décrets de Dieu allait régler définitivement notre avenir national. Qui sait avec quel intérêt nos hommes se mirent à étudier le ciel et l'océan dans la direction de la France ?... Un nuage à l'orient, une houle menaçante qui courait sur le golfe, faisait battre leur cœur. Leur dernier regard, le soir, se portait à l'horizon, et leur premier, le matin, se fixait encore sur cette ligne incertaine qui cachait leur destinée.

Lévis réussit à faire arriver sur les lieux une quinzaine de canons : c'était des petites pièces insuffisantes à faire brèche. Elles étaient pourtant encore trop nombreuses pour les munitions qu'elles pouvaient consommer. On fut réduit à ne faire tirer à chacune qu'un boulet par heure. C'était se contenter de dire aux Anglais que la France était encore là ; ils répondaient à ces faibles efforts par la voix de cent quarante bouches à feu de grand calibre. Il fallait qu'ils fussent eux-mêmes bien réduits, ou devenus bien prudents pour ne rien tenter de plus contre des assiégeants en pareil désarroi. Ce n'était pas là un siége, c'était une trève forcée, un repos de lutteurs atterrés.

Un soir, on vit dans le lointain une voile qui s'avançait sous le soleil couchant, un côté dans la lumière, un côté dans l'ombre, image du sort contraire qu'elle apportait à chaque armée. C'était

une frégate : l'histoire semble dire qu'elle ne portait pas de couleurs. Elle voguait avec précaution : en écoutant les détonations
qui retentissaient autour de la ville, elle interrogeait l'espace, lui
demandant où était le vainqueur, où était le vaincu. Et d'un autre
côté, Anglais et Français demandaient en la regardant : " Viens-tu
de France ou d'Angleterre ?... viens-tu nous apporter la vie ou la
mort ?" Quelle torture ce fut que ce dernier moment d'incertitude,
surtout pour les vainqueurs de Sainte-Foy !

Le vaisseau s'approchait toujours.

Quand il fut dans la rade, ne craignant plus sans doute de révéler son drapeau, il salua la citadelle par vingt-et-un coups de
canon. Alors la grande vérité se fit pour tout le monde, pro-
duisant d'une part le délire de la joie, et de l'autre le désespoir. La
garnison prit plaisir à venir l'annoncer aux assiégeants, par des
clameurs frénétiques qui durèrent des heures entières. Avec ces
cris commença notre agonie ; ils déchiraient nos cœurs et donnaient
à notre deuil quelque chose de cruel.

Deux jours après, deux autres frégates anglaises entrèrent dans
le port : elles formaient l'avant-garde d'une flotte et d'une armée.
Alors Lévis, le brave Lévis, fit ployer ses tentes et ce drapeau blanc
qui ne devait plus revoir les bords du St-Laurent, et il alla dire
dans tous les rangs : " *Allons-nous-en !* "

La France n'avait pas de secours à nous envoyer, cette année-là,
mais elle nous fulminait de la banqueroute ; elle faisait perdre à la
colonie pour quarante millions de créance !...

Nous nous étions saignés pour défendre la puissance et les
intérêts de notre métropole et elle nous ruinait au moment de nous
abandonner ! Eh bien ! ces hommes qu'on dépouille, qu'on affame
sur le champ de bataille, qu'on méprise à la cour, qu'on ignore
ailleurs, qu'on abandonne partout par impuissance et par égoïsme,
ces soldats sans chemises et sans souliers, avec leurs gibernes et
leurs sacoches vides, croyez-vous qu'en s'éloignant de Québec ils
vont s'asseoir dans leurs chaumières pour y attendre la loi du
vainqueur, et y recevoir le nom du nouveau maître ? Oh ! non,
mille fois non ! ils ont encore du sang, et la terre va leur produire
du froment nouveau qu'ils mangeront sans prendre le temps de le
broyer ; puis ils défendront pied à pied tout ce qu'il leur restera de
territoire depuis Québec jusqu'au lac Ontario, depuis le lac Champlain jusqu'au St-Laurent ; et quand on leur aura tout arraché,
ils espéreront encore se frayer un chemin jusqu'aux sources du
Mississipi, franchir plus de mille lieues de solitude et de forêts, pour
aller abriter l'honneur des armes de la France dans les régions

pestiférées de la Louisiane ! Telle est leur résolution ; ils n'étaient pas quatre mille hommes contre cinquante mille adversaires ! En vérité, on dirait des Titans pour qui le monde n'avait que l'espace d'une enjambée !

Merci, nos pères ! vous avez fièrement illustré notre défaite ; votre héroïsme !... c'est un grand héritage que vous nous avez laissé dans notre infortune. Faut-il s'étonner si les Anglais, après la paix, trouvaient encore tant d'orgueil dans ces gentils hommes nécessiteux qui passaient devant eux avec mépris dans les rues de Québec ?... Le joug n'abâtardit pas sitôt les héros de semblables épopées. Merci, nos pères ! Ah ! nous avions bien besoin, dans la carrière pénible qui allait s'ouvrir devant nous, du spectacle de vos vertus et de vos exemples, et vous en avez été prodigues. Et, aujourd'hui, dans ces temps mauvais où des défections déplorables nous humilient tous les jours, où une légion d'autres Bigot s'apprêtent à vendre ce grand héritage de gloire que vous nous avez transmis, pour les oripaux d'un petit pouvoir, ou les miettes qui tombent de la table d'une bureaucratie délétère... nous avons besoin de relire notre histoire pour nous sentir de l'orgueil national, encore !...

Mais la fortune ne permit pas même à nos pères d'atteindre le but suprême de leur résolution désespérée, et le chemin du Mississipi leur fut encore fermé.

Pendant que Lévis courait à tous les points menacés, ranimait le courage des soldats, demandant de nouveaux sacrifices aux villageois épuisés, les trois armées anglaises entrées en campagne convergeaient vers l'île de Montréal : celle de Murray et Rollo par le bas du St.-Laurent, celle d'Haviland, par le lac Champlain, celle d'Amherst par le haut St.-Laurent. Pouchot, le vaillant défenseur du fort Niagara, arrêta pendant douze jours, avec deux cents hommes, toute la division du général en chef, devant le petit fort Lévis, une bicoque située au-dessous du lac Ontario. Cette division d'Amherst comptait onze mille combattants. Pendant ce temps-là, Murray passa devant le fort Jacques-Cartier, et brûla Sorel ; Haviland occupa l'Ile-aux-Noix et St.-Jean, abandonnés successivement par Bougainville ; et quelques jours après, Montréal se vit investi par les trois corps d'invasion. Cette ville n'était alors qu'un gros bourg, ouvert aux quatre vents, protégé simplement contre les flèches des sauvages.

Il n'y avait plus de résistance possible ; il ne restait de poudre que pour un combat, et nous n'avions de nourriture que pour quinze jours.

Le gouverneur assembla un conseil de guerre, on y délibéra sur
l'état de la colonie, on rédigea un projet de capitulation, et puis on
fit proposer aux conquérants un armistice d'un mois. L'armistice
fut refusé, mais les articles de la capitulation furent tous acceptés ;
sauf les deux qui demandaient la neutralité perpétuelle des Canadiens et les honneurs de la guerre pour les troupes françaises. Lévis,
en apprenant ce refus, se leva indigné : il avait bien mérité les honneurs du soldat, celui-là ! Il voulut aller se réfugier sur la petite
île Ste.-Hélène et s'y faire ensevelir avec le drapeau de la France.
C'était un acte de désespoir, qui exposait à la vengeance du vainqueur les habitants restés à sa merci ; M. de Vaudreuil et les
autres trouvèrent plus humain d'accepter une humiliation qui
assurait d'ailleurs à la colonie des conditions passables si elles
étaient sincèrement accordées.

Le 8 septembre, l'acte de capitulation fut signé, et les Anglais
entrèrent dans la ville.

Il n'y avait plus de Nouvelle-France ; près de deux siècles de
sacrifices et de combats étaient perdus !...

Aussitôt après, les soldats déposèrent leurs armes qu'ils n'avaient
pas quittées depuis six ans ; les quelques sauvages qui nous étaient
restés fidèles dirent adieu au grand chef des Français et à leurs
compagnons d'armes, puis regagnèrent la forêt : pour eux, leurs
anciens alliés étaient un peuple déchu ; les troupes régulières
s'acheminèrent vers les vaisseaux qui devaient les rendre à la
France, et les miliciens, les plus infortunés de cette grande infortune, furent conduits devant des magistrats militaires pour subir
un supplice pire que celui des *fourches caudines*, celui de jurer
leur allégeance à l'Angleterre ainsi qu'avaient été forcés de le faire
tous les habitants des rives du St.-Laurent. Ceux-là, la nécessité,
les besoins pressants de la famille les rivaient à la terre conquise ;
il fallait qu'ils passassent sous le joug !... Alors, il y en eut qui
firent entendre des imprécations contre cette cour de Sardanapale
qui régnait à Versailles, et veillait dans ses débauches sur l'honneur de la nation ; qui gorgeait des concubines auxquelles elle abandonnait le sceptre, et laissait, dans son épuisement et sa gueuserie,
écraser ses héros sans secours, démembrer l'empire, ruiner le prestige et l'influence de la France de Louis XIV, et borner son action
civilisatrice dans le monde ; gouvernement hermaphrodite, qui,
par l'impudeur de ses vices et la mollesse de sa conduite, n'inspirait
de hardiesse qu'aux fripons dissolus ; gouvernement marqué par
la main de la justice divine, et que le peuple, soulevé comme la

tempête, allait bientôt briser et rejeter dans l'ombre du passé avec les choses vieillies et souillées.

O vous, bergers courtisans ! qui durant ces jours de deuil, fatigués d'entendre le son des clairons et ces histoires de batailles, qu'on livrait *pour quelques arpents de neige*, passiez vos heures aux chevets des *Phillis* et des *Chloé*, lisant, sous tenture de damas, des idylles à ces bergères poudrées et peu candides inventées dans cette époque d'afféterie !... ô vous tous, petits et grands bénéficiers, abbés mignons et parfumés, à qui l'héritage ou la faveur donnait la robe ; hommes privilégiés qui n'étiez ni prêtres ni citoyens, qui dépensiez alors vos redevances à faire la cour aux Omphale régnantes, afin qu'elles empêchassent le roi de vous demander des sacrifices pour soutenir l'Etat ébranlé, ah ! vous ne saviez pas, dans votre égoïsme aveugle, ce qui se passait dans le cœur de plusieurs milliers de vos compatriotes d'Amérique, quand on venait leur dire, en leur mettant un fer sur la gorge et une torche au seuil de leur demeure : " Jurez d'être Anglais ! Donnez votre nom, votre parole, votre pensée, votre génie, votre travail, votre postérité à la nation que vous détestez le plus, et qui vous a fait le plus de mal ; jurez d'aimer ce qu'elle aimera et de combattre ceux qu'elle vous désignera, fussent-ils vos frères !..." Non, non, vous n'avez pas pu comprendre cela, car autrement, vous n'auriez pas balancé à jeter aux pieds du trône de ce *bon* Louis XV cette fraction de vos revenus qu'on vous demandait pour venir à notre secours ; et puis, vous ignoriez ce que deviendraient un jour ces *quelques arpents de neige*, qui s'étendaient depuis le pôle jusqu'à l'équateur !

VI

Pour Jacques en particulier, l'heure de la capitulation fut poignante ; ce fut une heure d'irrésolution où il dût liver dans son cœur des combats plus désespérés que ceux où il avait déployé toute sa valeur. Sa situation ne lui permettait pas de temporiser ; elle ne lui offrait que deux chemins pour y jeter sa vie : il fallait choisir de suite entre la France ou l'Angleterre ; renoncer à la première, ou abandonner sa famille et Marie qui devaient rester quelque part sur la terre conquise ; et puis, en se donnant au vainqueur, il demeurait encore entre l'incertitude de pouvoir retrouver les objets de ses affections et la nécessité d'un serment abhorré... Il était d'ailleurs accablé par l'insuccès de son dévoue-

ment et par la pénible indifférence avec laquelle le gouvernement
avait vu tant de sacrifices ; la carrière militaire n'avait plus pour
lui de but, il ne tenait pas à la poursuivre sur un autre continent
et contre d'autres ennemis ; il ne s'était fait soldat que par haine
contre les Anglais, et pour défendre ses foyers, il était maintenant
rassasié de cette tuerie que n'avait pas voilée les fumées de la
gloire, et qui n'avait pu détourner aucun de ses malheurs ; il ne
pouvait pas se faire à l'idée que cette terre qui lui avait donné une
substance, un ciel, un espace, des eaux, une manière de vivre devenus propres à ses sens, n'était plus la patrie.

—Oh ! si j'avais la certitude, s'écriait-il en ce moment, de retrouver, au fond de quelque solitude, mon vieux père et Marie !... J'y
fixerais ma vie, et ce serait encore là du bonheur ! Il nous sera
facile, durant bien des années, dans ces forêts sans limites, de
cacher notre existence et d'ignorer le joug du conquérant ; nos
enfants qui n'auront pas servi d'autres drapeaux verront arriver le
nouveau au milieu des travaux de la paix et ils ignoreront, eux,
sur quelle cendre il a passé, et quelles ruines il a laissé derrière
lui !... le décret de la Providence n'aura déchiré que nos entrailles,
il ne laissera à notre postérité que des regrets...   Mais ce serment !
ce serment qu'il me faut, avant tout, aller proférer pour moi et
pour eux, que je ne puis éluder, qui va lier mes pensées, mon bras,
mon sang ! Oh ! qu'il m'est dur d'imposer cela à ma conscience,
de river ce lien sur mes reins et sur mon cou !... et si, après m'être
enchaîné, je ne retrouve jamais dans ces espaces immenses ni mon
vieux père, ni Marie, ni aucuns des miens, s'ils ont suivi des
routes inconnues, s'ils n'existent plus !... oh ! alors, mon Dieu ! vous
me soutiendrez !...

En articulant ces paroles, Jacques promena un instant son regard
sur cet horizon plat qui s'étend autour de l'île de Montréal jusqu'à
l'infini, et qui à cette époque devait apparaître comme un océan de
verdure, et il sembla demander à cette immensité quel gage de bonheur elle réservait à ses espérances.   Puis il tira de sa poche cette
lettre de Winslow que George lui avait remise devant Québec. Il
l'avait si bien et si souvent fait traduire, depuis, qu'il la lisait et la
comprenait maintenant comme s'il eût toujours possédé la langue
anglaise ; il se mit donc à la parcourir pour la centième fois et à
en méditer chaque point avec une grande attention.

Nous allons la lire avec lui :

"Mon cher Capitaine,

"Depuis notre départ, nous n'avons pas cessé de nous occuper de
vos protégés et nous avons usé largement des moyens que vous

nous avez donnés de soulager les Acadiens. Votre banquier trouve que nous faisons honneur à votre munificence. Nous faisons distribuer tous les jours des aliments à tous ceux qui ne peuvent rien gagner. Nous avons fait visiter les malades par des médecins. Grâce à vos bonnes intentions et au plaisir que nous éprouvons d'ailleurs de soulager ces infortunés, leur état s'améliore. Quant à la famille Landry, qui nous intéresse plus que jamais, je dois vous en parler plus en détail.

" J'ai continué les recherches que vous aviez commencées, pour réunir ensemble ces tendres cœurs déchirés, et j'ai le chagrin de vous mander que j'ai peu réussi. Ces recherches étaient d'autant plus difficiles que les armateurs n'avaient pas pris la peine d'enregistrer le nom des déportés ; comme il leur suffisait, pour toucher leur salaire, de constater le nombre de ceux qu'ils avaient à leur bord, ils ne se sont pas donné plus de peine.

" J'avais ouï dire que le vieux notaire Leblanc venait d'arriver à Philadelphie ; j'y fis faire aussitôt des perquisitions qui n'eurent d'autres résultats que de m'apprendre la fin déplorable de ce vieux serviteur de notre gouvernement. Accosté d'abord dans le port de New-York avec sa femme et deux de ses plus jeunes enfants, il n'avait pas voulu s'y reposer sans avoir retrouvé quelques autres des siens. Mais sa santé était déjà trop délabrée pour supporter plus de fatigue et de chagrin, il expira en rejoignant trois autres membres de sa famille. On ne sait ce que sont devenus les seize qui manquent encore. Quelques rapports recueillis en Pensylvanie m'ont fait soupçonner que le père Landry serait mort lui-même à bord de l'un des pontons, et aurait été jeté à la mer. D'ailleurs, près de trois cents de ceux qui sont arrivés dans cette province ont déjà péri de maladie et de misère.

" Pour se délivrer de la dépense qu'entraîne le soutien de ceux qui survivent, le gouvernement leur a offert de les *vendre comme esclaves !*... Vous savez déjà qu'ici la ville s'est crue généreuse en offrant de placer, dans la maison des pauvres, les enfants que leurs parents ne peuvent pas alimenter. Nous leur avons enlevé une partie de leurs affections et nous leur demandons, *par charité*, de leur arracher le reste. Nous les avons fait prisonniers sans raisons légitimes et nous trouvons lourd de leur donner à manger ; et nous nous étonnons qu'ils refusent de pareils témoignages de bienveillance ! Vraiment, nous allons laisser une belle preuve de notre esprit de justice à la postérité !

" Malgré tous mes efforts, je n'ai pu me mettre sur la trace d'aucun des frères de Marie ; il n'est pourtant pas probable qu'ils aient

18

tous succombé ; quelques-uns auront réussi, je l'espère, à s'échapper
du côté du Canada ou de la Louisiane. Je sais qu'un convoi s'est
dirigé vers le Missisipi ; que deux vaisseaux ont été saisis par les
prisonniers et forcés de rebrousser chemin vers la Baie-des-Français,
d'où personne ne les a vu revenir, et qu'un autre s'est perdu, corps
et biens, sur les côtes de la Pensylvanie. On m'a dit qu'une partie
de ceux qui avaient été déposés sur le littoral de la Georgie s'ache-
minaient vers le nord avec l'espoir d'atteindre l'Acadie. Quoiqu'ils
n'ignorent pas l'immense étendue de côtes qui les séparent de leur
patrie, ils ne désespèrent pas d'y arriver. Plusieurs ont atteint
New-York ; et ils rapportent qu'un grand nombre d'entre eux ont
péri dans ce long voyage. Pauvres gens ! ils ne se doutent pas de
ce qui les attend ici. Lawrence vient d'expédier l'ordre de les
disperser de nouveau !...

" Depuis quelques mois, j'ai dû négliger vos intérêts devant les
occupations incessantes que m'a donné le service.

" Vous le voyez donc, mon cher capitaine, toutes nos peines
n'ont abouti qu'à constater des pertes irréparables pour nos protégés. Comme il n'y avait aucun avantage à leur rendre compte de
ce triste résultat, j'ai préféré leur laisser tout ignorer. Le hasard
et le temps leur révèleront toute l'étendue de leur malheur. Cependant, comme leur isolement me paraissait les accabler de jour en
jour davantage, je leur ai proposé de les acheminer vers le Canada.
Ils acceptèrent ma proposition avec reconnaissance. Un échange
de prisonniers avait eu lieu, je profitai du départ de quelques
Français pour leur confier les proscrits. Un convoi de nos troupes
qui partait pour la frontière les accompagna jusqu'au lac Champlain. Je doute que la mère Landry et la veuve Trahan aient pu
survivre à ce long voyage, Si le succès couronne vos efforts sur
Québec, vous saurez bientôt si mes prévisions se sont accomplies.

" Adieu, mon ami,

" JOHN WINSLOW."

Après cette nouvelle lecture, Jacques se leva ; sa résolution était
arrêtée : il allait l'exécuter.

S'il restait quelquefois indécis entre deux grands intérêts de
sa vie, aussitôt qu'il avait fait son choix, il ne consultait plus que
son énergie. Il se rendit donc au quartier où était cantonné le corps
désarmé de M. de Boishébert pour faire ses adieux à ses confrères
et à son commandant. Celui-ci, qui soupçonnait les motifs secrets
de la conduite de son capitaine, ne voulut pas lui adresser de
questions sur ce qui le faisait renoncer au service de la France.

Jacques lui sut gré de sa discrétion : il avait trop combattu dans son propre cœur pour aimer à lutter encore avec un ami pour lequel il avait tant de considération.   Cet adieu fut presque silencieux ; on se pressa vivement poitrine contre poitrine, avec des larmes dans les yeux.   En apercevant quelques lambeaux de son drapeau de Montmorency et de Sainte-Foy, que son chef rapportait sans doute en France comme une relique, Jacques s'en empara et, les embrassant étroitement, il ne put s'empêcher de s'écrier :

— Adieu ! je ne te reverrai plus que dans mon souvenir et dans mon amour passé... que dans mes heures de désespoir ! c'est fini !... Maintenant, il me faudra prier pour que tu ne reparaisses jamais sur cette frontière... je serais obligé de te combattre !...

Quelques compagnons d'armes qui n'étaient pas dans l'intimité du proscrit acadien, moins discrets que leur commandant, ne pouvaient comprendre pourquoi ce fier ennemi des Anglais voulait rester en arrière ; ils s'écriaient en le voyant passer devant eux :

— Quoi ! vous, capitaine Hébert, vous renoncez à la France malheureuse et vaincue !...

Jacques se sentit suffoqué et il hâta le pas : il lui sembla dans ce moment qu'il franchissait un océan et qu'il mettait le pied dans un autre camp : malgré les motifs purs qui le guidaient, il crut que la honte des transfuges rougissait son front, et il fut prêt de se rejeter en arrière. Mais Wagontaga, à qui il avait donné le bras, l'entraîna sans comprendre son émotion.

De là, il se rendit devant les magistrats chargés de recevoir le serment d'allégeance, et il le prêta ; puis, ayant découvert des bateliers, il loua une embarcation et se dirigea avec son compagnon vers la mission de la Prairie de la Magdeleine, que les Jésuites évangélisaient depuis plusieurs années.   Voici quel était le but de ce voyage.

Jacques savait qu'un grand nombre de ses compatriotes, lors de leur émigration, avaient obtenu du gouvernement d'ouvrir quelques nouvelles *concessions* le long du St.-Laurent. Durant les deux hivers précédents et pendant sa retraite sur Montréal, il avait pu recueillir assez d'informations pour être persuadé qu'aucuns de ses parents ne se trouvaient dans les établissements situés entre Québec et Montréal, mais il avait su tout dernièrement que plusieurs familles acadiennes s'étaient fixées, sous la direction des Pères Jésuites, dans un endroit isolé, en arrière de leur mission, au milieu de la vallée formée par le St.-Laurent et le Richelieu. Il ne connaissait le nom d'aucune d'entre elles ; mais il espérait avec raison obtenir tous les renseignements nécessaires à la maison de la

compagnie : il avait connu autrefois plusieurs de ces zélés mission-
naires ; il espérait en rencontrer quelques-uns à la Prairie de la
Magdeleine. Il faisait encore une hypothèse assez vraisemblable et
qui n'avait pas moins de charme pour lui :

— Si Marie est venue au Canada par le lac Champlain et le
Richelieu, comme le laisse croire la lettre du colonel Winslow,
elle se sera arrêtée dans le premier établissement où elle aura rencontré quelques-uns de ses compatriotes.

Or, la *Petite-Cadie*, bien isolée à cette époque, se trouvait sur son
chemin.

VII

C'est donc le cœur plein d'espérance et de crainte que Jacques
monta les degrés du perron qui conduisait à l'humble habitation
des Pères. Un frère vint ouvrir la porte du parloir et introduisit
les voyageurs dans une pièce déjà remplie de monde, puis il leur
dit :

— Vous désirez parler à quelqu'un d'ici ?

— Oui, bon frère, répondit Jacques, je voudrais avoir un moment
d'entretien avec le Père Supérieur.

— Le voici lui-même qui vient. Veuillez vous asseoir, en attendant qu'il ait terminé avec ces autres personnes.

La plupart de ces visiteurs étaient des femmes, des vieillards et
des enfants canadiens ou sauvages ; en apprenant la capitulation,
ils étaient accourus auprès de leurs pasteurs pour leur demander
des conseils et des secours, apprendre quel sort leur était réservé
et ce qui allait advenir à leurs parents restés sous les armes. Le bon
religieux répondait à tous selon son cœur et comme le requéraient
les besoins de chacun ; il distribuait en même temps ce que sa cha-
ritable indigence lui permettait d'enlever à la vie de la petite com-
munauté pour le donner à ceux qui demandaient les soins les plus
urgents. Une table était dressée dans un coin où les habitués de
l'aumône allaient prendre quelque nourriture que leur servait
le frère portier. Puis il congédiait tout ce monde avec douceur,
leur disant :

— Allez, mes enfants, espérez en Dieu et priez ; soyez ensuite
sans inquiétude. Regagnez vos maisons et vos cabanes, vous reverrez bientôt vos parents, il ne leur est pas arrivé de mal. Ce soir, à
l'*Ave Maria*, trouvez-vous tous dans la chapelle ; je vous donnerai

les avis que le ciel m'inspirera... Et tous ces malheureux se retiraient, l'âme calmée par ces simples paroles qui représentaient pour eux la sagesse et la volonté divine. La paix qui régnait sur le front du prêtre descendait dans tous ces cœurs naïfs. En le voyant s'approcher de lui, Jacques sentit augmenter ses espérances ; il lui sembla qu'un air vivifiant venait l'envelopper, il éprouvait une sensation de repos et de satisfaction qu'il avait oublié depuis longtemps.

— Et vous, dit le Supérieur en l'accostant, vous avez aussi à me parler, que désirez-vous ? à qui ai-je l'avantage de parler ?

— Je suis un proscrit acadien ; depuis le jour de mon exil, j'ai servi constamment la France, et maintenant que je ne puis plus rien faire pour elle, je cherche mes parents dispersés.... Je venais vous demander, mon Père, si dans votre maison quelqu'un n'aurait pas entendu parler d'eux.

— Comment se nomment-ils ?

— Mon père se nomme Pierre Hébert, et nous sommes alliés aux Leblanc, aux Landry, aux Cômaux.

— Mon enfant, ces noms ne me sont pas inconnus ; je les ai souvent entendu prononcer lorsque j'étais à Québec et même depuis le peu de temps que je suis ici. Mais je ne puis moi-même vous donner aucun renseignement exact sur les familles qui les portent et sur les lieux où elles résident ; depuis que j'habite la Nouvelle-France, j'ai exercé mon ministère surtout parmi les sauvages. Un des Pères de cette mission pourra vous être plus utile que moi ; il a séjourné au milieu de vos compatriotes, il les a suivis après qu'ils se furent enfuis de leurs pays, les a aidés dans leurs nouveaux établissements, et depuis les quelques semaines qu'il est ici, il a visité deux fois ceux qui se sont fixés à quelques lieues d'ici, sur les bords de la petite rivière de Montréal : peut-être le connaissez-vous.

— Puis-je savoir son nom, mon Père ?

— C'est le Père de la Brosse.

— Le Père de la Brosse ! s'écria Jacques, mais c'est presqu'un frère d'armes, il a vécu pendant près d'un an à côté de moi ; nous couchions sous la même tente. Oh ! qu'il m'a fait du bien, après les dures séparations que je venais de subir, quand nous errions dans les environs de l'Acadie, moi, pour protéger nos émigrés, lui pour les recueillir et les consoler ! Que je suis heureux de le rencontrer encore !

— Malheureusement, dit le Père Supérieur, il ne se trouve pas maintenant dans la maison ; on est venu le quérir pour des malades en danger... précisément pour un Acadien de la nouvelle commune.

Il ne reviendra pas, probablement, avant mardi prochain. C'est aujourd'hui vendredi ; or, comme les chemins sont très-mauvais, et que le Père veut donner à ces bonnes gens le service divin, les visiter tous un peu, leur offrir tous les secours spirituels, les préparer au grand coup qui vient de les frapper, il a besoin de ces quatre jours.

— Depuis combien de temps est-il parti ? dit Jacques avec précipitation.

— Depuis une heure seulement.

— Alors, il nous sera facile de le rejoindre, n'est-ce pas, mon Père, en prenant le train d'expédition ?

— Je n'en doute pas ; le Père de la Brosse a maintenant le pas appesanti ; mais je vous en préviens, la route est difficile.

— Alors, mon Père, permettez que nous partions ; j'ai grande hâte de causer avec lui ; s'il allait me conduire lui-même à la maison de ma famille !...

— Je vous le souhaite, mon brave ; quand on sait si bien accomplir ses devoirs de citoyen et d'enfant, on mérite que Dieu nous récompense ; que la bénédiction d'un vieillard vous accompagne dans vos pieuses recherches ! Si nous restons ici... et si le ciel vous favorise dans votre voyage, venez me conter votre bonheur, afin que je me réjouisse avec vous.

Après ces paroles, le saint religieux indiqua à Jacques la route qu'il devait suivre.

Un seul chemin traversait alors l'immense forêt qui séparait de ce côté, le St.-Laurent du Richelieu ; c'était celui de St. Jean, et c'est celui que le Jésuite avait désigné à nos voyageurs. Il était droit et déjà bien tracé, on ne pouvait s'y égarer : Jacques et Wagontaga s'y avancèrent rapidement, mais après avoir franchi un espace de trois lieues à peu près, ils commencèrent à s'étonner de ne pas apercevoir, même dans le lointain, le missionnaire qu'ils désiraient tant rejoindre.

— Pour quelqu'un dont le pas est appesanti, se dit Jacques en lui-même, je trouve qu'il enjambe lestement cette route d'enfer ; il faut qu'un ange l'ait voituré, ou bien qu'il soit tombé aux mains de quelques patrouilles anglaises.

En effet, ce chemin, qui a été dans tout le temps un des plus difficiles du pays, était à cette époque à peine praticable dans les plus beaux mois de l'été ; percé à travers des marais, des savanes et des terres argileuses, ponté à plusieurs endroits de bois rond, il avait servi de passage, durant toute une saison, à toutes les troupes françaises et anglaises ; ce n'était plus qu'une voie de cahots et de boue. A tout instant les deux voyageurs étaient forcés d'entrer dans le fourré pour tourner quelques mauvais pas, et aussi, pour éviter la rencontre de quelques bataillons anglais qui rejoignaient l'armée de Montréal. Quoique Jacques fût pourvu d'un acte qui faisait foi de son allégeance, il pouvait fort bien arriver que les conquérants missent des entraves à son voyage. Il fut donc bienheureux, quand, arrivé dans les environs de la petite rivière de Montréal, qu'on appelle communément aujourd'hui rivière de Lacadie, il trouva un sentier de traverse qui pénétrait à droite dans le cœur de la forêt, et qui, selon les indications du Père Jésuite, devait le conduire directement aux premiers établissements acadiens.

Cependant, il n'eut pas meilleure fortune dans le sentier que sur la grande route ; celui qu'il poursuivait avec tant d'ardeur ne s'offrit pas plus à son regard. Le soleil baissait rapidement, et sous l'épaisse feuillée, il faisait déjà soir. Ignorant les lieux et les distances, dans ce pays inconnu, Jacques craignit de s'égarer et d'être obligé de revenir sur ses pas, et il se demanda souvent comment le missionnaire avait pu franchir si rapidement un pareil chemin, ou par quel charme il avait pu tromper sa poursuite. Wagontaga fit observer qu'ils ne rencontraient sur le sol aucunes pistes bien récentes.

— Allons ! hâtons-nous encore s'il est possible, lui dit son compagnon.

Ils marchèrent encore quelque temps avec cette inquiétude, puis après quelques milles parcourus, ils remarquèrent que les lueurs du soleil couchant arrivaient plus librement sous les voûtes impénétrables de la futaie ; ils touchaient à la lisière d'une prairie de castor, ou bien à une éclaircie faite par des défricheurs... Ils s'arrêtèrent plus volontiers à cette seconde conjecture, et ils eurent raison. C'était l'abord d'un premier hameau qui se dévoila bientôt après : quelques arpents de chaumes ; une cabane couverte en paille ; une hutte pour les bêtes ; un meulon de foin ; une femme assise au seuil de sa porte ; quelques petits enfants occupés à fagotter près d'un bûcher de bois vert ; une colonne de fumée qui montait dans la lumière rose du soir, partant d'un trépied sur lequel mijottait le souper ; une vieille haridelle, naguère superbe cavale qui avait échappé aux boulets des Anglais et à la dent de ses compatriotes, et qui se délectait maintenant en broutant sans partage l'herbe de son champ et en mirant ses nobles infirmités dans la rivière qui passait auprès : voilà quel était tout le tableau. Jacques n'en fut pas moins enchanté.

En apercevant le sauvage, les enfants puis la mère rentrèrent dans la maison. Ce pauvre réduit ne les mettait pas, pourtant, à l'abri de la violence ; la porte, qui était la seule ouverture de l'habitation, ne consistait qu'en quelques pièces de bois mal jointes que les habitants suspendaient, à la nuit, devant l'entrée.

Aussitôt que Jacques s'en fût approché, il mit la tête au guichet et dit à la mère :

— N'ayez pas peur, brave femme, nous sommes de vos amis : je venais seulement vous demander si vous aviez vu passer le missionnaire, cette après-midi.

— Not' nouveau Père ? répondit celle-ci.

— Précisément.

— Eh ! ben, non, monsieur, je ne l'avons pas vu depuis quinze jours.

— C'est étrange ! fit Jacques ; est-ce qu'il peut passer par un autre chemin ?

— Sans doute, monsieur, depuis quelque temps il vient toujours par un sentier isolé, plus direct que le chemin du roi et meilleur pour les piétons ; vous le rencontrerez à trois quarts de lieue d'ici.

— Pourriez-vous me dire, ajouta Jacques, s'il se trouve des Hébert parmi les habitants de cette nouvelle commune ?...

— Des Hébert ! monsieur, oh ! il n'en manque pas. D'abord, mon mari est un Hébert... Thomas, fils de Thomas et petit-fils du grand Thomas... puis, j'avons un cousin, qui est not' cinquième voisin. Paul dit le courteau, un blond ; puis j'avons un oncle, qui s'appelle François à Simon, c'est le père de not' cousin : ils restent côte à côte ; puis il y en a encore d'autres.....

Il y a un proverbe qui est quelquefois faux, c'est celui-ci : " Abondance de bien ne nuit pas : " dans ce moment Jacques trouva que pour avoir tant cherché des Hébert, le ciel lui en envoyait trop à la fois. L'histoire doit dire que ce nom était aussi répandu parmi les Acadiens que celui de *Smith* chez les Anglais.

— Et d'où vient votre famille ? poursuivit notre capitaine.

— De Port-Lajoye, dans l'Ile St. Jean : elle sortait originairement des Hébert de la Rivière-aux-Hébert, sur la Baie de Beau-Bassin.

Evidemment, se dit Jacques en lui-même, voilà des parents qui ne me touchent pas de très-près.

— Et les autres Hébert de la commune, ajouta-t-il tout haut, les connaissez-vous bien ? savez-vous de quelle partie de notre pays ils étaient ?

— Je ne les connaissions pas beaucoup, monsieur. Il n'y a pas un an que je sommes ici ; et je n'avions pas eu le temps, je vous assure, de courir le voisinage qui n'est pas encore proche, comme vous voyez : faire un peu de terre-neuve, semer un p'tit brin de grain, le couper et le mettre à l'abri ; puis, soigner quatre enfants, pour une pauvre femme presque toujours toute seule, tout ça ne laisse pas le temps de voisiner, ni d'être malade, allez !... et avec ça mon pauvre mari qui est à la guerre depuis le mois d'avril ! Ah ! quand ça finira-t-il, cette guerre-là ?... Mon Dieu ! qu'est-ce que j'allions devenir ?... Vous qui venez de ces endroits, dites-donc, comment ça va-t-il ? J'avons entendu de ce côté-là comme des coups de canon, et les petits enfants qui sont allés ces jours-ci près du chemin de St. Jean pour voir s'ils ne verraient pas venir leur père, m'ont dit qu'ils avaient vu passer beaucoup de soldats.

— Rouges comme des pavots ! cria l'aîné de la bande.

— Ici, continua la mère, je n'voyons passer que des lièvres.

— Les Anglais ont le dessus, brave femme, le pays est à eux.

— Mon doux Jésus ! ils vont donc encore nous brûler, nous chasser !...

— Non pas ; cette fois, M. de Vaudreuil nous a abandonnés à condition que nous soyons bien traités ; ainsi, calmez-vous, la guerre est terminée, et vous reverrez bientôt votre mari. Dans quel corps était-il ?

— Dans celui du commandant Pouchot.

— Oh ! oh ! fit Jacques, alors c'était un brave ;—mais, poursuivit-il à part, il doit laisser une pauvre veuve.

— Vous l'avez connu ? dit la femme avec un certain orgueil...

— Non, mais ils étaient tous comme leur chef, dans ce bataillon-là. Allons, adieu, bonne femme ; prenez courage ! Où croyez-vous que je trouverai les autres Hébert ?

— Au-delà des Boudreau, des Dupuis, des Bourgeois... vous pouvez vous informer quand vous arriverez à ce chemin que je vous ai dit, où a dû passer not' Père ; vous n'avez d'ici là qu'à suivre la rivière.

— Ce n'est pas moins un inconvénient, dit Jacques en s'éloignant avec son compagnon, d'avoir eu des aïeux qui ont su si bien multiplier leur nom.

— C'est vrai, répondit Wagontaga ; mais s'ils n'avaient pas tant eu d'enfants, il ne te resterait plus l'espoir de retrouver tes parents, mon chef, et ce nouveau voyage serait encore perdu.

— Oui, mais il est bien cruel, Wagontaga, de voir si souvent cet espoir trompé ; combien de fois, en apprenant que quelqu'un portait mon nom, ai-je demandé vainement s'il était de ma famille !... combien souvent mon cœur a palpité pour ce qui n'était qu'une illusion !...et aujourd'hui, si je suis encore frustré dans mon attente,

de quel côté pourrai-je adresser mes désirs?... il me faudra aller
parcourir la Nouvelle-Angleterre.

— Tu viendras avec moi, mon frère, dit Wagontaga.

— Et que vas-tu faire toi-même, maintenant? te soumettre aux
Anglais, regagner les domaines de ta tribu, ou te résoudre à rester
près de moi?

— Moi, me soumettre à ces blancs! s'écria le Micmac : non, non,
nous ne nous soumettons jamais qu'à la loi de la mort. Il est encore
glorieux pour un guerrier vaincu de braver les horreurs du supplice, d'insulter ses ennemis qui le lient sur le bûcher, de les braver
sous les coups de leurs casses-têtes, dans les ceintures de haches
brûlantes. Nous combattons jusqu'à l'anéantissement, jusqu'à la
dispersion de la tribu, alors ceux qui sont pris savent mourir, et
ceux qui s'échappent vont plus loin engendrer une génération de
vengeurs. Nous prêtons notre secours aux autres nations, dans la
guerre, mais nous ne lions jamais nos bras et notre volonté. Vous
autres, blancs, vous pensez à vos parents, à vos femmes, vous avez
des cœurs mous; nous autres, nous ne voyons que l'insulte faite aux
os de nos pères, et nous ne vivons pas s'ils ne sont pas vengés dans
le sang de nos ennemis. Ma tribu a été dispersée, les os de mes
aïeux ont été souillés; je serais impie si j'allais m'asseoir, seulement durant un soleil, sous la tente de ceux qui portent la flétrissure de ce crime. Non, j'irai me joindre à ceux qui peuvent combattre encore; je me ferai de nouvelles armes; j'aurai des enfants
que j'exercerai à la guerre en leur faisant tuer des renards et des
bisons, puis je les conduirai plus tard contre les Anglais. Il pous-
sera des ailes aux ours et des cheveux aux cailloux avant que la
clémence et l'oubli n'entrent dans le cœur de Wagontaga. Et crois-
tu que je voudrais attacher ma vie à vos lois de la paix, à vos travaux d'esclaves? Vous autres, hommes faibles, vous vous êtes fait
des besoins serviles; il vous faut dormir sur des lits, manger des
viandes assaisonnées, couvrir votre peau sensible d'habits variés;
vous êtes gouvernés par ces nécessités, et vous travaillez toute votre
vie pour gagner ces morceaux de métal qui servent à vous procurer
ces choses. Quant à nous, nous prenons à la terre ce qu'elle donne
pour nous alimenter et nous couvrir, et nous continuons à coucher
sur elle tels que la vie nous y condamne. Partout elle nous offre
ses richesses et elle ne nous retient nulle part. Nous sommes ses
véritables souverains, jamais ses serviteurs et ses captifs. Méprisant
ce que vous appelez des biens, nous n'avons pas de vils intérêts à
protéger, ou à pleurer si nous les perdons, comme des femmes pleurent leurs enfants; et nous ne sommes pas tentés d'avoir recours au

vol et au mensonge pour déposséder les autres. Un enclos ne nous parque pas comme un bétail sur une coudée de terre et ne nous retient pas devant la voix du devoir. Quand notre raison et notre honneur nous disent : " il faut partir," nous partons ; quand le cri de guerre nous appelle, nous n'avons pas à réfléchir si l'ennemi brûle la nos palais, enlèvera nos trésors, ruinera nos jardins, déchirera nos beaux vêtements, s'emparera de nos champs ; nous volons au combat sans regarder en arrière. Oh ! non, mes bois sans limites, mes espaces sans entraves, je ne vous sacrifierai jamais.

Jacques écoutait, tout rêveur, ce discours où respirait tant de grandeur sauvage, et il en restait tout ému : il se demandait si, dans le cas où il ne retrouverait ni Marie ni son père, il ne s'enfuirait pas avec ce sage du désert pour mener avec lui cette vie de souverain nomade.

Pendant cette conversation, la forêt s'était refermée autour des voyageurs, mais la route restait cependant découverte et éclairée sur un côté, car elle contournait la grève de la petite rivière, calquant exactement toutes ses sinuosités. A cette époque, le soleil et les défrichements n'avaient pas tari ce gracieux affluent du Richelieu, et son lit trop rempli s'épanchait souvent sur les terres environnantes, formant sous l'ombrage des nappes argentées. Çà et là, on voyait descendre dans le miroir des eaux des lambeaux festonnés de la feuillée, ou d'énormes troncs d'arbres encore verts que les flots du printemps avaient en partie déracinés. Ces colonnes de la forêt se croisaient à quelques endroits, par-dessus le cours de l'onde, formant des arcs de triomphe agrestes, sous lesquels fuyaient, peu soucieux de gloire, des alouettes et des mauves en gaieté ; des volées de canards s'élevaient à tout instant du milieu des prairies de joncs et s'en allaient s'abattre, en chuchotant, derrière un replis de la rivière, pour recommencer, à l'approche de Jacques et de Wagontaga, la même course et le même plongeon. Une multitude d'écureuils venaient aussi trottiner autour de la route, se pourchasser sur les arbres, se balancer sur les lianes au-dessus de l'eau, et grignotter sans scrupule, aux yeux des voyageurs affamés, un souper friand composé d'un bleuet, d'un gland ou d'une noisette. Le soleil était disparu depuis quelque temps, le baume des sapins et des liards remplissait l'air, avec les fraîches vapeurs du soir.

Jacques respirait avidement les senteurs vivifiantes de cette solitude ; il écoutait avec extase ces chants des oiseaux insouciants : au lendemain des combats et des horreurs d'une longue guerre, la vue de cette retraite ramenait la paix dans son âme.

—Si j'allais trouver ici ceux que j'aime !... s'écriait-il à tout ins-

tant, en goûtant une nouvelle émotion, en passant devant un no
veau tableau.

Après une demi-heure de marche, les traces de défrichemen
plus considérables se manifestèrent de nouveau : le bois s'éclairc
sensiblement, la route devint mieux frayée, des haies d'arbres re
versés annoncèrent l'existence de la propriété ; on entendit à que
que distance le bêlement d'un troupeau et des voix d'enfants qu
s'appelaient ; enfin, en tournant une anse de la rivière, les deu
compagnons virent apparaître, sur une pointe de prairie verte, u
petit chaume bien propret qui se cachait sous un groupe de grand
ormes ; plus loin encore, leur regard put embrasser une suit
d'éclaircies non interrompues s'étendant de chaque côté de l
rivière : ici, la main du défricheur avait fait une vigoureuse trouée
la paroisse nouvelle était bien fondée ; à plusieurs endroits, un
moisson abondante mêlait ses teintes dorées au sombre feuillag
de la forêt vierge, et des habitations se montraient entourées d
toutes les dépendances d'une métairie déjà florissante.

Jacques hâta le pas, comptant les maisons, mesurant sa marche qu
lui semblait sans fin. Quoiqu'il rencontrât maintenant quelque
personnes, il n'osait plus leur faire de nouvelles questions sur le
Hébert : il attendait pour cela qu'il fût arrivé près du sentier qu'
conduisait à la prairie de la Magdeleine, au-delà des Boudreau,
des Dupuis et des Bourgeois ; il se contentait de se faire désigner les
demeures de ceux-ci. S'il devait être encore trompé dans son attente,
il voulait au moins garder ses illusions jusqu'à la fin.

VIII

Enfin, arrivé dans une passe où le bois se rapprochait sensiblement de la route, les voyageurs crurent distinguer dans une
tranchée coupée dans le taillis et formant sentier, des figures humaines. La nuit était presque venue : ils attendirent un instant,
pour s'assurer s'ils ne s'étaient pas trompés. La rivière faisait à cet
endroit une forte saillie sur la rive où ils marchaient, à quelques
pas en avant d'eux ; sur sa surface polie et encore légèrement
éclairée par l'image du ciel, tous les objets dessinaient leur silhouette. Jacques ne resta pas longtemps à son point d'observation
avant de voir glisser entre ses yeux et le miroir de l'eau deux formes
qui ne lui laissèrent aucun doute sur leur nature. C'était bien le

missionnaire et son guide. Il entendit même distinctement le prêtre dire, en sortant du bois :

— Voilà une rude tâche pour toi, mon enfant ; j'espère que nous arrivons.

— Oui, mon Père, répondit le jeune homme, il ne reste plus que quelques arpents.

Jacques et son ami se précipitèrent sur leurs pas, et les rejoignirent bientôt.

La surprise du religieux ne fut égale qu'à sa joie, en reconnaissant son capitaine aimé d'autrefois :

— Quoi ! c'est bien vous, mon cher Hébert, que je revois ici, à une pareille heure !

— Et c'est une bien bonne fortune que le ciel me fait que de me jeter sur votre chemin, à cet instant.

— Mais, c'est que je vous croyais parmi nos morts, depuis longtemps ; connaissant votre ardeur, je supposais que si les balles des Anglais avaient de l'esprit, elles ne trouveraient rien de mieux à faire, pour leur compte, que de vous choisir pour but.

— La bénédiction que vous m'avez donnée, quand nous nous séparâmes près de la rivière St. Jean, leur a ôté tout l'esprit qu'elles auraient pu avoir. Et vous, mon Père, comment avez-vous pu échapper à nos ennemis ?... Vous vous êtes bien exposé pour sauver mes malheureux compatriotes !

— Oh ! je m'en suis tiré à merveille ; j'ai réussi à conduire jusqu'à Québec presque tous ceux que j'avais recueillis, grâce à la connaissance que j'avais du pays. Une partie de ces braves gens ont pu s'établir dans les environs des Trois-Rivières. Depuis cette époque, j'ai exercé le ministère chez différentes tribus sauvages, et les derniers événements m'ont ramené dans notre mission de la Prairie de la Magdeleine, où, en attendant que le vainqueur règle notre sort futur, je vais m'occuper à visiter les nouveaux établissements disséminés dans ces environs. Ce sont ces devoirs qui m'amènent ce soir dans cette *concession* isolée, ouverte en partie par vos compatriotes... En effet, je suppose que je dois à cette circonstance le plaisir de vous rencontrer dans ce lieu ; auriez-vous des parents ici, par hazard ?...

— Je l'ignore encore, mon Père : après avoir cherché inutilement ailleurs, je venais ici pour m'assurer si quelqu'un de ma famille ne s'y était pas réfugié.

— Lors de mes deux visites, j'ai bien rencontré quelques Hébert, mais je n'ai pas eu l'occasion de m'assurer s'ils vous étaient parents ; nous découvrirons cela ensemble, capitaine.

— Mais c'est pour un Hébert que je sommes allé vous chercher, mon Père, dit le petit guide.

— Comment se nomme-t-il ? dit Jacques, avec inquiétude.

— On l'appelle monsieur Pierre, c'est not' vieux voisin, qui vient de la vieille Cadie.

— Ah ! mon Dieu ! s'écria Jacques, j'arrive donc pour le voir mourir !... il est bien malade, mon enfant ?...

— Bendam, monsieur, j'croyons qu'il est malade d'avoir trop vécu, car il ne m'a pas paru plus faible que de coutume ; mais il est si vieux, si vieux qu'il ne peut pas aller plus loin, quoi ! Ce matin, il a dit comme ça en changeant de visage et en se passant les mains sur les côtés : " Ah ! malheur ! il me semble que ça va finir, ma fille, je me sens faiblir." Là-dessus sa fille, qui le veille comme son ange gardien, est venu nous demander d'aller chercher not' Père.

— Connais-tu les personnes avec qui il vit habituellement ?...

— Depuis le printemps, il est seul avec cette fille dont je viens de vous parler : durant l'hiver dernier, il y en avait trois autres avec lui, une femme et deux garçons, qu'il appelait tous ses enfants; mais ce printemps, la femme est morte, et les deux garçons sont partis pour la guerre. Il leur avait dit comme ça, par manière de conseil : " Quand la France est en guerre avec l'Angleterre, les jeunes gens ne doivent pas rester à la maison parmi les femmes et les enfants, comme des peureux."

— Les deux femmes, dit Jacques, étaient sans doute deux de mes sœurs, devenues veuves, ou les deux belles-sœurs dont les maris ont péri dans la rivière Condiac, en défendant la maison de mon père... Quel âge a celle qui reste, mon garçon ?

— J'connaissions pas ça, monsieur, l'âge des femmes, peut-être vingt-cinq, peut-être trente-cinq.

— As-tu jamais entendu parler dans la famille d'un certain Jacques ?...

— Oh ! oui ! beaucoup, et quand ils en parlent, toute le monde pleure, le père, les filles... Si j'fichions le camp dans l'autre monde, moi, mes sœurs ne se fondraient pas ainsi les yeux en eau. Il paraît que c'était un fier homme ce garçon-là ; le vieux voisin dit que s'il ne s'était pas fait prendre comme une oie, il en aurait tué des Anglais !... il a été fusillé cinq ans trop vite.

— Pauvre père ! s'écria Jacques, qui donc lui aura porté cette triste nouvelle ?... Depuis quand habite-t-il ici ?...

— Depuis cinq ans, à ce que j'ai entendu dire ; car nous ne sommes venus nous-mêmes ici que depuis l'automne dernier.

— Eh bien ! vous le voyez, dit Jacques en prenant avec effusion les mains du missionnaire, c'est bien mon père, ce ne peut être un autre que lui : il faut courir me jeter dans ses bras ; pauvre père, malade, seul, mourant !...

— Patience ! mon ami, dit le Père de la Brosse, il est important, dans de pareilles circonstances, que vous ne brusquiez pas le moment de la reconnaissance, cela pourrait avoir des suites fatales pour votre père. Si vous désirez jouir de quelques heures de sa vie, il faut vous résigner à souffrir un peu de contrainte. Je vais d'abord entrer dans la maison, je verrai le malade ; s'il est en danger prochain, je viendrai vous avertir de suite, sinon, je le préparerai à vous recevoir et vous pourrez entrer dans un quart d'heure. Vous éviterez d'abord de vous faire connaître ; la chose sera d'autant plus facile qu'il n'y a pas d'autre lumière dans la maison que celle qui s'échappe de la cheminée. Depuis que la guerre est commencée, personne dans ce pays, à part les seigneurs, n'a eu de quoi brûler sa chandelle.

— Faites comme il vous plaira, dit Jacques, je vous obéis.

Le religieux quitta son guide et les deux amis, et se dirigea seul du côté de la petite demeure du père Hébert, qui n'était plus qu'à quelques pas ; l'enfant des voisins retourna aussitôt chez lui et Jacques attendit sur les lieux son quart d'heure d'angoisse.

IX

Le nouveau logis du père Hébert était assis sur un côteau, à un endroit où la rivière coulait plus rapide. C'était une maisonnette basse, bâtie de pièces superposées les unes sur les autres et blanchies à la chaux. Le défricheur avait pris soin de laisser autour de sa chaumière quelques grands arbres, vieux géants de la forêt qui devaient en perpétuer le souvenir. Jacques remarqua, sous leur ombrage, la forme d'un banc rustique fait de bois encore tout neuf : cela lui rappela le bocage voisin de la Gaspereau où sa vie avait laissé tant de souvenirs. Des rideaux blancs étaient tendus dans les petites fenêtres, à travers lesquelles on voyait vaciller faiblement les lueurs de l'âtre. La forêt, déjà reculée dans le lointain, ne laissait distinguer à sa base que des formes vagues, mais elle dessinait vigoureusement les découpures gracieuses et infiniment variées de la feuillée qui semblait suspendue comme une guipure noire devant la ligne du crépuscule.

Jacques ne jeta qu'un œil distrait sur ce tableau ; sa vue était clouée sur les petits rideaux auxquels le mouvement des personnes de l'intérieur imprimait une légère agitation. Mais il ne vit personne sortir de la porte. Cela lui laissa l'espoir que son père n'était pas encore dans un état alarmant ; et il compta les minutes par les pulsations de son cœur, ce qui raccourcit encore son quart d'heure d'attente.

Le Jésuite en était encore à ses préliminaires, quand il entendit le capitaine Hébert poser le pied sur le seuil de la porte.

— Diantre ! fit-il tout bas, je devais pourtant m'y attendre !

— On frappe, je crois... dit le père Hébert ; en même temps il cria d'une voix encore vigoureuse :

— Entrez !...

La porte s'ouvrit, et Jacques, s'avançant avec précaution pour éviter les rayons du foyer et raffermir sa démarche ébranlée par l'émotion, dit au maître du logis :

— Nous sommes deux soldats en voyage ; lassés, ignorant les chemins, nous venons vous demander le couvert pour la nuit.

— Vous êtes les bienvenus, vous êtes des amis ; des soldats qui servent si bien notre roi, doivent être reçus partout et à toute heure ; vous trouverez seulement l'espace étroit et la table bien nue ; nous avons tout donné pour l'armée. Asseyez-vous en attendant que ma fille puisse vous préparer un souper que vous partagerez avec le bon missionnaire que voici.

La maison était divisée en deux petites pièces par une simple cloison de planches ; la porte de communication se trouvait vis-à-vis la cheminée, qui était placée nécessairement dans la partie qui servait de cuisine et d'antichambre. Le vieillard était assis, dans ce moment, sur un lit, au fond de la seconde pièce, à moitié appuyé sur des oreillers comme un convalescent. Sa tête, penchée en avant, entrait de profile dans le cadre d'une fenêtre, ouverte sur le couchant, et ses traits amaigris par l'âge se découpaient avec toute leur énergie sur le ciel encore lumineux, comme ces grands pins brûlés restés debout après l'incendie de nos forêts. Sa fille, accoudée à son chevet, passait son bras derrière le vieillard et appuyait sont front sur son épaule comme pour le soutenir ; et le Père de la Brosse, assis vers le pied du lit, se disposait à poursuivre la conversation, mais à l'approche de son ancien ami, il vint au-devant de lui, sans doute pour l'observer de plus près et le contenir.

Quand Wagontaga eût été blotti dans un coin et que Jacques se fût assis près de la porte de division, le dos soigneusement tourné du côté du feu, le père Hébert dit aux voyageurs :

— Vous venez de l'armée de M. de Lévis ?...

— Oui, monsieur, nous arrivons de Montréal, répondit Jacques.

— Avez-vous vu nos deux enfants ?...

— Etaient-ils du corps de M. de Boishébert ?...

— Du corps de M. de Boishébert !...fit le vieillard en tressaillant ; oh ! non, je ne veux pas parler de celui-là !... celui-là, on n'en parle plus !...

Et le pauvre octogénaire resta un instant muet, pris d'un tremblement pénible que sembla partager celle qui l'appuyait ; puis, après cette pause, il continua :

— Vous avez nommé le corps de M. de Boishébert ; est-ce que vous lui appartenez, par hasard ?

— Oui, c'est dans celui-là que je sers.

—Alors, vous l'avez bien véritablement connu, ce pauvre Jacques, mon vrai fils !... car les autres étaient des adoptés, des orphelins proscrits.

— Vous voulez sans doute parler du capitaine Jacques Hébert ?...

— Oui, monsieur, Jacques Hébert, de Grand-Pré.

— Oh ! sans doute, je l'ai connu, c'était mon capitaine.

— Votre capitaine !... s'écria le père Hébert ébahi ; et des larmes remplirent ses yeux ; sa fille fit entendre des sanglots. Vous avez été plus heureux, vous, monsieur ; vous avez pu combattre tout le temps et vous avez échappé au sort de ceux qui ont succombé ; lui au contraire...:... Mais vous savez aussi bien que moi comment il a péri... Allons, ma fille, ajouta-t-il d'une voix caressante en se tournant vers celle-ci, ne pleure pas ainsi, je n'y pense jamais... je suis père, aussi, vois-tu, ma petite !...

— En effet, j'ai entendu dire, reprit Jacques, que votre garçon avait été fusillé à Grand-Pré, mais c'est une erreur que je suis heureux de détruire, ici, ce soir ; des amis l'ont enlevé au moment où il allait être exécuté, grâce à l'intervention d'une personne héroïque qui a troublé les bourreaux.

—Comment ! mon Jacques vit encore !... s'écrièrent en même temps le vieillard et sa fille :—et celle-ci, quittant subitement le malade, fit un pas vers le militaire, joignant ses mains et le regardant d'un air suppliant et navré, comme pour lui dire :—Parlez-nous encore, achevez, achevez !—Lui, en apercevant cette figure qui recevait en face toute la lumière du foyer, fit un bond sur son siége ; mais sentant en même temps la main puissante du missionnaire tomber sur son épaule, il resta comme foudroyé de son bonheur : c'était Marie !... et le salut de son père le clouait devant elle ! il ne pouvait prononcer son nom que dans son cœur !

19

—Oui, dit aussitôt le religieux, avec une feinte sévérité, vite, monsieur, dites à ces pauvres cœurs que vous ne venez pas leur apporter de vaines espérances, et, qu'inspiré par une fausse pitié, vous ne vouliez pas tromper leur douleur en accréditant des rumeurs qui peuvent être incertaines.

—Je vous le jure, dit Jacques avec énergie, votre enfant, votre frère vit encore ; j'ai servi avec lui jusqu'à ces jours derniers ; loin d'avoir été exécuté par les Anglais, il leur a bien rendu le mauvais quart-d'heure qu'ils lui avaient fait passer à Grand-Pré.

Alors il raconta toutes les circonstances de sa délivrance, appuyant avec intention sur les détails qui concernaient sa fiancée, louant avec effusion son dévouement et ne se ménageant pas à lui-même la censure que méritaient ses soupçons injustes et sa conduite cruelle envers elle. L'entrain et la passion qu'il mit dans cette narration, l'exactitude avec laquelle il décrivit les moindres circonstances de cet événement qui étaient restées gravées vivement dans la mémoire de Marie, ne pouvaient laisser subsister le doute. Quand il eut fini, la jeune fille, entraînée par cette confiance qu'on éprouve pour ceux qui vous rappellent avec sympathie les souvenirs les plus sensibles de votre cœur et qui se font les messagers du bonheur qui vous revient, Marie saisit les deux mains du narrateur et lui dit avec l'accent de la plus touchante émotion :

—Merci ! monsieur, merci ! Oui, tout cela est bien vrai ; excepté ce que vous avez dit *des soupçons injustes et de la conduite cruelle de notre Jacques :* ah ! non, il n'a pas été cruel ; il était malheureux et il aimait la France jusqu'à l'aveuglement ; il a cru aux apparences ; si vous aviez été à sa place, vous en auriez fait autant. Ah ! monsieur, que vous nous apportez de bonheur pour le mauvais grabat que nous allons vous donner !... Eh ! croyez-vous que nous pourrons le revoir bientôt ?... connaît-il le lieu de notre existence ?... pourra-t-il nous trouver ? pourrons-nous lui faire parvenir un message ?...

Jacques tressaillait à cette tendre pression qu'imprimaient sur ses mains celles de sa fiancée, et il était près de tomber à ses genoux. Mais le Père de la Brosse appuyait toujours sur lui son poing vigoureux comme pour lui dire :—pas encore.—Heureusement que dans ce moment, le feu de la cheminée s'était presqu'entièrement assoupi sous sa cendre, et que le temps et la conformation de son uniforme avaient apporté assez de changements dans sa physionomie pour tromper l'œil d'une ancienne connaissance dans cette demi-obscurité ; autrement il n'aurait pas pu garder plus longtemps l'incognito, tant Marie tenait avec persistance le regard fixé sur lui. Il lui répondit donc, en faisant un effort sur lui-même :

— Le capitaine Hébert ne connaissait rien encore du lieu que vous habitez lorsque je l'ai quitté, et il n'avait pu recueillir que des conjectures sur votre existence ; il se proposait, aussitôt qu'il serait libre, de visiter tous les lieux où vos compatriotes se sont réfugiés, mais je vous promets de lui éviter des démarches inutiles ; demain avant le soir, il saura où vous trouver.

— Merci, monsieur, dirent Marie et le père Hébert, c'est le ciel qui vous envoie vers nous.

— Il veut vous accorder quelque soulagement dans votre vieillesse, dit le Jésuite, et récompenser de suite votre bonne hospitalité.

— Maintenant, dit Marie avec une grâce suppliante, tenant toujours les mains de son hôte, racontez-nous ce qui est arrivé à notre Jacques depuis son départ de l'Acadie ; vous semblez si bien connaître sa vie !... Notre père sera si heureux de vous entendre, cela va le guérir, le rajeunir ; il est persuadé que son fils a dû faire toutes les grandes choses de l'armée, et moi je pense un peu comme lui : je vais vous écouter de toutes mes oreilles, pendant que je vous préparerai un bien mauvais repas, je vous assure ; que voulez-vous ? vous avez dévoré, au camp, tout ce que nous aurions eu à vous donner de bon ici. Si nous l'avions su, nous aurions au moins gardé une petite part pour ce pauvre Jacques, que vous auriez entamée avant son arrivée.

— Je suis persuadé, mademoiselle, que le capitaine Hébert se nourrira bien durant quelques jours du plaisir de revoir son père et une si bonne sœur !...

Jacques ne pouvait comprendre la prudence excessive du religieux, qui jugeait encore à propos de retarder le dénoûment d'une situation qui torturait son cœur ; cependant, il se soumit à sa volonté, trouvant sans doute quelque compensation à cette contrainte dans le tendre intérêt que Marie montrait pour tout ce qu'elle entendait dire de lui, et il entreprit volontiers un récit qui allait le faire apprécier beaucoup comme historien et encore plus comme héros.

Marie venait de s'éloigner, se dirigeant vers la cheminée ; Jacques, jugeant qu'elle allait attiser la flamme avec toute la ferveur du sentiment qui dominait son âme, et qu'il courait le danger d'être bientôt reconnu, se hâta d'entrer dans la chambre et d'occuper la place qu'elle venait de quitter. Après quoi, il commença l'histoire de tout ce qu'il avait fait depuis sa fuite de Grand-Pré, ayant soin de bien accentuer toutes ses paroles afin que sa fiancée ne perdît aucuns détails de son récit. Il aurait parlé moins haut qu'elle eut tout entendu. Une fille qui écoute parler de son amant

a une subtilité de tympan incomparable. Tout en voyant avec
une attention intelligente à tous les petits soins domestiques nécessaires, pour offrir dans son indigence une hospitalité qu'elle aurait
voulu rendre somptueuse, tout en exécutant ces mille évolutions
d'une ménagère empressée que le bonheur est venu visiter avec
ses hôtes, il ne lui échappait pas une syllabe de la narration.

C'est encore une vérité incontestable, qu'il n'y a que les femmes
qui savent bien faire plusieurs choses à la fois. On a vanté César
qui dictait à plusieurs secrétaires en même temps ; s'il eût été femme,
il aurait pu en occuper le double, et trouver encore le temps
d'ouvrir çà et là des parenthèses pour le compte d'une jolie voisine
ou d'un voisin bien convenable : des Césars, j'en connais cent
parmi le beau sexe, à qui il ne manque, pour être supérieur au
conquérant des Gaules, que d'avoir gagné quelques victoires de
plus.

Le père Hébert, en entendant raconter le combat du Coudiac et
l'incendie du presbytère de Grand-Pré, ne put s'empêcher de
s'écrier, dans l'épanchement d'une joie sombre :

— C'est bien, mon Jacques ! ces coups-là soulagent la vieillesse
de ton père !

On se rappelle la haine profonde que le vieillard avait toujours
nourri pour les Anglais, avec quelle fermeté de résolution, pour
fuir leur domination, il s'était arraché de Grand-Pré, après le
sacrifice d'une partie de ses biens ; il avait brûlé sa maison à
Chignectou ; cette haine ne s'était pas refroidie avec l'âge ; au contraire, ses nouveaux malheurs l'avait envenimée, et les succès
croissants de l'ennemi qui lui ôtaient désormais tout espoir de se
voir vengé, laissait son âme toute saturée de ce sentiment. Il ne
pouvait donc se rassasier d'entendre parler des actions de cet
enfant de prédilection qui avait si bien hérité de son amour national.
En l'écoutant, une vigueur inusitée s'emparait de ses membres ; sa
figure s'illuminait, une exaltation depuis longtemps disparue rallu-
mait la vie dans tout son être, tout symptôme de caducité dispa-
raissait de sa figure ; il était maintenant redressé sur son lit ; il
sortait de la tombe comme Lazare à la voix divine du divin maître :
c'était le miracle de l'enthousiasme.

Le Père de la Brosse jouissait du changement qu'opérait sur le
malade cette narration de son fils. Jacques lui-même subissait le
charme que produisaient ses paroles ; sa voix vibrait de ses notes les
plus sympathiques ; son discours, qui n'était que la peinture de ce
qu'il avait vu, que l'écho de ce qu'il avait senti, se déroulait avec la
puissance de l'action aux yeux de ses auditeurs. Cette éloquence

naturelle et incisive du soldat, cette passion entraînante du patriote dévoué jusqu'à l'héroïsme, faisait de Jacques un orateur dans la belle acception du mot ; il avait oublié son rôle de simple historien pour parler comme le héros de son récit. Aussi, quand il vint à raconter la bataille de Sainte-Foye, Marie abandonna sur son trépied le dernier chapon de sa basse-cour et vint s'appuyer au côté de la porte ; elle resta là tout le temps du récit, immobile et sans haleine, comme la femme de Loth après qu'elle eût regardé indiscrètement derrière elle. Sans la prévoyance de Wagontaga, qui veillait dans son coin à ne pas manquer de souper ce soir-là, et qui alla retirer du feu la volaille en danger, Jacques était cause que tout le monde allait jeûner, malgré toute la bonne volonté de Marie.

Lorsqu'il eut fini ce beau chapitre de notre histoire, le père Hébert lui ouvrit ses bras dans le transport de son admiration, et lui dit en sanglottant :

— Ah ! vous avez parlé comme mon fils l'aurait fait ! c'est la même voix !... les mêmes mouvements !... la même ardeur !... j'ai cru que c'était lui !... C'est ainsi qu'il aimait la France et qu'il haïssait les Anglais ! Ah ! avant que je revoie mon enfant, vous voulez me donner l'illusion de sa présence, me laisser croire que je l'entends et que je l'embrasse, pour prolonger ma vie jusqu'à lui ! Eh bien ! partagez mon cœur avec lui ; vous étiez deux frères d'armes, soyez deux fils dans mes bras ; et si je meurs avant qu'il n'arrive, dites-lui que j'ai cru le presser là, à votre place !...

Marie, de son côté, l'âme saisie par une exaltation indicible, regardait avec extase cet étonnant visiteur ; elle semblait tout à la fois entraînée vers lui par un ravissement d'une incompréhensible douceur, et repoussée par un doute accablant ; dans cet état elle restait immobile et palpitante, avide de nouvelles paroles. Aussi, à peine le père Hébert avait-il donné cours à son émotion, qu'elle s'empressa de reprendre la parole :

— Et qu'a-t-il fait ensuite, qu'a fait votre armée ?... Ne craignez pas de nous fatiguer.

— Notre armée ?... dit Jacques avec étonnement, mais n'avez-vous pas su ?...

— Nous avons su, dit son père, qu'elle avait quitté Québec au printemps, sans doute pour venir rosser les envahisseurs arrivés dans cette partie-ci du pays. Eh bien ! notre victoire a-t-elle été complète ? sommes-nous enfin délivrés de leurs insultes et de leurs ravages ?... Nous attendions nos jeunes gens pour tout apprendre.

— Ah ! notre armée... dit Jacques avec hésitation, notre armée, elle n'existe plus !

— Comment ! elle a été battue ?...

— Non, elle s'est fondue partiellemeut devant les trois corps d'invasion des Anglais. Refoulés de tout côté par l'ennemi jusque dans Montréal, nous nous sommes aperçus que nous n'étions plus que quelques milliers de soldats sans vivres et sans munitions, et il a fallu se rendre.

— Et le pays est perdu ?...

— Perdu !...

A peine Jacques avait-il laissé échapper cette parole, qu'il sentit qu'elle tombait comme la foudre sur son pauvre père ; mais la question lui avait été posée si explicitement, elle était de sa nature si difficile à éluder, qu'il n'aurait pas pu le faire sans mentir ; et un enfant acadien était incapable de tromper. Le vieillard oscilla comme un arbre sous un grand vent, mais il ne fut pas renversé du coup.

— Marie ! murmura-t-il en faisant un effort pour se soutenir, approche mon enfant.

La jeune fille accourut vers lui ; il lui passa la main autour du cou et il ajouta d'un accent brisé :

— As-tu bien du courage, ma petite fille ?...

— Oui, mon père, je suis exercée au malheur depuis l'âge de treize ans et je suis encore jeune, j'endurerai bien cette nouvelle infortune si elle ne vous accable pas vous-même ; si vous savez bien la supporter, avec calme, avec résignation... avec...

— Peux-tu marcher longtemps, mon enfant, endurer la faim, le froid, coucher dehors ?

— Vous savez que j'ai marché depuis Boston jusqu'ici, que j'ai vu mourir des hommes épuisés, à côté de moi.

— C'est vrai, ma fille, c'est vrai ; oh ! je t'aime, parce que tu étais digne de lui... La nuit est-elle bien noire ?...

— Non, père, le soleil s'est couché bien beau, le ciel est plein d'étoiles.

— Eh bien ! partons !...

— Partir ! pauvre père !

— Vas mettre à part ce qu'il nous faut prendre pour le voyage ; fais deux paquets, un gros et un petit... petit et léger, pour qu'il ne te donne pas trop de fatigue... Nous prendrons les devants et nous ferons dire à Jacques quel chemin nous aurons pris ; il a le pas plus long que nous, lui.

— Mais vous pouvez à peine vous lever, calmez-vous... je vous en supplie. Où donc voulez-vous aller ?

—Là où les Anglais ne pourront jamais arriver... à la Louisiane, à l'extrémité de l'Amérique !

—Tous les chemins praticables vous sont fermés, dit Jacques, et l'ennemi n'a permis qu'aux soldats de rentrer en France ; il a contraint tous les habitants à prêter le serment d'allégeance ; votre fils lui-même en a passé par cette condition.

—Jacques ! s'écria le vieillard, en relevant la tête avec la fierté d'un prophète de Michel-Ange   Non, il n'a pas fait cela... On vous a trompé, ce n'est pas mon Jacques qui se serait déshonoré par une pareille lâcheté, par un parjure ! Il est jeune, lui, et puis, n'est-il pas soldat ?... libre de sa destinée, il se serait fait Anglais !... non, non, ce n'est pas dans notre sang, ces choses-là !

—C'est avec la rage dans le cœur qu'il y a consenti... On ne lui laissait pas d'autre alternative pour arriver jusqu'à vous...

— Mais il devait savoir que si j'existais encore, ce n'était pas dans un pays soumis aux Anglais qu'il devait me trouver. J'ai sacrifié trois fois mes biens,—et il savait que ces sacrifices m'étaient plus durs que celui que je pourrais faire aujourd'hui ; j'ai brûlé ma demeure,—il en a été le témoin ; j'ai vu trois fois ma famille jetée sur le chemin de la proscription, s'éparpiller, et s'éteindre autour de moi, me laisser seul... avec cet ange que Dieu m'a envoyé pour m'accompagner jusqu'au tombeau, et tout cela, pour fuir un joug abominable ! Et lui... il n'a fait que combattre, après tout, il le pouvait, c'était un plaisir... Ah ! sans mes quatre-vingt-dix ans !...

— Votre fils, monsieur, a brûlé avec vous la maison de son père, et, comme vous le lui avez dit, *il brûlait alors toutes ses espérances ;* il a fui, pour défendre la Nouvelle-France, une terre qui lui offrait toutes les séductions d'une union longtemps désirée ; il a laissé dans les larmes celle à qui il avait promis de revenir après six mois et qui lui a gardé pendant dix ans l'amour le plus constant et le plus dévoué ; il a combattu pendant six ans, sans salaire et presque sans nourriture, courant à tous les dangers, restant sous le drapeau jusqu'à ce qu'il le vît tomber ; et après cet événement, prévoyant que son vieux père, cloué par l'infortune et par l'âge sur le sol conquis, serait encore obligé d'accepter la volonté du conquérant et resterait peut-être sans soutien pour supporter le plus cruel des malheurs, il a songé à venir le soulager. Prévoyant encore, par les indications à peu près certaines qu'il avait reçues, que celle qui avait voulu partager sa mort malgré d'injurieux soupçons conçus contre sa constance, s'était aussi réfugiée dans cette partie du pays la plus rapprochée de la Nouvelle-Angleterre, il venait partager avec elle une infortune que tout son courage n'avait pu conjurer, la mort nationale. La France l'avait livré, il se croyait libre de ses premiers serments ; sa patrie étant perdue, il croyait, en abandonnant les dix années de salaire que lui doit encore le roi de France, pouvoir offrir sans crime son travail et son amour à ce qu'il y a de plus sacré après la patrie, son père et sa fiancée... Et il espérait qu'après avoir trouvé la main qu'il avait cherchée pour en être béni, cette main ne le repousserait pas avec mépris !... Mon père !... Marie ! c'est moi qui fus autrefois votre Jacques : dites-moi si je dois être maintenant... heureux ou maudit ?...

— Heureux, aimé, béni ! n'est-ce pas, mon père ?... s'écria Marie en enlaçant le cou de son fiancé et celui de son père, et en unissant dans son étreinte leurs deux visages inondés de larmes.

— Oui ! ma fille, dit le vieillard à moitié suffoqué.—C'est Dieu qui nous a vaincus tous les deux, mon bon Jacques, non pas les Anglais.

Après ces paroles, il se fit un instant de silence, pendant lequel ces trois infortunés retrouvèrent ensemble le sentier perdu de leur bonheur. Mais ils ne devaient pas y marcher longtemps unis.

X

Marie tenait toujours le vieillard embrassé, quand tout à coup elle sentit qu'il pesait de tout son poids sur elle.

— Vous faiblissez, lui dit-elle effrayée ; seriez-vous plus mal ?

Pour toute réponse, il s'affaissa sur son lit, et on l'entendit murmurer d'une voix qui s'éteignait :

— Mon Dieu, mon Dieu ! vous l'avez donc voulu !... pas un pied de terre ne restera à la France pour recouvrir mes os !... à quatre-vingt-dix ans, changer de patrie, oh ! c'est bien dur !...Il me semblait que c'était une sainte chose que l'amour de la France, et que vous ne l'aviez pas mis dans mon cœur pour l'arracher, pour l'outrager, pour le punir !...

Il se tut. Le Père de la Brosse s'approcha, lui prit la main et resta lui-même silencieux ; et malgré qu'il fît tous ses efforts pour ne rien laisser paraître de son trouble, il fut saisi d'une pâleur mortelle en constatant une perturbation fatale dans toute l'organisation de son patient : des commotions nerveuses agitaient toutes ses extrémités, ses lèvres et ses narines étaient violemment contractées. Jacques et Marie, penchés sur son front, dans une angoisse cruelle, suivaient tous les mouvements de sa figure, épiant une révolution salutaire, un retour de la parole qui semblait pour toujours envolée.

—Priez avec moi, dit le prêtre.

Les fiancés tombèrent à genoux, le Père de la Brosse continua à suivre les phases de la crise, tout en faisant quelques pieuses invocations.

Après quelques minutes, la parole commença à manifester son retour par des balbutiements inintelligibles, puis par des phrases incohérentes et détachées ; enfin elle s'échappa avec abondance, comme un torrent débordé ; mais c'était le délire, un délire affreux qui peignait l'état où s'était abîmée son âme :

—C'est bien ! disait-il, c'est bien, mon Dieu ! vous êtes juste, je vous remercie.... Ah ! je vous vois enfin, Lawrence, Murray, Winslow, Butler !... Vous êtes bien là, dans ce feu, emportés comme un vent sur une mer de larmes... Vous avez soif, et les démons vous plongent dans cet abîme amer et vous obligent de boire, de boire toujours des larmes... au milieu d'une tempête de malédictions que vous lancent des nuées de victimes... Buvez, l'éternité ne vous rassasiera pas, allez !... Il y a là des mères, des jeunes enfants, des vieillards, tous vous arrêtent quand vous passez, vous déchirent le visage de leurs ongles, vous arrachent les cheveux, et vous crient de leurs gosiers étranglés :—" Rendez-nous nos enfants ! rendez-nous nos pères, nos mères, nos maisons, nos terres, nos églises, rendez-nous notre Acadie, et tout notre bonheur !" Mais ce ne sont pas là nos femmes, nos enfants, nos frères, ce sont d'autres démons qui ont pris leurs figures pour vous tourmenter .. Nos parents, Dieu les a pris dans son ciel, pour sécher leurs larmes, pour remplir encore leurs cœurs d'amour; ils nous appellent dans notre exil...

Peu à peu les paroles du malade se ralentirent, une sueur abondante couvrit son corps, sa figure prit une expression plus calme ; alors le religieux, se baissant à son oreille, lui dit doucement :

—Il faut mourir sans haine, il faut pardonner...

—Pardonner !... s'écria le vieillard, sortant soudain de son épuisement comme par l'effet d'un puissant réactif, et se soulevant à demi. Pardonner, à qui ?... aux Anglais ?... ah ! c'est impossible cela, mon père !... ils ont chassé les miens dans les bois et sur les mers, ils les ont jetés en pâture aux bêtes féroces et aux poissons, ils ont mêlé leurs cendres à toutes les terres étrangères, ils ont voulu les vendre comme des esclaves, et ils sont restés triomphants dans leur crime ! et leur pardonner ?... non, jamais, jamais !

—Dieu le veut, mon cher frère.

— Il ne leur pardonnera pas, lui !.

— Quand il était sur le calvaire, il a pardonné aux Juifs.

— Oui, mais il gardait son éternité de justice pour les punir.

— Pauvre infortuné, ah ! ne parlez pas ainsi ; ne savez-vous pas qu'en cessant d'être homme et malheureux, vous aurez aussi l'éternité de la justice divine pour venger votre innocence ? La vie de Jésus-Christ n'a été sur la terre qu'une holocauste d'expiation ; si, en mourant, il lui restait une éternité de toute-puissance pour châtier ses bourreaux, il leur laissait éternellement son sang pour laver leur crime et mériter sa miséricorde ! Dieu n'est venu donner aux hommes qu'une loi d'amour, il ne leur a pas laissé le droit de haïr et de juger pour l'éternité ; c'est un droit réservé à sa souveraine justice ; il est venu apprendre aux faibles, aux dépossédés de la terre, à ceux qui ont souffert, à tous les hommes enfin, comment il faut vivre et mourir ; il se réserve de vous dire, là-haut, comment il faut juger !...

Le père Hébert s'était d'abord levé jusque sur ses genoux, comme pour se roidir contre cette nécessité du pardon suprême imposé par la religion ; il tenait les mains jointes, son regard enflammé se tournait vers le ciel ; mais peu à peu les paroles du prêtre firent courber son front, ébranlèrent tout son être ; il trembla, et quand il n'entendit plus parler, il articula lentement ces mots d'une voix déchirante :

— Ma sainte femme, mes enfants, mes petits-enfants, qui êtes aux cieux, vous savez par vos yeux de bienheureux si mon cœur est encore rempli de vos douleurs et des injustices que vous avez souffertes ; eh bien ! entendez-moi devant Dieu : je pardonne aux Anglais, pour vous et pour moi.

— Et moi, dit le religieux, je vous bénis au nom de Jésus-Christ.

....

Le dernier effort de cette vigoureuse existence était accompli : c'était le plus difficile que la Providence avait exigé du vieillard ; à peine l'eût-il fait, qu'il tomba dans les bras de ses enfants, qui recueillirent dans un tendre embrassement son dernier soupir.

XI.

Deux jours après, on vit un cortège funèbre s'avancer lentement sur les bords de la petite rivière, à l'ombre d'une avenue d'ormes gigantesques. L'humble bière de bois brut était portée par les

vieillards les plus vigoureux de la commune, car les jeunes gens
y étaient rares ; Jacques et Marie marchaient tout près ; sur leurs
visages éplorés on distinguait un sentiment plus calme, plus doux,
plus résigné, qu'on ne voit d'ordinaire chez les personnes frappées
d'un pareil deuil... Derrière eux venaient tous les voisins et voisines
Le cortège, après avoir suivi le cours de l'eau pendant quelque
temps, s'arrêta près d'un cimetière nouveau, situé sur la pente d'un
côteau : la haie de l'enceinte descendait d'un côté jusque dans la
rivière où elle trempait ses bouquets de noisetiers.   On voyait déjà
sur cette terre vierge quelques croix de bois, et une fosse qui attendait la dépouille d'un autre exilé.   C'est près de là que fut déposé
le cercueil.

Après quelques prières, les porteurs le descendirent dans le trou ;
chacun lui jeta, pour adieu, une poignée de terre, et tout le monde
s'en retourna en silence, quelques-uns seulement s'agenouillèrent
un instant devant les croix qu'il rencontrèrent.   Sur ces croix, ou
lisait, à la suite des noms des défunts, les mots suivants, écrits par
une main inculte : *Né à Beau-Bassin, né à Grand-Pré, né à Port-Royal,
né à l'île St. Jean...* ils étaient venus de partout, à ce rendez-vous de
toutes les infortunes et de toutes les misères.   Jacques et Marie
restèrent penchés sur le bord de la fosse, jusqu'à ce que le travail
du fossoyeur eût fait disparaître le bois du cercueil ; ensuite ils
regagnèrent aussi leur demeure, suivis du religieux, de Wagontaga
et de deux voisins.

Le bon missionnaire qui venait de bénir une tombe, s'en allait
bénir un mariage.

FIN.

NOTES HISTORIQUES.

On offrit.................... aux autres de s'enfermer dans les mines de la Pensylvanie.   Page 6.

J'avais cru avoir recueilli ce fait quelque part; mais, ne l'ayant pas retrouvé dans mes notes, je suis fondé à croire qu'il n'est pas exact, parce que les mines de charbon de la Pennsylvanie n'étaient pas encore découvertes à cette époque.

Ce traité laissait une latitude de deux ans.   Page 11.

Il y a ici une erreur; le traité d'Utrecht disait : " En vertu de ce Traité par le Roi très-chrétien, les sujets du dit Roi auront la liberté de se retirer ailleurs dans l'espace d'un an," etc.   Mais Nicholson, qui fut nommé gouverneur d'Annapolis l'année suivante, accorda, lui-même, une autre année aux habitants pour quitter le pays ou prêter le serment d'allégeance.   Voici, au reste, tout ce que dit le traité au sujet des Acadiens qui devaient rester sous la domination anglaise : " Ceux, néanmoins, qui voudront y demeurer et rester sous la domination de la Grande-Bretagne, doivent jouir de l'exercice de la religion catholique romaine, en tant que le permettent les lois de la Grande-Bretagne."

Ils n'osèrent pas confier leur sort à des navires anglais.   Page 11.

D'ailleurs, on leur avait même refusé de les prendre sur des vaisseaux anglais (*in English built vessels*).—HALIBURTON, *Nov. Sco.*, p. 95.

Philips les calma et leur assura que s'ils prêtaient le serment. Page 12.

Voici quelle était la formule de ce serment : " Je promets et jure sincèrement, sur ma foi de chrétien, que je serai entièrement fidèle et obéirai vraiment à Sa Majesté le Roi George, que je reconnais pour le souverain-seigneur de l'Acadie, ou Nouvelle-Ecosse.   Ainsi Dieu me soit en aide.''—(*Formule citée, en français, par Haliburton.*)

" Quoiqu'il ne soit fait, dans cette formule, en faveur des Acadiens, aucune exemption de porter les armes contre la France, il y a tout lieu de croire, dit Haliburton, qu'on leur avait garanti ce privilége."—*Hist. Nov. Scot.*, p. 95.

Il y a même de fortes présomptions qu'on le leur avait garanti par écrit ; on en trouve la preuve dans le passage suivant de leur pétition au Roi, adressée de Philadelphie : " Quoiqu'il en soit, peu de temps avant notre arrestation, la maison dans laquelle nous gardions nos contrats et toutes nos pièces publiques, fut envahie à main armée et tous nos papiers nous furent violemment enlevés ; aucun ne nous a été rendu depuis ; si bien que nous sommes aujourd'hui en partie privés des moyens de faire briller notre innocence, et d'exposer nos griefs sous le jour le plus favorable."

Commandez aux habitants.   Page 43.

Aucune excuse, disait ce document.   Page 43.

Ces ordonnances sont tirées du recueil du conseil d'Halifax, et citées par Haliburton.

Le Père de Laloutre nous attendait sur le seuil de l'église. Page 122.

L'aïeul de notre estimable ami, M. T. Doucet, expatrié acadien, racontait les détails de l'incendie des établissements de Chignectou, et toute la part que l'abbé de Laloutre y avait prise.

Ce prêtre héroïque, après avoir accompagné les émigrants à Shédiak, était tombé aux mains des Anglais, qui se vengèrent lâchement de son zèle en le tenant six ans dans un cachot au château de Jersey ; mis en liberté après la paix, il rejoignit aussitôt ses chers Acadiens, en conduisit 77 familles à Belle-Ile, où il était encore avec eux en 1769, comme le témoigne une réclamation adressée par lui en leur faveur, du 31 mars 1769.—RAMEAU, *La France aux Colonies (notes)*, p. 142.

Quoique le traité d'Utrecht ne leur ait jamais livré que Port-Royal. Page 122.

Cette assertion était vraie dans l'opinion du religieux et dans celle des habitants de Beau-Bassin, qui croyaient bien rester sous la domination française, comme l'assuraient les gouverneurs du Canada et les commissaires chargés de régler, pour la France, la question des limites.—Voir les *Mémoi. des Com. du Roi*, en 4 vols., avec carte.

Nous étions au milieu des Anglais, qu'ils n'avaient pas encore eu le temps de se reconnaître.   Page 134.

Le passage suivant m'a autorisé à inventer ce combat : " Mais, ayant été informé de ce qui se passait du côté de Beauséjour, au lieu de faire sa retraite sur Québec, il (M. de Boishébert) alla se joindre aux Acadiens du fond de la Baie de Fundy ; il les arma et battit avec eux les Anglais en différentes rencontres ; mais il ne put empêcher ces derniers de brûler à la fin tous les établissements et de contraindre les habitants à se réfugier dans les bois."—GARNEAU, *Hist. du Can.*, p. 223.

Je crois bien que vous, M. Landry, avec l'oncle Leblanc et moi, nous sommes les seuls vieux au-dessus de dix ans qui ayons la permission de ne pas être prisonniers. Page 159.

Winslow fit, en effet, des efforts pour sauver le vieux notaire de la proscription ; il écrivait à Lawrence, le 30 août : " Quant au Père Leblanc, je me permettrai, avec votre permission, de l'envoyer à ma demeure..." Cette permission fut-elle refusée ? le vieillard repoussa-t-il cette faveur exceptionnelle ?... C'est ce que l'on ignore ; dans tous les cas, il subit le sort des autres.

Pendant qu'un parti d'Anglais était occupé à promener ses torches. Page 194.

Ces détails sont renfermés dans une lettre de Thomas Spearkman à Winslow, datée du Camp de Cumberland, le 5 sept. 1755.

Il est probable que cet homme usa d'une cruauté telle que ces malheureux...... Page 195.

Comme on peut le voir par la note 20ᵉ, les Anglais éprouvèrent de grandes difficultés à se saisir des habitants des environs d'Annapolis, puisqu'ils ne réussirent à en embarquer un nombre un peu considérable que dans le mois de décembre ; presque tous s'étaient réfugiés dans les bois.

J'ai hâte de voir arriver le moment où les pauvres misérables seront embarqués et nos comptes réglés ; alors, je me donnerai le plaisir d'aller vous voir et de boire à leur bon voyage ! etc. Page 193.

Cette lettre de Murray, que j'ai reproduite exactement d'Haliburton, m'a fourni l'idée de l'orgie qui termine la seconde partie de mon livre ; j'ai supposé que si cet homme avait pu, dans un pareil moment, formuler un pareil désir, il avait pu, de même, le mettre à exécution.

Alors commença le triage des jeunes et des vieux.   Page 214.

Cette description est, sauf quelques petits détails probables, celle donnée par Haliburton et reproduite par Garneau et Longfellow.

Lawrence avait prescrit à ses lieutenants, dans ses instructions, de ne prendre sur les navires que deux prisonniers par tonne. Page 218.

" Halifax, 11 août 1755.

" Instructions données au Lieutenant-Colonel Winslow, commandant des troupes de Sa Majesté aux Mines, ou, en son absence, au Capitaine Alexandre Murray, commandant des troupes de Sa Majesté à Passequid, au sujet de l'expulsion des habitants du district des Mines et de la rivière Passequid, de la rivière aux Canards, de Cobéquid, etc., situés dans la Nouvelle-Écosse.
" Monsieur,
" Ayant fait connaître, par ma lettre du 31 juillet dernier, au Capt. Murray, les raisons qui ont fait prendre au Conseil de Sa Majesté la résolution de chasser tous les habitants français et de vider tout le pays, afin d'être délivrés de ces mauvais sujets ; laquelle lettre il vous communiquera en même temps que les instructions nécessaires pour accomplir *un projet déterminé depuis si longtemps.*
" Afin que ces habitants ne puissent jamais revenir dans cette province, ou aller renforcer les Français du Canada et de Louisbourg, il est résolu qu'ils seront dispersés dans les colonies de Sa Majesté, sur le continent américain.   Dans ce but, des transports sont envoyés dans la Baie (des Français ou Fundy) pour recevoir ceux de Chignectou : le Col. Moncton expédiera dans le Bassin des Mines ceux qu'il ne pourra pas remplir là.   Vous recevrez aussi des vaisseaux de Boston capables de contenir mille individus, *à raison de deux par tonneau.* A l'arrivée de ces navires de Boston et de Chignectou dans le Bassin des Mines, à Passequid, à Cobéquid et dans la Rivière-aux-Canards, etc., on embarquera à leur bord tous ceux qu'on pourra saisir *par n'importe quels moyens,* principalement les chefs de famille et les jeunes gens, plaçant, autant que possible, deux personnes par tonneau, la capacité des vaisseaux devant être constatée par les contracteurs des différents transports dont vous serez pourvus et dont les maîtres devront vous donner un rapport.
" Et pour vous faciliter les moyens d'approvisionnement pour ces transports, j'ai nommé Mr. George Saul agent fournisseur et lui ai donné des instructions particulières dans ce sens, avec ordre de vous les communiquer et de vous en donner une copie à son arrivée à Chignectou, avec les provisions destinées aux personnes qui seront sur ces vaisseaux.
" Destination des vaisseaux auxquels on donne rendez-vous dans le Bassin des Mines :
" Pour la Caroline du Nord : un nombre suffisant pour transporter à peu près cinq cents personnes.
" Pour la Virginie : un nombre suffisant pour transporter à peu près 1000 personnes.
" Pour le Maryland : un nombre suffisant pour transporter à peu près cinq cents personnes, ou à proportion, si le nombre doit excéder deux mille personnes.
" Et vous ferez une injonction particulière aux dits maîtres d'être aussi soigneux que possible pendant toute la durée du voyage, pour empêcher les passagers de faire aucune tentative pour s'emparer du vaisseau, ne permettant qu'à un *petit*

nombre à la fois de se réunir sur les ponts, et d'employer toutes les autres précautions nécessaires pour prévenir les conséquences de tentatives de ce genre ; et qu'ils soient surtout sûrs que les habitants n'aient pas embarqué d'armes avec eux ou tout autre instrument offensif, comme aussi, ils devront voir à ce que les provisions soient régulièrement distribuées aux gens selon qu'il a été réglé dans les instructions de Mr. Saul.

" Comme le Capitaine Murray connaît bien le peuple et le pays, je vous recommande de vous consulter avec lui en toute occasion, et surtout sur les moyens à prendre pour réunir les gens de manière à les faire embarquer ; et si vous trouvez que les moyens paisibles ne suffisent pas, vous procéderez avec le plus de vigueur possible, non-seulement en les obligeant de s'embarquer, mais en privant ceux qui s'échapperont de tout asile et de tout moyen de support, en brûlant leurs maisons et en détruisant tout ce qui pourrait leur offrir, dans le pays, des moyens de subsistance. Vous recevrez avec ceci une copie du contrat (*Charter Party*) que les maîtres des vaisseaux transports ont pris ici, renfermant les conditions convenues entre eux et le gouvernement ; vous conviendrez des mêmes conditions avec les transports qui doivent être expédiés à Boston, et, comme vous voyez qu'ils sont engagés au mois, vous vous hâterez le plus possible afin d'épargner les dépenses au public.

Quand vous aurez fini la besogne de rassembler sur les vaisseaux tous les habitants du Bassin des Mines, vous vous transporterez, ou bien vous enverrez un fort détachement à Annapolis-Royal, pour aider le Major Handfield à transporter ceux de cette rivière, et vous vous arrangerez de manière à ce que tous les déserteurs que l'on rencontrera soient aussi saisis et réunis à Annapolis pour les embarquer aussi.

" Signé

" CHARLES LAWRENCE."

Haliburton (*notes*), p. 327.

Il ne fut fait d'exemption en faveur de personne. Page 218.

" Halifax, 11 août 1755.

" Comme je vous ai déjà donné toutes les explications possibles au sujet des instructions qui vous ont été envoyées, je n'ai rien à ajouter, sinon que vous devrez réunir ensemble tous les habitants de manière à les embarquer avec le plus de facilité qu'il sera possible, *soit par ruse ou par force*, selon les circonstances ; mais surtout, je désire que vous ne fassiez aucune attention quelconque à des supplications ou des mémoires présentés par les habitants demandant de les laisser en arrière ; mais faites embarquer tout le monde, si c'est possible, suivant les instructions ci-jointes, *sans vous adresser à moi de nouveau.*"—Haliburton (*notes*), p. 332.

Le gouvernement craignait que ses agents fussent touchés par le spectacle de la désolation, il leur ôtait de suite toute velléité de clémence.

Ah ! ah ! ah ! nos documents !.... nous les déchirerons, monsieur Gordon. Page 235.

" C'est une chose remarquable, dit Haliburton dans une note de son livre, qu'on ne rencontre aucune trace de cet événement important parmi les papiers du secrétariat provincial à Halifax. Je n'ai pu découvrir si la correspondance avait été conservée, ou si on y avait jamais consigné les ordonnances, les rapports et les mémoires qui se rattachent à ce fait. Dans le registre des lettres du gouverneur Lawrence, qui existe encore, aucune communication du bureau du commerce (*Board of Trade*) depuis le 24 décembre 1754 jusqu'au 5 août 1756, si on en excepte un simple reçu pour provisions. On a paru s'étudier à cacher les détails de cette affaire, etc."—*Hist. Nov. Scot.*, 195.

Il est probable que si l'on pouvait arriver jusqu'aux documents que le ministère anglais voile avec un soin si scrupuleux dans les bureaux des archives de l'État, on trouverait là ce que l'historien de la Nouvelle-Écosse n'a pu découvrir à Halifax.

M. J. R. Brodhead, qui fut chargé par l'État de New-York, en 1839, d'aller recueillir, dans les papiers de Paris, de Londres et de La Haye, les documents nécessaires à l'histoire, tant de l'ancienne colonie hollandaise que de celle de la colonie de New-York, parle, dans un rapport adressé à son gouvernement, de la bienveillance et de la libéralité que les autorités françaises et hollandaises mirent à favoriser ses recherches, et des entraves que les ministres anglais y apportèrent. Il fallut plusieurs mois de sollicitations de la part de l'ambassadeur américain ; elles n'aboutirent d'abord qu'à un refus mitigé, puis, après avoir obtenu les permission une à une, il dût ne procéder qu'avec les scribes du département, sous la surveillance d'un officier principal du bureau, et faire examiner au préalable, par le secrétaire des affaires étrangères, tous les papiers dont il désirait prendre copie. (*I was merely, in the first instance, to indicate, by slips of paper, the documents I might wish to transcribe, and not to transcribe, or make extracts of any of them, until the papers so indicated should have been examined and allowed, on the part of Lord Aberdeen.*) Après avoir subi toutes ces mesures de prudence ombrageuse, il lui fallut encore renoncer à connaître bien des documents scellés pour tout œil étranger. Il a dit, depuis, que parmi ces papiers s'en trouvaient qui avaient rapport *à l'histoire des Acadiens et à la guerre de l'indépendance.*

Le lendemain, vers midi, George était seul avec Winslow. Page 245.

J'ai fait absenter Winslow durant l'orgie du presbytère de Grand-Pré, non pas tant à cause du besoin de la trame du roman, que parce que j'ai cru que ce personnage historique avait droit à quelques égards. Il a protesté deux fois contre le rôle ignoble que lui imposait son gouvernement : 1º Dans une lettre adressée à Lawrence ; 2º Dans son allocution aux Acadiens, en les faisant prisonniers ; je sais bien que ces protestations sont bien faibles, mais elles annoncent, au moins, que sa conscience s'insurgeait contre une politique inhumaine qu'il acceptait comme mesure de nécessité.

Et aujourd'hui, dans ces temps mauvais où des défections déplorables nous humilient tous les jours. Page 267.

Quand ces lignes ont été écrites, une majorité de nos députés, après avoir voté une constitution qui, par ses dispositifs, met en échec toute notre législation nationale ; non contents de nous avoir entourés de gouverneurs et de corps privilégiés, armés contre nous de leur veto et relevant de l'autorité anglaise, ils s'apprêtaient encore à nous imposer des projets de lois aussi injustes, aussi insultants qu'ils étaient mal conçus. Nous avons écrit sous l'empire d'un sentiment qui arracha, quelques jours plus tard, à un membre de cette même majorité parlementaire, les belles paroles suivantes dont nous lui tiendrons toujours compte : " Faudra-t-il donc, a dit M. Cauchon en Chambre, que nous vivions toujours dans la méfiance les uns des autres, et que nous trouvions dans la constitution, même écrite, le devoir de se haïr ? Est-ce qu'il n'y a pas, dans la constitution fédérale même, des garanties suffisantes pour la minorité anglologue ? Du reste, ce dispositif viole essentiellement le vingt-troisième article du projet de Québec, qui déclare que les législatures locales auront le droit si naturel de définir les circonscriptions électorales de la province ? Les autres députés du Bas-Canada feront comme ils l'entendront ; mais moi, je vote contre cette résolution pour dégager ma responsabilité de représentant et au nom de l'histoire de notre pays et de la dignité nationale à laquelle elle porte profondément atteinte."

On se rappelle qu'il s'agissait ici de l'amendement que M. Galt avait introduit dans le projet de notre constitution du Bas-Canada et qui a été voté par une majorité bas-canadienne !

" Dans la résolution telle que proposée par M. Macdonald, écrit M. Cauchon dans son journal, il fallait le consentement des trois-quarts des membres des deux chambres pour changer la représentation et la division territoriale des comtés du Bas-Canada, excepté les douze comtés que je viens de nommer. Pour opérer des changements dans les limites de ces comtés privilégiés (ceux où les Anglais sont en plus grand nombre), il faudrait le double consentement et de la majorité de leurs représentants et de celle de toute la représentation. Etait-il possible de faire des distinctions plus humiliantes pour l'immense majorité du Bas-Canada et plus outrageantes à notre honneur et à notre dignité ? et serait-il possible que nos représentants leur donnassent une éternelle sanction ?'...

" Pauvres objets de soupçon que nous sommes ! et nos représentants admettront par leurs votes, délibérément donnés, que nous méritons par notre passé et notre présent ces outrages légalisés ! "

Je voudrais pouvoir citer encore les paroles du même député au sujet du projet de loi présenté par l'Hon. M. Langevin, pour satisfaire aux exigences de la minorité protestante du Bas-Canada, et qu'une majorité bas-canadienne se préparait encore à voter, quand est venue la protestation unanime des évêques des deux provinces; je ne pourrais rien dire de mieux pour justifier ce que j'ai écrit, mais ce serait trop long.

D'ailleurs, près de trois cents de ceux qui sont arrivés dans cette province ont déjà péri de maladie et de misère. Page 171.

" Voici comment s'exprime sur leur sort, la pétition qu'ils adressèrent au roi :

" C'est ainsi que nous, nos vieux parents et nos grands parents (hommes d'une entière intégrité et d'une fidélité inviolable à Votre Majesté), nos femmes et nos enfants innocents, tous devinrent les victimes malheureuses de ces vaines craintes : nous fûmes transportés dans les colonies anglaises, et cela d'une manière si précipitée, avec si peu d'égard pour les premières nécessités de la vie et pour les liens les plus naturels et les plus tendres, qu'un grand nombre furent arrachés à une douce vie sociale et à une heureuse aisance pour être plongés dans une situation où le nécessaire même leur manque : les parents furent séparés des enfants, les maris d'avec leurs femmes, et un grand nombre ne se sont pas encore retrouvés; et dans les vaisseaux nous fûmes si entassés que nous n'avions même pas assez de place pour nous coucher tous en même temps, et par conséquent ne pûmes loger avec nous des objets dont nous aurions eu grand besoin, surtout pour le soulagement et le soutien des vieillards et des personnes faibles : beaucoup d'entre eux moururent et finirent ainsi leur misère. Et même ceux qui parmi nous avaient beaucoup souffert de la part des ennemis de Votre Majesté à cause de leur attachement à Votre Majesté, ne furent pas épargnés dans la calamité commune : René Leblanc, le notaire public dont nous avons déjà parlé, en est un exemple frappant. Il fut saisi, renfermé et transporté avec le reste de la population ; *et sa famille, comprenant vingt enfants et à peu près cent cinquante petits enfants, furent dispersés dans des colonies différentes, de manière que lui-même fut laissé à New-York, seulement avec sa femme et deux de ses plus jeunes enfants,* dans un état de santé pitoyable ; de là il parvint à se rendre à Philadelphie, où il retrouva trois autres de ses enfants ; il y mourut sans qu'on fît la moindre attention à lui plus qu'à aucun autre d'entre nous, malgré les nombreuses années de service et de souffrances consacrées au service de Votre Majesté.

" La misère que nous avons eue à supporter depuis peut à peine être dépeinte ; nous avons été réduits à un travail pénible pour pouvoir nous soutenir, et cela dans un climat chaud, si contraire à notre constitution, que la plupart d'entre nous ont succombé à la maladie, ne pouvant ainsi subvenir aux besoins de nos familles; nous voici donc menacés de ce qui, pour nous, est la plus grande des souffrances, celle d'être obligés de nous séparer de nos enfants, pour les engager à des étrangers, et les voir exposés à des maladies contagieuses inconnues dans notre pays natal.

" Et quand on compare cet état à l'aisance et à la richesse dont nous jouissions, cela rend notre condition bien misérable. Déjà, dans cette seule province de Pensylvanie, deux cent cinquante d'entre nous, c'est-à-dire plus de la moitié de ceux qui ont été transportés ici, sont morts de misère et de différentes maladies. Dans l'extrémité de notre peine et de notre misère, nous n'avons, après Dieu, d'autre recours que Votre Majesté pour en attendre secours et réparation. Par la présente, donc, nous implorons votre protection, et demandons un examen véritable et impartial de notre cause, et espérons que Votre Majesté nous accordera tous les secours que, dans votre justice et votre clémence, vous trouverez nécessaire de nous donner dans l'état où nous sommes ; nous nous ferons alors un devoir de prier, etc.—Haliburton, *Hist. Nov. Scot.*, p. 183.

" Cette supplique ne reçut aucune considération, et on laissa les Acadiens languir et mourir dans les colonies du Sud. Ceux à qui l'on permit plus tard de retourner dans leur pays, s'établirent où ils purent, car les terres qu'ils avaient possédées étaient entre les mains des autres.—McGregor's, *Brit. Amer.*

Et quelques années après, la Législature passa une loi interdissant la vente des terres de la Couronne aux catholiques.—BOUCHETTE, *Brit. Domin. in N. Ameri.*, 2 vol., *appendice V.*

Haliburton, après avoir cité la pétition des Acadiens tout au long, ajoute :

" Tel fut le sort de ce malheureux peuple ainsi trompé. Après une revue impartiale des transactions de cette époque, il faut bien admettre que cette expatriation des Acadiens dans des colonies lointaines, avec toutes les marques d'ignominie qui accompagnent d'ordinaire seulement des criminels, était une cruauté ; et quoique, dans ce temps-là, on ne pouvait encore en venir à cette conclusion, il a été bien démontré par des événements subséquents que leur expulsion n'aurait pas été nécessaire. Il parait impossible, dans nos idées de justice actuelle, que l'on doive associer dans une même punition les coupables et ceux qui ne le sont pas ; ou que toute une population doive souffrir à cause des injustices d'une partie des siens. C'est, sans contredit, une tache à l'honneur des Conseils Provinciaux, et nous n'essaierons pas de justifier ce qui a été condamné par tous les hommes bons et honnêtes."—*His. Nov. Scot.*, p. 196.

Pour se délivrer de la dépense qu'entraîne le soutien de ceux qui survécurent, le gouvernement leur a offert de les vendre comme esclaves ! Page 271.

On m'a dit qu'une partie de ceux qui avaient été déposés sur le littoral de la Georgie. Page 272.

Un millier arriva dans la Baie de Massachusetts où ils furent bientôt à la charge du public, à cause de l'antipathie qu'ils conservèrent contre la situation nouvelle où ils se trouvaient ; ils rejetaient pour leurs enfants l'offre qu'on leur faisait de les prendre dans les établissements institués pour les pauvres, considérant cette situation comme trop humiliante. La part destinée à la Pensylvanie était de quatre cent cinquante, hommes, femmes et enfants. Ils furent déposés à Philadelphie dans la situation la plus déplorable. Le gouvernement de la colonie, pour se délivrer d'une si lourde charge que leur imposait le support d'un si grand nombre de misérables, leur proposa de se laisser vendre ; mais les Neutres repoussèrent avec indignation cette proposition ; soutenant que puisqu'ils étaient prisonniers, on devait les soutenir comme tels, au lieu de leur imposer un travail forcé. Mais, malgré la sévérité qu'on avait déployée à leur égard, les Acadiens soupiraient dans leur exil pour leur pays natal. Ceux qui avaient été expédiés en Georgie se déterminèrent à retourner chez eux ; après un voyage plein de périls, de détours, le long des côtes, ils avaient enfin atteint New-York, puis Boston ; alors le gouverneur Lawrence expédia des ordres pour les faire saisir, et force leur fut d'abandonner leur dessein.—Haliburton, *His. Nov. Sco.*, page 182.

Je sais qu'un convoi s'est dirigé vers le Mississipi. Page 272.

Lettre des habitants de Port-Royal à M. Daudin, leur ancien missionnaire, en date du 31 juillet 1756 :

" Nous bénissons la divine Providence qui, au milieu de nos afflictions, a daigné nous faire savoir de vos chères nouvelles par l'entremise du R. P. de la Brosse, père Jésuite, qui a demeuré quelque temps avec nous à la Rivière Saint-Jean........ Vous saurez, monsieur, qu'après avoir reçu dans l'église votre dernière absolution générale, nous partimes trente députés du Port-Royal pour Chibouctou (Halifax), et après plusieurs interrogatoires du gouverneur et autres puissances, sur le parti que nous voulions prendre pour l'Etat et la religion, et voyant que nous étions tous résolus de plutôt mourir que de renoncer à notre religion et à la France, notre véritable patrie, on nous a relégués neuf semaines sur une ile, ne nous donnant par jour que deux onces de pain et une once de viande, espérant par là nous réduire et nous faire changer de sentiments. Mais inutilement, grâce à Dieu. Ainsi désespérant de nous faire changer, ils nous ont fait conduire par des soldats jusqu'à Port-Royal, comme des criminels, ont mis le feu à nos maisons et ont fait embarquer les habitants qui ne s'étaient pas sauvés dans les bois (il s'en était sauvé neuf cents personnes).

" Le reste des habitants a embarqué dans six navires ; le 4 décembre, cinq de ces navires ont fait voile vers les côtes de Boston et de la Caroline. Les gens du Cap, les Boudrot, Charles Dugas et les Guilbaud, deux familles des Grangé, qui étaient dans un de ces navires, se sont révoltés, et, sans aucune défense des Anglais, se sont rendus maîtres du navire et ont arrivé heureusement à la rivière Saint-Jean, d'où nous avons l'honneur de vous écrire. Nous y avons trouvé un accueil favorable dans la personne de M. de Boishébert......

" Nous avons appris par d'autres Acadiens qui se sont sauvés de la Caroline, que la maladie s'est mise dans deux navires, ce qui a fait mourir un grand nombre des nôtres ; de plus que les Blanc, Gosme, Louis Prudent et quelques autres, sont à Boston et aux environs......... Nous sommes sur le point de partir pour le Canada, parce que les vivres sont fort rares ici......"

Ont signé : Denis Saint-Seine, Charles Dugas, Joseph Guilbaud, Pierre Gourdeau, Denis Saint-Seine, fils ; au nom de tous les autres habitants.—Rameau, *La France aux Colonies*, (notes), p. 187.

Il m'est impossible de charger de plus de notes un livre dont le caractère ne peut en comporter un grand nombre ; je prie les personnes qui désireraient avoir des renseignements plus nombreux sur l'Acadie de consulter l'excellent ouvrage de M. Rameau, *La France aux Colonies* ; ils apprendront dans ce bon livre ce que sont devenus les pauvres proscrits que la Providence a laissé survivre aux malheurs de leur patrie ; et ils y trouveront en outre l'indication de toutes les sources où cet écrivain a puisé ses renseignements. Cette lecture m'a, plus que toute autre, inspiré de la vénération et de l'amour pour nos infortunés pères et m'a beaucoup servi dans la tâche que j'avais entreprise : j'ai voulu simplement populariser par un récit dramatique une histoire dont M. Rameau a groupé tous les éléments avec tant de patience et d'intérêt ; je m'empresse de lui faire hommage du peu de mérite de mon travail.

M. Rameau, par son œuvre, par ses sympathies et par des relations qui ne cessent d'être pour nous utiles et agréables, est devenu un de nos compatriotes ; nous ne pouvons pas assez nous en féliciter. C'est en rencontrant des hommes comme lui que nous sentons disparaître les conséquences du mal arrivé à nos ayeux ; ils nous relient à notre ancienne patrie par les liens de l'intelligence et du cœur, qui sont bien autrement forts que les simples liens politiques.

FIN.

www.ingramcontent.com/pod-product-compliance
Lightning Source LLC
Chambersburg PA
CBHW071845020726
47502CB00003B/612